TONY WALTERS

Als wär's der erste Sommer

Buch

Walterboro ist eine verschlafene Kleinstadt in South Carolina: ein paar Kirchen, ein Friedhof, eine Bar und ein Lebensmittelladen, den der Vater des 21-jährigen Burden voller Stolz führt. Jeden Tag muss Burden dort mit anpacken, Obstkisten schleppen, Konserven einsortieren und vor allem bestellte Waren ausliefern. Mit dem Pick-up bringt er die Lebensmittel zu seinen Kunden, häufig gelangweilte Ehefrauen, die schon auf ihn warten, um ein wenig mit ihm zu flirten – meist ganz harmlos. Nur bei Maude, der jungen Frau eines sehr viel älteren Arztes, und bei Pru, deren Mann als Fernfahrer viel unterwegs ist, lässt sich Burden nicht ganz uneigennützig ins Schlafzimmer entführen. Doch im Grunde seines Herzens beschäftigen ihn ganz andere Dinge. Seit Jahren trauert er um seinen besten Freund und Cousin Peedie, der bei einem tragischen Unfall ums Leben kam. Nachts plagen ihn Albträume, in denen er das Unglück immer wieder neu erlebt, und er fühlt sich verantwortlich für Peedies Tod. Außerdem ist da noch Jo – seine erste große Jugendliebe, mit der er einst einen wundervollen Sommer verbracht hatte. Jeden Tag waren sie gemeinsam an den Strand gefahren, hatten Krebse gefangen und nachts Hand in Hand die Sterne bewundert. Aber Burden musste immerzu an Peedie denken, der nie mehr erfahren würde, was es heißt, verliebt zu sein. Seine Schuldgefühle zerrissen ihn so sehr, dass er schließlich Jo von sich stieß. Und Jo ging weit fort, in eine andere Stadt. Aber jetzt ist Jo zurückgekehrt nach Walterboro, und eine neuerliche Begegnung scheint unausweichlich …

Autor

Tony Walters lebt mit seiner Frau Mary in Florida. »Als wär's der erste Sommer« ist sein erster Roman, dessen Filmrechte noch vor Erscheinen an Miramax verkauft wurden.

Tony Walters

Als wär's der erste Sommer

Roman

Deutsch
von Andrea Brandl

GOLDMANN

Die Originalausgabe erschien 2002
unter dem Titel »Burden«
bei St. Martin's Press, New York.

Umwelthinweis:
Alle bedruckten Materialien dieses Taschenbuches
sind chlorfrei und umweltschonend.

1. Auflage
Deutsche Erstveröffentlichung Juli 2004

Umschlaggestaltung: Design Team München
Umschlagfoto: CORBIS/William A. Bake
Redaktion: Lucy Peterhans
Satz: deutsch-türkischer fotosatz, Berlin
Druck: GGP Media GmbH
Verlagsnummer: 45201
KvD · Herstellung: Sebastian Strohmaier
Made in Germany
ISBN 3-442-45201-5
www.goldmann-verlag.de

Für Mary,
meinen hellen und strahlenden Pfad,
und meine Familie,
die immer an mich geglaubt hat

EINS

»Zieh deine Hose an, Burden«, mahnte Eugene Boaz' Frau. Sie wollte die Worte streng klingen lassen wie einen Befehl, doch ihre Stimme versagte, und die Eindringlichkeit verflüchtigte sich, sodass die Worte albern klangen. *Zieh deine Hose an ...* Während sie sprach, kämpfte sie gegen Burdens Zögern, seine Jeans anzuziehen, und gegen ihre eigene Lust an, bevor sie ihn in die Nacht hinausschickte – und zwar *nachdem* die Scheinwerfer des Lasters ihres Mannes über die Front des Hauses geglitten waren.

Nur durch einen glücklichen Zufall hatte sie die Lichtkegel bemerkt, die sich durch Reflexionen verraten hatten, als sie zwei leuchtende Finger auf die Vorhänge des Schlafzimmers im ersten Stock des Hauses gezeichnet hatten. In diesem Augenblick hatte sie Burden gerade geritten. Mehrere Minuten lang hatte sie auf ihm gesessen, schweißnass, mit durchgedrücktem Rücken, während ihre Fingernägel in ungezügelter Leidenschaft seinen Brustkorb und Bauch bearbeitet hatten. Die grobe Struktur der Zimmerdecke (»Sieht aus, als würden dort oben Wolken schweben, findest du nicht auch, Burden?«, hatte sie beim ersten Mal gesagt, als sie sich in diesem Bett geliebt hatten) war lediglich eine kurze Ablenkung für ihre Augen gewesen, die rotierenden Blätter des Deckenventilators ein nichtiges Detail, während sie die lustvolle Schwellung in sich aufgenommen hatte. Sie hatte pulsiert, mit all ihrer Kraft, feucht schwellend, hatte Burden in einer Art und Weise umhüllt, wie sie es bei Eugene seit Jahren nicht mehr getan hatte, während ihr Verstand vollkommen trunken von dem süßen Aroma sexueller Erregung gewesen war, das die Luft erfüllte.

Aber in diesem Augenblick waren die verräterischen Halogenscheinwerfer über die Vorhänge gewandert, und sie war so abrupt nach vorn geschnellt, dass sie mit dem Kopf beinahe gegen Burdens Stirn geprallt wäre.

»O Gott, Pru, hat sich das gut angefühlt«, sagte Burden. »Mach das noch mal.« Er nuschelte ein wenig. Auch sein Verstand war vollkommen von dem Duft nach Sex berauscht. Ein verzerrtes Lächeln schlich sich langsam auf seine Züge. Seine Augen waren geschlossen, seine Sinne drifteten umher, verloren sich irgendwo jenseits der pinkfarbenen Wände des Schlafzimmers. Doch statt seiner Aufforderung Folge zu leisten, war Pruella mit einem Satz von ihrem feuchten Spielzeug gesprungen und hatte nach einem T-Shirt und ihrer geblümten knielangen Hose gegriffen.

»Eugene ist gerade hergefahren. Gütiger Gott, er kommt früher heim! Zieh dich an, Burden, los, *sofort*, bevor er reinkommt und uns beide über den Haufen schießt.« Allein die Gewissheit, dass Eugene sich mit der Geschwindigkeit eines Faultiers bewegte, hielt Pruella davon ab, hysterisch zu werden, trotzdem blieb nicht genug Zeit, wenn Burden weiter so herumtrödelte.

Aber Burdens Bewusstsein war wie ein Segel, das sich vom Mast gelöst hatte. Er glitt im Geiste über die tropische See, während der Stoff des Segels sich in der Brise bauschte. Die Sonne stand träge am strahlend blauen Himmel und lullte sein Segel-Ich beinahe in den Schlaf. Er war bereit für Eugene. Wie betäubt gegenüber dem, was gleich folgen würde.

»Burden!« Pruella kniff ihn in die Wange, dann legte sie ihr Gesicht an seines, sodass ihre Nasen sich berührten. Ein warmer, feuchter Duft nach Sex stieg ihm in die Nase, als sie sagte: »Eugene ist heimgekommen.«

Ja, Eugene, dachte Burden. Er war dankbar für die gefährliche Wendung, die dieser Abend genommen hatte, hieß sie mit offenen Armen willkommen. *Endlich*, dachte er. Eugene, gute zwei Zentner Reaktion auf einen Schlüsselreiz. Eugene mit seinen Muskeln, die unter den gekräuselten schwarzen Härchen nur darauf warteten, bei der geringsten Provokation ihre Kraft unter Beweis zu stellen. Das Opiat sexueller Erfüllung, das in Burdens Venen pulsierte, legte seinen Selbsterhaltungstrieb lahm und sorgte dafür, dass er, zumindest für den Augenblick, vollkommen unbesorgt war. Betont ruhig zog er sich sein zerknittertes Hemd über, ehe er sich mit blankem Hinterteil über die Kante von Prus Bett beugte und nach seinen Jeans tastete, offenbar entschlossen, sich alle Zeit der Welt zu lassen.

Pruella versetzte ihm einen Klaps auf seinen Po (wie sie es an diesem Abend schon so oft getan hatte). Burden wandte sich ihr zu und wackelte mit dem Hintern. Sein verschmitztes Lächeln verriet ihr, dass er den brennenden Schmerz genoss, den ihre zarte Hand verursachte.

»Zieh deine Hose an, Burden«, wiederholte sie und reichte ihm seine Jeans. »Und komm aus diesem Bett raus. Gütiger Himmel!« Sie zog Laken und Bettdecke bis zum Kopfteil, schob sie unter die Kissen und schlug sie um. Anschließend strich sie, so gut es ging, die Decke glatt, sah in den Spiegel und ordnete ihr vom Sex zerzaustes Haar. Die hennafarbenen Strähnen glühten wie Flammen im Zwielicht, und sie konnte sich ein Lächeln nicht verkneifen, als ihr auffiel, wie gut sie nach einer ordentlichen Nummer aussah.

Burden zog Pru vom Spiegel weg, schob eine Hand unter ihr T-Shirt und umfasste eine ihrer Brüste, um Zeit zu schinden. »Nur noch ein Mal«, bettelte er. Seine Gedanken wanderten zu Eugene – bestimmt war er inzwischen schon im Haus.

»Burden, nein«, sagte sie, aber ihre Weigerung klang alles andere als überzeugend. Sekunden später presste sie die Lippen auf seinen Mund, während ihre Zungen miteinander spielten, bis das zufallende Garagentor sie auseinander fahren ließ. »O Gott, was mache ich da eigentlich? Zieh deine Hose an, und zwar auf der Stelle.« Pruella schob Burden von sich und hastete ans Fenster. Warum hatte sie es nur nicht offen stehen lassen? *Meine Güte, das ganze Zimmer riecht nach Sex!*

»Pru?« Eugenes bellende Stimme schallte von der Küche herauf. »Pruella?« Ihr Name klang, als dringe er aus einem kaputten Auspuffrohr.

Pru schob das Fenster auf. Feuchte Luft kroch über das Fensterbrett, und sie sah die Pfützen auf dem Gehsteig, in denen sich das Licht der Straßenlaternen und die erleuchteten Fenster auf der gegenüberliegenden Straßenseite spiegelten. Sie wandte sich wieder Burden zu und stieß einen Fluch aus, als sie seine Jeans auf Kniehöhe hängen sah. Das gedämpfte Geräusch von Schritten verriet ihr, dass Eugene schon auf die Treppe zuging. Pru nahm Burdens Arm und schob ihn zum geöffneten Fenster.

»Warte, Pru, lass mich doch wenigstens ...«

»Shh. Er kann dich doch hören«, wisperte Pru, drückte Burdens Kopf nach unten und schob ihn unter dem Fenster hindurch.

Burden streckte eine Hand aus und umklammerte den Fensterrahmen, um noch ein paar Augenblicke herauszuschlagen. Obwohl nach wie vor die betäubende Droge von Prus Sex durch seine Adern floss, wurden seine Sinne ins Hier und Jetzt zurückkatapultiert. Zweifel keimte in ihm auf. Er sah zur Schlafzimmertür, dann wieder zurück zu Pru. »Gib mir einen Kuss«, bettelte er. Ja, ein Kuss würde helfen. »Du kannst mich nicht ohne einen letzten Kuss wegschicken.« Er nickte bekräftigend, während sich seine Lippen zu einem erstaunlich wirksamen Schmollen verzogen und er im Stillen Eugenes dumpfe Schritte zählte, die sich näherten.

»Burden«, flehte Pru, erwiderte seinen Kuss jedoch. »Und

jetzt verschwinde, du«, sagte sie und schob ihn vollends durchs Fenster. Die Reibung auf den Schindeln beförderte den Stoff seiner Jeans unsanft über sein Hinterteil, als er über das Verandadach schlitterte. Unversehrt landete er im feuchten Gras, rappelte sich auf und zog den Reißverschluss hoch. »Pru«, rief er.

»*Was?*«

»Meine Schuhe, ich brauche meine Schuhe.« Mit einer stummen, dramatischen Geste deutete er auf seine feuchten weißen Socken – das einzige Kleidungsstück, das er im Bett nie auszog.

»Oh, Scheiße!« Prus Blick schweifte suchend durchs Zimmer und fiel auf das Paar Freizeitschuhe, das unter dem Nachttisch lag. Sie hob sie auf und warf sie Burden hinterher. Nachdem er sie angezogen hatte, hob er den Kopf. Seine Miene verriet einen Anflug von Enttäuschung, beinahe so etwas wie Unzufriedenheit über das Ende dieses Abends. Er warf ihr einen ausgiebigen letzten Kuss zu, einen feuchten Kuss auf seiner Handfläche, den er zum Fenster hinaufschickte. Pru fing ihn auf und wischte ihre Hand an ihrer Hose ab, als Burden einen Moment lang nicht hinsah.

»Pru?«, trompetete Eugene vor der Tür.

Pruella überlegte, ob sie das Fenster schließen sollte, hielt es aber für besser, den Eindruck zu erwecken, sie habe minutenlang am offenen Fenster gestanden, vollkommen verloren in der müßigen Faszination der stillen, regennassen Straßen von Walterboro, die schläfrig unter ihr lagen. Sie entspannte sich ein wenig, ließ sich gegen den hölzernen Fensterrahmen sinken und schloss die Augen.

Eugene öffnete die Tür auf die typische Art eines Ehemannes, der ständig von dem Verdacht gequält wird, eines Tages seine Frau mit einem anderen Mann im Bett vorzufinden – mit einer Mischung aus Vorahnung, Kampfeslust und Erleichterung.

»Pru«, wiederholte er ein wenig friedfertiger, »warum hast du mir denn keine Antwort gegeben?«

»Wie? Oh, hallo, mein Lieber.« Sie streckte die Hand nach ihrem Ehemann aus. »Ich muss völlig gedankenverloren gewesen sein.« Sie holte tief Luft, während sie seine Hände umschloss. Der Sturm hatte sich irgendwo im Osten mit aller Macht entladen und eine deutlich kühlere spätabendliche Luft hinterlassen, während die Farbe des Himmels von Pfirsichfarben in einen dunklen Pflaumenton überging. Herbstblüten öffneten ihre zahlreichen Münder und stießen ihren honigsüßen Atem aus. Ein Hund bellte, und von nebenan wehten die Fetzen einer Unterhaltung durchs Fenster. »Ich liebe den Geruch nach einem Gewitter. Irgendwie riecht dann alles viel … lebendiger. Findest du nicht auch?«

Eugene grummelte irgendetwas, sog die Luft aber ebenfalls tief in seine Lungen und bildete sich ein, unter dem Aroma der frischen Luft und dem zarten Duft der Herbstblüten den stechenden Geruch eines Reinigungsmittels wahrzunehmen – genau so roch seiner Meinung nach Sperma.

Burden stürmte durch die Türen von *Buck's* und tauchte in die Dunkelheit ein, die so ganz anders war als die der Nacht. Am hinteren Ende der Bar lümmelten drei Männer auf ihren Hockern, klammerten sich an ihre Drinks, während über ihnen ein an der Wand montierter Fernseher lief. Nur einer von ihnen schenkte dem Bildschirm mehr als nur flüchtige Aufmerksamkeit, obwohl der Ton über Merle Haggards klagende Stimme hinweg, die aus der kleinen Jukebox drang, kaum zu hören war. Der Fernseher tauchte den Raum in fahles Licht und ließ eine Palette verblasster Farben auf den Wänden und dem Mobiliar tanzen. Frankie stand hinter der Bar und dirigierte das betrunkene Crescendo, auf das seine drei Darsteller langsam zusteuerten. Bobby Cort saß auf dem besten Platz, und sein Gesicht wurde vom Bildschirm am meisten angestrahlt, was eigentlich eine Schande war. Denn Cat Burrows, der mit seinen Fünfundfünfzig zehn Jahre älter war als Bobby, fand, dass ihm dieser Platz gebührte. Blind Willie saß, zu einem ungepflegten, wenn auch keineswegs würdelosen Häufchen zusammengesunken, auf seinem Stuhl und schien weder etwas von dem jämmerlichen Anblick mitzubekommen, den er bot, noch von dem Spiel aus Licht und Schatten aus dem Fernseher.

»Was darf's sein, Burden?«, fragte Frankie.

Burden ließ sich behutsam auf den vierten Barhocker sinken. Sein Hosenboden war immer noch feucht vom Sturz aus Pruellas Schlafzimmerfenster. »Ein Corona.«

Frankie grinste, da Burden stets ein Importbier bestellte, wenn er Sex gehabt hatte. Ein einheimisches Bier hingegen bedeutete, dass er nicht zum Zug gekommen war. Frankie nahm ein Corona aus dem Kühlschrank und presste ein Stück Zitrone in den Flaschenhals. »Und wie war's? Gut?«, fragte er und stellte die Flasche vor Burden auf den Tresen.

Burden bewegte den Kopf, um anzudeuten, dass er es nicht genau sagen konnte. »Ich sag's dir, wenn ich fertig bin.«

»Unterbrochen worden? Was ist passiert? Ist ihr Alter heimgekommen?«

Burden senkte vergnügt den Blick wie ein schüchterner kleiner Junge.

»Hey, Burd«, rief Cat, hob grüßend eine beschlagene rotweiße Bierdose und grinste Burden wissend an, als er das Corona sah, das Burden mit einem fröhlichen Grinsen an die Lippen hob.

Burden blickte zum Fernseher hinauf. Cheerleader tobten ausgelassen am Spielfeldrand – zumindest so, wie verantwortungsbewusste Menschen unter Regie nun einmal toben – und ließen aus scheinbar chaotischen, unkoordinierten Bewegungen geometrische Muster entstehen. »Wer führt?«

»Die beschissenen Cocks.« Bobby spie die Worte in einem Nebel aus eisgekühltem Bourbon förmlich aus.

»Los, Cocks«, sagte Blind Willie automatisch.

»Scheiß auf deine Cocks«, meinte Bobby. Er liebte die Cocks, doch der Aberglaube zwang ihn, bei jeder Gelegenheit über sie herzuziehen, damit das Schicksal nichts von seiner Liebe zu ihnen erfuhr und sie in Grund und Boden rammte.

»Erst wenn deine Frau mit mir fertig ist. Auf geht's, Cocks«, wiederholte Blind Willie gleichmütig.

Bobby Cort verdrängte die Vorstellung, *irgendjemand* könnte Sex mit seiner Frau haben. »Na ja, das bleibt sowieso nicht so, also brauchst du dir erst gar keine Hoffnungen zu machen.« Und genau so war es auch. Die Führung der Cocks – ohnedies ein seltenes Ereignis – konnte gar nicht so groß sein, als dass sie nicht am Ende doch noch durch gezielte Inkompetenz ruiniert werden würde.

»Wir sehen uns im November.«

»Glaubst du?«

Blind Willie nuckelte weiter an seinem Budweiser. Er bestellte sich nie Importbier.

»Lust, drauf zu wetten?«

Willie wandte sich um und musterte Bobby Cort ausdruckslos. »Zehn Dollar.«

Cat hakte seine Zehen unter der Eisenstange an der Bar ein und kippte auf seinem Hocker nach hinten, sodass er an Billie vorbeisehen konnte. »Hey, Burd, fährst du morgen früh mit raus zum Monck's Corner? Ein Cousin von mir – du erinnerst dich doch bestimmt noch an Clyde – hat ein neues Motorboot dort liegen. Er will's auf dem See ausprobieren.«

»Was für eins denn?«

»Johnson. Hundertfünfundzwanzig Pferdchen, die nur drauf warten, uns zu ein paar fetten Barschen zu bringen.«

»Guter Motor.« Burden hob seine Bierflasche an die Lippen und trank in gleichmäßigen Zügen, während er den Bläschen zusah, wie sie aufstiegen.

»Was sagst du, Burd? Bist du dabei?«

Burden stellte die Flasche auf den Tresen. »Ich weiß noch nicht. Ich muss morgen noch ein paar Sachen liefern. Hab meinem Vater versprochen, dass ich alles bis ein Uhr erledige«, log er. »Aber du kannst mir ja ein paar Barsche mitbringen, wenn du Lust hast.«

»Ich hab nicht mal zehn beschissene Dollar gesetzt, als ich in der vierten Klasse mit Skunk Johnson gewettet hab, ob er genug Mumm hat, der Lehrerin untern Rock zu gucken«, sagte Bobby zu Blind Willie.

»Okay, dann eben fünfzehn«, erwiderte Blind Willie ruhig.

»Ich würde für fünfzehn Dollar nicht mal eine Nummer mit meiner eigenen Frau schieben.«

»Da hat er Recht«, kommentierte Frankie hinter der Bar. »Mach zwanzig draus.«

»Kannst du das, was du liefern musst, nicht am Nachmittag hinbringen? Bis eins könnten wir wieder da sein. Ich würde dir auch helfen. Wir könnten in null Komma nichts fertig sein.«

Burden dachte über Cats Angebot nach und wollte gerade etwas erwidern, als die Tür aufging. Er drehte sich um und sah Eugene Boaz, der seinen massigen Körper durch die schmale Tür quetschte. »Ich war die letzten paar Stunden bei euch, ja? Hast du mich verstanden?«, sagte er leise in Blind Willies Ohr.

Blind Willie musterte die Bierflasche in Burdens Hand. »Du trinkst Importbier und hast auf einmal Angst, weil Eugene reinkommt«, nuschelte er in seine Bierflasche und wandte sich dann an Bobby. »Zwanzig ist mein letztes Angebot.«

»Das ist ein Wort. Hast du das gehört, Frankie? Hast du gehört, was er gesagt hat? Zwanzig Dollar. Clemson wird dafür sorgen, dass deine Cocks am Ende auf dem Zahnfleisch daherkommen.«

Eugene durchquerte den Raum und hievte seine Masse auf den Barhocker neben Burden. Er verströmte einen leicht unangenehmen Geruch, als hätte er den Gestank jeder Stadt in sich aufgenommen, durch die ihn seine Tour mit dem Laster geführt hatte.

»Was trinkst du, Eugene?«

»Whiskey. Ohne alles. Und ein Bier.« Eugene ließ den Blick über das Grüppchen am Tresen schweifen. »Meine Güte. Weiber!«, stieß er hervor, als Frankie ein Bier und ein Schnapsglas vor ihm auf den Tresen stellte.

Burden schob sich näher an Blind Willie heran.

»Ich weiß genau, was du meinst«, bestätigte Frankie und goss Whiskey in das kleine Glas.

Eugene hob den Kopf und schnüffelte demonstrativ. Dann sah er in Burdens Richtung und schnüffelte noch einmal.

Burden wandte sich ihm zu und setzte zu einem Ablenkungsmanöver an. »Die Cocks oder die Tigers?«, fragte er.

»Was?«

»Die Cocks oder die Tigers? Blind Willie hat zwanzig auf die Cocks gesetzt.«

»Scheiße, die Tigers reißen den Cocks doch den Arsch auf.«

»Amen, Bruder. Genau so isses.« Bobby hob sein Glas und prostete Eugene zu. Seine geliebten Game Cocks würden verlieren, und er würde trotzdem das Nachsehen haben.

Eugene beugte sich wieder in Burdens Richtung und schnüffelte.

»Riech ich vielleicht nach Scheiße oder so was? Bin ich in 'n Hundehaufen getreten und hab's nicht gemerkt?«, fragte Burden, was ungefähr der Strategie entsprach, die ein Gorilla anwenden würde, um den Angriff eines Geparden abzuwehren.

»Wo warst du vorhin, Junge?«

»Wieso sollte ich Ihnen auf die Nase binden, wo ich war?«

»Weil ich dich danach gefragt hab.« Eugenes behaarter Unterarm streifte Burdens Hand.

»Ich hab mich den ganzen Tag um meine Lieferungen gekümmert.« Burdens kleiner Finger zuckte und tippte rhythmisch gegen die Bierflasche.

»Danach, meine ich.«

Frankie füllte Eugenes Schnapsglas noch einmal mit Whiskey. »Burd war die ganze Zeit hier, Eugene, und hat sich das Spiel mit uns angesehen.«

Burden nippte an seinem Corona, das plötzlich schal zu schmecken schien. *Verdammt noch mal, Eugene*, dachte er. Nun, da Pru sich außer Reichweite befand und der entscheidende Augenblick hinter ihm lag, brachte er nicht den Mut auf, ihn zu provozieren.

Eugene kippte den Whiskey und ein Viertel seines Biers in seinen Schlund, ohne den Blick von Burden zu nehmen. Sein Vater hatte ihn in dem Glauben erzogen, einem Barmann vertrauen zu können. Trotzdem bildete er sich ein, den flüchtigen Geruch nach Putzmittel wahrgenommen zu haben. Er zögerte einige Momente, ehe er es sich auf seinem Barhocker wieder bequem machte.

Cat beugte sich vor. »Willst du morgen früh mit zum Monck's Corner kommen und 'n paar Fische fangen?«, fragte er Eugene.

»Ich kann nicht. Ich hab um vier eine Fuhre nach Ashville und bin den Großteil des Tages unterwegs.«

»Um vier Uhr nachmittags?«, fragte Burden.

»Verdammt, nein, Junge. Ich fahr um vier Uhr früh los. Wenn du einen ordentlichen Job hättest, wüsstest du vielleicht, wann ein richtiger Mann arbeiten muss.«

Burden ließ die Beleidigung an sich abprallen und nippte an seinem Bier, dessen Geschmack wieder zurückkehrte. »Um wie viel Uhr sind Sie wieder da?«

»Ich wüsste nicht, was dich das angeht, zum Teufel.«

Burden drängte nicht weiter.

»Natürlich«, vertraute Eugene Frankie an, »versuch ich morgen um eins zu Hause zu sein, wenn ich es schaffe. Ich dachte, ich überrasche Pru mal und lade sie irgendwohin zum Mittagessen ein, wo's nett ist.«

»Ist was Besonderes los?«, fragte Frankie.

Eugene warf Burden einen Blick zu, ehe er seinen Whiskey austrank. »Ich will sie nur in Bewegung halten. Eine Frau darf's nicht zu gemütlich haben.«

Frankie machte sich daran, Eugenes Glas zum dritten Mal zu füllen, aber der hob abwehrend die Hand, trank sein Bier aus, stellte sein Glas geräuschvoll auf dem Tresen ab und stand auf. »Ich muss jetzt heim. Die Nacht wird kurz heute.« Er klopfte Burden auf die Schulter. »Viel Spaß noch bei dem Spiel.« Burden schenkte ihm ein unschuldiges Engelslächeln, während Eugene eine Fünfdollarnote auf den Tresen warf und sich auf den Weg machte. An der Tür drehte er sich noch einmal um. »Wenn ich den Mistsack kriege, der meine Frau vögelt, dann wird er sich noch wünschen, er wär nie geboren.«

»Wieso das denn, Eugene?«, wollte Frankie wissen.

»Weil Lynchen 'n Sonntagsspaziergang im Vergleich zu dem ist, was ich diesem verdammten Schwanzlutscher antue, wenn ich ihn in die Finger krieg.« Eugene nickte den Anwesenden kurz zu. » Gute Nacht allerseits.«

»Du sollest lieber beim einheimischen Bier bleiben, Sohn«, sagte Blind Willie zu Burden.

»Wieso denn?«, meinte Burden und beschloss, es am nächsten Tag noch mal zu probieren.

»Weil dich dieses beschissene Importbier noch umbringt.«

»Wie, Eugene? Ich hab keine Angst vor Eugene.«

»Das solltest du aber. Ich hab keine Ahnung, was für ein Spielchen du da spielst, mein Sohn, aber eines Tages treibst du's noch zu weit.«

Burden tat die Warnung mit einer Handbewegung ab.

»Nein, hör mir zu. Pru benutzt dich, weil sie's so toll findet. Aber du glaubst doch nicht eine Sekunde, dass sie, wenn Eugene dich und sie im Bett erwischt, ihn nicht anbetteln würde, er soll dir die Seele aus dem Leib prügeln, weil du derjenige warst, der sie dazu gebracht hat? Diese Frau ist das reinste Gift.«

»Pru ist nicht so mies.«

Nun war es an Willie abzuwinken. »Und noch was. Wenn du einen Kerl wie Eugene reizt, bist du tot, bevor du auch nur ein Mal Piep sagen kannst.«

»Prima, aber wenn das so ist, worauf wartet er dann?«

»Du weißt genau, wovon ich rede, mein Sohn. Ich hab schon zu viele Freunde zur ewigen Ruhe getragen. Ich bin nicht scharf drauf, das bei so 'nem jungen Kerl wie dir zu machen.«

Burden glitt von seinem Barhocker und schlug Blind Willie auf den Rücken. »Danke, dass du dir so große Sorgen um mich machst, aber ich weiß schon, was ich tue. Oh, und übrigens«, fuhr er fort und beugte sich zu Willies Ohr, »spiele ich nie Spielchen.«

Burden fuhr durch die regennassen Straßen. Durch das Geräusch, das die Reifen seines Wagens auf dem Asphalt machten, hörte er wieder das Dröhnen von Eugenes Schritten auf der Treppe und seiner bedrohlichen, argwöhnischen Stimme, als er nach Pru und demjenigen rief, der bei ihr sein mochte. *Armer Eugene*, dachte er, *wärst du nicht so lahmarschig, dann wäre alles längst vorbei. Aber vielleicht kriegst du's ja morgen besser hin.*

Er bog in die Auffahrt des Friedhofs ein und blieb stehen. Einige Minuten lang saß er einfach da und betrachtete die Dunkelheit hinter dem Zaun. Er hätte ebenso gut den Lieferwagen anlassen und davonfahren können, aber er war schon – wie lange war das jetzt her? – seit etwa einem Monat nicht mehr hier gewesen. Dieses Gefühl der Nachlässigkeit bewog ihn schließlich auszusteigen, über den Eisenzaun zu klettern, nachdem er sich nach vorbeifahrenden Autos umgesehen hatte, und sich auf der anderen Seite ins Gras fallen zu lassen.

Der Regen am frühen Abend hatte den schwülen Dunst vertrieben und eine angenehm kühle Nachtluft hinterlassen. Zikaden zirpten im Verborgenen, während Ochsenfrösche in ihren neu entstandenen Verstecken im fahlen Licht des Vollmonds quakten. Von Zeit zu Zeit huschte eine kühle Brise, letztes Überbleibsel des Regengusses, über den Boden, stieg hinauf in die Bäume und ließ das Geäst rauschen.

Burden folgte dem Lehmweg bis in die Mitte des Friedhofs. Massive Eichen, deren Rückgrat von der Last der Jahre gebeugt war, ragten über den Gräbern auf. Als er die dritte Gabelung erreicht hatte, zögerte er, stampfte mit dem Fuß auf den feuchten Lehmboden und bog in den schmaleren Weg ein.

Nach etwa fünfzehn Metern nahm Burden erneut eine Abzweigung und ging die letzten sieben, acht Meter über eine Rasenfläche, wobei er an zahlreichen alten, hoch aufragenden Grabsteinen vorbeikam, die von der Wertschätzung für die armen Seelen kündeten, die darunter lagen. Vor einem schlichten Granitstein, dessen grünliche Messingtafel im von den Eichen gefilterten Mondlicht schimmerte, blieb er stehen. Es war zu dunkel, um den Namen darauf zu erkennen, deshalb sprach Burden ihn laut für jeden aus. »'n Abend, Peedie.«

Ein Windhauch fuhr durch das Geäst der Eichen und erstarb wieder.

»Ist schon eine ganze Weile her … ich dachte, ich komme mal her, um zu sehen, wie's dir so geht.«

Die sanfte Brise, die an den Grabsteinen entlangstrich, wehte den Geruch von frisch gemähtem Gras und das würzige Aroma von Wacholder heran. Burden rieb sich die Arme, um die Kälte zu vertreiben. Er lehnte sich mit dem Rücken gegen einen hohen, schlanken Grabstein und spürte, wie sich die Kälte kreisförmig auf seinem Rücken ausbreitete. Schweigend stand er ein paar Minuten da und lauschte abwesend der Brise.

»Wir sind heute ziemlich nahe rangekommen«, erklärte

Burden. »Ich dachte, es interessiert dich vielleicht.« Als er feststellte, dass seine Bemerkung nicht mit einem Windhauch quittiert wurde, schloss er die Augen und verfiel wieder in Schweigen. Als er noch ein Teenager gewesen war, hatte es Abende gegeben, an denen er stundenlang unter genau diesen Ästen ausgeharrt hatte. Aber diese Abende lagen eine halbe Ewigkeit zurück. Mit jedem Jahr, das ins Land gegangen war, war er seltener auf den Friedhof gekommen, bis er sich schließlich eingestehen musste, dass er Peedie vernachlässigte. Es war also kein Wunder, dass Peedie wortkarg geworden war; Burden nahm an, dass er sich genauso verhalten würde, wenn er sich allein gelassen fühlte.

»Blind Willie glaubt, wir spielen ein Spielchen, du und ich.« Wieder war kein Luftzug zu spüren. Da waren nur das traurige Licht und die Kälte auf seiner Haut. *Ein Spielchen? Das ist es, was ich Willies Meinung nach im Sinn habe?* Dieser Gedanke entlockte ihm ein bitteres Lachen. »Wenn das ein Spiel ist, dann wünsche ich mir, dass ich es so schnell wie möglich verliere.« Aber in dem Augenblick, als er es zu Peedie sagte, hörte Burden den Zweifel – kaum wahrnehmbar, aber dennoch vorhanden – in seiner Stimme. Und genau diesen Zweifel, dieses Gefühl, das er tagtäglich zunehmend in sich spürte, hielt ihn davon ab, so häufig wie früher auf den Friedhof zu kommen. Genau dieser Zweifel raubte ihm den Frieden, den er immer hier in Peedies Gegenwart empfunden hatte, und ließ ihn unruhig im Gras auf und ab gehen und mit dem Finger eine wässrige Spur auf den von Flechten überzogenen Grabstein ziehen, gegen den er sich lehnte. Genau dieser Zweifel sorgte dafür, dass er sich nervös in der Dunkelheit umsah; jener Dunkelheit, in der er sich früher so geborgen gefühlt hatte. Schließlich erhob er sich und zuckte mit den Schultern. Er war nicht bereit, auch nur eine Sekunde länger auszuharren. »Also dann, Peedie«, sagte er, »ich sollte jetzt langsam nach Hause fahren. Ich besuche dich bald wieder, in ein paar Tagen vielleicht. Das mache ich ganz bestimmt. Dann können wir reden, wenn du Lust hast.« Er wandte sich zum Gehen, drehte sich noch einmal um und warf einen letzten Blick auf das Grab. »Gut Nacht, Cousin.«

ZWEI

Burden griff nach den gelben Lebensmittelbestellzetteln und las sie. Als er die einzelnen Posten durchging, dachte er daran, wie knapp er am Vorabend einer Begegnung mit Eugene entgangen war. Hätte Pru ihn nicht aus dem Fenster geschoben ... Aber für den Augenblick konnte er nichts daran ändern, deshalb richtete er seine Aufmerksamkeit auf die Aufgabe, die es an diesem Nachmittag zu erledigen galt.

Was Eugene betraf, gab es durchaus noch einige Möglichkeiten. Es bestand nach wie vor die Chance, dass Eugene das tun würde, was in Burdens Augen notwendig war. Er musste nur zu Pru fahren, bevor Eugene nach Hause kam, das war alles. Da sie keine Ahnung hatte, dass ihr Ehemann plante, früher nach Hause zu kommen, würde sie Burden mit dem größten Vergnügen ins Bett zerren und ihr Liebesspiel vom vorhergehenden Abend wieder aufnehmen. Burden musste sich also nur der betäubenden Wirkung ihres Körpers hingeben und auf den richtigen Augenblick warten – auf Eugene und den tödlichen Zorn, den ihrer beider Anblick in ihm hervorrufen würde. Und sobald Eugene die Drecksarbeit für Burden erledigt hatte, wären er und Peedie quitt.

Wen haben wir denn heute?, dachte er und überflog die Namen auf der Liste. Es gab eine Menge Aufträge, und wenn er all die Kunden belieferte, die ihre Lebensmittelbestellungen abgegeben hatten, würde er es nicht schaffen, rechtzeitig bei Pru zu sein. Also würde er wohl einen oder zwei Bestellzettel verlieren müssen. Er suchte rasch zwei Kunden aus – Ada Baggett und Stuart Smalls –, die an entgegengesetzten Enden von Walterboro lebten. Wenn er ihre Einkaufslisten verlegte, würde er die Zeit gewinnen, die er brauchte. Keiner der beiden war besonders hilfsbedürftig, überlegte Burden, deshalb wäre es kein großes Problem, wenn sie ihre Lebensmittel an diesem Nachmittag nicht bekommen würden.

Burden zog den Einkaufswagen heran, schob ihn hastig durch die Gänge und stapelte mit mechanischer Anmut verschiedene Waren hinein. Seine Gedanken schweiften zu Eugene, und er spürte neue Energie in sich aufsteigen, die er jedoch verschwendete, indem er auf den Einkaufswagen aufsprang und beschleunigte. Er sauste drei Viertel des Gangs hinunter und wollte gerade ein zweites Mal Schwung holen, als sein Vater um die Ecke bog. Burden sprang vom Wagen und riss wahllos eine Dose aus dem nächsten Regal.

»Sind das die Listen von heute?«, wollte sein Vater wissen.

Burden hob die Hand, in der er den Stapel gelber Zettel hielt.

Sein Vater nickte zustimmend. »Ich brauch dich aber für was anderes. Birch hat sich krankgemeldet, deshalb musst du heute das Fleisch zerteilen und portionieren.«

Es kostete ihn einige Mühe, seine entgleisten Gesichtszüge wieder unter Kontrolle zu bekommen. »Aber ...«

Sein Vater schnitt ihm mit einer Handbewegung das Wort ab und gab ihm mit einem kurzen Zucken seines Mundes und der Augenbrauen zu verstehen, dass er keinen Widerspruch duldete. »Ich brauche dich wahrscheinlich höchstens eine Stunde. Also hast du immer noch genug Zeit für die Lieferungen.«

»Ja, Sir.« Die Tatsache, dass er erst viel später würde aufbrechen können, bestärkte Burden in seinem Entschluss, die Einkaufslisten der Baggetts und der Smalls unter den Tisch fallen zu lassen. Außerdem beschloss er, noch einen weiteren Kunden zu streichen, nur um ganz sicher zu sein. Als sein Vater ging, überflog er noch einmal die Namensliste. Nach reiflicher Überlegung zog er Maude Whitmans Bestellung heraus. Maude war die Ehefrau von Dr. Whitman, einem einundsechzigjährigen Arzt, der fünfundzwanzig Jahre älter als sie war. Burden hatte keine Ahnung, warum sie ihn noch nicht ins Jenseits befördert hatte, da sie eine Frau mit enormem sexuellem Appetit war, die sämtliche Winkel ihrer Fantasie nur zu gern erkunden wollte, wie frivol oder abseitig sie auch immer sein mochten. Es müsse daran liegen, dass sie keinen Sex mehr hatten, hatte sie Burden erklärt, wenngleich die Abstinenz des Doktors eher auf seine Prioritäten als auf seine physische Leistungsfähigkeit zurückzuführen war, denn Maude war, obwohl Burden ihrer mittlerweile überdrüssig war, eine Frau von beträchtlicher Schönheit. Ihre Brüste waren mittelgroß und weich, und sie hatte hinreißende, grün funkelnde Augen. Und ihre Beine ... o Mann ... Ihre Beine waren herrlich geformt, und da Burden seine Unschuld zwischen ihnen verloren hatte, konnte er sich in einem Anfall von Loyalität ein kurzes Zögern nicht verkneifen. Eigentlich sollte er Maude dankbar sein, denn sie war es gewesen, die ihn auf die Lösung für das Problem seines endgültigen Abgangs gebracht hatte.

Er balancierte den Einkaufszettel noch einen Augenblick unentschlossen auf der Handfläche, während er an ihre Beine dachte. Dann schloss er die Augen, zerknüllte den Bestellzettel zu einem kleinen Ball und schob ihn mit einem Anflug von schlechtem Gewissen in die Tasche zu den beiden anderen Listen. Der Sex mit Maude hatte nie einem bestimmten Zweck gedient, versuchte er seine Schuldgefühle zu besänftigen. Mit Pru war es etwas anderes. Der Sex mit Pru war ein Mittel zum Zweck ... nämlich seinem Tod.

Wunderbarerweise hatte sich das triste Wetter im Lauf des Tages verzogen. Der Wind hatte die Schicht grauer Wolken hinweggefegt und einen herrlich blauen Mittagshimmel zum Vorschein kommen lassen. In sämtlichen Vorgärten blühten Azaleen, die ihre hübschen rosafarbenen und weißen Gesichter den baumbestandenen Straßen zuwandten. Aber als Burden zu seiner Liefertour aufbrach, hatte er weder Augen für den blauen Himmel noch für die Azaleen – sie dienten lediglich als hübsche Kulisse und hoben seine fröhliche Stimmung, unter die sich jedoch ein Anflug von hektischer Verzweiflung mischte. Seine Gedanken kreisten unaufhörlich um Pru und seine vereitelte Begegnung mit Eugene vom Vorabend – Gedanken, die ihn dazu brachten, die eine oder andere rote Ampel zu ignorieren oder ein Stoppschild zu überfahren, um zu seinem Rendezvous mit den Boaz' zu kommen. Er nahm die Trinkgelder freundlich, aber reichlich kurz angebunden entgegen, und das Lächeln auf seinem Gesicht war weniger Ausdruck seiner Dankbarkeit als vielmehr der Vorfreude auf sein Schäferstündchen mit Pruella Boaz und die Rückkehr ihres Ehemanns.

Um zehn Minuten nach zwölf hatte er die letzte Lieferung erledigt, sodass ihm fünfzig Minuten blieben, um seine Fallstricke auszulegen.

Einige Meter vor Prus Haus stellte Burden den Motor des Lieferwagens ab und ließ das Fahrzeug ausrollen. Da nichts darauf hindeutete, dass Eugene da war, tänzelte er leichtfüßig den Weg zum Haus hinauf und klopfte voll unbekümmerter Zuversicht an die Eingangstür. Während er wartete, tippte er mit dem Fuß den Rhythmus eines Stücks, das ihm zu seiner Überraschung im Gedächtnis haften geblieben war, obwohl er es, wie ihm gerade wieder einfiel, eigentlich nicht leiden konnte. Als er fand, es sei ausreichend Zeit vergangen, ohne dass jemand auf sein Klopfen reagiert hatte, hämmerte er ein zweites Mal gegen die Tür. Sein Fuß war mittlerweile zur Ruhe gekommen.

»Pru?«, rief er, während er zu den Wohnzimmerfenstern

ging. Graue Vorhänge verdeckten die Sicht auf das sorgfältig arrangierte Mobiliar, doch es deutete nichts darauf hin, dass jemand im Haus war – kein verräterischer Schatten, der sich an den vertäfelten Wänden entlangstahl. Vielleicht war Eugene ja doch früher zurückgekommen und hatte Pru schon mitgenommen. Noch wahrscheinlicher war allerdings, dass sie auf eigene Faust unterwegs war und damit nicht nur Burdens, sondern auch Eugenes Pläne durchkreuzte. Da Burden sich jedoch nicht telefonisch angekündigt hatte, stand es ihm im Grunde nicht zu, enttäuscht zu sein. Prus Abwesenheit war der Preis, den er dafür bezahlen musste, dass er ihr nicht die Möglichkeit hatte geben wollen, seinen Besuch abzulehnen. Doch obwohl es keinen vernünftigen Grund dafür gab, war Burden enttäuscht. Und als er zu seinem Lieferwagen zurückkehrte, hatten seine Schritte jede Leichtigkeit verloren.

Mühsam hievte er sich hinters Steuer seines Lieferwagens. Die Hochstimmung, die er genossen hatte, während er sich im Geiste das Szenario seines Ablebens zurechtlegte, war inzwischen deutlicher Verzweiflung gewichen. Hatte es am Morgen noch so ausgesehen, als konzentrierte sich sein Leben auf diesen einen einzigen strahlenden Nachmittag, so lagen nun wieder mit endlosen Vorwürfen erfüllte Tage vor ihm.

Burden zog milchige Schlieren aus Wasser und Seifenlauge über den Zementboden des Lagerraums, als sein Vater hereinkam. Die Erschöpfung war ihm nach dem langen Arbeitstag deutlich anzusehen – erschlaffende Muskeln, die sich stundenlang zu einem Lächeln für die Kunden angestrengt hatten. Das hereinfallende Licht hinter der Tür ließ die tiefen Furchen in seinem Gesicht noch deutlicher hervortreten.

»Sue hat gesagt, dass Mrs. Baggett, Stuart Smalls und Maude Whitman angerufen haben und wissen wollten, wieso sie heute Nachmittag keine Lieferung bekommen haben.«

Burden streckte sich, ehe er zu einer Lüge ansetzte. »Ich habe alle beliefert, die auf Sues Liste von heute Morgen standen.« Er stellte den Mopp in den Eimer und zog den Stapel gelber Blätter aus der Tasche. »Hier, die lagen heute auf dem Tresen; das sind alle Lieferungen, die ich gemacht habe. Ich hab sie alle erledigt, und zwar vor eins.«

Burdens Vater griff nach den Listen und sah sie abwesend durch, ehe er die Blätter wieder zusammenfaltete. »Es ist wichtig, dass unsere Kunden mit uns zufrieden sind, Burden, ganz besonders jemand wie Dr. Whitman, der einiges in der Gemeinde zu sagen hat. Man muss ständig an der Kundenbindung arbeiten, mein Sohn, sonst wacht man eines Morgens auf und stellt fest, dass man sämtliche Kunden an Pig oder Winn Dixie verloren hat.«

»Ich habe aber alle Lieferungen erledigt. Wenn ein paar Zettel verloren gegangen sind, tut's mir Leid, aber ich kann nichts dafür.«

»Natürlich. Aber vergiss nicht, was ich über die Kundenbindung gesagt habe. Es spielt keine Rolle, ob wir eine Lieferung vergessen haben oder nicht. Was zählt, ist, dass Ada, Stuart und Mrs. Whitman *glauben*, dass wir sie *vergessen* haben. Ich will, dass du morgen gleich als Erstes ihre Lieferung erledigst. Oh, außer der von Mrs. Whitman. Sie wollte wissen, ob es dir etwas ausmacht, erst am Ende zu ihr zu fahren, weil sie den Großteil des Vormittags nicht da ist. Ich schenke Ada und Stu ein paar Schalen mit Erdbeeren wegen der Unannehmlichkeiten. Und Mrs. Whitman bekommt ein Stück Schinken. Sieh zu, dass sie es weiß, aber sei nicht zu direkt, hast du verstanden, Sohn?«

Burden nickte.

»Oh«, fuhr sein Vater fort. »Sue hat mir noch etwas erzählt, das du wissen solltest.«

Der zögerliche Tonfall seines Vaters ließ Burden von dem milchigen Putzwasser zu seinen Füßen aufsehen.

»Jo kommt über den Sommer nach Hause.«

Burden zog eine weitere Bahn mit dem Mopp und heuchelte Desinteresse.

»Sue meint, sie nehme wieder ihren alten Job im Sonic an, wahrscheinlich, um ein bisschen Geld für Bücher und sonstige Sachen im nächsten Jahr zusammenzukriegen.«

Burden fragte sich, ob es irgendetwas auf der Welt gab, das seine kleine Schwester Sue nicht wusste.

»Ich dachte, ich sollte es dir sagen, nur für den Fall …«

»Danke«, unterbrach Burden.

»Sie kommt am Wochenende«, fuhr sein Vater fort. »Ich weiß nicht genau, wann. Sue wird es wissen, du kannst sie ja fragen.«

Burden nickte und machte sich wieder an die Arbeit.

»Wenn du hier fertig bist, kannst du gehen. Sieh nur zu, dass du morgen früh dran bist. Hast du gehört? Ich will nicht, dass die Leute unnötig lange auf ihre Lebensmittel warten müssen.«

Als Burden wieder allein war, rammte er den Mopp so heftig in den Eimer, dass die Seifenlauge aufschäumte. Dann klatschte er ihn unsanft auf den Boden und wischte nachlässig damit herum, ohne den Halbmonden aus Zement Beachtung zu schenken, die er vergessen hatte zu putzen. Seine Laune war auf dem Nullpunkt.

Er warf seine Schürze auf den Hackblock, eilte hinaus und sprang in den Lieferwagen. Sein Herz fühlte sich an, als sei es in seiner Brust angeschwollen. *Lieber Gott*, dachte er, als der Motor ansprang. *Jo.*

Burden fuhr zu Johnnie Whites Straßenstand. Umgedrehte Versandkisten dienten als provisorische Verkaufstische für die warmen, feuchten Beutel mit gekochten Erdnüssen. In zwei Zwanziglitertöpfen, die auf einem Gaskocher standen, brodelten die Erdnüsse, bis sie sich in weiche, salzige Kugeln verwandelt hatten. Johnnie hatte die Kisten inzwischen umgedreht und stapelte die Erdnussbeutel hinein, als Burden neben dem Stand anhielt. Als er seinen Freund sah, nahm er eine Tüte und warf sie Burden zu.

Burden schob die Hand in die Tasche und förderte zwei Vierteldollarmünzen zutage.

»Ist schon gut.«

»Danke.«

Johnnies nachtschwarze Haut schimmerte feucht in der einsetzenden Dämmerung, als er die Tüten in die Kisten schichtete. Er hatte die Ärmel seines Hemds bis über die Ellbogen aufgerollt, außerdem standen die Knöpfe offen, sodass ein ärmelloses, vom Schweiß halb durchsichtiges T-Shirt zu erkennen war.

Burden setzte sich auf eine volle Kiste. »Was machst du heute Abend, Johnnie? Lust auf was zu trinken?«

»Kann nicht. Ich muss rüber zu Garnett, weil ich meinem Onkel versprochen hab, dass ich seinen Lastwagen mit ihm repariere. Ich hab ihm versprochen, dass ich heute Abend komme, sodass wir gleich morgen bei Tagesanbruch anfangen können.«

»Okay. Nur ein Drink. Ich zahle.«

Johnnie schulterte zwei Kisten. »Hilf mir mal, die hier wegzuräumen, dann schaffe ich's vielleicht doch noch auf einen Drink.«

Johnnie riss den Verschluss seiner dritten Dose Coors auf, kehrte zu Burdens Lieferwagen zurück und lehnte sich gegen die Motorhaube. Sie hatten am Schnapsladen angehalten, um sich einen Sechserpack zu kaufen, ehe sie den Wagen auf der unbefestigten Straße abgestellt hatten, die einen kleinen Hügel oberhalb des Autokinos säumte. Durch die kargen Äste der Pinien sahen sie zwei Frauen herumtanzen, die so groß wie ein einstöckiges Wohnhaus waren und nur champagnerfarbene Höschen anhatten. Die beiden tanzten so ausgelassen, dass ihre Brüste aufreizend wippten. Auf der einen Seite der Leinwand war ein Mann zu erkennen, dem es für den Augenblick völlig zu genügen schien, den beiden einfach zuzusehen.

»Gütiger Gott, hab Erbarmen«, bemerkte Johnnie und prostete den beiden herumtollenden Frauen zu. »Woran liegt es nur, dass sich die Frauen hier in der Gegend nicht so benehmen?«

»Das tun sie doch, Johnnie, das tun sie. Irgendwo da draußen.« Burden deutete mit seiner Bierdose grob in die Richtung, wo halb nackte, herumtanzende Frauen in Walterboro zu vermuten waren.

»Ja, der Bursche hier hat aber noch keine gefunden.«

Burden ging ein Stück näher an die Leinwand heran. Der Mann war inzwischen aufgestanden und küsste die Rothaarige. Die zweite Frau, eine Blondine, trat hinter ihn, legte die Arme um ihn und begann sein Hemd aufzuknöpfen, während sie ihre Hüften aufreizend an seinem Hinterteil rieb. »Verdammt, das ist geil«, flüsterte Burden.

Johnnie lehnte sich an den Baumstamm gegenüber und nippte schweigend an seinem Bier.

»Jo kommt nach Hause«, bemerkte Burden, wobei sein Tonfall verriet, dass seine Aufmerksamkeit noch immer der schlüpfrigen Szene vor ihnen galt.

Der Mann auf der Leinwand begann an der Brustwarze der Rothaarigen zu saugen. Johnnie atmete hörbar aus. »Schmeißt sie das Studium?«, fragte er.

»Keine Ahnung. Ich glaube, sie kommt nur für ein Semester zurück. Sue hat gesagt, sie ist knapp bei Kasse und will eine Weile arbeiten. Wahrscheinlich geht sie für ein paar Monate zurück ins Sonic und macht dann weiter.«

»Ich kenn ’nen Jungen, der in nächster Zeit nicht ins Sonic gehen wird – verdammt noch mal.«

Die Darsteller lagen inzwischen nackt im Bett. Lediglich ein zerknülltes Laken bedeckte ihre Körper von der Hüfte abwärts. Die Rothaarige umkrallte das Kopfteil des Bettes, während der Mann sich an ihr zu schaffen machte. Die Blonde küsste unterdessen den Nacken des Mannes, sodass ihre üppigen Brüste gegen seinen Rücken gepresst wurden. Auf einmal wurde die Tür aufgerissen, und ein wutschäumender, grobschlächtiger, rotgesichtiger Riese erschien im Türrahmen. Die drei ausgelassenen Liebenden fuhren erschrocken auseinander, und die Frauen stießen spitze Entsetzensschreie aus, die durch hunderte kleiner Lautsprecher unterhalb von ihnen drangen, sodass Johnnie und Burden ebenfalls vor Schreck zusammenzuckten.

Der wutschäumende, grobschlächtige, rotgesichtige Riese stürzte in das Zimmer und schnappte sich eine Bodenlampe. Die Frauen zogen das Laken bis zum Hals hoch – entweder um ihre Nacktheit zu bedecken oder aber in dem Versuch, die Einstufung als reinen Erwachsenenfilm zu verhindern. Der Mann sprang mit einem Satz aus dem Bett – übrigens trug er Boxershorts und schwarze Socken, außerdem war kein Anzeichen einer Erektion zu sehen – und unternahm drollige Versuche, dem lampenschwenkenden Riesen zu entgehen.

»Nö, ich schätze, ich sollte sie sehen. Es gibt nichts, wovor ich davonlaufen müsste. Außerdem treffen wir uns früher oder später sowieso irgendwo, deshalb ist es vielleicht sogar besser, es nicht dem Zufall zu überlassen.«

»Wann kommt sie denn?«

»Am Samstagabend. Ich schätze, ich rufe sie dann gleich an, damit ich’s hinter mir habe.«

Burden wandte sich wieder der Leinwand zu, doch die Frauen und der Hüne waren verschwunden, und durch die Äste der Pinie waren lediglich die Beine des Liebhabers hinter dem

Fußende des Bettes zu erkennen. Der Mann lag reglos da, aber Burden hatte keine Ahnung, ob der Angriff des Riesen einen tödlichen Ausgang genommen hatte oder ob er ihn nur bewusstlos geschlagen hatte.

Johnnie trank sein Bier aus. »Ich mach mich lieber auf den Weg.« Er zerdrückte die Dose mit der Hand, zielte sorgfältig und warf sie durch das offene Fenster des Lieferwagens. »Fährst du auch?«

»Noch nicht. Ich glaube, ich bleibe noch eine Weile. Mal sehen, ob die Frauen wieder zurückkommen.« Er zwinkerte Johnnie zu. »Pass auf dich auf.«

»Du auch, hörst du?«

Burden heftete seinen Blick auf die Leinwand, obwohl er eigentlich nicht mit der Rückkehr der Frauen rechnete. Seine Gedanken waren zu einer Phase in seinem Leben gewandert, die einige Jahre zurücklag und von Lust und Problemen geprägt gewesen war. Bilder, die die dahinrasende Zeit hatte verschwimmen lassen. Doch unvermittelt tauchte eine messerscharfe Erinnerung an zurückliegende Ereignisse vor seinem geistigen Auge auf, und er zuckte vor Schmerz zusammen.

DREI

Maude Whitman war eine Frau, deren Glück die stets lachende Maske der Ironie verbarg. Einerseits mit einem unbezähmbaren Geist gesegnet, war sie andererseits von Geburt an mit einem Namen gestraft – Maude Clements –, der jedes Ohr irritierte und der perfekt zu ihrem während der Pubertät unspektakulären Äußeren passte. Als sie jedoch später zu einer atemberaubenden Schönheit erblühte, überraschte das alle um sie herum – nicht zuletzt die Jungs von der Highschool. Sie hatte sich ihnen als Teenager, als Gefangene ihrer nichts sagenden

Gesichtszüge und ihrer wenig anziehenden Figur, genähert und war erbarmungslos von ihnen zurückgewiesen worden.

In all den verzweifelten, lieblosen Jahren, in denen sie hinter einer reizlosen Fassade still vor sich hin litt, entwickelte ihr Verstand eine tief sitzende Feindseligkeit gegen ihre Altersgenossen. Sie malte sich aus, wie viele tausend unerlaubte Vergnügungen ihr nur wegen ihres langweiligen Äußeren entgingen. Diese Gedanken gruben sich in ihren jugendlichen Verstand, plagten ihn in der Gewissheit, dass ihr Körper – ein empfindsames Geflecht in einer hässlichen Verpackung – niemals die Aufmerksamkeit von Typen wie Beau Gisson, Pretty Pete Peterson und Champ Wilson erregen würde. Diese Jungs hatten den Schlampen von der Cheerleader-Truppe den Vorzug gegeben, die sich während der Sportstunde um die Jungs herumdrückten und ihre Brüste gegen ihre Arme pressten, während sie ihnen ihr reizendes Lächeln schenkten. Maude konnte nicht *reizend* lächeln.

Doch dann war nach einem strengen, für Maude besonders bitteren, einsamen Winter, in dem sie nur die trügerische Wärme verzweifelter Wunschträume am Leben erhalten hatte, ein Wunder geschehen. Mit ihren mittlerweile einundzwanzig Jahren war dies der erste Frühling ihrer unbestreitbaren Weiblichkeit gewesen. Gemessen an der Zeitspanne eines ganzen Lebens schien es, als sei der reizlose Kokon geradezu über Nacht aufgebrochen und habe einen wohlgeformten, hübsch anzusehenden Schmetterling erwachen lassen. Auf einmal hatten sich Hüften gewölbt, wo früher lediglich zwei gerade Linien einen wenig bemerkenswerten Umfang begrenzt hatten. Perfekte Brüste waren erblüht, die aussahen, als hätte sie ein unaufhaltsam herannahender Erdrutsch aufgeworfen. Und ihr Gesicht war, obwohl es in den Einzelheiten noch immer dasselbe war, zu einzigartiger Schönheit herangereift. Die einzelnen Komponenten hatten schon die ganze Zeit existiert, und jeder hätte sie erkennen können – jedes einzelne Teilchen, das nur ein winziges Stück nach links oder rechts hatte verschoben, ein wenig angehoben oder nach vorn geholt werden müssen, sodass es an seinem idealen Platz saß.

Doch das Schicksal hatte dieses Wunder fleischlicher Verwandlung nach seinem eigenen teuflischen Plan vollzogen, sodass zum Zeitpunkt ihres späten Debüts ihre Seele bereits bis zum letzten Quäntchen geplündert gewesen war. Das hatte dazu geführt, dass sie aus reinem Selbstschutz arrogant, eitel und unsicher geworden war – Eigenschaften, die sie vor ihrer Metamorphose niemals gehabt hatte.

Schlagartig hatten die desinteressierten und verächtlichen Jungen aus ihrer Jugend, die mittlerweile zu jungen Männern gereift waren, ihr doch noch den Hof gemacht. Doch man musste Maude zugute halten, dass sie sich nicht darauf eingelassen hatte. Sie hatte vielmehr ihre Habseligkeiten gepackt, sich eine einfache Busfahrkarte nach Charleston gekauft und dort ihr Lager in der Nähe der medizinischen Fakultät aufgeschlagen – wild entschlossen, ihre Zelte erst abzubrechen, wenn sie sich einen anständigen, frisch gebackenen Arzt geangelt haben würde.

Doch bei all ihrer Schönheit hatte sich ihre Isolation als junges Mädchen als enormer Hemmschuh erwiesen, einen ansehnlichen jungen Mann für sich zu gewinnen. Zwei Semester lang hatte sie sich von Abschlusskandidat zu Abschlusskandidat gehangelt und abwechselnd die Rolle des schmückenden Beiwerks, der Kumpanin und des sexuellen Hilfsmittels eingenommen, ohne jemals zur Freundin avanciert zu sein. Sie war viel zu schroff und unsicher gewesen, um mit einem dieser Männer eine Freundschaft aufzubauen. Wann immer potenzielle Kandidaten wahre Gefühle für Maude Clements in sich hatten aufkeimen spüren, war sie augenblicklich gemein geworden und hatte sie so grob und ungerührt abgewiesen, wie die Schuljungs es Jahre zuvor mit ihr gemacht hatten. Unbewusst hatte sie sich für jede einzelne Verletzung gerächt in der felsenfesten Überzeugung, dass ein letztes, wunderbares Exemplar Mann auf sie wartete, wenn sie gleichgezogen hatte.

Hubert Whitman war nicht das letzte, wunderbare Exemplar, das sie sich ausgemalt hatte. Stattdessen war er ein eher langweiliger, lustloser Zeitgenosse, der mit achtundvierzig Jahren aufs College gekommen war, um sich seinen Lebenstraum zu erfüllen und Arzt zu werden. Er stammte aus Charleston und hatte ein kleines Vermögen gemacht, indem er reichen Hausbesitzern Wasserhähne aus Deutschland für deren Badezimmer verkauft hatte. Acht Jahre später hatte er einen brauchbaren Abschluss gemacht und sah in seinem gestärkten Hemd, seiner blauen Krawatte und dem weißen Laborkittel genau so aus, wie man sich einen Arzt vorstellte.

Hubert hatte Maude an seinem letzten Tag auf dem Campus entdeckt. Er hatte seine Koffer auf dem Rücksitz seines Wagens verstaut, als er zufällig den Kopf gehoben und Maude gesehen hatte, wie sie sich mit ihren eigenen Koffern den Gehsteig entlangquälte. »Sie sah aus, als hätte sie endgültig resigniert, wie sie ihre Habseligkeiten hinter sich herschleppte, so als sei sie auf dem Weg in die endgültige Verbannung«, erzählte Hubert oft, wenn er den ersten Eindruck von seiner Frau wiedergab und schilderte, wie er sie aus ihrer Resignation »gerettet« hatte. Ihre verzweifelte Miene, die sich so überzeugend echt auf ihrem Gesicht abgezeichnet hatte, spiegelte das Ausmaß ihrer Bestürzung wider, als sie an der Ecke stehen geblieben war und ihre Koffer abgestellt hatte. Ihr Vermögen war verschwunden gewesen – sowohl im realen als auch im übertragenen Sinn. Wie hatte sie nur so versagen können? Ausgerechnet *jetzt*? Jetzt, da sie doch so schön geworden war? Sie hatte sich in die vertraute Schlange der Zwangsumsiedler eingereiht, die auf den Greyhound-Bus warteten, der sie an einen anderen

Ort bringen sollte, an einen Ort, an dem der Himmel blauer und das Leben einfacher sein würde.

Vielleicht war es jene erbarmungslose Schlange der Abgeschobenen neben Maude gewesen, die sie so unvorstellbar reizvoll im goldenen Junilicht hatte aussehen lassen, dass es Hubert Whitmans, *Dr.* Hubert Whitmans Herz berührte. Vielleicht war genau in jenem Moment, als ihm bewusst geworden war, dass er mehr als die Hälfte seines Lebens hinter sich gebracht hatte, ohne jemals die sanfte Berührung einer Frau genossen zu haben, Panik in ihm aufgestiegen. Aus welchem Beweggrund auch immer, jedenfalls war Hubert mit all dem Selbstvertrauen, das ein medizinischer Titel dem Ego eines Mannes verleihen kann, auf sie zugeschlendert, hatte sich an den Hut getippt und gesagt: »Sie werden mich heiraten.«

Aber das Schicksal hatte sich noch einen letzten Spaß auf Maudes Kosten erlaubt: Nun, da sie endlich ihren Arzt gefunden hatte und ein geruhsames Leben hätte führen können, hatte auch ihr Doktor seine Berufung gefunden und es mit dem hippokratischen Eid so genau genommen, dass er sogar seine schöne Frau darüber vernachlässigte. In den Jahren seit ihrer Heirat hatte sie sich zu einem hübschen Kunstgegenstand entwickelt, der, zumindest was Huberts Zärtlichkeiten und seine Libido betraf, in einem finsteren, leeren Raum eingesperrt war. Und mal ganz ehrlich – wie viel sexuelle Befriedigung konnte sie dreizehn Jahre nach jenem schicksalhaften Juninachmittag in den Armen eines mittlerweile einundsechzigjährigen Mannes schon erwarten?

Die Nachmittagshitze und die körperliche Arbeit hatten ein nasses Schweißmuster auf Burdens Rücken und Brust entstehen lassen. Seine Oberschenkel und sein Schritt waren feucht, und gelegentlich stieg ein Schwall klamm-feuchter Luft aus dem Kragen seines Hemds auf, wenn er die Tüten vom Lieferwagen hob. Als er um die Kurve vor Dr. Whitmans Haus fuhr, sah er einen Cadillac in der Auffahrt stehen, was bedeutete, dass die Schwester des Doktors bei Maude war. Burden war froh über den Anblick des Wagens, da er sich in seinem verschwitzten Hemd alles andere als sexy fühlte. Außerdem verspürte er nicht die geringste Lust, so zu tun, als fühlte er sich sexy – etwas, das Maude Whitman pausenlos von ihm verlangte.

Burden hielt an, stieg aus und nahm die restlichen drei Tüten vom Rücksitz des Lieferwagens.

Maude wartete bereits in der Tür, die in den Vorraum führte. Jasminsträucher wucherten über einem gewölbten Spalier, das die aus Ziegeln gemauerte Veranda umgab. Sie stand in ihrem knielangen, elfenbeinfarbenen Kleid und den stets makellosen, dazu passenden Pumps unter dem Bogen wie eine Braut, die freudig ihren Bräutigam erwartet – was genau dem Bild entsprach, das sie vor ihrem inneren Auge hatte. Sie malte sich aus, wie Burden die Stufen zum Vorraum heraufkam, die Taschen achtlos fallen ließ und sie in seine Arme schloss, während seine feuchten Lippen ihren Hals fanden. Er würde sie eng an seinen prachtvollen jugendlichen Körper drücken, sodass ihre Brüste beinahe ein wenig schmerzten. Währenddessen würden seine Hände unter ihr Kleid wandern (er würde ihr Brautkleid ganz schmutzig machen!) und sich um das Fleisch ihrer Hinterbacken legen, während er sie noch ein Stück näher an sich heranzog. Sein Griff würde die beiden Backen ein klein wenig spreizen, und sie würde dieses erotische Ziehen in der Muskulatur spüren, wenn sie sich dehnte. Durch den Stoff des Kleides hindurch würde sie die Kontur seines anschwellenden Penis spüren, warm und dick und steif von Verlangen nach ihr. Ihr lief das Wasser im Mund zusammen.

»Tag, Mrs. Whitman.«

»Guten Tag, Burden. Ziemlich warm heute, wie?« Maudes Augen wanderten über Burdens feuchtes Hemd, während sich ihre Lippen zu einem angedeuteten Lächeln verzogen.

»Ja, Ma'am, allerdings.« Burden sah auf den Schatten, der hinter Maude über die Wand des Garderobenraums glitt, und senkte den Kopf. »Guten Tag, Miss Whitman«, sagte er, ohne die Schwester des Doktors richtig zu Gesicht bekommen zu haben.

Maude straffte sich, als sie ihre Schwägerin kommen hörte, und trat einen Schritt beiseite, um Burden ins Haus zu lassen. Als er an ihr vorbeiging, inhalierte sie tief seinen Moschusgeruch, berührte mit der Fingerspitze zuerst ihren nackten Hals und dann ihre Lippen. »Soll ich dir etwas Kaltes zu trinken holen, Burden?«, fragte sie, warf ihrer Schwägerin einen misstrauischen Blick zu und verfluchte sie im Stillen für ihren unerwarteten Besuch. »Ich habe erst heute Morgen gesüßten Tee gemacht. Ein kaltes Glas davon würde dir bestimmt gut tun.«

»Das klingt verlockend, Mrs. Whitman, aber ich muss gleich wieder zurück in den Laden.« Burden war sich nicht sicher, ob er nicht doch ein Glas Eistee wollte. Es war schließlich ein heißer Tag, und dies war seine letzte Station. Außerdem sah Maude so hübsch aus in ihrem elfenbeinfarbenen Kleid. Es lag verführerisch eng an ihrer Taille an und schien ihm zuzurufen: »Sieh nur, Burden, was für eine hübsche Sanduhr in mir steckt. Und ihre Kurven sind extra für deine Hände geschaffen worden.« *Und, o mein Gott, diese Beine!*

Burden hustete, um die Stimme in seinem Kopf zum Schweigen zu bringen.

»Siehst du«, sagte Maude Whitman, »erzähl mir nicht, ein Glas von meinem kalten Tee würde dir nicht gut tun.«

Mit fünfzehn hatte Burden angefangen, Waren für seinen Vater auszufahren, und die Whitmans hatten von Anfang an zu den besten Kunden gehört, sodass Burdens Vater ihm eingebläut hatte, ganz besonders nett und höflich zu ihnen zu sein. Mrs. Whitman war ihrerseits ebenfalls stets von ausgesuchter Freundlichkeit gewesen und hatte ihm von Mal zu Mal mehr Trinkgeld gegeben. Eines Nachmittags – es war ein ähnlich schöner, warmer und freundlicher Tag gewesen wie heute – war er zu den Whitmans gekommen, um ihnen die wöchentliche Lieferung zu bringen, und hatte die Tür zum Vorraum angelehnt vorgefunden. Als er geklopft hatte, war Maudes Stimme von irgendwoher im Haus zu hören gewesen, die ihn gebeten hatte hereinzukommen. »Stell die Tüten einfach auf die Arbeitsplatte«, hatte sie gesagt, ohne sich zu zeigen. Im nächsten Augenblick war wieder ihre Stimme zu hören. »Burden … Burden, mein Lieber, kannst du vielleicht herkommen? Ich brauche deine Hilfe. Ich bin hier oben, im Schlafzimmer.«

Arglos hatte er die Diele durchquert, war die Treppe hinaufgegangen und den Korridor entlanggeschlendert, dessen Wände mit frühen Fotografien der Vorfahren des Doktors gesäumt gewesen waren. Die klare Nachmittagssonne hatte ein Rechteck auf die Wand gegenüber vom Schlafzimmer geworfen, in dem Burden den verkürzten Schatten einer seltsam erhöht stehenden Gestalt hatte sehen können. Er war stehen geblieben und hatte sich verwirrt am Kopf gekratzt.

»Burden?« In Mrs. Whitmans Stimme hatte plötzlich eine Mischung aus Angst und Scham gelegen.

»Ich komme schon«, hatte Burden gerufen und durch die Tür hineingespäht. Maude hatte auf dem Bett gestanden, und ihre Miene hatte die Gefühle widergespiegelt, die in ihrer Stimme zu hören gewesen waren. Ihre zarte weiße Bluse war vom durch das Fenster hereinfallenden Licht erleuchtet gewesen und hatte ihren Körper wie eine Aura umflossen. Die obersten Knöpfe ihrer Bluse hatten offen gestanden und den Blick auf eine zart geformte, dreieckige Mulde freigegeben. Sie hatte eine Perlenkette und dazu passende Ohrringe sowie einen Ehering getragen, dessen dreikarätiger, birnenförmiger Brillant im grellen Nachmittagslicht gefunkelt hatte. Unter der Bluse hatte ein elfenbeinfarbenes Höschen hervorgeblitzt. Neben ihr auf dem Boden hatte eine zusammengeknüllte Jeans in einem tiefen Blauton gelegen, der Burden hatte vermuten lassen, dass sie noch nie getragen worden war.

»Gott sei Dank bist du gekommen, Burden. Ich stehe schon seit einer Stunde hier. *Seit einer Stunde*.«

»Alles in Ordnung mit Ihnen, Mrs. Whitman, Ma'am?« Seine Schüchternheit hatte ihm verboten, ihr in die Augen zu sehen, deshalb hatte er seinen Blick durch den Raum schweifen lassen. Aber schließlich war er doch an ihren blassen, perfekt geformten Beinen mit den kräftigen Waden und Knien hängen geblieben, die so fest zusammengepresst gewesen waren, dass sich kleine schattige Grübchen an der Seite gebildet hatten.

»Das Ganze ist so peinlich, Burden, wirklich. Ich wollte weggehen und mir gerade die Hose anziehen, als ich plötzlich eine Ratte daraus quieken gehört habe. Eine *Ratte*, die aus meiner Hose quiekte. Ich schwöre, dass mich zwei kleine gelbe Augen aus einem Hosenbein angestarrt haben und dass mir dieses Vieh in meinem eigenen Haus seine Schnauze entgegengestreckt hat – *in meinem eigenen Haus*. Kannst du dir das vorstellen, Burden, eine Ratte in *diesem* Haus?«

Burden hatte sich die geschmackvolle Sammlung blitzblanker Familienerbstücke angesehen, das Ethan-Allen-Mobiliar und die Lichtkegel an den Wänden. »Nein, Ma'am, Mrs. Whitman.« Er hatte erneut auf ihre Kniescheiben gestarrt – perfekt geformte Wölbungen aus zartestem, blassestem Porzellan. *Wie kühl sie sich wohl an meiner Wange anfühlen würden*, hatt er gedacht, die Vorstellung aber schnell wieder beiseite geschoben.

»Oh, aber ich hasse Ratten aus tiefster Seele, Burden, ich kann sie einfach nicht ausstehen. Ich muss eine Rattenphobie haben, weil ich sofort, als ich sie gesehen habe, meine Jeans auf den Boden geworfen habe und aufs Bett gesprungen bin …« – sie hatte auf das Bett gedeutet, und Burdens Blick war ihrem Finger zu ihren Füßen gefolgt –, »wo du mich gottlob gefunden hast. Und ich bin schon seit einer Stunde hier oben, und jetzt muss ich dringend *pinkeln*. Gütiger Gott im Himmel, meine arme Blase platzt gleich – sie platzt, Burden!« Maude hatte die Beine zusammengepresst und ihm einen flehenden Blick zugeworfen.

»Warum tun's Sie es dann nicht?«

»Weil, mein lieber Burden, dieses dreckige Vieh immer noch da drin ist«, hatte sie gesagt und vorwurfsvoll mit dem Finger auf den Haufen Stoff am Boden gedeutet. »Sei bitte ein lieber Junge und sieh für mich nach.«

Burden war ohne jede Angst vor dem jungfräulichen blauen Stoffhaufen in die Knie gegangen, während Maude sich die Hände vor den Mund gepresst hatte. »Sei vorsichtig«, hatte sie gewarnt. Burden hatte aufgesehen und ihr versichern wollen, er werde vorsichtig sein, als sein Blick auf ihr Höschen gefallen war, das unter dem aufklaffenden Saum ihrer Bluse hervorgeblitzt hatte. Er hatte einen Blick auf ihr Schamhaar erhascht, das sich gegen den elfenbeinfarbenen Stoff drängte wie Stroh an die zerschlissene Kleidung einer Vogelscheuche. Er hatte die schmale Spalte gesehen, die sich zwischen zwei hügelartigen Erhebungen entlangzog, und er hatte die milchig-weiße Wölbung ihres Bauches über dem elastischen Bund des Seidenhöschens und die zarte Haut am Übergang zu ihrem Oberschenkel gesehen. Nach einem so intimen Einblick war es ihm gänzlich unmöglich gewesen, ihr noch einmal in die Augen zu sehen, deshalb hatte er seinen Blick abermals zu ihren Knien wandern lassen, die sich mittlerweile auf Augenhöhe befunden hatten, höchstens fünfzig Zentimeter vor seinem Gesicht. Ein heißer Schwall von Treibhausdüften war ihm in die Nase gestiegen, eine würzige Mischung aus Lehm und Orchideen, die seinen Verstand vergiftet und den innigen Wunsch in ihm ausgelöst hatte, die perfekt geformten, blassen Monde ihrer Knie zu küssen, die Grübchen zu liebkosen und seine Finger an der Unterseite um sie zu legen und die warmen Fältchen zu spüren, wenn sie die Beine beugte.

»Siehst du dieses pelzige Ding?«

Ja, ja, ich sehe es.

»Noch nicht.« Burden hatte die Hose oben und unten zugehalten und auf irgendwelche spitzen Protestschreie gelauscht, während seine Augen die Hose nach dem verräterischen runden Körper abgesucht hatten, der zu fliehen versuchte. Als er zu Maude hatte aufsehen wollen, war sein Blick wieder auf ihre Knie gefallen. »Da ist keine Ratte in Ihrer Hose, Mrs. Whitman«, hatte er gesagt und gespürte, wie sein Mund trocken geworden war.

»Vielleicht ist sie unters Bett gelaufen. Oh, und ich muss so dringend pinkeln. Würdest du bitte – oh, nein, nein, mach dir keine Mühe.«

»Was denn?«

»Ich sollte dich wirklich nicht um so etwas bitten. Aber ... Na ja, wenn es dir nichts ausmacht ... könntest du mich ins Badezimmer tragen, bevor du unter dem Bett nachsiehst? O Gott, ich klinge wie der größte Feigling. Aber was soll ich denn sonst machen? Ich muss so dringend zur Toilette, und allein der Gedanke an dieses boshafte, pelzige Biest, das frei unter meinem Bett herumläuft, macht mir Angst.«

»Das ist kein Problem. Ich kann Sie tragen, Mrs. Whitman.«

»Du bist wirklich ein so lieber Junge«, hatte Maude geschnurrt und die Arme nach Burden ausgestreckt.

Burden war sich sehr wohl im Klaren darüber gewesen, dass sein Schwanz seine Gedanken verraten hätte, wenn er jetzt aufgestanden wäre, denn allein beim Anblick von Mrs. Whitmans Knien war er bereits ein wenig steif geworden. Er hatte sich deshalb hastig erhoben und sie in seine Arme gerissen, bevor sie seine Erregung hatte sehen können. Sie hatte gekreischt und vor Angst mit den Füßen gestrampelt. Sie war schwerer gewesen als erwartet, hatte sich aber ohne Schwierigkeiten tragen lassen und sich herrlich weich in seinen Armen angefühlt. Hastig und vorsichtig zugleich hatte er sie ins Badezimmer getragen. Die Anstrengung hatte dafür gesorgt, dass sich seine aufkeimende Erektion verflüchtig hatte, sodass er selbstsicher vor ihr gestanden und ihr an der Tür ins Gesicht gesehen hatte, um zu beweisen, dass er nicht einen einzigen unsittlichen Gedanken im Hinblick auf sie gehegt hatte.

Maude hatte Burdens Blick einige Sekunden lang erwidert, und der Hauch einer Aufforderung war in ihren Augen aufgeflackert. »Na ja«, hatte sie schließlich gemeint, »ich muss jetzt wirklich pinkeln. Und du siehst so lange unter dem Bett nach, ob die Ratte dort ist, ja?«

Burden hatte gelauscht, wie der Toilettendeckel hochgeklappt worden und gegen den Porzellanspülkasten gestoßen war. Dann hatte er die Toilettenspülung gehört, aber er war sich nicht sicher gewesen, ob Maude tatsächlich gepinkelt hatte.

»Und?«, hatte Maude gefragt und die Tür einen Spaltbreit geöffnet, um mit einem Auge ins Zimmer linsen zu können.

»Keine Ratte. Sie muss weggelaufen sein. Wahrscheinlich hinunter in den Keller. Oder«, hatte er hinzugefügt, als er bemerkt hatte, dass sie diese Vorstellung alles andere als glücklich machte, »sie ist schon auf halbem Weg zu den Nachbarn, wenn Sie mich fragen.«

»Glaubst du? Glaubst du das *wirklich*?«

»Ja, Ma'am, das tu ich.«

»Du bist ein tapferer Junge, Burden. Aber wenn man andererseits bedenkt, was du im letzten Jahr durchgemacht hast, ist eine Ratte wahrscheinlich eine Kleinigkeit für dich.«

Burden hatte seinen Blick auf den Teppichboden geheftet.

Ein feiner Schmerz hatte sich wie ein Finger auf sein Herz geheftet, doch als er ihre Zehen mit den rot lackierten Nägeln betrachtet hatte, hatte sich der Finger augenblicklich zurückgezogen. Er hatte wieder ihre Knie gemustert. *Nur einmal daran lecken. Das würde schon reichen.*

Maude war an Burden vorbeigegangen, und der Luftzug, den sie verursacht hatte, war erfüllt gewesen vom Duft nach Orchideen. »Na gut, ich sollte mich jetzt wohl anziehen«, hatte sie gesagt und nach ihrer Jeans gegriffen.

Burden hatte sich nicht vom Fleck gerührt.

»Würdest du bitte die Tür zumachen, wenn du gehst.«

»O ja, ja«, hatte er gestammelt, als er wieder zu sich gekommen war. »Ja, Ma'am. Natürlich.« Dann war er zur Tür gehastet.

»Nein, warte«, hatte Maude ihm nachgerufen und ihre Jeans aufs Bett gelegt. Sie war zur Frisierkommode gegangen, hatte nach ihrer Geldbörse gegriffen und eine Zehndollarnote herausgezogen. »Ein bisschen Extrageld für deine Mühe.« Sie hatte ihm den Geldschein hingehalten, sodass er quer durch den Raum hatte gehen müssen, um ihn sich zu holen.

Und das hatte er getan.

Als Burden nach dem Schein gegriffen hatte, hatten sich Maudes Finger wie ein weiches Gefängnis um seine Hand geschlossen. »Danke«, hatte sie gesagt, ohne den Blick von ihm zu wenden. »Ich weiß nicht, was ich getan hätte, wenn du nicht gekommen wärst.« Sie hatte eine Hand um seinen Nacken gelegt, sich gegen ihn sinken lassen und ihn sanft auf die Wange geküsst. Ihre Nase hatte sein Ohr gestreift, und ihr flüchtiger, heißer Atem hatte sein Ohrläppchen umhüllt.

»Das war doch gar nichts, Mrs. Whitman«, hatte er mühsam hervorgebracht, ehe er sich zum Gehen gewandt hatte.

»Wir sehen uns nächste Woche?«, hatte Maude ihm noch nachgerufen.

»Ja, Ma'am.«

Draußen in der warmen Sonne hatte Burden sich nach dem Haus umgedreht, das plötzlich viel mehr gewesen war als nur ein gewöhnliches Haus. Doch in diesem Moment hatte er weder verstanden, was daraus geworden war, noch dass es, als er die elegante vertäfelte Eingangstür, die zimmerhohen Fenster und die teuren Ziegel betrachtet hatte, nicht mehr das Haus gewesen war, das er vor sich hatte stehen sehen, sondern das Versprechen der Frau, die darin lebte. Schließlich war er zu seinem Lieferwagen gegangen und hatte tief Luft geholt, worauf ihm der vage Geruch nach Putzmitteln in die Nase gestiegen war. Er hatte auf seinen Schritt hinuntergesehen und bemerkt, dass ein Lusttröpfchen einen erbsengroßen Fleck auf seiner Jeans hinterlassen hatte. Er hatte nach seinem Tuch gegriffen, mit dem er sich sonst den Schweiß abwischte, und an dem Fleck gerieben, während er ein letztes Mal zum Haus hinübergesehen hatte, nicht ahnend, dass er schon in der nächsten Woche ihre Knie küssen würde. Damit würde er zumindest anfangen.

»Ein Glas Tee wäre nett«, sagte Burden jetzt. Es bestand keine Gefahr. Marlene war da, und nicht einmal Maude war so dreist, in der Gegenwart ihrer Schwägerin über ihn herzufallen.

»Ich glaube, ich nehme auch eines, wenn es dir keine Umstände macht«, schaltete sich Marlene ein.

Maude wandte sich ihrer Schwägerin zu und betrachtete sie voller Zuneigung. »Aber natürlich, Liebes, es macht mir überhaupt keine Umstände.«

»Sulah, das hier sind meine Cousins, Peedie und Burden. Sie sind aus Walterboro.«

Sulah musterte die beiden Vierzehnjährigen argwöhnisch und wandte sich dann ab.

Peedie beugte sich zu Burden. »Hübsche Titten«, flüsterte

er, worauf beide Jungs zu lachen anfingen. Burden nickte. Er hatte bisher nur wenige Mädchen kennen gelernt, die größere Brüste hatten als diese Sulah Russell, die in jeglicher Hinsicht das genaue Gegenteil von Jo war, seiner wunderbaren neuen Eroberung. Er und Jo würden sich morgen Abend wieder sehen, und wenn sie zusammen waren, würde er insgeheim eine Bestandsaufnahme ihrer zahllosen herausragenden Qualitäten machen.

»Kommen die jetzt, oder was ist?«, wollte Sulah mit krächzender Stimme von Whalie wissen.

»Warte, Sulah, die werden schon rechtzeitig hier sein.«

Sulah stammte aus Cottageville, war achtzehn Jahre alt und hatte bestimmt fünf Kilo Übergewicht, was hauptsächlich auf ihre Brüste zurückzuführen war. Sie trug ein Schlauchtop und enge Jeans. Die Hose war dunkelblau, bis auf die Stellen, wo die Spannung ihres Fleischs und die Abnutzung durch Handflächen, die ständig darüberfuhren, den Stoff gebleicht hatten. Die kupferfarbenen Nieten schimmerten im Lichtkegel von Whalies Verandalampe. Sulahs kirschfarbenes Top, das aus einem gekräuselten, weich aussehenden Material bestand, bedeckte kaum ihre Brüste.

»Fass ihr doch mal an die Titten«, forderte Peedie Burden auf.

»Pssst«, zischte Burden aus Angst, Sulah könnte sie hören. Aber Sulah war in ihrer eigenen Welt und wartete ungeduldig auf Ricky und ihren Freund Sutton. Ricky hatte den Wagen und Sutton das Bier.

Sutton hatte Whalie gebeten, Sulah abzuholen und sie zu ihm nach Hause zu bringen. Ricky und Sutton hatten die vergangenen beiden Tage in Garnett beim Jagen verbracht und vorgehabt, noch einen dritten Tag dranzuhängen. Aber ein heftiger Regenguss – zunächst ein sanftes Nieseln, das sich jedoch zu einem steten Regen entwickelt hatte – zwang sie, früher zurückzukommen. Sutton war stocksauer gewesen und hatte Whalie angerufen, um ihm zu sagen, sie würden zwar spät kommen, er habe aber eine Kiste kaltes Coors dabei, und Whalie solle dafür sorgen, dass Sulah bei ihm zu Hause auf ihn wartete.

Ein Rasen, der dringend gemäht und geharkt werden musste, und das Versprechen, jeder von ihnen würde zehn Dollar dafür bekommen, hatten Peedie und Burden von Walterboro zu ihrem Cousin nach Beaufort gelockt. Gerade als Whalie sie die rund dreißig Meilen nach Hause fahren wollte, hatte ein genervter und ungeduldiger Sutton angerufen, der keine Lust gehabt hatte zu warten. »Scheiße, dann bring sie eben mit«, hatte er gesagt. Peedie hatte er bereits kennen gelernt, und er schien nichts gegen ihn zu haben. Burden dagegen hatte er noch nie gesehen. Burden war nicht gerade begeistert von der Aussicht, über Nacht zu bleiben, und erst nachdem Whalie versprochen hatte, ihn und Peedie gleich am nächsten Morgen zurückzubringen, hatte er langsam Gefallen an der bevorstehenden Spritztour gefunden.

»Wann wollten sie kommen?«, fragte Sulah. Ihre Stimme schrillte in Whalies Ohren. Kein Wunder, dachte er, dass ihre Stimme so durchdringend ist, wenn sie aus so einem Mund kommt. Ihre Lippen hatten dieselbe blassrosa Farbe wie ihre Haut und waren viel zu fleischig; außerdem säumten dunkle Sommersprossen die Ränder ihrer Lippen, was aussah, als seien sie von kleinen Blutergüssen umgeben. Whalie wollte sich lieber nicht vorstellen, wie widerlich es wäre, diese Lippen zu küssen oder seine Zunge in die schwarze Höhle ihres Mundes zu schieben – es war schon schlimm genug, sich das anhören zu müssen, was aus dieser Höhle herauskam.

»Bald, Sulah, bald«, sagte Whalie, wandte sich zu Peedie um und verdrehte die Augen. »Wie wär's, wenn du reingehen und mir noch'n Bier holen würdest«, sagte er zu seinem Cousin.

»Kann ich mir auch eins holen?«, fragte Peedie und lächelte

ihn bittend an. Whalie wollte gerade ablehnen, als Sulah ein Schnauben ausstieß und Peedie mit einem höhnischen Blick bedachte. »Klar, mach ruhig«, antwortete er und sah Sulah an, die sich abwandte und missbilligend das Kinn hob. »Lass es aber langsam angehen.«

»Und was ist mit mir?«, fragte Burden.

»Teil dir eins mit Peedie«, antwortete Whalie. Peedie warf Burden einen finsteren Blick zu, ehe die beiden Cousins ins Haus stürzten. »Echt clever, Whalie, zwei Vierzehnjährigen ein Bier zu geben«, sagte Sulah.

»Quatsch, was redest du denn da überhaupt? Scheiße, ich hab angefangen zu trinken, als ich grade mal elf war.«

Sulah öffnete ihren missgestalteten Mund, um etwas zu erwidern, besann sich dann aber eines Besseren. Scheinwerfer glitten über die Rasenfläche, und Whalie hörte das Geräusch von Autoreifen, unter denen der Kies knirschte. Er drehte sich in dem Augenblick um, als Rickys 78er Monte Carlo in die Einfahrt bog.

»Na endlich«, schnaubte Sulah und sprach damit Whalies Gedanken laut aus.

Peedie und Burden stürzten aus dem Haus. Sie hatten den Wagen nicht gehört und rangelten um das Bier, während sie die Vordertreppe heruntersprangen.

Sulah schüttelte noch einmal den Kopf, warf Whalie einen durchdringenden Blick zu und drehte sich dann zu dem Wagen um.

Als die Jungs den Monte Carlo sahen, fand das Gerangel schlagartig ein Ende. Burden ließ die Dose los, ging langsam auf den Wagen zu und betrachtete bewundernd seine wohlgeformte Silhouette. Der Wagen war ein limonengrünes Prachtexemplar, das im Abendlicht wie ein falsches Heiligenbild schimmerte – ein Eindruck, der durch die Regentropfen darauf noch verstärkt wurde.

»Fahren wir jetzt los?«, wollte Burden wissen, der es angesichts des Biers und des Wagens auf einmal nicht mehr ganz so eilig hatte, nach Hause zu kommen. Peedie schüttete Bier in sich hinein, bis Burden ihm die Dose entwand.

»Klar«, erwiderte Whalie, worauf Sulah erneut ein missbilligendes Schnauben ausstieß.

Sulah ging zur Beifahrertür, als Sutton, ein breitschultriger Hüne, aus dem Wagen stieg und die Arme um sie legte. Das Kondenswasser von einer Flasche Corona in seiner Hand hinterließ einen dunklen Fleck auf ihrem Schlauchtop. Sulah sah zu ihm auf, stellte sich auf die Zehenspitzen und küsste ihn leidenschaftlich. »Gib das Bier her«, forderte Whalie Peedie auf. Er setzte die Dose an und schüttete den Inhalt in sich hinein, um den imaginären Geschmack ihrer Zunge aus seinem Mund zu vertreiben.

»Fertig?«, rief Sutton, nachdem er sich von Sulah gelöst hatte.

»Sutton, die beiden hier – na ja, du erinnerst dich wahrscheinlich noch an Peedie – und das hier ist mein anderer Cousin, Burden.«

Sutton nickte ihnen höflich zu. »Wie ich sehe, trinkt ihr beide. Gut.« Er drehte sich um, klappte den Beifahrersitz nach vorn und förderte zwei Coors zutage. »Hier, Jungs. Das bringt euch besser in Schwung als dieser Scheiß da. Später kommen wir dann zum richtig guten Stoff.« Er hielt eine halb volle Flasche Corona in die Höhe und schüttelte sie.

Whalie warf Sulah einen Blick zu, um zu sehen, wie sie darauf reagierte, doch sie lächelte nur.

»Ich muss nur noch pissen, dann kann's von mir aus losgeh'n«, trompetete Sutton und ging ins Haus.

Burden betrachtete das Coors, ehe er zuerst Peedie, dann Whalie ansah. Als Whalie nickte, machte er die Flasche auf und nahm einen langen Zug.

»Schön langsam, Burden, keine Eile. Wo das herkommt, gibt's noch viel mehr.«

Peedie nahm Burden beiseite, während sie auf Sutton warteten. Das Bier hatte ein Lächeln auf sein Gesicht gezaubert, das auch nicht verschwand, als er sprach. »Jetzt trau dich doch, und fass ihre Titten an.«

»Shh.«

»Feigling.«

»Mach's doch selber, wenn du sie unbedingt anfassen willst, verdammt noch mal.«

»Ich hab's aber zuerst gesagt. Sieh sie dir doch nur mal an. Das sind nicht nur normale Titten. Diese Dinger können einem Mann glatt das Kreuz brechen. Und? Traust du dich jetzt, sie anzufassen?«

Burden beobachtete Sulah, die sich an den Monte Carlo gelehnt hatte. Sie war absolut nicht sein Typ, aber vor dem Hintergrund des limonengrünen Wagens wirkte ihr kirschrotes Top wie ein in die Luft gereckter, um Aufmerksamkeit heischender Pavianhintern. Ihre Brüste waren zwar nicht schön, aber doch auf ihre ganz eigene Weise verlockend. Und als die Kühnheit von seinem jugendlichen Verstand Besitz ergriff, wurde der Gedanke, ihre Titten zu begrapschen, mit einem Mal zu einem brennenden Wunsch. »Wann?«, fragte er.

»Beim Fahren. Es ist ganz einfach: Fass einfach über das Top und nimm eine Brust in jede Hand. Du drückst zu, und dann lässt du sie wieder los. Scheiße, wenn du es schnell genug machst, dann merkt sie es wahrscheinlich nicht mal.«

Burden sah seinen Cousin ungläubig an.

»Komm schon …«, drängte Peedie. »nur eine Sekunde. Ich schwöre dir, wenn du's nicht machst, dann liegst du heute Abend im Bett und würdest dich am liebsten in den Hintern beißen, weil du's nicht probiert hast.«

Peedies Worte, die wenigen Schlucke Bier auf nüchternen

Magen und Sulahs Pavianhintern-Top versetzten Burden schlagartig in einen Zustand absoluter Ruhe. Er sah sich hinter ihr sitzen, stellte sich Sulahs wirre Strähnen vor, die sich vom Beifahrersitz abhoben wie die verbrannten Schösslinge von gekräuseltem Weizengras. Er malte sich aus, wie sich seine Hände wie Schlangen nach vorn arbeiten würden – wie sie nach ihren Titten griffen und sich seine Finger in ihrem Fleisch versenkten, während seine Handflächen über die überdimensionale Beute glitten und sich dann ungehindert wieder in den Schatten des Rücksitzes zurückzogen.

Die Fliegengittertür sprang auf und knallte gegen die Veranda. »Fertig, Mädels?«, trompetete Sutton. »Los geht's, los geht's, los geht's!« Bei jeder Wiederholung schlug er seine riesigen Pranken aneinander.

Das Geschrei riss Burden aus seinen Tagträumen, und er wandte sich Peedie zu. »Okay«, sagte er entschlossen.

In seinem Traum lief Burden blindlings durch Reihen überreifer, vertrockneter Maispflanzen. Die hohen Stängel kippten zur Seite. Am Himmel stand eine aufgedunsene, obszön aussehende Sonne.

»Junge«, zeterte jemand hinter ihm, der so alt war, dass es den Eindruck erweckte, der Tod höchstpersönlich sei ihm auf den Fersen und verfolge ihn durch das verdorrte Maisfeld. Seine Lungen, vergiftet vom Staub des Verfalls, brannten in seiner Brust. »Lauf nicht weg, Junge«, rief die immer näher kommende Stimme.

Burden kämpfte verzweifelt um einen letzten Rest Energie, geriet ins Straucheln und stürzte zu Boden. Als er in den Furchen des Ackers lag, schien sein Körper mit einem Mal bleischwer zu sein. Es wollte ihm nicht gelingen, wieder aufzustehen und erneut die Flucht aufzunehmen. Eine schlanke Gestalt teilte die Maispflanzen unmittelbar über ihm, und am liebsten hätte er die Augen aus Angst vor dem geschlossen, was er vor sich sehen könnte. Doch es war nur sein Cousin Peedie, der im Zwielicht hell und vollkommen makellos aussah und mit einem angedeuteten Lächeln und sanften, offenen Augen auf Burden hinunterblickte. Er streckte die Hand nach ihm aus.

»Komm«, sagte Peedie.

»Ich kann nicht«, erwiderte Burden jämmerlich. »Ich kann mich nicht bewegen.«

Peedies Miene verdüsterte sich, und er wandte sich ab. »Er ist hier drüben«, rief er.

Burden drehte abrupt den Kopf und sah hinter sich. Ein alter, runzliger Mann mit einem Gewehr im Arm kam durch die verdorrten Stängel auf ihn zu. Burden sah zu Peedie auf. »Wieso tust du mir das an?«, fragte er.

»Junge«, sagte der alte Mann. »Ich hab dich schon gesucht.« Er hob die Waffe und zielte auf Burdens Gesicht. »Was machst du da in meinem Maisfeld?«

Burden fuhr aus dem Schlaf hoch, während der Schuss im Nirgendwo verhallte. Schweiß hing in seinem T-Shirt und brannte in seinen Augen. Er blickte sich im Zimmer um, und als er sich davon überzeugt hatte, dass er allein war und ihm niemand aus seinem Traum gefolgt war, warf er die Decke zurück und stand auf. Er trat ans Fenster, schob es hoch und sog die feuchte Nachtluft tief in seine Lungen, während er die Arme auf dem Fensterbrett überkreuzte und seine Wange gegen die Scheibe presste. »Wahnsinn«, flüsterte er, nachdem er wieder zu Atem gekommen war.

Es war eine ruhige Nacht. Die Büsche und Sträucher sahen aus wie eine erstarrte Prozession, geisterhafte Gestalten, geschaffen vom kalten, erbarmungslosen Licht des Mondes. Burden fragte sich, ob Peedie wohl dasselbe fahle Licht sah und ebenfalls seine kühlen Strahlen auf den Wangen fühlen konnte. Oder hatten seine Augen in der endlosen Düsternis seines

Grabs endgültig ihren Dienst versagt? War seine Wange, ausgekühlt vom endlosen Schlummer, taub für die kalte Berührung des Mondes geworden? Und wurde dieser Schlummer von Träumen vom Leben gestört, so wie Burdens Träume vom Tod heimgesucht wurden?

Burden kniff die Augen zusammen und suchte den Garten nach einer Bewegung ab, bis er eine Gestalt bemerkte, die sich an der Grenze zwischen Schatten und der Dunkelheit herumdrückte. »Bist du das, Cousin?«, fragte er leise. »Jo ist wieder da, Cousin. Jo ist zurückgekommen, also solltest du dich lieber beeilen.«

Er seufzte. Einige Sekunden lang war sämtliche Luft aus seinen Lungen gewichen, und er fühlte sich leicht genug, um sich vom Mondlicht forttragen zu lassen, das durch das Fenster drang. Wenn er das Fensterbrett losließ, würde er emporsteigen wie ein winziges Staubkörnchen, das durch die Wirbel und Strudel des Mondlichts strömte.

»Ich habe gefragt, ob du das bist, Peedie.«

Die Gestalt tanzte im Schatten herum. Von seinem Platz am Fenster aus konnte Burden das leise Geräusch von Schritten hören, die kaum die frisch herabgefallenen Blätter und das verdorrte Gras unter sich zerdrückten. Am anderen Ende des Feldes heulte ein Hund die einsame Gestalt an, die sich in der Dunkelheit verbarg. Nach einigen Minuten unterbrach sie ihren Tanz und lauschte der rauen Stimme des Tiers. Burden wartete gespannt auf das Unvermeidliche und stieß erleichtert den Atem aus, als der Besucher den Rückzug durch die Bäume antrat und sich auf die Suche nach dem Jagdhund machte.

Burden beobachtete, wie die Gestalt in Richtung des heulenden Tiers verschwand – nichts als ein Schatten vor den noch tieferen Schatten, die die Bäume am Rand des fahlbraunen Feldes bildeten. Als er sie nicht mehr sehen konnte, wandte er sich ab, ließ sich gegen die Wand sinken und legte den Kopf in den

Nacken. Er schloss die Augen und lauschte. Das Heulen des Jagdhunds wurde wieder lauter und hektischer, bis der Besucher schließlich zu ihm stieß und ihm befahl, leise zu sein.

Er hatte keine Angst, sagte er sich, nicht vor Jo, nicht vor Eugene – und schon gar nicht vor seinem Cousin.

VIER

Burden wachte am Freitag noch vor Anbruch des Tages auf. Er blieb im Bett liegen und schob die Decken von sich, sodass der Deckenventilator die feuchte Luft des Raumes auf seiner Haut verteilen konnte. Im Dunkeln dachte er über seinen Traum der vergangenen Nacht nach, dann wanderten seine Gedanken zu Jo. Vom ersten Augenblick an hatte eine ganz besondere Verbindung zwischen ihnen bestanden. Sie hatten sich auf eine Weise in der Gegenwart des anderen wohl gefühlt, die sich nicht mit Worten beschreiben ließ. Sie war seine Rettung nach Peedies Tod gewesen, hatte die unendlich vielen düsteren Momente vertrieben und war ihm eine Stütze in seiner Verzweiflung gewesen, die in den darauf folgenden Tagen Besitz von ihm ergriffen hatte. Mit geradezu unheimlicher Selbstlosigkeit hatte sie genau gewusst, wann sie etwas sagen musste, wann es besser war, einfach zuzuhören oder schweigend neben ihm zu sitzen, während der Mond über den Pinien stand und einzig die Stimmen der Wachteln und des schreienden Ziegenmelkers die Dunkelheit erfüllten.

Trotz allem war ihm klar, dass sie, als er beschlossen hatte, Peedie zu folgen, nicht mehr Teil seines Lebens sein konnte. Denn wenn sie es tat, dann würde sie Zweifel in ihm säen und die Entschlossenheit ins Wanken bringen, die er für die vor ihm liegende Aufgabe aufrechterhalten musste. Und wenn sie tatsächlich sein rettender Engel war, dann musste er die Rettung ablehnen, die sie ihm bot. Trotzdem hatte er, als sie ihm eröffnet hatte, sie würde eine Schwesternschule in Charleston besuchen, eine Angst vor ihrer Abwesenheit verspürt, die noch größer war als die Angst vor seinem bevorstehenden Tod, was ihn dazu gezwungen hatte, sich der ersten Konsequenz seines irrationalen Verlangens zu stellen.

Burden drehte sich auf die Seite und sah aus dem Fenster, hinter dem ein schmales Farbband am Horizont zu erkennen war. Wie viel besser wäre es gewesen, wenn Jo nicht zurückgekommen wäre. Wie viel besser wäre es gewesen, wenn Eugene vorgestern Abend seine Tat vollendet hätte und er, Burden, nur noch eine Erinnerung in den Herzen so vieler Menschen wäre? Schon bald würde alles hinter ihm liegen. Er spürte es. Schon bald würde Eugene ihn mit Pru im Bett erwischen, und das würde das Ende sein. Aber Jo war zurückgekommen, sodass er sie ein letztes Mal sehen würde. Vielleicht würde er sich gleich nach ihrer Ankunft mit ihr treffen. Nein, lieber später. Es gab keinen Grund zur Eile. Aber schon bald. Bald.

Er drehte sich wieder auf den Rücken und schloss die Augen vor der Morgensonne.

Sue saß am Frühstückstisch und aß den Rest Haferflocken, als Burden aus seinem Zimmer kam. Ihr Blick wanderte über die schläfrige Gestalt, blieb einige unbehagliche Sekunden lang an seinen Augen hängen.

»Was ist?«

»Nichts.« Sie kratzte mit dem Löffel die restlichen Haferflocken zusammen.

»Soll ich dich mitnehmen?«

»Das wäre nett«, antwortete sie mit ausdrucksloser Stimme.

»Ich brauch nur ein paar Minuten, um mich fertig zu machen.«

»Was hast du heute Abend vor?«, fragte sie beiläufig und

warf ihrem Bruder abermals einen misstrauischen Blick zu. Sie fuhr mit dem Finger über den Rand ihrer Schüssel, steckte ihn in den Mund und leckt ihn ab.

»Nichts Besonderes. Wieso?«

»Nur so.« Sie lächelte, stand auf und trug ihre Schüssel zum Spülbecken.

»Und was ist mit dir?«

»Oh, keine Ahnung. Vielleicht sehe ich mir mit Carla einen Film an. Buddy hat gefragt, ob ich mit ihm ausgehen will, aber ich glaube nicht, dass ich Lust dazu habe. Natürlich«, fuhr sie mit Unschuldsmiene fort, »könnte ich auch mal auf einen Burger zum Sonic rausfahren.«

»Klingt toll.«

Sie drehte sich um und lehnte sich gegen das Spülbecken. »Jo ist gestern angekommen«, sagte sie schlicht und lächelte.

Burden zögerte. »Ich dachte, sie kommt frühestens morgen«, erwiderte er schließlich.

»Na ja, die Dinge ändern sich eben. Und jetzt ist sie eben schon gestern Abend gekommen. Ich schätze, sie arbeitet heute Abend schon im Sonic. Willst du mitkommen?«

»Ich kann heute Abend nicht.« Burden trat an den Kühlschrank, nahm eine Tüte Orangensaft heraus, schenkte sich ein Glas ein und ging in Richtung Treppe. Er würde heute Abend ausgehen. »Okay, ich gehe jetzt unter die Dusche. Gib mir eine Viertelstunde, dann bin ich so weit.«

Sue lächelte erneut. »Ich warte auf dich.«

An einem Nachmittag wie diesem hatte Burden normalerweise bereits dutzende Blauscherenkrabben in seinem Eimer. Anfangs hatte er an der Mündung geangelt, wo das kältere Wasser des South Edisto River in den wärmeren Atlantik fließt. Sein Angelnetz war nagelneu. Es war ein Geschenk seiner Eltern zu seinem vierzehnten Geburtstag, das er jedoch nur benutzte, wenn er ungeduldig war. Stattdessen hatte er die meiste Zeit eine aufgerollte Angelschnur und einen Eimer mit Seewolfköpfen als Lebendköder dabei. Wann immer er auf einen Blauscherenkrebs stieß, zog er die Angelschnur durch das Auge des Fisches und warf den Köder neben den Krebs – es durfte aber auf keinen Fall zu nahe sein! Dann wartete er geduldig, bis der Krebs die Witterung des Fischkopfs aufgenommen hatte. Und sobald er seine Schere um ihn gelegt hatte, holte er ganz langsam wie in Zeitlupe die Angelschnur ein. War der Krebs auf Armeslänge entfernt, griff Burden nach seinem Anglernetz, hielt es hinter den Krebs und fing ihn ein. Blauscherenkrebse auf diese Weise zu fangen – die Sonne, die auf seine Schultern herunterbrannte, während ihn die salzige Brise einhüllte und das Gelächter, die Musik und das Tosen der Wellen an sein Ohr drangen – war ein geradezu erhabenes Vergnügen.

Er war eben mit dem zweiten Blauscherenkrebs beschäftigt, als er eine leise Stimme hinter sich hörte. »Sieht aus, als würde das Spaß machen.« Er war so vollkommen in der Stille der Jagd versunken gewesen, dass die Stimme ihn erschreckt hatte. Als er sich umdrehte, sah er die bleiche, zarte Gestalt eines Mädchens, das ihn aus einigen Schritten Entfernung vom Ufer aus beobachtete. Sie blinzelte gegen die gleißende Sonne an, schirmte die Augen mit der Hand ab und zog die Nase kraus. Ihre Haut war so durchscheinend wie chinesisches Reispapier, und er bemerkte das Adernetz in verschiedenen Blauschattierungen darunter. Die Sonne malte pinkfarbene Muster auf ihre Schultern, ihre Wangenknochen, ihre Knie und die Spitzen ihrer Ohren. Er sagte nichts, sondern hielt nur die Angelschnur in die Höhe. Sie zögerte einen Augenblick, und Burden fragte: »Willst du auch mal probieren?« Er bemerkte, dass ihre Gegenwart ein Gefühl der absoluten Unzulänglichkeit in ihm auslöste. Er zog den Bauch ein und drückte die Schultern durch, die er bis zu diesem Augenblick so achtlos hatte hängen lassen.

Das Mädchen machte einen Schritt auf ihn zu, wobei ihm auffiel, dass sie leichte X-Beine hatte, blieb neben ihm stehen und sah auf ihn herunter. Sie trug einen langweiligen, wenig schmeichelhaften Badeanzug, unter dem sich die zarte Schwellung ihrer Brüste abzeichnete. Burden stieg der Kokosnussgeruch ihres Sonnenschutzmittels in die Nase, und er fühlte das überwältigende Bedürfnis in sich aufsteigen, sich auf sie zu stürzen, als wäre sie etwas Essbares, einen Finger nach dem anderen abzulecken, bis er ihren Geschmack vollständig in sich aufgenommen hatte und die Süße ihrer Reispapierhaut auf seiner Zunge zerging.

»Was soll ich machen?«, fragte sie schüchtern.

»Knie dich hier neben mich«, brachte Burden hervor und schlug mit der Hand auf das Wasser, das sich warm um seine Schienbeine und Knöchel schmiegte.

Das Mädchen ging auf die Knie. Eine weißliche Schliere Sonnencreme lief über ihren rechten Nasenflügel. Burden streckte die Hand aus und rieb sie ihr in die Haut. »Danke«, sagte sie, worauf Burden sie dümmlich anlächelte. Er war hin- und hergerissen zwischen seiner Unsicherheit und seinem Instinkt, wobei Letzterer ihm riet, nicht allzu genau nachzudenken, sondern einfach zu agieren und zu reagieren. »Und jetzt?«

»Willst du meine Mütze?« Das Mädchen gab keine Antwort. Burden nahm sie ab und setzte sie ihr auf. »Das ist gut gegen die Sonne. Es sieht nämlich aus, als hätte sie schon einigen Schaden angerichtet. Na ja, immerhin verhindert sie, dass es noch schlimmer wird. Ich heiße Burden.«

»Jo Simon.«

»Schon mal Blauscherenkrebse gefangen?«

Jo schüttelte den Kopf. »Ich komme nicht oft an den Strand. Und ich fische auch nicht oft.« Burden bemerkte die zartbraunen Sommersprossen auf ihrem Nasenrücken und auf ihren Wangen. Blasse Sommersprossen auf blasser Haut. Auf ihren

Schultern war eine Hand voll ovaler Flecke, die wie exakte Gegenstücke zu Sternen einen weißen Himmel verdüsterten.

»Und was machst du dann?«

Sie dachte einen Augenblick nach und zuckte dann mit den Schultern. »Ich lese.«

»Lesen?«

Das Mädchen nickte schüchtern. »Vorwiegend Gedichte.«

Burden nickte. *Wie öde*, dachte er. *Wie herrlich*, schoss es ihm jedoch zur selben Zeit durch den Kopf.

»Und heute Morgen« – er warf einen kurzen Blick auf die Sonne, die hoch am Himmel stand –, »wenn man's überhaupt Morgen nennen kann, bekommst du deine erste Stunde im Krebsefangen.«

Hätte er sie am überfüllten Strand gesehen, hätte er in der Brandung gestanden und sie wäre an der Stelle vorbeigegangen, an der die Wellen bei Ebbe den Sand berührten, hätte Burden sie von weitem bewundert, aber niemals den Mund aufgemacht. Er kam prima mit den Mädchen aus dem Ort und den Schwestern seiner Freunde und Cousins zurecht, aber sich einem so hübschen Mädchen wie dieser Jo mit ihren grünen Augen, der blassen, durchscheinenden Haut und den perfekten Händen mit den zarten Fingern zu nähern war viel zu furchteinflößend.

Was für ein Glück, dass Jo ihn entdeckt und angesprochen hatte.

Sie wandten ihre Aufmerksamkeit dem Krebs zu, den Burden anzulocken versuchte, und mit seiner Hilfe gelang es ihr, ihn zu fangen – eine Operation, die etwa eine Viertelstunde dauerte. Als der Krebs näher kroch, streckte Burden verstohlen sein Angelnetz aus. »Pass auf«, sagte er zu ihr und hatte mit einem Mal das Gefühl, wichtig zu sein und ihr zeigen zu müssen, was er draufhatte. Er platzierte das Netz hinter dem Krebs und schlug mit der anderen Hand so heftig ins Wasser, dass dieser in der Annahme, sich in Sicherheit zu bringen, rasch die Flucht nach hinten antrat. Fröhlich lachend riss Burden das Netz mit seinem Schatz aus süßlichem Fleisch in die Höhe. Jo klatschte in die Hände und stieß jenes typisch mädchenhafte halb ängstliche, halb entzückte Kreischen aus. Er drückte ihr das Netz in die Hand und erlaubte ihr, den Krebs in den Eimer zu befördern, und sie verbrachten die nächste Stunde mit der Suche nach weiteren Blauscherenkrebsen.

Doch eigentlich taten sie nur so, als ob sie nach Krebsen suchen würden. In erster Linie platschten sie durch das seichte Wasser, liefen durch die Wellen und schleuderten den klebrigen Sand am Strand mit den Füßen in die Höhe, lachten und kicherten und riefen sich gegenseitig irgendwelchen Unsinn zu. Vom ersten Augenblick an war Burden das Mädchen vertraut gewesen, und mit jeder weiteren Minute wuchs dieses Gefühl noch. Er fragte sich, ob sie ebenso empfand, brachte jedoch nicht den Mut auf, sie danach zu fragen. Es war beinahe so, als fürchtete er, dass sich, wenn er es tat, der Bann, die Lüge, die Dummheit oder was auch immer zwischen ihnen war zwangsläufig verflüchtigen und er mit einer vollkommen Fremden zurückbleiben würde. Trotzdem sagte ihm etwas in seinem Inneren, dass er sie liebte. Vom ersten Augenblick an. Und weil er noch nie in jemanden verliebt gewesen war, zumindest nie richtig, kannte er auch keine Angst davor.

Sie vergaßen die Blauscherenkrebse, bis sie zufällig an einem Tümpel vorbeikamen, der sich nach der Flut gebildet hatte. Ihre nachmittägliche Ausgelassenheit war so befreiend gewesen, hatte sie von allem um sie herum losgelöst, dass er ihr alles, was er ihr über das Krebsefangen beigebracht hatte, noch einmal erklären musste.

»Nein, nein, langsamer … so«, sagte Burden. »So wie wir es vorhin gemacht haben.« Er nahm Jo die Schnur aus der Hand – spürte sie die Gänsehaut, die er trotz der Nachmittagshitze bekam? – und warf den Kopf des Seewolfs wieder ins seichte Wasser. Der Köder landete unmittelbar neben dem Blauscherenkrebs, der die leichte Beute jedoch nicht wahrzunehmen schien. »Nein, warte. Warte kurz. Du musst ihm Zeit geben, ihn zu riechen.«

»Ihn *riechen*? Unter *Wasser*?«

»Klar. Sie können riechen wie wir auch. Na ja, vielleicht nicht genauso wie wir, aber sie können … so was Ähnliches wie riechen.«

Kurz darauf regte sich der Krebs, spreizte eine Schere und wandte sich dem Köder zu »Siehst du? Jetzt hat er's mitgekriegt. Er reagiert auf den Geruch.«

Jo nahm die Bewegung des Krebses zum Anlass, sich ebenfalls zu bewegen und streifte wie zufällig Burdens Arm. Sie spürte die Wärme seiner Haut und die Spannung des Muskelstrangs darunter, als er an der Schnur zog. Ihr Blick folgte dem Spiel der Sehnen zwischen seinen Fingern bis hinauf zum Handgelenk und wanderte dann über seinen Unterarm bis zu der Stelle auf Ellbogenhöhe, wo sich ihre Arme berührten und sich die Härchen aufgerichtet hatten. Seine Haut hatte eine gelblich-braune Färbung angenommen, die neben der bläulichen Blässe ihrer eigenen Haut beinahe golden wirkte. Sie überlegte, ob sie ihren Arm zurückziehen sollte, weil er so blass neben seinem aussah, entschied sich jedoch dagegen, da sich die Berührung so angenehm anfühlte.

»Also, jetzt fängst du langsam an, die Schnur zurückzuziehen. Hier, nimm sie in die Hand.« Burden musterte Jo verstohlen – ihre flaschengrünen Augen, ihre bleiche Haut unter der Fischermütze, die er ihr zuvor gegeben hatte und unter der nun einige feuchte Strähnen hervorlugten. Das Salzwasser ließ ihr Haar tiefschwarz erscheinen, was den reizvollen Schimmer ihrer Haut – eine bläuliche, geradezu jungfräuliche Blässe – noch betonte. Die Sonne hatte lediglich einen pinkfarbenen Hauch auf ihre hohen Wangenknochen und ihren Nasenrücken gezaubert. Burden zog ihr die Mütze tiefer ins Gesicht und lächelte, ehe er sich wieder der Angelschnur und dem Krebs zuwandte. »Langsam.«

»Ist das nicht ein rührender Anblick«, bemerkte Peedie. Burden und Jo fuhren herum und sahen Peedie mit einem Eimer und einer Angelrute in der Hand dastehen.

»Halt den Mund, Peedie«, befahl Burden.

»Ich sag doch gar nichts. Oh, seht mal, was ich gefangen hab. Zwei Brassen und drei Hechtdorsche.« Stolz neigte Peedie den Eimer, um Burden und Jo seinen Fang zu präsentieren. Dann beugte er sich vor und begutachtete die beiden Blauscherenkrebse. »Ist das alles? Die zwei da?«, neckte er.

Burden zuckte mit den Schultern, als könnte er damit seinen Cousin verscheuchen, wie ein Pferd, das mit dem Schweif eine lästige Fliege wegschlägt. »Es werden gleich drei sein, wenn du aufhörst, uns zu stören.«

Peedie drückte seine gebräunten Schultern durch und stellte den Eimer im seichten Wasser ab. »Ich hab's nicht eilig«, sagte er und setzte sich auf den Rand des Eimers. »Übrigens«, fuhr er fort und streckte Jo die Hand hin, »ich bin Peedie.«

Jo nahm seine Hand. »Jo Simon.«

»Oh, ja, Peedie, das ist Jo ...«

»... Simon, wir haben uns schon bekannt gemacht«, meinte Peedie lässig.

»Sie kommt auch aus Walterboro. Ihre Eltern besuchen hier übers Wochenende Freunde, die ein Apartment am Strand haben.«

Peedie stieß einen Pfiff aus. »Ein Apartment in Edisto?«

»Sie sind in Pension«, erklärte Jo. »Daddy hat früher für Mr. Jeffries, den Besitzer, gearbeitet. Burden bringt mir bei, wie man Krebse fängt.«

Peedie lachte und spürte, wie seine Nase zu laufen begann.

Er wischte sich mit dem Handrücken die Oberlippe ab. »Tatsächlich?«

»Sie lernt wirklich schnell«, sagte Burden. »Sie hat mir geholfen, den zweiten zu fangen, und den hier kriegt sie bestimmt auch.« Burden bemühte sich nach Kräften, seine Stimme belanglos klingen zu lassen. Wenn Peedie mitbekam, wie sehr Burden seine Anwesenheit störte, würde er nie verschwinden.

»Beeil dich ein bisschen. Pa will wahrscheinlich, dass wir uns das Gesicht und die Hände waschen, damit wir zu Mittag essen können.«

»Sag ihm, ich komme gleich.«

»Bist du oft in Edisto, Jo?«

»Ich? Nein.« Sie vermied es, ihre blassen Arme und ihre noch blasseren Beine zu betrachten.

»Das hätte ich auch nicht angenommen.«

»Hör auf, Jo abzulenken, Peedie.«

»Tut mir Leid. Ich muss jetzt diese Fische ins Eisfach legen. Ich sehe dich beim Wagen, wenn du fertig bist. Hat mich gefreut, dich kennen zu lernen, Jo Simon.«

»Hältst du jetzt endlich den Mund, Peedie?«, sagte Burden. Er wollte Peedie nicht in Jos Nähe haben – Peedie, der älter war; Peedie, der besser aussah; Peedie, der größer war; Peedie, der besser reden konnte. *Hau einfach ab und lass mich den Nachmittag, die Brise und dieses blasse Mädchen neben mir genießen. Hau schon ab. Verschwinde.*

»Aber lass dir nicht zu viel Zeit. Ich sage Dad, dass du einen Fisch an der Angel hast, dann wird er warten.«

Burden wandte sich nicht zu seinem Cousin um, sondern beobachtete weiter die Angelschnur, den Blauscherenkrebs und, wenn auch nur verstohlen, die dreizehnjährige Jo neben sich. Schließlich hörte er, wie Peedie mit seiner Angelausrüstung verschwand, und das Atmen fiel ihm mit einem Mal wesentlich leichter. Offensichtlich hatte er unbewusst die ganze Zeit ganz flach geatmet, als Peedie bei ihnen gewesen war. »Denk dran, langsam. Er darf nicht glauben, dass es ein Wettkampf ist. Er krabbelt einfach nur durch die Gegend, und das Schicksal meint es gut mit ihm und beschert ihm eine einfache Mahlzeit.« Die Angelschnur in Jos Hand – obwohl Burden sie in Wahrheit hielt – spannte und lockerte sich in unregelmäßigen Abständen, ein Echo von Burdens eigener Nervosität.

»War das dein Bruder?«, fragte sie, nachdem Peedie verschwunden war.

Burden schnaubte. »Gott, nein. Peedie ist mein Cousin.«

»Ist er so alt wie du?«

»Ja.« Eine sorgenvolle Stimme meldete sich in Burdens Innerem zu Wort und sagte ihm, dass der Geist von Peedie zwischen ihm und Jo lauerte, während seine eigene Präsenz langsam verblasste. Peedie war eindeutig derjenige, der besser aussah. Er war ein paar Zentimeter größer und hatte hellbraunes Haar, das die Sonne im Sommer zu einem staubigen Blond bleichte. Außerdem war sein Cousin kräftiger, und obwohl er nicht besonders muskulös war, so hatte er doch einen durchaus viel versprechenden Körperbau. Burden dagegen war eher zartgliedrig und, zumindest in seinen Augen, nicht besonders beeindruckend.

»Ich wette, dass er nicht so gut Krebse fangen kann wie du«, stellte Jo schließlich fest, worauf die Stimme in Burdens Kopf verstummte.

»Nein, kann er nicht, verdammt.«

Jo lächelte, als sie den Fluch hörte, und er lachte erleichtert.

Burdens Blick schweifte über das Szenario am Strand. Mädchen mit großen Brüsten und bunten Bikinis tollten in den Wellen, andere hingegen lagen wie erstarrt in der immer gleichen, der Sonne zugewandten Position, während Jungs wie er selbst am Strand entlangschlenderten und abschätzend die Posen musterten. Dort, wo der Sand weicher wurde und in einen Hügel überging, gab es eine Strandhütte, in der man Luftmatratzen und Sonnenschirme leihen konnte. Musik drang von überall her, und die einzelnen Songs rangelten um ihren Platz in der Luft wie Drachen, die am blauen Himmel über dem Strand schwebten. »Hast du Lust, mit uns zu Mittag zu essen?«, fragte er, während seine Augen noch immer über den Strand wanderten.

»Ja«, antwortete Jo, ohne auch nur eine Sekunde zu zögern. »Oh, aber ich muss erst meinen Vater fragen.«

Burden nickte.

Sie schwiegen ein paar Augenblicke lang. Der Krebs nutzte ihr Schweigen und betastete den Fischkopf mit einer seiner Scheren. Sekunden später hatte er ihn fest im Griff. Im ersten Moment spürte Burden das leichte Ziehen an der Angelschnur nicht, doch als es ihm endlich auffiel, fuhr er zusammen. Er bemerkte, dass Jo aus reiner Loyalität ebenfalls zusammenzuckte. Gemeinsam starrten sie auf den Krebs mit dem Fischkopf in den Scheren. »Langsam«, sagte Burden und half Jo, die Leine durch die Finger gleiten zu lassen. Als sie den Krebs nahe genug herangezogen hatten, griff Burden wie zuvor nach dem Netz und schob es hinter den Krebs. Ohne eine Schau abzuziehen wie beim ersten Mal, bugsierte er den Krebs in das Netz und hob es hoch. »Und jetzt gehörst du mir, Mr. Krebs.«

»Uns«, korrigierte Jo.

Burden drehte sich zu ihr um und sah ihr in die Augen, ohne es zu bemerken. Er versank darin, weil sie sich ihm in einer Art und Weise geöffnet hatten, wie es ihm noch nie bei einem Mädchen passiert war. Mit einem Mal hatte er Mühe zu atmen, doch es kümmerte ihn nicht, denn eine Wärme von noch viel größerer Intensität als die der Sonne umfing in.

»Solltest du ihn nicht zu den anderen in den Eimer geben?«

»Was? Ja. Ja klar. Ich nehme ihn.«

Jo hielt ihm den Eimer hin, während Burden das Netz öffnete und den Krebs in den Eimer beförderte. »Gekocht schmecken sie wirklich toll«, bemerkte er.

Dann verfielen sie wieder in Schweigen. Am liebsten hätte er einen Schritt vorwärts gemacht und von dem wunderbaren Geschmack ihrer Haut, aromatisiert von der Kokosnusssonnencreme, gekostet. Doch schlagartig wurde ihm bewusst, wie unverbrämt sich sein Verlangen in seinen Augen widerspiegelte, und er wandte den Blick ab. Vielleicht wurde er sogar ein wenig rot. Er wusste es nicht.

»Ich schätze, wir sollten jetzt meinen Dad suchen und ihn wegen des Mittagessens fragen.«

»Ja.«

Der Monte Carlo schoss so schnell über die regennasse Straße, dass Burden manchmal nicht einmal mehr die Reibung des Gummis der Reifen auf dem Asphalt fühlen konnte. In diesen Sekunden ging ihm durch den Sinn, dass sie vielleicht abgehoben hatten und flogen oder die Reifen die Haftung verloren hatten, sodass der Wagen ins Schwimmen geraten war und demnächst ein Baum seine tödlichen Arme nach ihnen ausstrecken würde. Im Inneren des Autos roch es nach Bier. Dichte Rauchschwaden waberten um ihre Gesichter und lähmten ihren Verstand, ihre Sprache und Bewegungen, und nur der Wagen selbst schoss in Echtzeit dahin.

Sutton streckte seine Pranke nach hinten. »Gib mir noch ein Corona«, sagte er zu niemand Bestimmtem. Umständlich tauchte Burden, der eingekeilt zwischen Peedie und Whalie saß, zwischen Peedies Füße zur Kühlbox, schob eine Hand in die Eiswürfel, schaufelte sich durch die Coors-Dosen und tastete nach der typischen Form der Corona-Flasche.

»Das war die Letzte. Obwohl ... Moment, hier ist noch eine.« Burden zog die Flasche heraus und reichte sie nach vorn. Einige Tropfen Kondenswasser lösten sich, fielen auf Sulahs nackte Schulter und liefen über ihre Brüste. Erschrocken fuhr sie zu Burden herum. »Pass doch auf, Trottel!«, fauchte sie. »Das war jetzt schon das dritte Mal, und langsam hab ich die Schnauze voll davon.« Während sie schimpfte, leuchteten die Scheinwerfer eines Wagens ins Innere des Monte Carlo und tauchten ihre wirren Locken in gleißend weißes Licht. Ihre Gesichtszüge verschwammen, sodass nichts außer den schwarzen Kreisen ihres Mundes und ihrer Waschbärenaugen zu erkennen war. Im nächsten Augenblick war der Wagen an ihnen vorbeigefahren. Die roten Rücklichter flackerten über Sulahs Gesicht, und ihre Augen erwachten mit einem zornigen Flackern zum Leben. Peedie kniff Burden in den Oberschenkel.

»Verdammt noch mal, Sulah«, lachte Sutton, »hau ihm doch einfach eine rein, hä?«

»Das mach ich auch, wenn dieser dämliche Drecksack nicht aufpasst – und grins mich nicht auch noch an, du kleiner Scheißer! Ich komm gleich nach hinten und schlag dir dieses blöde Grinsen aus deiner beschissenen Fresse!«

Burden wünschte, sie würde sich endlich umdrehen, sodass er lachen konnte. »Es war keine Absicht, Sulah, ich schwör's.«

»Sprich mich nicht mit Sulah an. Sprich mich gar nicht an. Am besten redest du überhaupt nicht mit mir. Ich will nicht, dass so ein beschissener Schwachkopf meinen Namen in den Mund nimmt. Verstanden?«

Burden nickte.

Sulah starrte ihn noch einen Augenblick lang zornig an, um ganz sicher zu sein, dass er sie tatsächlich verstanden hatte, und drehte sich wieder um.

Peedie beugte sich zu Burdens Ohr. »Jetzt. Fass ihr an die Titten.« Burden lachte hinter vorgehaltener Hand, wobei ihm der Geruch nach schalem Bier in die Nase stieg. Vor seinem geistigen Auge sah er, wie sich seine Hände über den Beifahrersitz krümmten und über ihre Titten legten, und er glaubte schon zu spüren, wie das Fleisch unter seiner Berührung nachgab und unter der Hülle aus Stoff hin- und herwogte.

Sie hatten die vergangenen beiden Stunden damit zugebracht, ziellos durch die Gegend zu fahren und unter lauten Flüchen ihr Bier zu trinken. Sobald Sutton ein Corona geleert hatte, hängte er sich aus dem Fenster, lehnte sich mit der Hüfte an den Türrahmen und schleuderte die Flasche gegen das nächste Geschwindigkeitsschild. Er verfehlte kein einziges, und jedes Mal zersprang das Glas mit einem scharfen Klirren. Eine Stunde lang hatte es so heftig geregnet, dass Ricky nicht einmal mehr die Straße vor sich erkennen und Sutton seine Flaschen nicht zertrümmern konnte. Aber Ricky machte keinerlei Anstalten, das Tempo zu drosseln. Sutton ließ es nicht zu, sondern stachelte ihn unablässig an, doch endlich schneller zu fahren, wenn er nicht die Hosen zu sehr voll habe. Schließlich ließ der Regen nach und hörte irgendwann ganz auf. Als sie an der Sheldon-Kirche vorbeikamen, brüllte Sutton, Ricky solle anhalten.

»Fahr zurück«, befahl er.

»Was willst du denn da?«

»Fahr einfach zurück, verdammt noch mal«, schnauzte Sutton ihn an. Er war nicht wütend, sondern nur gereizt und betrunken. »Ich will in die Kirche. Ich war schon eine Ewigkeit nicht mehr dort und muss unbedingt mal beten. Was für ’nen Unterschied macht das schon, verdammt noch mal?«

Also fuhr Ricky zur Kirche zurück und blieb vor dem Eingang stehen. Inzwischen tröpfelte es nur noch von Zeit zu Zeit von den Bäumen, wenn eine Brise die Äste rascheln ließ. Sie stiegen aus, und Sutton stürzte zum nächsten Baum und zog den Reißverschluss seiner Hose auf, um zu pinkeln.

Whalie spähte durch die Dunkelheit zu Sutton hinüber.

»Was tust du denn da?« Seine Stimme war ein wenig schleppend vom Alkohol.

»Weihwasser. Wonach sieht's denn aus, verdammt noch mal?« Suttons Gelächter hallte heiser zwischen den Grabsteinen und Ruinen.

Ricky fummelte auf der Suche nach einer Taschenlampe in seinem Kofferraum herum, fand sie schließlich und richtete den Lichtstrahl auf Sutton.

»Nimm das verdammte Licht weg.«

»Ah, komm schon, Baby, dreh dich um«, neckte Sulah. »Zeig uns, was du da in der Hand hast.«

Sutton weigerte sich, aber Sulah stachelte ihn weiter auf, während Ricky das Licht kreisen ließ wie in einem Striplokal. Und schließlich drehte Sutton sich um, schwenkte seinen Schwanz, der bleich und lang und halb erschlafft war, und ließ ihn rasch wieder in seiner Hose verschwinden. »O Baby«, schrie Sulah. »Du machst mich ganz heiß.«

Peedie nahm Burden am Arm und schob ihn in Richtung Kirche. »Ich glaube, ich muss kotzen«, stieß er zwischen den Zähnen hervor.

»Fass ihn doch mal an«, neckte Burden.

Peedie hielt Burden an und drehte ihn zu sich herum. »Das ist nicht lustig, Cousin. Über so was macht man keine Witze«, sagte er und steuerte wieder auf die Kirche zu.

Die Old-Sheldon-Kirche war zweimal entweiht worden – einmal von den Briten und, nachdem sie wieder aufgebaut worden war, ein zweites Mal von der Armee, nach deren Übergriff das ausgebrannte Skelett als Mahnmal für den ungezügelten Zorn des Krieges stehen gelassen worden war. Besucher konnten ihre ursprüngliche Schönheit bestenfalls ahnen. Inzwischen erhob sich die Ruine wie ein Gespenst aus Ziegel und Mörtel zwischen den Bäumen. Die Fensterscheiben waren zertrümmert worden und hatten sich in riesige gähnende Höhlen verwandelt, Pfeiler ragten nutzlos in die Luft, da es nichts gab, das sie hätten abstützen können, und ein Steinsockel war alles, was vom Altar geblieben war.

Peedie und Burden traten durch einen Bogengang und gingen zum Mittelschiff.

Das Geräusch des Kofferraums, der ein zweites Mal geöffnet und wieder geschlossen wurde, drang an ihre Ohren, dann waren Fetzen einer hitzigen Auseinandersetzung zwischen Ricky und Sutton zu hören.

»Machst du's jetzt?«, wollte Peedie wissen.

Burden betrachtete die Wolkenfetzen am Himmel.

»Ich weiß nicht«, antwortete er nach ein paar Sekunden.

»Tu's.«

Burden zuckte mit den Schultern. »Vielleicht«, meinte er und wandte sich zu seinem Cousin um.

»Du hast doch keine Angst, oder?«

»Nein.«

»Ich meine«, fuhr Peedie beschwichtigend fort, »ich verstehe ja, dass man Angst kriegen könnte. Das ist völlig in Ordnung. Na ja, erst gestern Abend ...«, setzte er an.

»Was war gestern Abend?«, drängte Burden. Der Strahl der Taschenlampe glitt über die Wände, und Sutton rief nach ihnen.

»Wir sind hier drüben«, rief Peedie.

»Was war gestern Abend?«, wiederholte Burden.

Peedie musterte schüchtern seine Schuhspitzen. »Ich sollte ja eigentlich nichts erzählen«, meinte er langsam.

»Komm schon, Peedie, erzähl's mir.«

»Na ja ...« Einen Augenblick lang sah Peedie aus wie ein kleiner Junge, ein Unschuldslamm, das sich schämte, ein Geheimnis zu lüften. »Ich hab mich gestern Abend mit Pruella Lovejoy getroffen. Kennst du sie?«

Burden schüttelte den Kopf. Er hatte den Namen zwar

schon einmal gehört, konnte ihn im Moment aber nicht zuordnen.

»Sie ist auf der Highschool. Sieht gut aus. Hat aber einen ziemlich durchgeknallten Freund.«

Burden schüttelte den Kopf, verärgert über die Heimlichtuerei seines Cousins.

»Wie gesagt, ich hab mich gestern Abend mit ihr getroffen … und am Ende sind wir hinter Parker's Eisenwarenladen gelandet, ein Stück im Wald drin.«

»Verdammt noch mal, Peedie«, drängte Burden, »jetzt erzähl schon, was passiert ist.«

»Okay, Cousin, okay, da du's ja so verdammt eilig hast, erzähl ich dir die Kurzversion. Ich hab ihr fünf Dollar gegeben, und dafür hat sie ihr T-Shirt und ihren BH ausgezogen und mir ihre Titten gezeigt. Zufrieden?«

»Und wieso war ich nicht da? Wieso hast du mir nicht erzählt, dass dieses Mädchen …«, stieß Burden zornig hervor.

»Pruella.«

»… dass sie so was macht? Du hättest mich holen müssen.«

»Beruhig dich wieder. Du warst beim Abendessen mit deiner neuen Freundin.«

»Sie ist nicht meine Freundin.«

»Was auch immer. Jedenfalls konnte ich ja nicht vorher wissen, dass sie das macht oder dass so was passieren würde.«

Burden drehte sich um, trat an einen der Fensterbögen und starrte zu den anderen hinüber. Sutton hatte inzwischen sein Jagdgewehr aus der Waffentasche gezogen und tat sich sichtlich schwer, es in seinem betrunkenen Zustand zu laden. Whalie lag mit über dem Gesicht gekreuzten Armen auf der Motorhaube, während Ricky versuchte, Sutton beim Laden zu helfen. Von Sulah war nichts zu sehen. Doch all die Bilder kamen nicht in seinem Gehirn an. Alles, was er vor seinem geistigen Auge sehen konnte, war ein gesichtsloses Mädchen, das seine Brüste entblößte. Er wurde noch wütender und kam sich plötzlich vor wie ein kleines Kind, das ganz allein eine Strafe hinnehmen musste, die in Wahrheit alle verdient hatten.

»Ich hab's, verdammt noch mal«, stieß Sutton mit einer Mischung aus Ärger und Belustigung hervor.

Peedie trat neben Burden und legte ihm eine Hand auf die Schulter. »Ich hätte dich ja mitgenommen, wenn ich das vorher gewusst hätte, ganz ehrlich. Wir machen doch immer alles zusammen, oder? Wenn ich gehe, dann gehst du auch. Nur warst du eben gerade nicht da.«

Burden schüttelte Peedies Hand ab. Sein anfänglicher Zorn war mittlerweile einem Gefühl tiefen Bedauerns gewichen.

»Vorsichtig«, meinte Ricky ein Stück von ihnen entfernt.

»Das ist das Seltsame an Mädchen. Dass sie's immer schaffen, alles zu versauen.«

»Was soll das denn heißen?«, fragte Burden, der sich noch immer nicht beruhigt hatte.

»Wenn Pru mir nicht ihre Titten gezeigt hätte, wärst du jetzt nicht sauer auf mich. Andererseits, wenn du dich nicht mit Jo getroffen hättest, dann wärst du mit mir zusammen gewesen und hättest selber einen Blick auf Prus Titten werfen können. Aber ich schätze, dass sie eines Tages mal dasselbe für dich tun wird, und dann bin ich bestimmt der Letzte, den du dabeihaben willst.«

Burden warf Peedie einen zornigen Blick zu. »Lass Jo da raus. Sie ist nicht so, und du hast keine Ahnung, wovon du überhaupt redest.«

»Kein Grund, gleich so sauer zu werden, Burden. Ich sag ja nur, wie es ist. Alles ist bestens, bis ein Mädchen daherkommt, und dann gibt's plötzlich nichts als Probleme. Sieh dir nur an, was Pru mit dir und mir gemacht hat.«

Burden machte ein paar Schritte in Richtung Mauer.

»Na ja, es tut mir Leid, was ich über Jo gesagt habe, Burden.

Sie ist ein nettes Mädchen, ganz klar. Kein Grund, sauer zu sein, okay?«

Burden schwieg. Peedie trat neben ihn, knuffte freundschaftlich seine Schulter und starrte in die Dunkelheit. Unvermittelt erhellte ein blitzartiges Licht die Nacht, als unmittelbar neben ihnen die Mündung einer Waffe aufflammte. Burden erstarrte und spürte einen Luftzug vor seinem Gesicht. Dann hörte er, wie Ziegelsteine hinter ihnen in tausend Teile zerbarsten, als die Kugel in die Mauer drang.

»Verdammte Scheiße!«, schrie Peedie und starrte in die Richtung, aus der der Schuss gekommen war. Statt sich auf den Boden zu werfen oder sich hinter eine Mauer zurückzuziehen, ging er wutschnaubend auf den Schützen zu.

Burden blieb in der Kirche und suchte in einem Fensterbogen Deckung. »Was machst du denn da?«, rief er seinem Cousin nach. »Spinnst du? Du wirst noch erschossen!«

Doch Peedie schenkte Burden keinerlei Beachtung, sondern ging weiter auf Sutton zu. »Du verdammter Arsch«, brüllte er. »Du dämlicher, beschissener Arsch. Was soll dieser Schwachsinn?«

Sutton ließ das Gewehr sinken und grinste, als habe er sich nur einen harmlosen Spaß erlaubt. »Keine Sorge, Kleiner, ich hätte dich schon nicht erschossen. Ich kann besser zielen.«

Inzwischen hatte Peedie die beiden älteren Jungen erreicht. Ricky, dessen Gesicht totenblass war, stierte verlegen zu Boden.

»Es interessiert mich nicht, was du getan hättest oder nicht, Arschloch. Du hast verdammt noch mal nicht auf irgendwelche Leute zu schießen!«

Sutton hob die Waffe und zielte auf Peedies Brust. »Ach nein?«, meinte er herausfordernd.

Peedie schlug die Waffe beiseite. »Und ziel verdammt noch mal nicht auf mich.«

Sutton lachte und tat Peedies Zorn mit einem Schulterzucken ab. Es war nicht zu übersehen, dass er sich köstlich über Peedies Reaktion amüsierte, aber anscheinend verspürte er keine Lust mehr, ihn noch weiter zu provozieren. »Okay, Kleiner«, sagte er schließlich und ließ die Waffe sinken. »Nicht sauer sein, okay?« Sutton streckte ihm die Hand hin, doch Peedie musterte sie nur verächtlich und kehrte, Suttons Lachen im Rücken, zu Burden zurück.

»Ist es zu fassen?«, sagte Peedie, noch immer wutschnaubend.

»Ich kann nicht glauben, dass du einfach so zu ihm hingegangen bist.«

»Er hat Glück, dass ich ihm seine beschissene Knarre nicht in den Arsch geschoben hab«, wiegelte Peedie Burdens Besorgnis ab.

Burden schüttelte den Kopf und versuchte, sein Lächeln zu verbergen. Er konnte sich beim besten Willen nicht vorstellen, wie Peedie so etwas mit einem Riesen wie Sutton bewerkstelligt hätte.

»Hey, Ladys«, schrie Sutton. »Schluss jetzt, Zeit zu gehen.«

»Arsch«, sagte Peedie leise. »Okay, Burden, ich sag's noch mal: Es tut mir Leid, was ich über Jo gesagt hab. Und es tut mir Leid, dass ich dich nicht zu Pru mitnehmen konnte. Aber ihre Titten sind ehrlich gesagt sowieso nichts Besonderes. Sie sind zu klein. Überhaupt nicht wie Sulahs. Also, sei bitte nicht sauer auf mich, nicht wegen eines Mädchens. Okay, Cousin?«

Burden stimmte hastig zu. Der Schreck über den Schuss saß ihm noch viel zu sehr in den Gliedern, um wütend auf seinen Cousin zu sein. Er war vollkommen aufgewühlt und spürte die nächtliche Kühle plötzlich so deutlich, als hätte sie sich unter seine Haut gegraben.

Als sie zum Wagen kamen, hatte er sich keineswegs beruhigt, sondern seine Wut und seine Angst – im Gegensatz zu Peedie, der seinem Ärger Luft gemacht hatte – tief in sich hineingefressen. Er bebte vor innerem Aufruhr, ein Gefühl der Energie, die entweder das Mondlicht oder aber sein Sehvermögen zu verstärken schien, denn der Boden vor ihm sah mit einem Mal aus, als sei er in silbrig schimmerndes Licht getaucht. Umhüllt von einer Wolke dieses ätherischen Lichts, kam Sulah auf den Wagen zu, und Burden rieb sich ungläubig die Augen. Das war nicht dieselbe Sulah, mit der er die vergangenen zwei Stunden verbracht hatte. Sie war ohne jeden Reiz gewesen und hatte nicht das geringste sexuelle Verlangen in ihm geweckt. Aber jetzt, nach dem Schuss, spürte Burden das dringende Bedürfnis, sie auf dieselbe Weise zu berühren, wie Peedie Pru berührt haben musste – als Ausgleich für das, was ihm entgangen war. Und noch mehr als das. Er musste wieder an Peedies Herausforderung denken, die er zunächst rundweg abgetan, dann zögerlich angenommen und am Ende doch wieder verworfen hatte. Anfangs hatte Burden den Mut nicht aufgebracht, sie zu berühren, und darüber hinaus zahlreiche Gründe gefunden, es nicht zu tun – der überzeugendste davon war, dass er sie nicht im Geringsten anziehend fand. Doch nun, in Verbindung mit der Notwendigkeit, verlorenen Boden gutmachen zu müssen, nagte Peedies Herausforderung an ihm.

Er stand einen Augenblick neben Sulah und bemühte sich nach Kräften, Blickkontakt mit ihr herzustellen, um herauszufinden, ob sein neu gewonnenes Gefühl auch in ihr einen Nährboden fand, doch sie wandte sich nur brüsk ab.

Unbeirrt zwängte er sich auf den Rücksitz und beobachtete gespannt, wie sie sich auf den Beifahrersitz hievte. Ihre Bewegungen waren anmutig, kunstvoll, und die Kluft zwischen ihr und Jo schien mit einem Mal nicht mehr ganz so tief wie zuvor. Er wollte sie liebkosen. Und ihm war klar, dass der Abend erst dann perfekt sein würde, wenn er es getan hatte.

FÜNF

Am ersten Jahrestag des Todes seines Cousins lag Burden im Bett und fand keinen Schlaf. Es gab nur wenige Nächte, in denen sich keine ungewollten Erinnerungen an ihren letzten gemeinsamen Abend in seine Gedanken schlichen – wenn nicht in Form eines Übelkeit erregenden Traums, dann als Phantomgeräusch unter seinem Fenster oder tief in den Wäldern. Und dann waren da noch seine Gedanken, die wieder und wieder zu den letzten Sekunden in Peedies Leben wanderten, bevor es einen unerklärlichen Augenblick später für immer geendet hatte. Dies waren die deutlich sichtbaren Zeichen seiner Schuld, der greifbare Beweis für den Tod. Und die Tatsache, dass er diese Gewissheit seit jenem schicksalhaften Abend für sich behielt, ein Geheimnis, über das er weder mit Jo noch mit seinen Eltern noch einem Wildfremden sprechen konnte, verstärkte noch das Gefühl, für all das verantwortlich zu sein, was ihn unablässig quälte.

Innerhalb kürzester Zeit war es ihm gelungen, seine Schuld zu erkennen und sich in die daraus erwachsene Verpflichtung zu fügen. Es würde nicht ausreichen, jemandem sein Geheimnis anzuvertrauen, weil es Peedie nicht zurückbringen würde. Nein, es war notwendig, das zu einem Ende zu bringen, was an jenem verhängnisvollen Abend begonnen hatte.

Wir machen immer alles zusammen, stimmt's? Wenn ich gehe, gehst du auch. Wie grausam Peedies Worte inzwischen waren. Es mochte unmöglich sein, Peedie zurückzuholen, aber es war ganz und gar nicht unmöglich – und darüber hinaus noch Burdens Pflicht –, ihm zu folgen. Erst dadurch wären er und Peedie wieder quitt. Wenn er seinem Cousin folgte, würde seine Schuld getilgt sein. Und dann würde es auch keine Stimmen vor seinem Fenster oder in seinen Träumen mehr geben.

Um Mitternacht stand Burden auf und tappte in die Küche, wo er die Schublade durchwühlte, bis er das Schälmesser gefunden hatte. Dann kehrte er in sein Zimmer zurück, zog sich eine leichte Jacke über und steckte das Messer in die Jackentasche. Er blieb einige Augenblicke am Fenster stehen, suchte mit den Augen den Garten nach einem Anzeichen seines Cousins ab und glaubte, ihn als Schatten außerhalb des Lichtkegels einer Straßenlaterne zu erkennen. »Warte, Cousin, ich komme«, flüsterte er erschöpft und schob das Fenster auf. Unten angelangt, öffnete er die Tür des Lieferwagens, legte den Leerlauf ein und ließ ihn ein Stück die Straße entlangrollen. Als der Abstand zwischen ihm und dem Haus seiner Eltern groß genug war, sprang er hinein, startete den Motor und folgte der schemenhaften Gestalt zum Friedhof.

Er stellte den Lieferwagen am Eingangstor ab. Als er sicher war, dass niemand in der Nähe war, stieg er aus, kletterte eilig über den Zaun und ließ sich auf der anderen Seite ins Gras fallen. Er stand auf, klopfte sich den Staub von der Hose ab und machte sich auf den Weg ins Zentrum des Friedhofs.

Statt der üblichen nächtlichen Stille war der Friedhof erfüllt von zahllosen verstohlenen Geräuschen, die während des Tages nicht einmal zu erahnen waren. Das leise Gezwitscher von Vögeln, die diejenigen niemals zu Gesicht bekamen, die nachts für gewöhnlich in ihren Betten lagen und schliefen, hallte von den unzähligen Grabsteinen wider. In der relativen Stille verursachte ein herabfallendes Blatt, das auf dem Lehmboden aufkam, ein ebenso durchdringendes Geräusch wie ein behutsamer Schritt. Und zwischen der nächtlichen Brise erhoben sich die murmelnden Stimmen, träge und gleichgültig. Burden hatte viele Stunden um diese Zeit auf dem Friedhof verbracht, und die Geräusche waren ihm so vertraut wie die Stimme seiner Mutter und irritierten ihn nicht im Geringsten. Er hastete weiter.

Die Wolken am nächtlichen Himmel absorbierten das fahle

Licht des Mondes, sodass er sich nahezu blind vorwärts arbeiten und sich von seiner Erinnerung über das vertraute Friedhofsgelände leiten lassen musste. Unbekümmert und mit forschen Schritten ging er den Weg entlang, als er plötzlich über eine Wurzel stolperte und zu Boden stürzte. Sekundenlang lag er atemlos auf dem Boden – den Geschmack von Gras auf den Lippen und das Gefühl von Lehm zwischen den Zähnen. Ohne jede Eile drehte er sich auf den Rücken, kam langsam wieder zu Atem, und der Lichtblitz, der bei seinem Aufprall vor seinen Augen aufgeflammt war, erlosch.

Ein Stück vor ihm lief eine Gestalt und verschwand hastig in den Büschen. Burden wandte sich dem Geräusch zu, ohne jedoch etwas zu sehen, nicht einmal die Bewegung von Blättern. Er stand auf, klopfte sich den Staub ab und machte sich wieder auf den Weg zu Peedies Grab, wenn auch ein wenig vorsichtiger.

»'n Abend, Cousin«, sagte er leise, als er vor dem Grab stand. Er scharrte mit dem Fuß auf dem Boden und schob die Hände tief in die Taschen, um die Kälte zu vertreiben. Er wollte sich nicht hinsetzen. Hinsetzen bedeutete Verpflichtung.

Hab keine Angst.

»Hab ich nicht, Cousin, aber ich bin mir darüber im Klaren, was getan werden muss.«

Hab keine Angst, es ist im Handumdrehen vorbei.

»Aber nicht so, wie es bei dir war. Ich muss dir etwas sagen, Peedie. Ich muss dir etwas über diesen Abend sagen, bevor ich das mache …«

Erzähl es mir danach. Die Zeit drängt.

»Aber warum muss es denn so sein?«

Doch da war nichts als Stille. Burden zögerte, ehe er sich im Schneidersitz auf dem Grab niederließ. Das Gras war feucht und kühl, und er spürte, wie die Nässe durch seine Jeans drang. »Na gut, Cousin«, sagte Burden laut. »Na gut, dann erzähle ich es dir später. Die wichtigsten Dinge kommen immer zuerst.« Er griff in seine Jackentasche, in die er das Schälmesser gesteckt hatte, doch es war nicht da. Er durchsuchte die andere Tasche. Nichts. Er sprang entsetzt auf und klopfte seine Jeans nach dem Messer ab. »Ich … ich habe es verloren, Peedie. Ich hatte es, aber …« Er wandte sich um und spähte in die Dunkelheit in Richtung des Wegs, auf dem er hergekommen war. »Ich bin gestolpert … das Messer muss mir aus der Tasche gefallen sein.«

Ausreden.

»Nein, es ist die Wahrheit. Ich finde es; gib mir nur eine Minute.«

Die Zeit drängt.

Burden bemühte sich, auf exakt demselben Weg zurückzugehen, auf dem er gekommen war. Als er etwa die Stelle erreicht hatte, an der er gestolpert war, ging er auf die Knie und fuhr mit den Händen über den Boden. Gut zehn Minuten lang tastete er geduldig den Weg ab, während er gleichzeitig spürte, wie das Fehlen des Messers seine Entschlossenheit, die ihn am Grab verlassen hatte, wachsen ließ. Mittlerweile wäre er wahrscheinlich tot, und all seine Sorgen wären vergessen, hätte er das Messer nicht verloren. Denn rückblickend betrachtet erschienen ihm seine Entschlossenheit und sein Mut wesentlich größer. Seinen kurzfristigen Anflug von Willensschwäche, der ihn möglicherweise davon abgehalten hätte, den endgültigen Schritt zu tun, hatte er bereits ganz vergessen. Aber mit jeder weiteren Minute ohne das Messer wuchs sein Entschluss, die Tat zu begehen, wobei er jedoch nicht ein einziges Mal auf die Idee kam, dass es genau die Unmöglichkeit der Tat war, die seine Entschlusskraft so sehr stärkte. Als er schließlich die Suche aufgab, war er nur umso überzeugter, dass er den Mut besessen hätte, die Klinge über seine Handgelenke zu ziehen, hätte er es in Händen gehabt. Aber wenn er das Messer nicht fand, nun ja, was sollte er dann tun?

Als er aufstand und sich umdrehte, trat er auf einen kleinen Gegenstand auf dem Boden. Selbst im spärlichen Licht hob sich die Klinge scharf gegen die Dunkelheit ab. Beim Anblick des schimmernden Metalls verließ ihn der Mut. *Ich weiß ja, dass ich gehen muss*, dachte er, *aber weshalb so?*

Die Zeit drängt, Cousin.

»Na gut, verdammt noch mal«, sagte Burden und bückte sich nach dem Messer. Schnelles Handeln, das war der Schlüssel, deshalb setzte er die Klinge, ohne zu zögern, an seinem Handgelenk an. Doch statt sie durch das Fleisch zu ziehen, hielt er inne. »Hilf mir, Peedie. Ich kann es nicht tun. Ich kann meine Hand nicht bewegen.«

In diesem Moment durchbrach ein unwillkommenes – oder war es etwa gar nicht so unwillkommen? – Licht die Dunkelheit. Burden fuhr herum und spähte in Richtung des Friedhofstors. Ein Streifenwagen stand hinter seinem Lieferwagen. Der Polizist stieg aus, ließ den Strahl seiner Taschenlampe über den Laderaum wandern und richtete ihn dann auf das Fahrerhaus. Burden kauerte am Boden. Sein Atem hatte sich inzwischen ein wenig beruhigt, aber er hielt das Messer noch immer über seinem Handgelenk. Als Nächstes leuchtete der Polizist den Boden ab und folgte offensichtlich Burdens Fußspuren, die zum Friedhofstor führten.

Burden umfasste den Griff des Messers noch ein wenig fester und spürte, wie die Klinge über seine Haut schrappte. »Tu's einfach«, sagte er leise. Seine Stimme war kaum mehr als ein Hauch in der Dunkelheit. Doch genau in dem Augenblick, als er glaubte, die Klinge ansetzen zu können, richtete der Polizist den Lichtkegel seiner Taschenlampe auf den Friedhof und rief: »Wer ist da?« Seine Stimme klang so gebieterisch, dass Burden das Messer in die Dunkelheit schleuderte, statt die Klinge über sein Handgelenk zu ziehen.

»Wer ist da, hab ich gefragt?«

Burden erhob sich mit zitternden Beinen. »Ich bin's, Sir. Burden«, rief er.

»Wer?«

»Burden, der Sohn des Lebensmittelhändlers.«

Es entstand eine lange Pause, und Burden fragte sich schon, ob ihn der Polizist vielleicht nicht gehört hatte. Er wollte seine Worte gerade wiederholen, als die Stimme des Polizisten wieder an sein Ohr drang. »Also gut, und was machst du mitten in der Nacht hier?«

Doch seine Angst, Peedie könnte die Lügen hören, die er dem Polizisten erzählte, hielt ihn davon ab, ihm eine Antwort zu geben. Mittlerweile befand er sich im Lichtkegel der Taschenlampe, deren intensiver Strahl ihn blendete. Der Polizist senkte sie erst, als er das Tor erreicht hatte.

»Steig über den Zaun, dann unterhalten wir uns«, sagte er.

Burden gehorchte, und der Polizist wies ihn an, sich auf die Steinmauer zu setzen.

»Also, jetzt sag mir mal, was du um ein Uhr morgens auf dem Friedhof zu suchen hast.«

Bevor er antwortete, blickte Burden über seine Schulter in die Dunkelheit und zu dem Jungen, der sich darin verbarg. »Ich bin hergekommen, um jemanden zu besuchen«, erklärte er und drehte sich wieder um. »Das ist alles.«

»Und wen besuchst du um diese Uhrzeit?«

»Meinen Cousin«, erwiderte Burden bereitwillig. Er sprach sehr schnell und ohne den Blick vom Boden zu wenden. »Er ist auf den Tag genau vor einem Jahr gestorben. Ich dachte, ich komm mal vorbei.«

Burdens Worte schienen den Polizisten ein wenig zu besänftigen. Er richtete den Strahl seiner Taschenlampe auf den Lieferwagen. »Gehört der dir?«

Burden nickte.

»Und wissen deine Eltern, dass du so spät noch hier bist?«

»Nein, Sir.«

Der Polizist schaltete die Taschenlampe aus. »Na schön, dieses eine Mal drücke ich noch ein Auge zu, aber ich will, dass du jetzt nach Hause gehst und morgen früh wiederkommst, wenn es hell ist und die Tore nicht verschlossen sind. Ich fahre hinter dir her und sehe zu, dass du auch sicher heimkommst.«

Burden stand auf.

»Aber wenn ich dich hier noch mal erwische, dann muss ich dich festnehmen und deine Eltern anrufen. Und ich will das nicht tun müssen, verstanden?«

Burden versicherte dem Polizisten, er habe durchaus verstanden, und kletterte in den Lieferwagen. Daraufhin stieg der Polizist in den Streifenwagen, und gemeinsam fuhren sie durch die verlassenen Straßen von Walterboro. Sie hatten gerade die Innenstadt durchquert, als auf einmal das Blaulicht des Einsatzwagens zu flackern begann, und Burden dachte einen Augenblick lang, der Polizist habe es sich anders überlegt und wollte ihn doch noch verhaften. Aber er wendete und raste in die andere Richtung davon.

Burden, dem übel war vor Angst und Erschöpfung, fuhr an den Straßenrand, stieg aus und übergab sich. »Großer Gott, Peedie ...«, sagte er, als sich sein Magen ein wenig beruhigt hatte, und sah auf. Er stand unmittelbar vor einer Bar. *Buck's Tavern* leuchtete in grünen und roten Neonbuchstaben in der Finsternis und flackerte alle paar Sekunden wie die Flamme einer Kerze in der Brise, während gedämpfte Musikfetzen durch die geschlossene Tür drangen. Ohne einen Gedanken daran zu verschwenden, dass es ein Fehler sein könnte, ging Burden hinein.

Im ersten Augenblick dachte er, die Bar sei leer und jemand habe die Musik und das düstere Licht versehentlich angelassen, da keine Menschenseele an den Tischen saß. Doch als er sich im Raum umsah, bemerkte er drei Männer in Flanellhemden, die zusammengesunken am hinteren Ende der Bar kauerten. Ein vierter Mann stand hinter dem Tresen und hatte die Hände auf der Kante aufgestützt. Er bemerkte Burden als Erster, noch bevor den anderen bewusst zu werden schien, dass jemand hinter ihnen stand, und sie sich ebenfalls umdrehten.

»Kann ich dir helfen?«

Burden blieb an der Tür stehen.

»Wer ist denn das?«, fragte der Mann, der am weitesten von Burden entfernt saß.

»Ein Junge«, erwiderte der Mann in der Mitte.

»Das seh ich auch«, gab der Erste zurück. »Was hat denn ein Junge hier zu suchen?«

»Vielleicht hat er gehört, dass du endlich 'ne Runde ausgibst.«

»Kann ich dir helfen?«, fragte der Barkeeper noch einmal.

»Schenk ihm einen Drink ein, Frankie«, sagte der erste Mann und lachte. Die beiden anderen stimmten in sein Gelächter ein.

»Komm her, mein Sohn«, sagte der dritte Mann, der Burden am nächsten saß, und bedeutete ihm, näher zu treten. Langsam ging Burden auf ihn zu. Als er neben ihm stand, musterte ihn der Mann neugierig. »Ich heiß Willie. Aber meine Freunde nennen mich Blind Willie. Und wie heißt du?«

»Burden.«

»So, so. Freut mich, dich kennen zu lernen, Burden.« Der Mann deutete auf den Barhocker neben sich. »Setz dich.«

Willie wandte sich Frankie zu. »Wie wär's mit einem Drink für unseren neuen Freund. Was trinkst du, mein Sohn?«

Burden sah auf Willies Glas hinunter. »Was trinken Sie denn?«

Doch Willie verriet es ihm nicht, sondern lachte nur und bat Frankie, Burden eine Cola zu geben. »Hier, das ist schon mal die eine Hälfte von dem, was ich trinke. Wenn du alt genug bist, kauf ich dir die andere.«

Willie hob sein Glas und prostete Burden zu. »Auf das frische Blut. Trink, mein Sohn.«

Burden trank seine Cola. Es tat gut, den Geschmack von Galle aus dem Mund zu bekommen.

»Noch eins?«, fragte Willie.

Frankies Hand näherte sich Burdens Glas.

Burden nickte.

»Burden«, sagte Willie. »Irgendwie kommt mir dieser Name bekannt vor, aber ich weiß nicht so recht, wo ich ihn hinstecken soll.«

»Ich bin der Sohn des Lebensmittelhändlers. Vielleicht habe ich bei Ihnen schon mal geliefert«, meinte Burden. Trotz der neuen, fremden Umgebung fühlte sich Burden willkommen. Aber vielleicht lag es auch nur daran, dass man ihn nicht gleich verjagt hatte, so wie auf dem Friedhof. Jedenfalls hatte er das Gefühl, willkommen zu sein, was im Augenblick eine ganze Menge wert war. Der Barkeeper stellte ein weiteres Glas Cola auf den Tresen. Burden nahm es und trank ein wenig langsamer als zuvor.

Der Mann, der neben Willie saß, stieß ihn an und flüsterte ihm etwas ins Ohr. Willies Augen verdüsterten sich, als er zu begreifen begann, doch der freundliche Ausdruck kehrte nach wenigen Augenblicken wieder zurück.

»Glauben Sie an Geister, Sir?«, fragte Burden, nachdem er das zweite Glas geleert hatte.

Willie dachte über Burdens Frage nach, während ihn noch immer das zu beschäftigen schien, was ihm sein Freund erzählt hatte. Schließlich schob er Burden sein Glas zu. »Willst du nicht mal probieren?«

Burden musterte Willie unsicher. Frankie warf Willie einen fragenden Blick zu, doch der winkte ab.

»Nur mal probieren. Du brauchst ja nicht gleich ein ganzes Glas zu trinken, aber vielleicht schmeckt dir dann deine Cola ein bisschen besser.«

Burden nahm das Glas in die Hand und hob es an die Lippen, doch statt zu trinken, roch er nur daran.

»Es funktioniert eindeutig besser, wenn du's trinkst«, bemerkte Willie.

Es war noch ein Schluck Whiskey in dem Glas, und obwohl er Willies Anweisung folgen und nur einen kleinen Schluck trinken wollte, kippte Burden den Inhalt des Glases in einem Zug hinunter. Der Alkohol brannte in seiner Kehle, und es fühlte sich an, als bahnte sich ein Feuerball einen Weg in seinen Magen.

»Besser?«

»Ja.«

»Also, Burden, ich würde dir ja gern noch einen Drink spendieren, aber ich denke, du solltest zusehen, dass du nach Hause kommst, bevor einer merkt, dass du weg bist. Glaubst du, du schaffst es allein?«

»Ich war gerade auf dem Weg.«

»Du solltest heimfahren und dich schlafen legen. Wenn du willst, kannst du ja an einem anderen Abend wiederkommen, vielleicht nicht ganz so spät. Wir sind meistens hier. Dann lad ich dich auf einen Drink ein. Aber jetzt solltest du nach Hause gehen und schlafen.«

Burden bemerkte, dass er in seiner Erschöpfung völlig automatisch reagierte und die Vorschläge der Männer – sowohl den des Polizisten als auch den dieses Mannes hier in der Bar – bereitwillig befolgte. Es wäre schön, endlich im Bett zu liegen und zu schlafen. Er bezweifelte allerdings, dass es ihm gelingen würde, in erholsamen Schlaf zu fallen. Als er an der Tür stand, drehte er sich noch einmal zu den Männern um. Willie nickte ihm zu, und ihm war klar, dass es das Beste war, zu gehen. Doch gleichzeitig wusste er, dass er irgendwann einmal zurückkommen konnte und dass er willkommen sein würde. Ein gutes Gefühl.

Als er nach Hause kam war Burden so erschöpft, dass er augenblicklich in tiefen Schlaf sank, den kein nächtlicher Besucher – sei es hinter dem Fenster oder aber in seinen Träumen – durchdrang.

Doch obwohl er sich am nächsten Morgen ausgeruht fühlte, gelang es ihm nicht, das Gefühl der Melancholie ganz abzuschütteln. Der unterschwellige Vorwurf des Versagens nagte unablässig an ihm, so als ruhe der enttäuschte Blick seines Cousins jede Sekunde auf ihm. Der Tag passte perfekt zu seiner trüben Stimmung. Als er sich auf seine Tour begab, war das Wetter schlecht. Die grauen Wolken wiesen weder auf Regen noch auf nachmittäglichen Sonnenschein hin, sondern hingen nur bleiern am Himmel.

In der Gewissheit, dass ihm ein reichlich unangenehmer Vormittag bevorstand, packte Burden die Lebensmittel in den Lieferwagen und machte sich auf den Weg. Gegen elf Uhr verwandelte sich die morgendliche Brise in einen kräftigen Wind, der dicke Regenwolken heranschob. Gegen Mittag öffneten sich schließlich die Schleusen, und ein kalter, heftiger Regen ging auf die Stadt nieder.

Trotz des schlechten Wetters ließ sich Burden nicht beirren und traf gegen halb drei Uhr nachmittags bei Maude ein. Er war vollkommen durchnässt, da er sich am Morgen nicht die Mühe gemacht hatte, einen Regenmantel mitzunehmen. Sein T-Shirt war von der Nässe ganz durchsichtig, und seine Jeans hatten eine tiefblaue Färbung angenommen und verströmten inzwischen einen seltsamen, nicht gerade angenehmen Geruch, während sich seine Baumwollsocken wie tonnenschwere Gewichte in seinen durchweichten Tennisschuhen anfühlten.

Um zu verhindern, dass die Papiertüten nass wurden (zum Glück waren seit Beginn des Regens erst zwei Tüten gerissen), lief er, so schnell er konnte, vom Lieferwagen zum überdachten Eingang.

Mit geübter Präzision streckte er den kleinen Finger aus und drückte auf die Klingel. Nachdem er einige Sekunden vergeblich gewartet hatte, klingelte er ein zweites Mal ungeduldig, denn obwohl der Regen ein wenig nachgelassen hatte, pfiff ihm der Wind eisig um die Ohren. Als von Maude immer noch nichts zu sehen war, trat er mit dem Fuß gegen die Tür. Er hatte das ungute Gefühl, beobachtet zu werden, als stünde jemand am Fenster im oberen Stockwerk hinter den Vorhängen und sähe verstohlen auf ihn herab. Eine Spur aus eisigem Wasser bahnte sich einen Weg von seinem Haar bis zum Hals, und er schüttelte unwillig den Kopf. In diesem Moment glaubte er aus dem Augenwinkel zu sehen, wie sich ein Vorhang leicht bewegte. Er trat ein weiteres Mal gegen die Tür. »Mrs. Whitman, Ma'am?«, rief er, doch seine Stimme ging in einem mächtigen Donnerschlag unter. »Mrs. Whitman, sind Sie zu Hause?«

Maude Whitman riss die Tür auf, als wollte sie damit ihre Verspätung wettmachen. »Oh, Burden, du bist ja nass bis auf die *Knochen.*« Sie trat einen Schritt zurück. Ein Lächeln breitete sich auf ihrem Gesicht aus, und sie legte ihre nasse Hand an ihre Wange. An ihrem Arm lief schaumiges Wasser zum Ellbogen hinunter. »Meine Güte, oh, und ich lasse dich hier im Regen stehen. Wo habe ich nur meinen Kopf? Komm rein, mein Lieber.«

»Danke, Ma'am.«

Maude ging ein Stück beiseite, und Burden betrat den Vorraum.

»Was für ein schreckliches Wetter, und du bist da draußen und arbeitest, ohne auch nur einen Gedanken an deine Gesundheit zu verschwenden. Hier, stell die Tüten auf die Waschmaschine, ich räume sie dann gleich weg.«

Burden stellte die drei Tüten ab und machte einen Schritt zurück. Er wartete auf sein Trinkgeld und auf, nein, er hoffte auf … was?

Maude nahm ein Handtuch, trocknete ihre Hände ab und musterte Burden eingehend. »Ich glaube, ich kann durch dich durchsehen«, stellte sie nach einer Weile fest.

»Ma'am?«

»Dein T-Shirt ist so nass, dass ich die Farbe deiner Haut und alles andere erkennen kann.« Das Lächeln blitzte wieder auf.

Burden sah an sich hinunter und stellte fest, dass sich seine dunkelbraunen Brustwarzen gegen seine blasse Haut abhoben, sah den runden weißen Fleck seines Bauchnabels. Er zog den Stoff von seiner Haut ab und zerstörte damit den Anblick, den Maude so offensichtlich genossen hatte.

»Na ja, so kannst du aber eindeutig nicht weiterfahren.«

»Ma'am?«

»Zumindest nicht, bevor ich mich um dich gekümmert habe.«

»Ma'am?«

»Deine Kleider. Komm, zieh sie aus, damit ich sie trocknen kann.«

»Oh, Mrs. Whitman, ich weiß nicht, ob ich das tun kann.«

»Und wieso nicht?« Maude sprach mit ihm wie eine Lehrerin mit einem Schüler – mit vorgetäuschter Autorität, vollkommen unverblümt und überzeugend. »Du kennst doch meinen Mann, oder?« Burden nickte. »Und du weißt, dass *Dr. Whitman«* – Maude betonte den Doktor ganz besonders – »ein Mann ist, der sich seiner Berufung mit größter Ernsthaftigkeit widmet. Was würde er also deiner Meinung nach sagen, wenn er erführe, dass ich, die Frau des Doktors, einem Jungen erlaubt habe, wieder in dieses abscheuliche Wetter hinauszugehen und dazu noch in vollkommen durchnässten Sachen, ohne mir die geringsten Sorgen zu machen, dass er sich den Tod holen könnte? Ich kann dir genau sagen, wie er reagieren würde: Er würde mir den Hintern versohlen.« Maude trat einen Schritt näher. »Ja genau, er würde mich übers Knie legen und mir den Hintern versohlen. Und deshalb habe ich nicht die Absicht, hier herumzustehen und mich mit dir zu streiten. Los jetzt, raus aus den Kleidern.« Resolut stemmte sie eine Hand in die Hüfte und streckte ihm die andere erwartungsvoll entgegen. »Wir müssen sie ja nicht waschen, sondern nur trocknen«, fügte sie hinzu, als sie sah, dass er noch immer zögerte.

Burden rührte sich nicht vom Fleck. Er wünschte sich nichts sehnlicher, als splitternackt vor Mrs. Whitman zu stehen, einer wirklich gut aussehenden Frau. Am liebsten wäre es ihm, wenn sie beide nackt wären. Aber er hatte so große Angst. Seine statuengleiche Starre verriet nichts von dem erbitterten Kampf, der in seinem Inneren tobte, einer Schlacht zwischen Angst und Verlangen. Wenn er sie berührte, würde die Erschöpfung seiner Seele vielleicht ein wenig nachlassen, hoffte er.

Schließlich änderte sie ihre Taktik. Sie ließ die Hand sinken und ging zur Tür. Eine Finte. »Wir machen etwas ganz anderes. Ich rufe jetzt bei deinem Vater an …«

»Nein«, widersprach Burden hastig, »das brauchen Sie nicht.«

»Na schön, mein Lieber. Also, runter mit den Sachen.«

Burden sah Maude fragend an und zog probeweise an seinem T-Shirt, während sie seinen Blick mit leidenschaftsloser Miene quittierte. Als er sich endlich das T-Shirt über den Kopf gestreift hatte, erschauderte er sichtlich – nicht von der Kälte, sondern angesichts des Gedankens, der sich einfach nicht mehr abschütteln ließ und der seine Nervenenden zum Erbeben brachte. Er sah sich im Geiste Maude küssen. Und noch mehr. Er sah, wie er sie so berührte, wie damals der junge Mann das Mädchen in dem Kornfeld berührt hatte, letztes Jahr, unmittelbar vor Peedies Tod.

Maude legte das Handtuch, mit dem sie sich die Hände abgetrocknet hatte, um Burdens Schulter und seinen Kopf und begann zu kichern, während sie sein Haar trockenrubbelte. »Du bist pudelnass«, sagte sie und zog das Handtuch weg.

Burden bückte sich, um seine Schuhe auszuziehen. Während er die Schnürsenkel löste, heftete sich sein Blick wie in der Woche zuvor auf Maudes Beine. Kräftige Waden, hübsche Knie mit kleinen Grübchen an der Seite, und dann diese viel versprechenden Oberschenkel, die unter einem kurzen, bauschigen weißen Rock mit einem Muster aus zarten Lavendelblüten verschwanden. Zart pfirsichfarbener Flaum bedeckte die Haut ihrer Schenkel, der sanft im elektrischen Licht leuchtete. Langsam löste Burden die Schnürsenkel und tat so, als kämpfe er mit einem hartnäckigen Knoten. Als er vor ihr kniete, hob Maude ein Bein etwas an und zog es näher an das andere, wobei sie ihren Fuß halb aus dem Schuh nahm und eine rosafarbene Ferse entblößte, an der keinerlei Hornhaut zu sehen war. Sie hielt ihren Fuß einige lähmende Augenblicke lang in dieser Position, ehe sie ihn langsam wieder in den Schuh zurückschob. »Ich mache dir einen Kaffee zum Aufwärmen. Du trinkst doch Kaffee, oder?«, fragte sie. »Oh, aber natürlich tust du das«, fügte sie hinzu, bevor er etwas erwidern konnte. »Du bist doch inzwischen ein junger Mann, hab ich Recht?«

Die Knoten in Burdens Schnürsenkeln lösten sich wie durch Zauberhand, als Maude das Zimmer verließ. Er stand auf und zog Schuhe und Socken aus. Anschließend streifte er die nassen Jeans ab, die jedoch hartnäckig an seinen Oberschenkeln klebten. Nach kurzem Zögern, da er fürchtete, Maude könnte in den Vorraum zurückkehren, streifte er auch seine Unterwäsche ab. Hastig hüllte er sich in das Handtuch, unter dem lediglich ein Stück milchig-weißer Haut seiner Oberschenkel hervorlugte.

Schritte.

Burden richtete sich auf.

»Hier«, sagte Maude. Sie hielt einen Herrenmorgenmantel in der Hand, den sie Burden reichte. »Ich glaube, der hier ist besser als das Handtuch.« Ihr Blick blieb an dem Streifen nackter Haut hängen.

Burden nahm den Morgenmantel und dankte Maude. Dann zog er ihn über und band ihn zu, ehe er sich von dem Handtuch befreite und es zu Boden fallen ließ.

Maude bückte sich, um es aufzuheben, sodass sich ihr Gesicht nur wenige Zentimeter vor seinem unter dem Morgenmantel verborgenen Schritt befand. Sie blickte zu ihm auf, und er bemerkte das einzigartige Blau ihrer Iris zwischen den dichten Wimpern. »Das hier kann ich gleich mit deinen Sachen trocknen«, sagte sie und richtete sich wieder auf. Für seine fünfzehn Jahre war Burden nicht besonders groß, aber Maude war mit ihren ein Meter fünfundsechzig nur wenige Zentimeter kleiner als Burden. Sie stand unmittelbar vor ihm und er konnte ihre ruhigen Atemzüge an seinem Kinn spüren. Ihre Lippen öffneten sich. In diesem Augenblick verkündete die Kaffeemaschine aus der Küche gurgelnd, dass der Kaffee durchgelaufen war. Für den Bruchteil einer Sekunde sah er ihre Zunge, ein pinkfarbenes, feuchtes Tier, das gegen die Gitterstäbe seines Gefängnisses stieß und hinausspähte.

»Kennst du dich mit dem Klempnern aus?«, fragte sie im nächsten Augenblick, als wäre nichts gewesen.

»Ma'am?« Er spürte seine aufkeimende Erektion und hoffte sehr, dass sie unter dem dicken Stoff des Bademantels nicht zu sehen war.

»Klempnerarbeit. Komm, der Kaffee ist fertig.«

Verwirrt folgte Burden Maude. Seine Haut war von einer tiefen Röte überzogen. Er zitterte und fröstelte abwechselnd und versuchte mit aller Kraft, seine Erektion niederzukämpfen. In seinem Kopf drehte sich alles, so als hätte eine Art mentaler

Schwindel sein Gehirn erfasst. Sobald er die Küche erreicht hatte, trat er vor die Arbeitsplatte, umklammerte sie und bemühte sich, sein Gleichgewicht wiederzufinden.

Maude nahm zwei Tassen und Untertassen aus dem Schrank, während er die Gelegenheit nutzte und so viel von ihr in sich aufsog, wie er nur konnte. Ihr dunkelblondes Haar bauschte sich in weichen Locken um ihren Nacken. Vollkommen hingerissen betrachtete er das Dreieck ihres Rückens und wie sich die Linie ihrer eher breiten Schultern zu einer schlanken Taille verjüngte, dann in die ausgeprägte Rundung ihres Hinterteils überging, bis hinunter zu den geschwungenen Beinen, die sie auf so hübsche Weise mit der Erde verbanden. Seine Lenden brannten, und er spürte ein vertrautes, unfreiwilliges Zucken in seinem Penis.

»Hier, bitte«, sagte Maude.

Burden nahm die Tasse entgegen.

»Keine Ahnung, wie ich so unvorsichtig sein konnte«, sagte sie und lehnte sich gegen die Spüle.

Burden folgte ihrem Blick zum Spülbecken, das zur Hälfte mit milchigem Wasser gefüllt war und in dem kleine Inseln aufgeweichter Lebensmittelreste schwammen.

»Der Abfluss war verstopft, und ich habe versucht, ihn freizubekommen, als der Ring plötzlich von meinem Finger gerutscht ist«, sagte Maude, als wollte sie den Ring des Verrats bezichtigen.

»Ihr Ehering?«, fragte Burden erschrocken.

»O nein, mein lieber Junge, schlimmer noch. Es war der Familienring der Mutter meines Mannes. Er hat drei wertvolle Steine, einen für jedes Kind. Sie hat ihn uns vermacht, die Gute. Na ja, ich hätte ihn eben beim Abwaschen nicht tragen sollen, aber ich konnte ja nicht ahnen, dass ich bis zu den Ellbogen im Schmutz stecken würde. Er hat sich von meinem Finger gelöst, und ich habe es erst bemerkt, als er schon nicht mehr zu sehen war. Oh, es bringt meinen Mann um, wenn ich diesen Ring verloren habe.«

Burden nippte an dem Kaffee und verbrannte sich prompt die Zunge. »Ist er weg?«, fragte er, ohne eine Miene zu verziehen.

»Ich weiß es nicht, Burden, mein Lieber. Ich hoffe nicht. Vielleicht hängt er noch im Siphon. Oh, ich finde es so schrecklich, einen Klempner anrufen zu müssen. Sie sind so … gewöhnlich, findest du nicht auch?«, sagte sie lächelnd und band ihn damit ihn ihre Vorurteile ein, was ihn erregte. »Aber leider weiß ich nicht, wie man einen Siphon auseinander nimmt.«

Burden hob die Tasse an die Lippen und tat so, als würde er daran nippen. »Ich könnte es mir ja mal ansehen, wenn Sie wollen. Haben Sie eine Rohrzange?«

»Was für ein guter Mensch du bist. Es sieht so aus, als gäbe es jede Woche einen neuen Notfall hier, bei dem ich deine Hilfe brauche. Ich hoffe, du hältst mich nicht für so hilflos, wie es aussieht. Ehrlich, es gibt einige Dinge, die ich sehr gut kann. Es sind nur … diese Männerdinge, die mich so durcheinander bringen. Aber du bekommst das ganz bestimmt hin, oder?«

Burden zuckte mit den Schultern.

»Also, eine Rohrzange. Ja, ich glaube, Hubert hat eine in der Garage. Ich glaube auch, ich weiß, wo sie liegt. Ich bin gleich wieder da.«

Während Maude in der Garage nach der Rohrzange suchte, ging Burden in der Küche auf und ab und versuchte, seinen zunehmend härter werdenden Penis zur Räson zu bringen. Steifbeinig ging er zum Küchentisch und betrachtete Maudes Kaffeetasse, auf deren Rand eine halbmondförmige, beerenrote Lippenstiftspur zu sehen war. Aus einer spontanen Laune heraus hob er die Tasse an die Lippen und legte sie exakt auf den Umriss des Abdrucks, den Maudes Mund hinterlassen hatte. Der Lippenstiftrest fühlte sich wächsern und unangenehm an, doch der vage Blumenduft und die Vorstellung, dass ihre Lippen erst kurz zuvor die Tasse berührt hatten, verliehen dem Moment eine seltsam erotische Note. Sein Penis richtete sich abermals auf, und er zwang ihn unter die Tischkante, bis er wieder erschlaffte.

»Hier«, verkündete Maude, und Burden fuhr sich mit der Hand über die Lippen, um die verräterischen Spuren zu beseitigen. Eilig trat er ans Spülbecken, öffnete die Türen des Schranks darunter, und steckte den Kopf hinein, als wolle er sich einen Eindruck von der Situation verschaffen.

»Findest du etwas?«

»Äh, nein. Ich sehe nur mal nach.« Burden drehte sich auf den Rücken, sorgsam darauf bedacht, dass der Bademantel nicht versehentlich aufsprang. *Und was wäre, wenn er es täte?*, schoss ihm durch den Kopf, doch er schob den Gedanken panisch beiseite.

Maude kniete sich hin und reichte Burden die Rohrzange. »Glaubst du, dass es damit geht?«

Burden reckte den Hals und sah zu Maude auf, während er danach griff. Von seiner Position aus konnte er lediglich ihre Lippen und ihr Kinn über den Schranktüren erkennen, doch ihre Beine ragten in voller Länge vor ihm auf. Er konnte ihre Knie sehen, deren Nähe ihn neuerlich erregte, ebenso wie die Linie ihrer zusammengepressten Oberschenkel, ein Tal, das in einem keilförmigen Schatten verschwand. »Ja, das sollte gehen, Ma'am.«

»Burden?«

»Ja?«

»Ich will, dass du etwas für mich tust. Ich will, dass du mich nicht länger Ma'am nennst. Das gibt mir das Gefühl, so ... alt zu sein. Und ich will mich nicht alt fühlen. Ich möchte, dass du mich von jetzt an Maude nennst.«

»Oh, ich weiß nicht ...« Er hatte schon wieder Ma'am sagen

wollen, verkniff es sich aber gerade noch rechtzeitig. »Mrs. Whitman.«

»Na gut, ich schätze, Mrs. Whitman ist immerhin besser als Ma'am. Wir versuchen es einfach eine Weile damit und sehen mal, ob wir später zu Maude übergehen können. Wie klingt das?«

Burden drehte die Rohrzange auf, legte sie probeweise um die Mutter und öffnete sie dann noch ein wenig weiter. »Das kann ich machen.« Er legte die Rohrzange wieder um die Mutter und zog vorsichtig an, um das Rohr nicht unnötig zu verbeulen.

»Prima. Und wie geht's?«

»Sitzt ganz schön fest. Ist vielleicht festgebacken. Aber mit ein bisschen Schmiere sollte es eigentlich gehen.«

»Nein«, fuhr Maude fort, deren Stimme plötzlich weicher und bedächtiger klang, »alt ist nicht gut.«

»Ich würde Sie niemals als alt bezeichnen, Mrs. Whitman«, ächzte Burden. »Ich kann mir niemanden vorstellen, der so etwas täte.« Die Mutter blieb hartnäckig und ließ sich keinen Millimeter bewegen. Er fürchtete, dass er sie vielleicht nicht würde lösen können. Wie würde er dann vor ihr dastehen?

»Nicht?«

»Was? O nein, Ma'am ... äh ...«

»Du bist wirklich süß. Du wirst eines Tages einen wunderbaren Ehemann abgeben. Das Mädchen, das dich einmal bekommt, kann sich glücklich schätzen.« Maude stand auf, ging zum Tisch und nahm ihren Kaffee. Als sie zu Burden zurückkehrte, stellte sie einen Fuß zwischen seine Beine und blieb einen Augenblick über ihm stehen, ehe sie sich hinkniete. Mit einer geschickten Bewegung, die jedoch kaum mehr als eine flüchtige Berührung war, streifte sie mit den Schienbeinen an seinen Knien entlang. Burden fuhr erschrocken zusammen und reckte den Hals, um zu sehen, was sie tat. Ihre Beine waren nicht länger aneinander gepresst, sodass er einen Blick auf den keilförmigen Schatten erhaschte, der in Wirklichkeit ein Stück Spitzenstoff über einer dunklen Wölbung war. Hastig wandte er den Kopf ab, als er spürte, wie sich eine unangenehme Wärme in seinem Schoß ausbreitete.

Unvermittelt gab die Schraubenmutter nach. »Na also«, verkündete er mit zitternder Stimme und sah wieder auf ihre Beine. Maude hatte sich eine Hand auf das Knie gelegt, dessen Scheibe sich durch die Beugung weiß verfärbt hatte. Ihre Finger zupften unsichtbare Staubflusen von ihrem Rock und strichen dann den Saum glatt.

»Natürlich ist Älterwerden etwas Unvermeidliches«, fuhr Maude mit beinahe wehmütiger Stimme fort. »Wenn die Menschen alt werden, werden manche Dinge ... nun ja, schwieriger. Süßer Vogel Jugend, Burden, du verstehst seine Magie, seine Kraft, seine Vergänglichkeit erst, wenn sein Gesang erstorben ist. Man kann sie sich nicht mit Geld erkaufen, sondern nur ihrem möglichen Verschwinden vorbeugen.«

»Mrs. Whitman?« Bräunliches Wasser tröpfelte neben Burdens Ohr zu Boden, worauf er die Mutter wieder festzog.

Schlanke Finger griffen nach dem Bademantel und zogen daran, ohne den Gürtel zu lösen. Ihre Hände bewegten sich so beiläufig, als streiche sie über ein perfekt arrangiertes Zierdeckchen. Burden spürte, wie die Nähe ihrer Finger seinen Penis zucken ließ, und nur die Angst hinderte ihn daran, sich zu voller Pracht aufzurichten. »Ja, mein lieber Junge, die gesellschaftliche Position einer Frau ist ein schwacher Trost, wenn sie erst einmal ...« Maude ließ den Gürtel des Bademantels los und stand auf. »Du bist ein so begabter junger Mann, genau das bist du. Wirklich, ein junger Mann, kein Junge mehr. Nicht mehr. Ich sollte dich nicht mehr wie einen Jungen betrachten, aber du bist noch so rein, trotz all der tragischen Dinge, die du erlebt hast. Meine Güte, all diese Dinge. Wenn ich in deine Augen sehe, spüre ich, wie sich etwas in mir regt, Burden. Ich muss zugeben, dass ich ein Bedürfnis in mir spüre, dich zu trösten. Ist denn das so falsch? Ist es falsch, dass ich dich in den Armen halten und trösten will?«

Stille breitete sich zwischen ihnen aus. Burden lag reglos und schweigend unter dem Spülbecken, der Siphon nur wenige Zentimeter vor seinem Gesicht. Er sah sein Spiegelbild in dem gewölbten Chrom der Rohre, das Gesicht verzerrt, als stünde er vor einem Jahrmarktspiegel. Er starrte in seine Augen auf der Suche nach irgendeiner Eigenschaft, die auch nur im Entferntesten der glich, von der sie sprach.

»Komm«, sagte Maude schließlich, »komm.«

»Ma'am?«, erwiderte Burden reflexartig.

»Komm. Komm her.« Sie winkte ihn heran.

O Gott, dachte er. *O Gott*. Sein Körper fühlte sich an wie ein Kern aus Flammen in einer Hülle aus Eis.

»Bitte …«

Burden umklammerte das Abflussrohr und schob sich langsam aus dem Schrank heraus. Seine Gelenke fühlten sich an, als bestünden sie aus glühenden Kohlen. Mittlerweile lag er zwischen ihren Beinen und starrte zu ihr empor, als wäre sie Gulliver. Nur dass dieser Gulliver eine Vagina hatte!

Maude sah auf Burden herab, und ihr Haar fiel wie ein weicher Vorhang um ihr Gesicht. Schatten von Regentropfen, die ans Küchenfenster schlugen, liefen über ihr Gesicht, so dass es wirkte, als würde sie weinen. In diesem Augenblick sah sie in Burdens Augen tatsächlich sehr traurig aus, sehr weit entfernt und sehr alt. »Willst du mich berühren, Burden?«, fragte sie leise.

Burden gab keine Antwort.

»Hab keine Angst. Nicht vor einer Berührung. Niemals. Willst du mich berühren?«

Burden bebte am ganzen Körper. Nach einigen Augenblicken angespannten Schweigens nickte er.

»*Dann berühre mich.*«

Die erste Berührung war kaum mehr als ein flüchtiges Streicheln seiner Fingerspitze über ihr Schienbein. *O Gott, wie weich.* Doch schon in der nächsten Sekunde war es vorüber. Er fuhr sich mit der Zunge über die Lippen und sah ihr in die Augen, die ihn stumm ermutigten. Eine zweite Berührung. Finger, dieses Mal nicht nur die Spitzen, legten sich sanft um ihre Wade. Er ließ seine Hand zu ihrem Knöchel gleiten und erkundete die unglaubliche Weichheit ihres Fußes unmittelbar über dem Spann. Dann wanderte seine Hand langsam nach oben, als würde sie von einem warmen Luftzug angezogen, und liebkoste ihre Kniescheibe. Sie nahm seine Hand und presste seine Handfläche gegen ihr Fleisch.

»Wie fühlt sich das an, Burden?«

»Nicht alt«, war alles, was er hervorbrachte.

Maude lachte und dirigierte Burdens Hand über ihre Kniescheibe hinweg zur Innenseite ihres Schenkels. Burden sog hörbar den Atem ein. Sein Penis bewegte sich unter dem Stoff des Bademantels. Mit langsamen Bewegungen knetete Maude die Innenseite ihres Schenkels mit seinen Fingern. »Und das?«

»So weich und warm wie bei einem Engel.«

»Du hättest nicht gedacht, dass es so warm ist, oder, mein Junge? Es ist die Wärme des Trostes. Die Wärme, mit der ich dich tröste.« Maude schob mit dem Fuß den Stoff des Bademantels beiseite, der Burdens harten Penis verdeckte, und ließ ihn langsam darüber gleiten. »Und wie fühlt sich das an? Schön, Burden?«

Burden nickte, doch er brachte keinen Laut über die Lippen.

Geschickt manövrierte Maude seine Finger über ihr Höschen und drückte sie leicht gegen ihr Schamhaar. »Es gibt keinen Grund, so schüchtern zu sein.« Sie ließ seine Hand los. Wie magisch angezogen blieben seine Finger auf ihrem Schoß liegen. Er spreizte sie und streichelte sie durch den Stoff hindurch. Sie fühlte sich wie ein altes, häufig benutztes Kissen an, doch das würde er ihr nicht sagen.

In der Ferne grollte der Donner, und Burden spürte ihn in seinem Rückgrat, als er über das Haus hinweggrollte.

Maude trat einen Schritt zurück. Angst breitete sich in Burden aus. Hatte sie es sich anders überlegt? Hatte sie ihn nur geneckt? Er hatte schon von solchen Frauen gehört. Frauen, die absichtlich solche Dinge zu Männern sagten, sie umgarnten und sie verführten, nur um sie am Ende unvermittelt im Regen stehen zu lassen. Doch noch während Burden wie gelähmt vor Sorge am Boden lag, steckte sie ihm die Hand entgegen und verscheuchte seine Angst.

»Komm, mein Lieber«, sagte sie sanft.

Mit einer einzigen Bewegung kam Burden auf die Knie, umfasste Maudes Beine und bedeckte sie mit trockenen Küssen.

»Ja, ja, mein lieber Burden, ja.« Maude strich ihm übers Haar. »All das und noch mehr. Noch viel mehr. Aber zuerst sollten wir nach oben gehen. Komm.«

Sie tollten die Treppe hinauf ins Schlafzimmer, fielen aufs Bett, Arme und Beine ineinander verschlungen, und wälzten sich schwitzend und keuchend in den Laken. Als es vorüber war, stellte Burden überrascht fest, dass nicht einmal fünf Minuten notwendig gewesen waren, um seine Welt in ihren Grundfesten zu erschüttern. Trotzdem konnte niemand die Ekstase leugnen, die jene wenigen Augenblicke der Ejakulation hervorriefen. Es war, als existierten für eine kurze Weile keinerlei Sorgen mehr, als seien sämtliche Empfindungen aus dem Bewusstsein verbannt, die nicht dem Rausch der Lust unterlagen. Er war erfüllt vom Hochgefühl des Akts und zugleich leer, nun, da er vorüber war. Kurz darauf musste er zur Toilette und ging ins Badezimmer. Als er zurückkam, setzte sich Maude ein zweites Mal rittlings auf ihn und säuselte ihm ins Ohr, worauf er entzückt feststellte, dass sein Penis augenblicklich um so vieles schneller auf ihre schmeichelnden Finger reagierte, als er es auf seine eigenen getan hätte. »Und jetzt sehen wir mal, was du wirklich kannst«, sagte sie. Der Süße Vogel Jugend plusterte sich voller Stolz auf. Sie wälzten sich abermals in wilder Leidenschaft auf der Matratze, und er kam ein zweites Mal, auch wenn es deutlich länger dauerte und das Hochgefühl danach nicht mehr ganz so ausgeprägt war. Schließlich fanden sie sich zu einem dritten Liebesakt zusammen, an dessen Ende Burden sowohl die Fähigkeit eingebüßt hatte zu ejakulieren als auch zu spüren, wie sich Maudes Fleisch um ihn schloss. Sein Penis war zu einem gefühllosen, funktionalen Objekt geworden, was Maude durchaus gelegen kam, da es ihr genug Zeit gab, selbst ihren Höhepunkt zu erreichen – was, zu Burdens leichtem Unbehagen, einige Zeit in Anspruch nahm. Danach stand Maude auf und ging ins Badezimmer. Burden hörte, wie sie den Wasserhahn aufdrehte. Sie blieb mehrere Minuten weg, und als sie zurückkam, sah er das nasse Handtuch in ihrer Hand. Ohne Vorwarnung ließ sie es auf Burdens Penis fallen. Das Handtuch hätte ebenso gut in Eiswasser getaucht sein können, denn Burdens Verstand war noch immer viel zu benebelt, als dass er irgendwelche Anstalten hätte machen können, sich zu bewegen oder zu schützen. Er fühlte sich seltsam losgelöst von allem, wie ein Blatt, das in der sanften Brise tanzt. Trotzdem war er froh, als er feststellte, dass das Handtuch warm war, angenehm warm, sodass er sich entspannte und sich noch tiefer in die Matratze sinken ließ. »Wir begraben die Toten«, sagte Maude, während sie seinen Schoß abtupfte. Dann trug sie das Handtuch ins Badezimmer zurück und kam dann wieder zu im ins Bett.

Sie lagen nebeneinander, ihre Köpfe ruhten auf den Kissen am Fußende, während sie ihre Füße gegen das Kopfteil stemmten. Wie seltsam, dachte Burden, so nahe bei einer nackten Frau zu liegen. Nur den Kopf drehen zu müssen, um all die Details ihres Körpers erkennen zu können, jede Erhebung, jede Biegung, die Veränderungen der Farben und Beschaffenheit, die fleischlichen Gerüche inhalieren zu können, die so düster und doch so befriedigend waren. Er sah an Maudes Körper hinab, auf ihr Schamhaar, das wie eine dunkle Wolke am weißen Horizont ihres bleichen Bauches wirkte.

Burden war erschöpft, als wäre er jeglicher Energie beraubt. Als er zutiefst befriedigt neben Maude lag und langsam wieder ins Hier und Jetzt zurückkehrte, musste er auf einmal an Jo denken. Sie waren niemals intim gewesen, sondern hatten einander nur geküsst, und das nicht einmal richtig. Ein einziges Mal hatte er seine Hand auf ihre Brust gelegt, hatte es aber schon im nächsten Augenblick bereut – auch wenn ihre Abfuhr sehr behutsam gewesen war – und hatte ihr geschworen, sich nie wieder zu so etwas Ungehobeltem hinreißen zu lassen.

Doch nun hatte er das Gefühl, es tun zu müssen. Es blieb ihm nicht mehr viel Zeit, denn obwohl seine Versuche vom Vorabend, seinem Leben ein Ende zu setzen, nicht von Erfolg gekrönt gewesen waren, glaubte er immer noch felsenfest daran, dass sich die Tür bald für ihn öffnen und ihm der Weg gewiesen werden würde. Er musste Jo an dieser wunderbaren Entdeckung teilhaben lassen, ehe dieser Moment eintraf. Er wollte in ihr sein, wünschte sich, dass sie ihn in sich spüren wollte, dass sie einander schmecken konnten, so wie er und Maude einander an diesem Nachmittag geschmeckt hatten. Peedies unablässiges, abwechselnd herausforderndes und vorwurfsvolles Starren lockte Burden ständig, sich ihm anzuschließen.

»Es gibt jetzt ein paar Dinge, Peedie, Dinge, die ich unbedingt tun muss, bevor ich wieder mit dir zusammen sein kann.«

Was für Dinge? Das ist doch nur selbstsüchtiges Geschwätz. Wann kommst du endlich, Cousin?

»Bald.«

Bald? So was kann nur einer sagen, der Angst hat. Du hast aber keine Angst davor, dich mir anzuschließen, oder, Cousin?

Natürlich nicht.

Aber er hatte Angst. Es stand völlig außer Frage, dass er sich Peedie anschließen musste, eine Pflicht, der er ebenso wenig entkommen konnte wie seiner Schuld. Aber wie? Zu großer Schmerz erwartete ihn, und die Vorsätzlichkeit seiner Tat machte den Beginn der Reise unmöglich. Bei Peedie war es etwas anderes gewesen. Der Schock seines Todes hatte den Schmerz ausgeschlossen. Die Tatsache, dass er so vorsätzlich versuchte, seinem Leben ein Ende zu setzen, vereitelte die Tat an sich.

»Peedie, wieso muss ich es so machen wie du?«

Weil wir es immer so gemacht haben. Wir waren Blutsbrüder, das ist noch viel mehr als nur Cousins, mehr als richtige Brüder, weil wir uns freiwillig dazu entschlossen haben. Und wir haben alles zusammen erlebt. Also, wann kommst du jetzt endlich, Cousin?

Doch er wollte jetzt nicht bei Peedie sein, sondern erst, wenn er Jo diese neuen Tricks gezeigt hatte, die er bei Maude gelernt hatte.

»Lass mich zuerst das mit Jo zu Ende bringen, Peedie. Lass mich zu ihr, dann komme ich zu dir.«

Du kneifst doch nur. So wie gestern Abend. Wann kommst du endlich nach Hause?

»Das weiß ich noch nicht.«

Wann?

»Bald …«

»Woran denkst du?«, fragte Maude in diesem Augenblick und verdrängte Peedies Stimme aus Burdens Kopf.

»An nichts«, antwortete er schnell.

»Mir kannst du es ruhig sagen.«

Dieser Ansicht war er nicht.

Maude beugte die Beine und drehte sich auf den Bauch, wobei ihre Brustwarze federgleich seinen Arm streifte. Geistesabwesend strichen ihre weichen Finger durch sein Haar. »Ich kann mich noch gut an mein erstes Mal erinnern«, sagte sie. »Er war kein besonders guter Liebhaber. Wahrscheinlich wusste er genauso wenig über die Liebe wie ich. Trotzdem hatte ich Angst und war gleichzeitig sehr aufgeregt, so als hätte ich eine schrecklich beängstigende und zutiefst befriedigende Reise vor mir. Danach hat sich herausgestellt, dass es weder das eine noch das andere war.« Maude küsste Burden auf die Brust. »Ich hoffe, für dich war es mehr als das.«

Burden erstarrte. Woher wusste sie, dass dies sein erstes Mal gewesen war?

»Eine einundzwanzigjährige Jungfrau – das würde ich nicht einmal meinem schlimmsten Feind wünschen«, fuhr sie fort und presste ihr Ohr auf Burdens Brust. »Ich höre dein Herz. Es schlägt sehr schnell. Es muss mehr für dich gewesen sein«, neckte sie ihn lächelnd. Dann küsste sie seine Brust noch einmal, ehe sie sich mit Lippen und Zunge weiter nach oben über das Tal seines Halses und über sein Schlüsselbein arbeitete. Im nächsten Augenblick zuckte sie zurück und musterte mit zusammengekniffenen Augen die drei langen Narben, die sich über seine Schulter zogen und die sie in der Hitze des Gefechts zuvor nicht bemerkt hatte. Fasziniert strich sie mit der Fingerspitze darüber. »Die sind von der Schießerei, stimmt's?«

Burden verlagerte unbehaglich das Gewicht, legte seine Hand auf die Narben und nickte.

»So junge Augen mussten etwas so Entsetzliches mit ansehen. Es muss schrecklich gewesen sein, so etwas mitzuerleben und nichts tun zu können. Das war sicher ganz furchtbar für dich. Oh, aber deswegen liebe ich meinen Burden nur umso mehr.«

Burden wandte sich ab. Er spürte den verzweifelten Wunsch,

die Augen vor Maudes voyeuristischen Blicken zu schließen, während er sich gleichzeitig vor den Bildern jenes Abends fürchtete, die ihre Worte in seiner Erinnerung möglicherweise aufflammen lassen könnten.

Maude beugte sich vor und küsste ihn behutsam auf den Mund. »Es tut mir Leid. Ich hätte lieber nichts sagen sollen.«

»Ist schon in Ordnung, Mrs. Whitman.«

»Burden?«

»Ja?«

»Burden, ich glaube, ich kann mit Fug und Recht behaupten, dass wir inzwischen über das Mrs.-Whitman-Stadium in unserer Beziehung hinaus sind. Ich muss darauf bestehen, dass du mich Maude nennst. Und jetzt möchte ich hören, wie du meinen Namen sagst. Sag: ›Maude, du bist die beste Geliebte, die ich je hatte.‹ Komm schon, sag es.«

»Du bist die einzige Geliebte, die ich je hatte.«

»Dann würdest du ja nicht mal lügen. Bitte, komm, für deine Geliebte: Maude …«

»Maude?«, drang Huberts Stimme von unten herauf. Burden fuhr erschrocken hoch, während Maude sich ohne jede Eile erhob und ihr Kleid über den Kopf streifte. »Würdest du mir bitte den Reißverschluss hochziehen, Burden?«

»Soll ich mich nicht verstecken?«, fragte er mit einem Anflug von Panik in der Stimme. Das Gefühl der Betäubung war auf einen Schlag verschwunden.

»Sei nicht albern. Komm, zieh den Reißverschluss hoch. Ich gehe nachsehen, was Hubert braucht, und schicke ihn wieder weg.«

Burden konnte über Maudes Gelassenheit nur staunen, da seine Finger beinahe ihren Dienst verweigerten, als er ihrer Bitte nachkam. An der Tür drehte sie sich noch einmal um. »Versteck dich in der Dusche, wenn du dich dann besser fühlst. Dort sieht er nicht nach.«

Als sie verschwunden war, griff Burden nach Huberts Morgenmantel und zog ihn über, ehe er auf Zehenspitzen zur Tür schlich, um ihrer Unterhaltung zu lauschen, sorgsam darauf bedacht, kein Geräusch zu machen. Maudes aufgesetzt fröhliche Stimme schien immer lauter zu werden, während Hubert mit gleich bleibend ruhiger Stimme sprach. Burden lauschte gespannt den Geräuschen, als sie zwischen Küche und Diele hin und her gingen. Er hörte, wie der Kühlschrank geöffnet wurde und Maude sich erbot, Hubert etwas zu essen zuzubereiten. Doch Hubert bestand darauf, nicht bleiben zu können, sondern meinte, er sei lediglich vorbeigekommen, um ein paar Unterlagen zu holen, die er in der Praxis brauche.

»Aber ich hätte sie dir doch jederzeit gebracht«, meinte Maude.

»Unsinn. Es gab keinen Grund, dich zu damit zu belästigen … ganz besonders bei diesem Wetter. Und außerdem weiß ich nicht einmal genau, wo sie sind.«

Als er die Unterlagen gefunden hatte, hörte Burden, wie sie sich kurz voneinander verabschiedeten, ehe die Haustür aufging. In der Erwartung, dass sich im nächsten Moment ein Gefühl der Erleichterung oder etwas Vergleichbares einstellen würde, ließ Burden sich gegen den Türrahmen sinken. Doch das Geräusch der zuschlagenden Eingangstür blieb aus, was augenblicklich neuerlich Angst in ihm aufsteigen ließ. Als er die Stimme des Arztes hörte, erschauderte Burden.

»Wo ist der Lieferbursche?«, fragte Hubert.

Wie rasch Burdens Gefühle umgeschlagen waren. Noch wenige Minuten zuvor waren seine Sinne benebelt von der Erfüllung gewesen, seine Gedanken und sein Körper für einen kurzen Augenblick in einem Zustand wohltuender Ruhe. Doch Huberts Frage, in der nicht einmal der Hauch von Argwohn oder eines Vorwurfs lag, zerstörte diesen Frieden mit jäher Gewalt.

»Was meinst du, Lieber?«, hörte er Maude sagen. Trotz der vermeintlichen Gelassenheit in ihrer Stimme fühlte Burden sich alles andere als sicher.

»Sein Lieferwagen steht vor der Tür.«

Burden tippte mit dem Finger gegen den Türrahmen und zählte die Sekunden, bis Maude eine Antwort einfiel.

»Oh, ja. Er war vorhin hier. Aber nachdem er die Bestellung abgegeben hat, wollte der Wagen nicht anspringen. Ich habe ihm angeboten, ihn zu fahren, aber er hat einen Freund angerufen, der ihn abgeholt hat. Er meinte, er werde mit Werkzeug zurückkommen, um ihn zu reparieren. Ich hatte ihn vollkommen vergessen. Ich hoffe, er kommt bald.«

Statt einer Antwort schien Hubert lediglich ein kurzes Schnauben auszustoßen, worauf Burden sich kraftlos aufs Bett sinken ließ.

»Was für eine nette Überraschung«, bemerkte Maude, als sie mit zwei Flaschen Corona in der Hand zurückkam, von denen das Kondenswasser tropfte. »Glückwunsch«, sagte sie und reichte Burden eine der Flaschen.

Burden nahm sie entgegen und hob sie an die Lippen.

»Ein Toast auf Burdens erstes Bier – das ist doch dein erstes, oder?«

Burden zögerte einen Augenblick und schüttelte dann den Kopf.

»Na ja, dein erstes Corona?«

Burden schüttelte wieder den Kopf. »Mein zweites«, erwiderte er und sah sie entschuldigend an.

Maude machte ein finsteres Gesicht dann hellte sich ihre Miene wieder auf. »Aber dein erstes, nachdem du mit einer wunderbaren, atemberaubenden, einfach unglaublich gebauten Frau im Bett warst.«

»Ja … Maude.«

Maude strahlte – weniger wegen seiner Zustimmung, sondern weil er sie beim Vornamen genannt hatte. »Nun, dann auf Burdens neues Leben. Darauf, dass du nichts bereust.«

Sie stieß mit ihrer Flasche gegen seine. Burden betrachtete sie versonnen, während er vergeblich versuchte, sich über seine Gefühle klar zu werden. Er war vom Sex mit Maude angenehm erschöpft, aber er spürte auch eine bohrende Melancholie, das irritierende Gefühl, dass bei ihrer Begegnung irgendetwas verloren gegangen war. Schließlich überwand Burden seine Unsicherheit, hob die Flasche an die Lippen und trank. »Gut.«

Maude stand auf und ging ins Badezimmer, hob ihren Rock und setzte sich auf die Toilette. Im nächsten Moment hörte er das Rauschen von Wasser. »In Europa benutzen die Frauen immer Bidets«, stellte sie fest, während sie ein Stück Toilettenpapier zerknüllte, zwischen ihre Beine griff und sich säuberte.

Burden blieb auf dem Bett sitzen und trank noch einen Schluck von dem Bier, das mittlerweile deutlich besser schmeckte. »Was ist ein Bidet?«

»So etwas wie das Gegenteil von einem Waschbecken. Es spritzt das Wasser nach oben.«

»Nach oben? Also eine Quelle.«

Maude lachte leise. »Gott, nein. Die Frau benutzt es, um sich nach dem Pinkeln zu säubern.«

»Oh«, meinte Burden, der noch immer nicht verstanden hatte, was ihn jedoch nicht im Mindesten kümmerte.

»In Europa sind die Menschen um so vieles zivilisierter als in Amerika. Nimm nur zum Beispiel das, was gerade zwischen dir und mir passiert ist. In Frankreich würde man so etwas *feiern* – zwei Menschen, denen es gelingt, ihre Sexualität auf so unverdorbene, freie Weise auszuleben. Und hier? Man würde uns aus der Stadt jagen. Na ja, *mich* würde man aus der Stadt jagen. Du wärst besser dran. Die eine Hälfte der Leute würde dich als

Opfer sehen, das getröstet werden muss, und für die andere Hälfte wärst du ein Held, ein Goldjunge, der von der Zauberhand einer älteren Frau berührt wurde.«

»Maude«, meinte er schließlich, »hattest du denn keine Angst?«

Maude setzte sich neben Burden aufs Bett und legte ihre Hand auf seine. »Wovor denn, Burden?«

»Vor deinem Mann. Dass er uns erwischen könnte. Solche Sachen habe ich schon im Film gesehen. Der Mann kommt nach Hause und erwischt seine Frau und ihren Liebhaber im Bett, daraufhin holt er ein Gewehr und erschießt beide.«

Maude lachte wieder. »Das klingt nicht nach meinem Hubert. Gütiger Gott«, fing sie an und überlegte einen Moment lang. »Vielleicht gleich nachdem wir geheiratet haben. Vielleicht. Weißt du, Hubert ist ein Mann, dem seine Berufung mehr am Herzen liegt, als ich es jemals getan habe. Was in seinem Alter möglicherweise sogar das Beste ist. Die gesellschaftliche Position einer Frau …«, setzte sie an, doch der Gedanke blieb unausgesprochen. »Jedenfalls würde ich mir keine Sorgen machen, dass Hubert mit einem Gewehr auf dich losgeht«, sagte sie und legte einen Finger an Burdens Schläfe, als wäre er der Lauf einer Pistole. Sie presste ihre Lippen auf sein Ohr, sodass er die Worte spüren konnte – warm und feucht und bedrohlich. »Natürlich kann es sein, dass ein anderer Mann nicht ganz so gelassen reagiert, wenn er herausfindet, dass du mit seiner Frau schläfst, deshalb solltest du am besten bei deiner Maude bleiben«, fuhr sie leise fort und tat so, als würde sie den Abzug ihrer imaginären Waffe betätigen. »Sonst pumpt tatsächlich noch einer eine Kugel in dich hinein, und das wäre dann das Ende des lieben Burden.« Der Hauch von Peedies Tenor schwang in ihrem weichen Sopran mit.

Burden trank noch einen Schluck von dem Corona und dachte nach. Ein heller Lichtstrahl drang durch die Düsternis seiner Seele. Er mochte zwar mit seinem Versuch, sich das Leben zu nehmen, erbärmlich gescheitert sein, doch nun sah er klar und deutlich vor sich, was er in seiner Naivität als die beste Möglichkeit zu sterben betrachtete: Er würde es nicht selbst tun, sondern vielmehr jemanden dazu zu bringen, diese Drecksarbeit für ihn zu erledigen. Beim Gedanken daran, wie losgelöst er sich in den Sekunden des Orgasmus gefühlt hatte, wie ruhig und entspannt, als er neben Maude gelegen hatte, konnte er sich keinen angenehmeren Abgang aus dem Leben vorstellen als unter dem betäubenden Einfluss sexueller Hingabe. Dieses Dahinscheiden war mit keinen allzu großen Schmerzen verbunden, möglicherweise sogar mit überhaupt keinen. Der Tod in der Glückseligkeit des Liebesakts würde in die noch größere Glückseligkeit der Befreiung von seiner Schuld übergehen. Und dieser Tod stand unumstößlich fest, da er nicht in seinen eigenen Händen lag, sondern in denen eines anderen. Er wandte sich Maude zu und lächelte sie an. »Ja«, sagte er schließlich.

SECHS

Es war Samstag, doch statt auszuschlafen, waren Burden und Jo in der Hoffnung auf einen Sonnenaufgang zu einem frühen Waldspaziergang verabredet.

Sie erreichten den Waldrand, als die Nacht sich verflüchtigte und ein Teichrohrsänger mit seiner hohen, klaren Stimme den Morgen willkommen hieß. Schon bald ging der Wald in eine steile Senke über, die Erde war feucht geworden und lag wie ein frisch verlegter Teppich unter ihren Füßen. Die Luft war kühl und feucht, und der Waldgeruch und das Gefühl von Weitläufigkeit erfüllten Burden mit unbändiger Energie. Er griff nach Jos Hand, schlang seine Finger um ihre und zog sie mit sich. Er dachte an das schmale Geschenk in seiner Tasche und überlegte, wann er es ihr am besten geben sollte.

»Wohin gehen wir?«, fragte sie ein wenig atemlos.

»Nirgendwohin«, erwiderte er. Und er hatte tatsächlich kein bestimmtes Ziel, sondern wusste lediglich, dass er durch das morgendliche Licht laufen *musste*. Er spürte, wie die Spinnweben vor seinem Gesicht zerrissen, schob sie mit der Hand beiseite und hastete weiter. Von Zeit zu Zeit streiften die Überreste auch Jos Gesicht oder blieben an ihrer Kleidung hängen, worauf sie einen spitzen kleinen Schrei ausstieß, ehe sie, erfreut über ihre Tapferkeit, ihren Weg fortsetzte.

Über ihnen schimmerte der neue Tag in den Baumwipfeln, der Himmel, der sich langsam blau zu färben begann, und die von der Sonne beschienenen Blätter, die sich schimmernd gegen den fahlen Hintergrund abhoben.

Sie hasteten durch den Negerfriedhof, als die ersten Sonnenstrahlen den Boden berührten und auf einen schlanken Grabstein aus rosafarbenem Granit fielen, der schon zwei Generationen vor Burdens und Jos Geburt aufgestellt worden war.

»Ich brauche eine Pause«, verkündete Jo und entzog Burden ihre Hand. Sie fiel auf die Knie, rollte sich auf den Rücken und lachte atemlos. Sie spürte, wie das feuchte Gras ihre erhitzte Haut kühlte. Es war ein herrliches Gefühl.

»Nur noch ein kurzes Stück«, drängte Burden.

»Nein, zuerst ausruhen.« Eine Zeit lang lag sie vollkommen ruhig da. Allein die Tatsache, dass sie atmete, trennte sie von den toten Menschen hier. Nachdem sie wieder zu Atem gekommen war, stützte sie sich auf die Ellbogen und sah Burden an. »Wohin gehen wir eigentlich?«, fragte sie.

Burden behauptete nach wie vor, es nicht zu wissen. »Aber es ist nicht mehr weit.« Er ließ den Blick über die Grabsteine wandern. Die jüngsten waren erst vor einer Generation gesetzt worden, und obwohl der Friedhof inzwischen nicht mehr genutzt wurde und die Natur das Gelände wieder in Besitz genommen hatte, sprossen Nelken und Narzissen auf einigen Gräbern. Burden fragte sich, was diejenigen wohl hergeführt hatte, die sie gepflanzt hatten. Welch ein Instinkt veranlasste die Menschen, den langen Weg durch den Wald zu gehen, um Blumen auf die Gräber von Verwandten zu pflanzen, deren Stimmen sie niemals gehört hatten. War es ein Instinkt oder reine Willenskraft, die sie veranlasste, ihre Erinnerungen so pflichtbewusst lebendig zu erhalten? Er spürte einen Anflug von Tadel in seinem Inneren, der ihn zusammenzucken ließ. »Bist du endlich so weit?«, fragte er, um den Schmerz zu verbergen. »Soll ich dich tragen?«

»Würdest du das tun?«

»Natürlich würde ich das. Bis ans Ende der Welt.« Burden stand auf und streckte Jo die Hand hin. »Nur heute nicht. Komm, steh auf.«

Inzwischen gingen sie etwas langsamer. Die morgendliche Brise ließ die Baumwipfel erzittern, sodass einzelne Blätter kreiselnd zu Boden schwebten. Burden fing ein Blatt auf und hielt es gegen das Morgenlicht. Die Adern waren deutlich zu erkennen, und er stellte sich Blut vor, das durch sie hindurchpulsierte, während er unwillkürlich an Maude und ihre Vagina denken musste, wie sie sich beim Sex um ihn schloss. Dieser erotische Gedanke war ihm so ohne jede Vorwarnung in den Sinn gekommen, dass er Jo einen hastigen Seitenblick zuwarf, aus Sorge, sie könnte etwas bemerkt haben.

Sie betrachtete ihn mit argloser Miene.

»Ich weiß nicht, wohin wir gehen, aber es ist nicht mehr weit.«

Und so war es auch.

Die alte Rotbuche ragte Ehrfurcht gebietend vor ihnen auf. Mit ihrer Breite von knapp drei und einer Höhe von mindestens zwölf Metern, dem Wurzelwerk, das aussah, als würde es die Erde anheben, und dem Moos, das schwer von ihren knorrigen Ästen hing, sah sie aus wie ein uralter Riese, der durch Hexenzauber in eine reglose Gestalt verwandelt worden war. Eine klaffende ovale Wunde, die knapp über dem Boden anfing und sich rund einen Meter fünfzig weit den Stamm hinaufzog, stellte das Gesicht des Baumes dar. Doch statt die eindrucksvolle Wirkung des Baumes zu schwächen, verstärkte die schartige Wunde den Eindruck düsterer Bedrohlichkeit nur noch, so als wäre sie ein Schlund, der jeden unvorsichtigen Besucher zu verschlingen drohte.

Aber wo würde ich verdaut werden, wenn du mich schlucken würdest?, fragte sich Burden, ehe er seine Hand auf die Wunde legte.

Im kalten, kalten Boden, antwortete der Baum, und Burden machte unwillkürlich einen Schritt zurück. *Zu Staub würde ich deine Knochen zermahlen.*

Burden umklammerte den Rand der Wunde. Als er nach oben blickte, bemerkte er die Zeichen des Verfalls, die sich ins Fleisch des Baums gefressen hatten. Er sog den dumpfen Geruch der Wunde tief in seine Lungen und stellte fest, dass er ihn als seltsam befriedigend empfand. »Hier ist es«, sagte er schließlich. Gemeinsam ließen sie sich gegen den Stamm sinken.

Ohne viel Aufhebens zog Burden das Geschenk aus seiner Tasche. Es war ein Gedichtband, den er in einem Secondhandbuchladen in Charleston aufgestöbert hatte. Das Buch stammte aus den frühen Zwanzigerjahren, war mittlerweile ein wenig zerlesen und barg die Gerüche und Flecke der zahlreichen Leser vergangener Generationen in sich. Doch gerade das fortgeschrittene Alter hatte Jos Interesse geweckt, ebenso wie die kaum lesbare Inschrift, die in geschwungenen, säuberlichen Buchstaben auf der ersten Seite stand. Und obwohl die Tinte mittlerweile verblasst war und die Seiten vergilbt waren, erschien das Gefühl angesichts ihres Alters umso vieles realer und aufrichtiger. »Hier«, sagte er und reichte ihr das Geschenk. In seiner Stimme lag beinahe so etwas wie Beschämung.

Jos Augen weiteten sich beim Anblick des Geschenks. »Was ist das?«, fragte sie.

»Das ist für dich.«

»Das weiß ich, Dummkopf.« Jo riss das Geschenk an sich und hielt es einen Moment lang in der Hand.

»Mach es auf.«

»Das Papier ist so schön, dass ich es nur ungern zerreißen will«, wandte sie ein, während sie das Geschenk umdrehte und es eingehend begutachtete. »Hast du das Geschenkpapier selbst ausgesucht?«

Burden lief tiefrot an. Am liebsten hätte er das Geschenk wieder an sich genommen und vergessen, dass er es überhaupt mitgebracht hatte. Er riss ihr das Buch aus der Hand. »Gib es her, ich mache es auf.«

Doch Jo nahm es ihm lachend ab und fuhr mit dem Daumen unter eine Knickstelle. Als sie das Papier auseinander faltete, erstarb ihr Gelächter, und ein beinahe feierlicher Ausdruck trat auf ihr Gesicht.

Burden rutschte unbehaglich hin und her.

»Oh, Burden, ich liebe es«, sagte Jo schließlich, schlang ihm die Arme um den Hals und küsste ihn. Dann setzte sie sich und befreite das Buch vollends vom Papier, um es genauer in Augenschein nehmen zu können. Behutsam ließ sie ihre Finger über die Seiten gleiten. »Was ist das?«, fragte sie, als sie die Zeilen eines Gedichts entdeckte, die zart mit Bleistift unterstrichen waren.

»Nichts«, murmelte Burden und versuchte ein zweites Mal vergeblich, das Buch zu fassen zu bekommen. Warum war er nur in den Buchladen zurückgegangen und hatte das Buch für sie gekauft? Und wieso zum Teufel hatte er ausgerechnet dieses Gedicht unterstrichen? *Weil,* antwortete eine Stimme, *sie es ist.*

Jo richtete sich auf und begann mit leicht dramatischer Stimme zu rezitieren. »›Sie geht in Schönheit und entzücket …‹ Was glaubst du, wen er damit meint?«

Burden packte das Buch und riss es ihr weg, doch sie bekam es sofort wieder zu fassen und sprang auf. Ihre Augen strahlten, als sie fortfuhr. »Wo war ich? Ach ja, hier. ›Wie nachts ein heitres Sternenlicht.‹ Ist meine Schönheit wirklich wie ein heitres Sternenlicht?«, fragte sie und ging langsam rückwärts durch die Bäume, während Burden ihr halbherzig folgte.

»Komm schon, Jo.«

Doch Burdens Proteste hatten zur Folge, dass sie nur umso fröhlicher fortfuhr. »›Der Schatten und das Helle schmücket, vereint ihr Aug' und Angesicht.‹ Wow, Burden, ich wusste ja gar nicht, dass du so romantisch bist. Ah, und dieser Teil ist ganz besonders gelungen. ›Woraus ein milder Schimmer blicket, der dem prunkvollen Tag gebricht.‹« Die jugendliche Begeisterung in ihrer Stimme ließ keinen Zweifel daran, dass sie sich über das Geschenk freute.

Burden kehrte zur der Rotbuche zurück und ergab sich in sein Schicksal, ihr zuhören zu müssen. Es gefiel ihm nicht, dass sie so großes Aufhebens um das Geschenk machte. Denn abgesehen von der Freude, die es ihr bereitete, war ihm mittlerweile klar, dass dieses Geschenk das Band zwischen ihnen nur noch verstärkte und es ihm damit noch schwerer machte, sie zu verlassen.

Jo fuhr etwas weniger übertrieben fort – möglicherweise, um zu verhindern, dass er sich noch unbehaglicher fühlte. »›Das Lächeln, das sich ihm gesellt, es spricht, dass in der Unschuld Friede, in Eintracht mit der ganzen Welt, das Leben ihr verfließt hinnieden.‹« Sie hielt einen Augenblick inne, ehe sie die letzte Zeile vorlas. »›Daß reine Lieb' ihr nur gefällt.‹« Damit klappte sie das Buch zu, presste es an ihre Brust und stand einige Augenblicke schweigend da, ehe sie mit leichten Schritten über den mit Blättern übersäten Boden auf Burden zukam. »Bin ich dieses Mädchen? Siehst du das tatsächlich in mir?«

Burden blickte zu den Ästen und dem Himmel hinauf und errötete.

»Ist schon okay«, flüsterte sie ihm ins Ohr und küsste sein Ohrläppchen.

Wie war es möglich, dass die Ursache für seinen schrecklichsten Todeskampf zur selben Zeit die Quelle seiner größten Freude war? Jo legte einen Finger an sein Gesicht, und er griff nach ihrer Hand. Es gab so vieles, das er nicht verstehen konnte. Unvereinbare Sehnsüchte tobten in seinem Inneren und drängten ihn, Jo bis ins Letzte zu erforschen, während sie gleichzeitig mahnten, sie aus seinem Leben zu verbannen.

Sie wird sich zwischen uns drängen. Das wusste ich schon von dem Tag an, als ich sie das erste Mal am Strand gesehen habe. Sie wird sich zwischen uns drängen.

Die Stimme zwang ihn, Jo zu umklammern und sie voller Verzweiflung zu küssen, nur um sich diesen Worten zu entziehen. Und während er sie küsste, spürte er wieder den Sog des Verlangens nach ihrem Fleisch, den Maude in ihm geweckt hatte, jenes dringende Bedürfnis, Teil von ihr zu sein, die Grenzen ihres Fleisches und ihrer Seele niederzureißen.

»Nein«, sagte Jo und befreite sich aus Burdens Armen. Er hatte sie gegen einen Baumstamm gedrängt, dessen Äste einen riesigen Schirm über ihnen bildeten. Sie hatten eine Zeit lang geschmust und spielerische Küsse ausgetauscht; Burden hatte die Hände nach ihr ausgestreckt und sie mal hier, mal dort berührt. Im vergangenen Monat hatten sie dieses Spielchen häufig gespielt – Burden mit bebendem Eifer, Jo mit pflichtbewusster Resignation. Sie hatte seine frisch erwachte Wissbegier ihrem Körper gegenüber hingenommen und sich sogar ein wenig geschmeichelt gefühlt, ein würdiges Objekt seiner Neugier zu sein, obwohl sie an ihrem Körper nichts Besonderes finden konnte. Mit großem Geschick hielt sie seine amourösen Annäherungsversuche in Schach und wusste stets genau, wann sie ihm ihren Mund oder ihre Hände zu entziehen hatte.

Burden hatte sich nach Kräften bemüht, ihre Grenzen zu respektieren, und stets aufrichtige Zerknirschung an den Tag gelegt, bevor er sich in sicherere Gefilde zurückzog. Doch während der vergangenen Wochen war er zunehmend forsch geworden, obwohl sein Verstand beim besten Willen nicht nachvollziehen konnte, welch betäubende Wirkung seine Treffen mit Maude auf seine Psyche hatten und wie es möglich war, dass diese Wirkung zu einem größeren Verlangen nach Jo führte. Als sie nun nach der Hand griff, die ihrer Meinung nach ihre Brüste ausreichend erforscht hatte, zog Burden sich nicht bereitwillig zurück, sondern ließ sich nur unter heftigem Protest abwimmeln. Lippen begannen über ihre Wangen zu wandern, über die Kuhle an ihrem Hals, sogen an ihrem Ohrläppchen und erforschten das flache Tal ihres Dekolletés.

Jo packte Burdens Kopf, als er sie durch den Stoff ihrer Baumwollbluse zu küssen begann. Sie legte ihre Hände auf seine Ohren und fuhr mit den Fingern durch sein Haar. Sie kämpfte gegen ihr Verlangen an, gegen die Sehnsucht, die Burdens Beharrlichkeit in ihr weckte. *Das ist falsch*, sagte eine Stimme in ihrem Inneren, die wie die ihrer Mutter klang. *Schande, Schande.* Ja, aber es fühlt sich so … so …

»Nein.«

Burden war inzwischen auf den Knien und hatte die Hände um Jos Hüften gelegt, während seine Lippen nach ihren Brüsten suchten. Der Baumwollstoff fühlte sich feucht unter der Berührung seines Mundes an. In der Hoffnung, dass ihre Gedanken ähnlich wild durcheinander wirbelten wie seine eigenen, zog er die Enden ihrer Bluse auseinander und schob seine

Hände darunter. Ihre Haut fühlte sich warm an. Seine Finger wanderten über Fleisch, das sich in Jos schneller werdendem Atemrhythmus hob und senkte, und seine Daumen bahnten einen Weg über den weichen, mit pfirsichfarbenem Flaum bedeckten Bauch. Burden legte seine Hände über ihre Brüste, während sein Mund zu ihrem Nabel wanderte, seine Zähne den Knopf ihrer Jeans umschlossen und ihn öffneten.

Weiter!, forderte sein Verstand.

Ein leises, lustvolles Stöhnen drang über Jos Lippen. Angst stieg in ihr auf, und die Hemmungslosigkeit, mit der sich dieser Ton ihrer Kehle entrungen hatte, ließ die strenge Stimme in ihr zu neuem Leben erwachen. »Nein, Burden. Das ist weit genug.« Es fiel ihr schwer, die Worte auszusprechen. Mit übertriebener Entschlossenheit schob sie ihn von sich und steckte ihre Bluse in ihre Jeans. Sie bemühte sich, wütend auszusehen, doch ihr Verlangen jagte ihr einen ebenso großen Schrecken ein wie Burdens Avancen.

»Großer Gott, Jo«, stieß Burden hervor, ohne sich die Mühe zu machen, seine Verärgerung zu verbergen.

»Sag so was nicht in meiner Gegenwart«, schimpfte sie. Burden schob die Daumen durch ihre Gürtelschlaufen, zog sie an sich und legte mit unschuldiger Miene sein Gesicht an ihren Bauch. »Ich wollte niemanden damit beleidigen, Jo«, sagte er beschwichtigend. »Glaub mir.« Er drückte einen Kuss auf einen der perlmuttfarbenen Blusenknöpfe. »Es ist nur … ich fühle mich immer so verdammt … komisch, wenn du so nahe bei mir bist. Ich wollte dir nicht wehtun.«

»Das weiß ich doch.«

»Ich würde lieber sterben, als dir wehzutun, Jo.« Burden schob seine Daumen noch ein Stück weiter durch die Schlaufen und schlang seine Finger darum, bis er das Fleisch unter dem Stoff ihrer Jeans spüren konnte. »Ehrlich, Jo. Jag mir eine Kugel durch den Kopf, dann bist du endlich frei.«

»Sei still. So was sagt man nicht«, mahnte sie und strich ihm übers Haar.

»Es ist nur, Gott … du bist wie ein Geschenk. Ein Geschenk, das ich jeden Tag aufmachen kann, als hätte ich es gerade erst bekommen.« Er spürte, wie Jos Muskeln sich entspannten, als er sprach, und schmiegte sein Gesicht gegen ihre Haut.

»Burden …«

Burden legte einen Finger an die Lippen. »Pst.«

»Was hörst du denn?«

»Dein Herz.«

»Du kannst doch mein Herz nicht an meinem Magen schlagen hören«, neckte sie.

»Du hast ein starkes Herz. Es schlägt die ganze Zeit bumm-bumm-bumm-bumm-bumm. Warte, es sagt etwas.«

»Ehrlich?« Jo war klar, dass Burden nur Unsinn redete. Trotzdem wollte ein hoffnungslos sehnsüchtiger, unschuldiger Teil von ihr glauben, dass es mehr war als Unsinn, in den Armen eines Jungen zu liegen und unter diesem Baum an diesem schönen Nachmittag seinen schmeichelnden Worten zu lauschen. »Was sagt es denn?«

Burden zögerte einen Augenblick. »Es ist ganz leise. Warte, jetzt höre ich es. Es sagt: ›Burden, sei ein Narr und küsse sie noch mal.‹«

»Das stimmt doch nicht«, kicherte sie.

Burden vergrub sein Gesicht in ihrer Bluse und stöhnte, als er die Vertiefung ihres Bauchnabels küsste. »Ich könnte dich aufessen wie einen Pekannusskuchen.«

»Also bin ich jetzt ein Pekannusskuchen, oder was? Und davor war ich ein Geschenk.«

»Du bist ein als Geschenk verpackter Pekannusskuchen, und ich werde dich aufessen.« Wieder legte er die Hände um ihre Hüften und umfasste ihren Po.

Bis jetzt hatte sie gelacht und Burden Unsinn erzählen lassen, doch als sein Mund sich wieder an dem Knopf ihrer Jeans zu schaffen machte, flackerte Zorn in ihr auf. »Nein«, herrschte sie ihn an und schob ihn so abrupt von sich, dass er das Gleichgewicht verlor und auf dem Hinterteil landete.

Nur mit Mühe unterdrückte er den Fluch, der ihm zuvor schon auf der Zunge gelegen hatte. Stattdessen stieß er einen theatralischen Seufzer aus und ließ sich auf den Rücken sinken. Wie schnell es ihm doch gelungen war, die Stimmung zu ruinieren.

Er warf kleine Steinchen in die Luft und beobachtete, wie sie hochflogen, Bruchteile von Sekunden reglos in der Luft hingen und dann wieder zu Boden fielen. Jo war nichts als ein vager Schemen, den er zu ignorieren versuchte, während er an Maude dachte und ihren reifen Körper vor seinem geistigen Auge sah. Seit jenem verregneten Nachmittag hatten sie noch drei weitere Male miteinander geschlafen, und stets war Maude eifrig darauf bedacht gewesen, Burden zu einer neuen Art sinnlicher Zerstreuung zu führen. Er konnte die Verzweiflung ihrer Umarmungen und die abrupte Leere hinter ihren wilden Küssen nicht nachvollziehen, die ihm manchmal den Atem raubten und seine Lippen bluten ließen. Und für seine Begriffe war es auch nicht seltsam, dass ein fünfzehnjähriger Junge mit einer sechsunddreißigjährigen Frau schlief; zumindest nicht seltsamer als seine Sehnsucht, durch einen eifersüchtigen Ehemann den Tod zu finden, eine Sehnsucht, die tagtäglich intensiver zu werden schien.

Doch diesen Ehemann zu finden erwies sich als weitaus schwierigeres Unterfangen als erwartet. Er hatte angenommen, dass andere Frauen in derselben Weise wie Maude auf ihn reagieren würden, dass sie ihn wie mit Engelsschwingen umfangen und ihn mit Küssen bedecken würden. Und genau in diesem Augenblick würde der Ehemann mit dem Gewehr in der Hand ins Zimmer platzen und in seiner grenzenlosen Eifersucht Burden erschießen. Doch die Ironie des Schicksals war, dass sich dieses Gefühl der Taubheit, das notwendig war, um dem Tod ins Auge blicken zu können, einzig und allein in Maudes Armen einstellte. Aber Burden gab die Hoffnung nicht auf, dass sich in absehbarer Zeit ein passender Ehemann finden würde.

Nur eine Kugel gibt den Ausschlag, dachte er.

Oder du machst es eben doch selbst, Cousin.

»Ich hab's versucht, aber es ist sinnlos. Ich kann es einfach nicht selbst tun. Hilf mir, die richtige Frau und ihren Ehemann zu finden, der es für mich tut.«

Dann helfe ich dir eben.

»Burden.« Jos Hand legte sich zart auf seine Hüfte, doch es gelang ihm nicht, etwas Erotisches an dieser Geste zu erkennen. »Was machen wir jetzt?«

Burden warf noch einen Stein in die Luft, der unmittelbar neben seinem rechten Ohr auf den Boden fiel, sodass er das dumpfe »Plopp« des Aufpralls hörte.

Jo schob sich auf Burdens Brust und fuhr ihm mit den Fingern durchs Haar. »Ich liebe dich so sehr«, begann sie. »Das tue ich wirklich, und ich wünschte, ich könnte mit einem Kuss deine ganze Traurigkeit vertreiben. Aber du willst es zu sehr, und ich komme da nicht mehr mit. Ich will es nicht. Ich werde es auch nicht tun.«

Burden schwieg. Er spürte Jos flache Atemzüge an seinen Rippen, als sie ihre Tränen zurückkämpfte.

Jo war Peedie nur ein einziges Mal begegnet, an jenem Nachmittag am Strand, als Burden ihr beigebracht hatte, wie man Blauscherenkrebse fing. Alles, was sie über ihn wusste, hatte sie von Burden erfahren, der ihre gemeinsamen Abenteuer noch einmal durchlebte, indem er ihr davon erzählte. Jo war die Einzige, der er von seinem Verhältnis zu seinem Cousin erzählte, was ihn in ganz besonderer Weise mit ihr verband.

Als die Wunde noch ganz frisch gewesen war, hatte er nicht sehr oft von Peedie gesprochen, und schon gar nicht von ihrem letzten gemeinsamen Abend, so als existierten jene Augenblicke für ihn nicht. Doch in den darauf folgenden Wochen hatte die Wunde langsam zu vernarben begonnen, und Jo hatte beobachtet, dass die Zeit, obwohl sie keine endgültige Heilung brachte, doch wenigstens eine gewisse Distanz schuf, sodass er mit jedem weiteren Tag weniger empfänglich für den Schmerz geworden war.

Als der Schmerz ausreichend betäubt gewesen war, hatte Burden langsam angefangen, Jo von seinen und Peedies Abenteuern zu erzählen, von ihren gemeinsamen Stunden im Wald, wo sie Wachteln gejagt hatten, auf Hochsitze geklettert waren und so getan hatten, als würden sie Jagd auf Rotwild machen, während sie geduldig auf das Auftauchen eines Bocks warteten, wobei derjenige gewann, der dem Tier am nächsten kam.

Manchmal hatte er erzählt, bis es Abend geworden war, und sie waren sitzen geblieben, bis die Dunkelheit endgültig hereingebrochen war.

Wie weit entfernt diese Abende doch von dem heutigen Tag waren, an dem er nun mit Jo unter der Rotbuche lag.

»Jo?«

Jo krümmte die Finger auf seiner Brust und entspannte sie wieder.

»Ich will dir nie wehtun. Ich mag es nicht, wenn du böse auf mich bist.«

Jos Finger umschlossen Burdens Brust ein wenig fester.

»Ich weiß auch nicht, warum ich ständig für Chaos sorge. Ich glaube … ich glaube … dass wir uns lieber nicht einmal küssen sollten. So fängt es immer an. Und dann tue ich etwas, das dich sauer macht, und dann ist alles im Eimer.«

»Wie verletzend«, sagte Jo, drückte ihr Gesicht in die Biegung von Burdens Hals und schloss fest die Augen. »Es ist verletzend und gemein. Ich will ja gar nicht, dass du aufhörst, mich zu küssen.«

»Nein?«

»Ich mag es, wenn wir uns küssen. Ich will, dass du mich küsst. Aber manchmal möchte ich eben lieber nur so im Arm gehalten werden, wie du es jetzt machst.«

Sie blieben schweigend unter dem Baum liegen, während der Tag gemächlich an ihnen vorüberzog. Irgendwann schlief Jo ein, und Burden beobachtete das Spiel ihrer Hände, die sich im Schlaf bewegten, und fragte sich, was sie wohl träumte. Die Sonne wärmte sein Gesicht, die Luft fühlte sich sehr rein an und roch nach Grün und nach Natur, die ihren Atem in seine Lungen bliesen. Dieser trügerische Friede ließ ihn eine Zeit lang seine Sorgen vergessen. Doch dann fiel Burdens Blick wieder auf die Rotbuche, die über ihm aufragte.

Zu Staub zermahle ich dich, Junge, flüsterte sie.

SIEBEN

»Ich brauche etwas anderes«, sagte Jo zu Burden an dem Abend, als sie das erste Mal im Sonic arbeitete. Sie und Burden saßen in seinem Lieferwagen und aßen ihr Essen auf. Bis zu diesem Zeitpunkt hatten sie sich, wenn überhaupt, nur über irgendwelche Belanglosigkeiten unterhalten, und die Gesprächspausen waren nicht mehr von der Zufriedenheit erfüllt gewesen, zusammen zu sein, sondern von der befangenen Gewissheit, dass es so viele unausgesprochene Dinge gab. Burdens Versuche, seinen Plan in die Tat umzusetzen, hatten ihn sowohl emotional als auch physisch ausgehöhlt. Er war nicht mehr empfänglich für das Leben um ihn herum, einschließlich Jo … Tag um Tag reihte sich in öder Gleichmäßigkeit aneinander. Und wenn er wieder einmal nicht auf den wütenden Ehemann gestoßen war, der ihm endlich seinen Wunsch erfüllte und ihn tötete, versank Burden in dumpfe Gleichgültigkeit.

»Ich brauche etwas anderes.«

Die fluoreszierende Beleuchtung erhellte die Dunkelheit um sie herum, warf scharfkantige Schatten und verlieh Jos Gesicht eine bleiche und ungesunde Färbung.

»Ich brauche etwas, das sicherer ist.«

Anfangs wusste Burden nicht genau, wovon Jo überhaupt sprach, nahm aber an, dass sie ihren Job damit meinte. Sie arbeitete stundenweise als Aushilfe in einer Boutique und wurde miserabel bezahlt.

»Und?«

Burden schob sich ein Pommes frites in den Mund und musterte sie absichtlich mit verständnisloser Miene.

»Wie ist es mit dir? Hättest du nicht auch gern etwas Besseres als das, was du jetzt hast?«

»Ich arbeite gern für meinen Dad. Die Arbeit ist leicht.«

Jo wandte sich ab und starrte durch das Fenster auf die abendliche Dämmerung. »Lindsey bewirbt sich um ein Stipendium für das College in Columbia. Hast du dir schon mal Gedanken darüber gemacht, was du nach der Schule tun willst?«

»Nach der Schule? Was meinst du damit? Ich bin grade mal auf der Junior Highschool. Es ist noch viel zu früh, mir über solche Sachen Gedanken zu machen.« Wann immer Jo auf die Zukunft zu sprechen kam, löste dies Unbehagen in Burden aus, da sie ihm damit vor Augen hielt, dass er – nein, dass *sie* – keine Zukunft hatten, zumindest keine gesicherte – eine Gewissheit, die sein Verlangen nach ihr zu etwas Hässlichem machte.

Jo wandte sich Burden zu und musterte ihn unnachgiebig. »Willst du denn nicht raus aus dem Laden deines Vaters? Willst du eines Tages nicht etwas Besseres haben?«

»Na ja, irgendwann vielleicht schon, aber – wieso bist du

denn so aufgebracht, Jo? Liegt es daran, dass diese Lindsey sich um ein Stipendium bewirbt?«

»Mit ihr hat das gar nichts zu tun, Burden, sondern mit dir. Mit dir und mir.«

Mittlerweile war die Verwirrung in Burdens Miene echt. Jo nahm seine Hände in ihre und starrte ihm mit einer so großen Ernsthaftigkeit in die Augen, dass er ihrem Blick instinktiv auswich. »Sag mir doch mal, was du in zehn Jahren machst? Nur ungefähr. Wo wirst du dann sein?«

»Woher soll ich denn das wissen?«

»Dann sag mir, wo du in fünf Jahren stehen wirst.«

»Jo …«

»Dann eben in einem Jahr. Sag mir, was du morgen tun wirst, Burden. Kannst du das? Warte, ich sag es dir: Du fährst die Lebensmittel für deinen Vater aus. Und genau das wirst du auch nächstes Jahr tun, und im Jahr darauf und in zehn Jahren immer noch.«

Es wird aber kein »in zehn Jahren« geben, dachte Burden trotzig. *Es wird kein »nächstes Jahr« geben, und wenn es nach mir ginge, dann gäbe es nach morgen keinen einzigen Tag mehr für mich. Also hör schon auf, über meine beschissene Zukunft zu reden.* Er fühlte sich in die Enge getrieben und hätte sie am liebsten über ihren Fehler aufgeklärt, doch er wollte verdammt sein, wenn er auch nur ein Sterbenswörtchen verriet.

Jo ließ Burdens Hände los und starrte wieder aus dem Fenster. »Manchmal denke ich über das nach, was in zehn Jahren sein wird, und es jagt mir eine Heidenangst ein, weil es so einfach ist, zu sehen, dass ich dann immer noch hier sein werde, und das will ich nicht.«

»Ich halte dich nicht auf.«

Jo warf Burden einen verletzten Blick zu.

»Ich meine, natürlich will ich nicht, dass du gehst, aber es steht mir nicht zu, dir zu sagen, was du tun sollst.«

»Veränderungen machen dir Angst, habe ich Recht?«

»Jo, du … du verstehst das einfach nicht«, fing Burden an. *Sag es ihr, sag ihr einfach, was sie hören will, und das war's dann,* dachte er.

Sag ihr, dass sie verschwinden soll, Cousin. Wir brauchen sie hier nicht. Sie steht nur im Weg.

»Es ist nicht so einfach …«

»Zum Teufel mit ›einfach‹, Burden.« Jo hob ärgerlich die Hände. »Wenn es einfach ist, will ich es sowieso nicht. Ich brauche etwas anderes, wir beide brauchen etwas anderes.« Ihr Blick blieb an einem Gegenstand im Fenster einer Restaurantküche hängen, den sie vom Wagen aus sah.

Burden wandte sich um und sah ebenfalls zur Küche hinüber, in deren Fenster ein Schild mit der Aufschrift AUSHILFE GESUCHT hing.

»Hör mal, Jo, ich weiß nicht …« Doch sie war bereits ausgestiegen und ging eilig in die Küche. Burden beobachtete, wie sie mit dem dickeren der beiden Köche sprach. Nach einigen Minuten kehrte sie strahlend zum Lieferwagen zurück.

»Ich hab ihn!«, rief sie, als sie die Hand durch das geöffnete Beifahrerfenster streckte und nach ihrer Handtasche griff. »Er will, dass ich sofort anfange. Natürlich kriege ich erst morgen Rollschuhe, aber das spielt keine Rolle. Um zwölf habe ich Feierabend, aber mach dir keine Sorgen, eines der Mädchen kann mich nach Hause bringen.« Sie beugte sich vor und küsste Burden. »Hab dich lieb.« Sie war bester Laune, und die Art und Weise, wie sie »Hab dich lieb« sagte, ohne diesen tadelnden Unterton, den sie ihm gegenüber zuvor an den Tag gelegt hatte, ließ Burdens Befürchtungen schwinden.

Sie wandte sich zum Gehen, drehte sich jedoch noch einmal um und sah ihn mit unverändert leuchtenden Augen und strahlendem Lächeln an. »Siehst du, wie einfach das war?«, sagte sie, ehe sie sich auf den Weg machte.

Das war vor drei Jahren gewesen. Der Job im Sonic war ihr erster Schritt gewesen, sich von ihm zu lösen. Ab diesem Zeitpunkt arbeitete sie praktisch jedes Wochenende, und auch ihre freien Abende verbrachten sie immer seltener zusammen – entweder der eine oder der andere brachte ständig irgendeinen plausiblen Grund vor, weshalb sie nicht zusammen sein konnten. Ein Jahr später, als Jo ihm eröffnete, sie habe beschlossen, nach dem Abschluss auf eine Schwesternschule zu gehen, wusste er zwar, dass er sie vermissen würde. Doch dann wurde ihm klar, dass er sie schon die ganze Zeit vermisst hatte, sogar sehr. Er hatte sich an dieses trübselige Gefühl gewöhnt, sodass ihr Weggehen nur noch ein formales Akzeptieren einer Realität war, die er schon so lange ertrug.

Und die Tatsache, dass sie wegging, ließ ihm keine andere Wahl, als sich vorbehaltlos seinem Vorhaben zu widmen.

Burden blieb vor dem Futtermittelladen gegenüber dem Sonic stehen und hielt unter den Kellnerinnen auf Rollschuhen Ausschau nach Jo. Ihm war durchaus bewusst, dass er immer aufgewühlter wurde und zunehmend den Bezug zu allem um sich herum verlor, so als wäre er der Mittelpunkt eines Universums, das seiner Verpflichtung beraubt war zu existieren.

Warum sollte ihm eine Begegnung mit Jo so große Schwierigkeiten bereiten? Ein Teil von ihm *wollte* sie ja sehen, wollte sich noch einmal so wunderbar fühlen wie damals, als sie einander am Strand in Edisto das erste Mal begegnet waren. Die Tatsache, dass sie nach Charleston gegangen war, hatte sie nur umso präsenter in Burdens Gedanken werden lassen. Für kurze Zeit war sie für ihn lebendiger – realer – gewesen als in den Jahren, als sie noch zusammen gewesen waren. Er hatte unablässig den Duft ihres Fleisches in der Nase, den Geschmack ihres Atems auf der Zunge; intensive Düfte nach Essen oder heranreifendem Wacholder oder der saubere Geruch eines aufziehenden Sturms sorgten dafür, dass Jo stets plastisch vor seinem inneren Auge erschien.

Burdens Blick wanderte von einer Rollschuhkellnerin zur nächsten. Leslie und Lyla glitten mit dem Serviertablett in der Hand zu zwei Wagen, während Cricket am Fenster zur Küche stand und eine Bestellung hineinrief. Doch von Jo war nichts zu sehen. Vielleicht war sie auf der Toilette oder holte gerade etwas aus dem Lager. Er würde ihr Zeit geben. Während er versuchte, sie zu finden, blieben mehrere Freunde in ihren Autos neben ihm stehen, und er plauderte mit ihnen, ohne das Sonic aus den Augen zu lassen.

Um Viertel nach elf gab er schließlich auf, erleichtert, dass er vergeblich gewartet hatte. Er ließ den Lieferwagen an und lehnte sich mit geschlossenen Augen auf dem Sitz zurück. Zahllose Sterne sausten vor seinem geistigen Auge hin und her, doch er konnte nicht sagen, ob sie auf ihn zukamen oder sich von ihm entfernten.

ACHT

Eine Woche, nachdem Burden seine Unschuld an Maude verloren hatte, fuhr er, bewaffnet mit einem Block und einem Stift, zur Old Sheldon Church. Er und Peedie hatten ihren letzten Abend dort verbracht, und als er über den Friedhof schlenderte, keimte beinahe so etwas wie schöne Erinnerungen in ihm auf. Die Bäume und die Steinmetzarbeiten, die Rasenstücke und der Lehmboden hatten sich nicht im Geringsten verändert. Als er die Krypta von Mary Bull erreicht hatte, setzte er sich hin. Die Sonne erhob sich warm über den sich kräuselnden Wipfeln, obwohl die nächtliche Kühle noch in den mit Flechten überzogenen Grabsteinen waberte, eine Kühle, die über Burdens Haut kroch, als er sich neben dem Grab niederließ.

Eine Hand voll Besucher wanderte über den Friedhof – die Mehrzahl schweigend und zufrieden damit, den geweihten Atem in ihre Lungen zu saugen, der noch immer in den Ruinen der Kirche hing. Der Friede wurde lediglich durch das gelegentliche Klicken des Auslösers einer Kamera und die halblaut gezischten Befehle einer übergewichtigen, aber freundlich aussehenden Frau gestört, die ihren rundgesichtigen Sohn hinter sich herzerrte, während sie jeden Grabstein in Augenschein nahm. Wenn die Inschrift nicht zu verwittert war, blieb sie stehen, ging in die Knie, hielt ein Stück Zeitungspapier davor und pauste sie mit einem schwarzen Kohlestift ab. Der Junge, der sich über das seltsame Hobby seiner Mutter zu amüsieren schien, folgte ihr brav.

Die beiden näherten sich der Krypta, vor der sich Burden niedergelassen hatte. »Entschuldigung«, sagte sie höflich in einem Ton, als wollte sie ihm versichern, dass er ihretwegen nicht aufstehen müsse. Trotzdem rückte Burden ein Stück zur Seite. Die Frau zog ein Stück Zeitungspapier heraus und presste es gegen den Grabstein. Ein intensiver Gardenienduft umgab sie, und bei jeder Bewegung ihrer Arme stieg eine Wolke davon auf und überlagerte den muffigen Geruch des von Flechten überzogenen Grabsteins. »Matthew«, sagte sie und bedeutete ihm, neben sie zu treten, »halt das Papier fest, während ich abpause.« Der Junge gehorchte, und während er darauf wartete, dass seine Mutter ihr Werk vollendete, versuchte er einen Blick auf die Worte auf Burdens Notizblock zu erhaschen. Als er sah, was Burden geschrieben hatte, zog der Junge die Nase kraus und kratzte sich im Genick.

»Matthew!«, schimpfte die Mutter, als sie sah, was ihr Sprössling tat.

Doch Burden kümmerte es nicht. Welchen Sinn ergab sein Gekritzel schon für den kleinen Jungen? Überhaupt keinen.

Als die Mutter fertig war, trat sie einen Schritt zurück und begutachtete ihr Werk. Irgendetwas an den verschmierten Kohlestiftstrichen schien eine enorme Faszination auf sie auszuüben und regte ihre Seele zu einem lautlosen Austausch an, den nur sie der ausdruckslosen Oberfläche des Grabsteins entlocken konnte. »Ja«, sagte sie schließlich, ehe sie sich an ihren Sohn wandte. »Komm jetzt.«

Burden sah ihnen eine Zeit lang nach, ehe er sich wieder seiner Arbeit widmete. Er erstellte eine Liste mit den Namen all der verheirateten Frauen, denen er Lebensmittel lieferte. Es war nur eine grobe Zusammenstellung, ohne Rücksicht auf Alter oder Figur. Das einzig wichtige Kriterium war, dass sie verheiratet waren. Die Aussicht, seinen Plan in die Tat umzusetzen und seine Ermordung in die Wege zu leiten, erfüllte ihn mit enormer Energie, sodass die Namen der potenziellen Kandidatinnen nur so aus ihm heraussprudelten, wie Blätter, die in einer Brise kreiselnd zu Boden sanken. Die Namen kamen so schnell, dass es ihm sogar schwer fiel, sich die dazugehörigen Gesichter ins Gedächtnis zu rufen. Einzelne Buchstaben ihrer Namen waren wahllos hingekritzelt oder fehlten ganz, zweifellos war die Hälfte von ihnen ohnedies falsch geschrieben. War es Suzane oder Suzanne oder Suzzanne oder ganz einfach Susan Miller? Doch all das spielte keine Rolle. Das Einzige, was zählte, war, dass er die Frauen auf seiner chaotischen Liste eindeutig zuordnen konnte.

Nachdem er so viele Namen niedergeschrieben hatte, wie er notwendig fand, hielt Burden einen Augenblick inne, um zu Atem zu kommen. Auf der anderen Straßenseite blieb ein Touristenbus gegenüber der Kirche stehen. Burden beobachtete, wie die automatischen Türen aufglitten und eine Gruppe japanischer Touristen gesittet nacheinander ausstieg, deren schwarze Köpfe wie polierte Pflaumen in der Sonne schimmerten. Sie fanden sich zu einem Kreis zusammen und warteten auf jemanden, wahrscheinlich den Fremdenführer, vermutete

Burden. Nach einigen Minuten stieg ein kleiner Mann in einem weißen Hemd, einer schmalen schwarzen Krawatte und schwarzer Hose aus dem Bus und bugsierte die Menge über die Straße vor die Kirche. Als sie näher kamen, bemerkte Burden, dass die Gruppe mit kleinen schwarzen Büchlein bewaffnet war; Bibeln, die sie an die Brust gedrückt hielten. Der Führer, bei dem es sich nach Burdens Vermutung um einen Priester handelte, hielt eine größere Bibel mit Goldschnitt in der Hand, von der alle paar Sekunden kleine Blitze aufstiegen, wenn die Sonnenstrahlen darauf fielen. Der Mann bewegte sich langsam und mit würdevollen Schritten und leicht geschwellter Brust, ohne jedoch seinen Stolz zu sehr zur Schau zu stellen. Der kleine, pflaumenköpfige Prophet führte seine Herde durch den verkohlten Steinhaufen, der einmal die südliche Mauer der Kirche gewesen war. Die Gemeinde erinnerte Burden unwillkürlich an Gespenster, als sie einer nach dem anderen durch die Bruchstücke einer Tür das Heiligtum betraten. Die Gläubigen standen etwa an der Stelle, an der sich früher einmal hölzerne Bänke befunden hatten, und verneigten sich vor dem Altar, ehe sie sich mit überkreuzten Beinen im Gras niederließen. Der Pfarrer nahm seine Position vor dem steinernen Altar ein (Burden fiel auf, dass die Frau und ihr Sohn ihre Arbeit unterbrochen hatten, um sich die seltsame Vorstellung anzusehen), schlug sein Buch auf, verharrte einen Augenblick lang in stiller Meditation und hob dann zu den vertrauten Worten einer charismatischen Predigt an. Der japanische Prophet zeigte dieselbe Gestik und Mimik wie ein Baptistenprediger. Sein Predigtstil war von einer angeborenen Zurückhaltung geprägt, mit demonstrativen und übertrieben kontrapunktischen Rhythmen, melodischen Modulationen und dazwischen langen Schweigephasen, unvermittelt abgelöst von abrupten lauten Ausbrüchen, die dann wieder in kontemplatives Schweigen übergingen. Es war alles in allem eine reizende Interpretation westlicher Musik in asiatischer Tonlage. Burden empfand die Melodie als durchaus angenehm, aber er verstand kein Wort und hörte nicht ein einziges Mal den Namen Jesus oder Gott heraus. Eine Zeit lang lauschte er angestrengt und versuchte, anhand der Häufigkeit, mit der die Wörter vorkamen, herauszufinden, ob es sich dabei um »Christus« und »Heiliger Geist« handelte. Dies waren die einfachen Hauptwörter, dachte er, doch auch sie waren nicht zu erkennen.

Burden wandte sich wieder der Arbeit an seiner eigenen Buße zu, wobei er sich der Liste nun mit größerer Sorgfalt widmete und sie zuerst nach dem Alter, dann nach dem Gewicht und schließlich nach dem Aussehen überarbeitete. Am Ende strich er zwei Drittel der Namen durch, die er ursprünglich notiert hatte. Daneben zeichnete er eine zweite Spalte, in die er die Namen der jeweiligen Ehemänner eintrug.

Zuletzt versah Burden jeden Namen mit einer bestimmten Anzahl Sternchen, aus deren Gesamtzahl sich die Wahrscheinlichkeit ergab, dass der jeweilige Ehemann der bevorstehenden Aufgabe gewachsen sein würde. Burden legte den Stift beiseite und wischte sich die Hände an seinen Jeans ab, die ganz schwitzig geworden waren, als er über die Ehemänner mit Hang zur Gewalt nachgedacht hatte. Am Ende hatte er eine Liste mit zwanzig Frauen, von denen sieben mit Männern verheiratet waren, die eindeutig in der Lage wären, die erforderliche mörderische Energie zu entfalten.

Er fühlte sich hervorragend. Er hatte einiges zustande gebracht, während er hier auf dem Friedhof der Old Sheldon Church inmitten von Eichen und japanischen Gläubigen gesessen hatte. Er hörte das Geräusch von Schritten und drehte sich um. Es waren Mutter und Sohn, die auf dem Weg zum Wagen an ihm vorbeikamen. Der Junge drehte sich noch einmal nach Burden um, offenbar in dem Versuch, einen letzten Blick auf das Gekritzel auf seinem Notizblock zu erhaschen. In einem Anfall von Wagemut drehte Burden den Block auf seinen Knien um, sodass der Junge deutlich sehen konnte, was darauf geschrieben stand. *Los, mach schon, sieh es dir ruhig an*, dachte Burden. *Du bist der einzige Mensch außer mir, der diese Seiten je zu Gesicht bekommt, und du hast nicht die leiseste Ahnung, was sie zu bedeuten haben. Also, sieh sie dir ruhig ganz genau an.*

In diesem Augenblick drehte sich die Mutter ebenfalls um, sah, dass ihr Sprössling Burden anstarrte, und zerrte ihn am Arm mit sich.

Die japanische Gemeinde hatte ihren Gottesdienst mittlerweile beendetet, und die Gläubigen schlenderten einzeln, zu zweit oder in kleinen Grüppchen durch die Grabsteine, deuteten lebhaft darauf und sprachen in einer Sprache, von der Burden annahm, er würde niemals auch nur eine Silbe davon verstehen, selbst wenn er tausend Jahre Zeit hätte, sie zu erlernen.

Doch trotz all seiner Bemühungen gelang es Burden nicht, zum Opfer der Liebeskünste auch nur einer der Frauen auf seiner Liste zu werden, die er auf dem Friedhof zusammengestellt hatte. In seiner Naivität war er davon ausgegangen, die Verführung durch die anderen Frauen würde ebenso schnell und reibungslos über die Bühne gehen wie bei Maude. War Maude vielleicht ein Einzelfall? War ihr leidenschaftsloser Hubert – ein zahn- und krallenloser Drache – vielleicht der einzige Ehemann, mit dem sich Burden würde zufrieden geben müssen? Da er sich nicht von dem leisen Hoffnungsschimmer lösen konnte, vielleicht doch noch durch Huberts Hand erlöst zu werden, schlief er weiterhin mit Maude, und es kam sogar mehrere Male vor, dass Hubert entweder während ihres Liebesspiels oder unmittelbar danach auftauchte. Anfangs hegte Burden noch die Hoffnung, dass Huberts erloschene Rage durch irgendeinen bösen Zauber zu neuem Leben erweckt, in die tödliche Glut der Eifersucht umschlagen und er Burden töten würde. Aber Hubert kam nicht ein einziges Mal ins obere Stockwerk und hatte infolgedessen niemals Gelegenheit, Burden inmitten seiner Besitztümer zu entdecken.

Einmal sogar, als Maude gerade unten war und Hubert bei der Suche nach irgendwelchen wichtigen Unterlagen half, warf Burden aus reiner Verzweiflung einen schweren Kristallaschenbecher zu Boden, der auf der Kommode gestanden hatte. Der Aschenbecher schlug mit einem befriedigenden dumpfen Poltern auf dem Teppich auf, das den Kronleuchter unter ihm zum Vibrieren brachte. Ganz bestimmt sah sich Hubert jetzt veranlasst, nach oben zu kommen, um der Herkunft dieser seltsamen Geräusche auf den Grund zu gehen. Nackt und voller Vorfreude kauerte sich Burden neben den Aschenbecher. Er legte eine Hand darauf, um den Anschein zu erwecken, dass er ihn an seinen Platz zurückstellen wollte, von dem er ihn in seiner Ungeschicklichkeit gestoßen hatte. Wenn der Doktor hereinkam, würde Burden aufstehen – vielleicht würde er sich den Aschenbecher sogar vor den Schritt halten und so tun, als wolle er seine Blöße bedecken, während sie in Wahrheit durch das dicke Glas nur noch größer erschien, was wiederum Huberts Wut noch mehr schüren würde. Burden wartete.

Kurz darauf wurden seine Bemühungen mit Schritten belohnt, die hastig die Treppe heraufpolterten. Burden senkte den Kopf und heftete den Blick auf den Aschenbecher, sodass er erschrocken aufsehen konnte, wenn Hubert das Zimmer betrat. Er zählte im Geiste jeden einzelnen Schritt mit. Aus Gründen des Effekts lenkte er seine Gedanken auf das Bild, wie er Leslie Ward auszog, eine der Rollschuhkellnerinnen aus dem Sonic, um seinem halb erschlafften Penis neues Leben einzuhauchen. Schließlich tauchte die Gestalt im Türrahmen auf und hatte den schändlichen Eindringling voll im Visier. Burden zauberte einen Ausdruck außerordentlicher sexueller Erfüllung auf sein Gesicht, perfekt ergänzt durch seinen anschwellenden Penis hinter dem Aschenbecher, und richtete sich mit einer gezierten, übertriebenen Bewegung auf. Maude blieb abrupt in der Tür stehen, legte sich eine Hand ans Kinn und heftete ihren Blick auf den Inhalt des Aschenbechers. »Ah«, sagte sie mit sehnsüchtigem Blick, »wir essen heute also unter Glas.«

Obwohl Burden noch zu jung war, um den Humor in ihrer Bemerkung nachzuvollziehen, brannte sein Gesicht vor Verlegenheit. Maude, deren Hunger durch ein so leckeres Häppchen geweckt war, kam mit derart zielstrebigen Schritten auf Burden zu, dass er vor Angst den Aschenbecher mit einer Hand bedeckte. Unbeirrt ging Maude vor ihm in die Knie, als wollte sie beten, und schob zuerst den Aschenbecher, dann Burdens Hand beiseite. Hilflos sank Burden gegen die Kommode und ließ die derben Aufdringlichkeiten seiner Verehrerin über sich ergehen. Er hörte die Wagentür des Doktors, das leise Schnurren des Motors, das immer leiser wurde, als der Arzt – seine Hoffnung, sein Ausweg – davonfuhr.

Auf den Tag genau ein Jahr blieb Maude die Einzige, mit der er sich vergnügte, und während dieses Jahres verließ ihn zusehends die Zuversicht, dass sich sein Plan jemals in die Tat umsetzen lassen würde. In dem Versuch, sich für die Ehefrauen auf seiner Liste begehrenswerter zu machen, ließ er sich eine Reihe von Strategien einfallen: Er legte sich eine neue Frisur zu, wechselte seine Seife und seine Zahnpastamarke. Er fing sogar an zu trainieren, wenn auch ohne nennenswerten Erfolg, da es ihm an der notwendigen Disziplin fehlte, um ein sichtbares Resultat zu erzielen. Er verbrachte zahllose Stunden vor diversen Spiegeln – dem Spiegel im Badezimmer, dem Rückspiegel des Lieferwagens, den Fensterscheiben, an denen er auf dem Weg zu den Frauen vorbeikam –, um herauszufinden, was Maude so anziehend an ihm gefunden hatte, in der Gewissheit, dass es sich auf die Frauen übertragen lassen würde, wenn er es erst einmal gefunden hatte. Dass es kein bestimmter Körperteil, sondern ein nicht greifbarer Teil seiner Person war, der trotz seiner körperlichen Attribute zu erkennen war – und den Maudes emotional übermäßig geschärftes Auge als Allererstes identifiziert hatte –, kam ihm jedoch nicht in den Sinn. In seiner Hoffnungslosigkeit bemühte er sich, in jeder einzelnen Lieferung eine neue Möglichkeit zu sehen, jedes Haus als *das* Haus zu betrachten und sich an den Glauben zu klammern, dass die Frau, die dort lebte, dieses Mal erkennen würde, was ihn so verführenswert machte. Doch zwischen der Übergabe der Tüten und dem Augenblick, wenn die Frau ihm sein Trinkgeld gab, kam es kein einziges Mal zu irgendwelchen Annäherungsversuchen. Manchmal, wenn er kaum mehr in der Lage war, seine Verzweiflung im Zaum zu halten, hätte Burden gern die Liste herausgezogen und sie den Frauen unter die Nase gehalten. »Hier«, hätte er am liebsten gesgt, »Sie sollen mit mir vögeln, sehen Sie das denn nicht?« Die Wirkungslosigkeit des Plans ließ die tödliche Gefahr, die von den einzelnen Ehemännern ausging, in Burdens Vorstellung um ein Vielfaches größer werden. Jeder hätte die Tat begehen können; selbst Toady Belcher, der in Wahrheit nichts als eine Witzfigur mit beginnender Glatze war, entwickelte sich in Burdens Augen zu einem Ungeheuer, das in der Lage war, ohne Umschweife und auf gewalttätigste Weise Rache zu üben.

Burden schämte sich zutiefst über seine Unfähigkeit. Er hatte sich bis auf die Knochen vor seinem Cousin blamiert, dem er den Plan in sämtlichen Details geschildert hatte. Er wusste, dass Peedie seine Begeisterung geteilt hatte, doch als sein Versagen nicht mehr zu leugnen war, fand Burden immer seltener den Weg zum Friedhof. Er brachte es einfach nicht fertig, sich den Fragen auszusetzen, wie er vorankäme und wie lange es noch dauern würde, bis er endgültig zu ihm stoßen würde. Und so gesellte sich zu seinem ohnehin schon schlechten Gewissen, schuld am Tod seines Cousins zu sein, noch das Gefühl, ihn dort auch noch im Stich zu lassen. Diese beiden Schuldgefühle lasteten schwer auf Burdens Seele, und er zog sich immer weiter in sich zurück.

Im Laufe der Zeit entwickelte sich der Sex mit Maude, der anfangs noch durchaus stimulierend gewesen war, zu einer reinen Routineübung, da Burdens Schuldgefühle mit jedem Zusammensein ein bisschen mehr von seiner Empfindungsfähigkeit raubten. Wie könnte er etwas fühlen oder Freude empfinden, während sein Cousin durch sein eigenes Zutun zur völligen Gefühllosigkeit gezwungen war? Burdens unablässige Grübeleien legten sich wie ein Schleier über seine Empfindungen, überdeckten sie und ließen damit jegliche Regung seines Körpers oder Geistes verstummen.

Doch genau in jenem Stadium der überwältigenden und aufrichtigen Verzweiflung wendete sich Burdens Schicksal.

Maude wachte mit hartnäckiger Eifersucht über ihre erotischen Intermezzi. Endlich, im Alter von sechsunddreißig Jahren, hatte sich ihr eine Gelegenheit geboten, ungehindert ihre Sexualität zu entdecken. Es gab keine Bitte, die ihr abgeschlagen wurde, keine Praktik wurde abgelehnt. Burdens Sexualität war noch so unbeschrieben, wie ihre vernachlässigt war, und sie hatte die Gelegenheit, mithilfe ihres Körpers ihre Spuren darauf zu hinterlassen.

Sie betrachtete Burden als ihren Schüler, ihren Protegé in sämtlichen sexuellen Belangen, und genoss jede erteilte Lektion und jede Übung in vollen Zügen, wie gut oder schlecht er sie auch vollzogen haben mochte. Und sie hielt sich für eine begabte Lehrerin.

Doch sosehr sie auch Gefallen an ihrer Lage finden mochte, bemerkte sie doch zugleich bekümmert, dass ihr Schüler zunehmend teilnahmslos, ja manchmal sogar regelrecht mürrisch wurde und sich seinen Übungen mit wesentlich weniger Enthusiasmus widmete als sie selbst. Maude konnte den Schatten nicht leugnen, der über Burden zu liegen schien und der ihr im Lauf der Zeit so vertraut wurde, bis er am Ende ein ständiger Begleiter ihrer Schäferstündchen war. Sie versuchte sich diverse Ablenkungen einfallen zu lassen, um ihn aus seiner schlafwandlerischen Lethargie zu erwecken, machte ihn zum Hauptdarsteller ihrer erotischen Spielchen, von denen sie überzeugt war, dass sie ihn wieder zu alter Form zurückfinden lassen würden.

Doch trotz all ihrer Bemühungen wurde ihr Schüler immer verzweifelter – ein Zustand, der sich auch auf ihre eigene Begeisterung niederschlug, sodass sie, die Ratgeberin, sich am Ende gezwungen sah, selbst Rat zu suchen. Und genau in jener labilen Verfassung vertraute Maude sich eines Nachmittags Laurel Pellum, ihrer Putzfrau, an. Doch in ihrem Versuch, ihre Ratlosigkeit in Worte zu kleiden, wurde Maude ein wenig zu deutlich und hauchte damit einer Reihe von Buchstaben auf Burdens Notizblock neues Leben ein.

Maudes Miene und ihr Verhalten zeugten von einer Verzweiflung, die Burdens in nichts nachstand, und als sie an jenem Nachmittag Laurel die Tür öffnete, seufzte sie niedergeschlagen.

»Wofür war das denn, Mrs. Whitman?«, fragte Laurel.

»Für gar nichts, Laurel, Schätzchen«, antwortete Maude.

»Nach nichts klang es aber nicht …«, fing Laurel an, doch Maude zog sich bereits in den hinteren Teil des Hauses zurück. Maude Whitmans Schicksal kümmerte sie nicht besonders, deshalb dachte sie nicht weiter darüber nach, sondern machte sich an die Arbeit und begann wie gewöhnlich im Esszimmer Staub zu wischen. Nach einer Weile kam Maude vorbei und stieß einen zweiten Seufzer aus. Laurel blickte auf und runzelte die Stirn. Das Ganze ging eine Zeit lang weiter – Laurel arbeitete sich durch sämtliche Zimmer vor, während Maude ständig an ihr vorbeiging, kurz stehen blieb und einen Seufzer ausstieß wie eine ruhelose Seele auf der Suche nach der Ursache ihrer Pein. Als Laurel in die Küche kam, hatte sie sich an ihre traurige Begleiterin gewöhnt, deren trübselige Stimmung sie jedoch nicht teilte, da sie eine Frau war, die durchaus nicht an übertriebenem Mitgefühl litt. Um die Wahrheit zu sagen, gelang es ihr kaum, ihre eigene Fröhlichkeit zu unterdrücken, während sie aus dem Küchenfenster sah und das Fensterbrett vom Staub befreite. »Es ist ein wunderbarer Tag draußen«, bemerkte sie so laut, dass Maude sie hören konnte, wohl wissend, dass ihre Arbeitgeberin hinter der Tür herumlungerte.

Laurels fröhlicher Tonfall war zu viel für Maude, und wie eine Klavierlehrerin, die die falsche Ausdrucksweise ihres Schülers korrigieren wollte, betrat Maude die Küche und ließ sich auf den Stuhl am Küchentisch fallen. Sie musterte Laurel mit einer Miene, die keinen Zweifel daran lassen sollte, wie grenzenlos *scheußlich* der Tag in ihren Augen war.

»Mrs. Whitman«, sagte Laurel und wandte sich vom Fenster ab, »was ist denn los?«

»Nichts.«

»Nun, wir sind schließlich Frauen. Das heißt, wir haben eben manchmal unsere Probleme, habe ich Recht?« Für den Bruchteil einer Sekunde waren sie und Mrs. Whitman nicht durch die enorme gesellschaftliche Kluft getrennt, sondern durch dieses eine Wort verbunden: *Problem.*

Maude holte tief Luft, und als sie sie entweichen ließ, stieß sie dieses Wort mit so großem Abscheu vor sich selbst aus, dass Laurel jenes typische Entzücken in sich spürte, das nur jemand empfinden kann, der Zeuge des Kummers eines Menschen wird, der auf der gesellschaftlichen Leiter mehrere Stufen über ihm steht. »Mrs. Whitman«, sagte sie beschwichtigend, in der Hoffnung, mehr über diesen Kummer zu erfahren, »wenn Sie sich Ihren Kummer von der Seele reden wollen, dann tun Sie es ruhig.«

Laurels Worte entlockten Maude ein kurzes, freudloses Lachen. »Von der Seele reden!«

Laurel legte ihren Staubwedel beiseite und setzte sich neben sie. »Es ist doch offensichtlich, dass Sie etwas bedrückt. Ich verrate auch keiner Menschenseele ein Sterbenswörtchen – aber, was macht Sie denn nur so traurig?«

Maude stieß einen weiteren Seufzer aus. »Ich bin benutzt worden.«

Laurel hielt die Luft an und lächelte insgeheim. Nach außen hin setzte sie jedoch eine zornige Miene auf, die in krassem Gegensatz zu der Freude stand, die sie in Wahrheit empfand.

»Natürlich nicht auf diese Weise«, fügte Maude hastig hinzu, als sie Laurels aufgesetzte Empörung sah. Maude gestattete sich ein kurzes Lächeln – jenes wohl dosierte Lächeln all der Frauen, die eine glückliche Kindheit genossen haben und das sie stets an den Tag legen, wenn ihnen eine Szene aus ihrer Kleinmädchenzeit in den Sinn kommt. Doch sie war nicht in den Genuss einer glücklichen Kindheit gekommen und war nie ein unbeschwertes kleines Mädchen gewesen, deshalb verflog das Lächeln im Handumdrehen, und ein Schatten legte sich über ihre strahlenden Augen unter den zusammengezogenen Augenbrauen.

»Weiß Mr. Whitman davon?«, fragte Laurel unverblümt, obwohl ihr klar war, dass er absolut nichts mit Maudes Kummer zu tun hatte.

Maude schüttelte schweigend den Kopf. »Es unterliegt nicht unserem Willen, sondern dem eines anderen, inwieweit wir denen zu Diensten sind, die uns brauchen.«

Laurel nickte, obwohl sie nicht ganz verstand, wovon Maude überhaupt sprach.

»Was würden Sie von einer Frau denken, die gebeten wurde,

jemandem beizubringen … sozusagen jemanden an einen bestimmten Ort zu führen, an einen wunderbaren, einzigartigen Ort, den dieser Jemand noch nie zuvor gesehen hat und von dem sich dieser Jemand nie hätte träumen lassen, dass es ihn überhaupt gibt, und diesem Jemand Gefühle und Empfindungen zu zeigen, die er nie für möglich gehalten hätte? Würden Sie diese Frau als Ungeheuer bezeichnen?«

»Ganz bestimmt nicht, sondern eher als Heilige. Eine Heilige Gottes.«

»Aber was ist, wenn diese Frau … wenn sie die Arbeit Gottes tut, wie Sie ganz richtig festgestellt haben … was, wenn sie bei diesem Versuch scheitert, und nicht einfach nur scheitert, sondern vollkommen und umfassend scheitert, sodass ihr Schüler jeglicher Emotion beraubt zurückbleibt und am Ende weniger über diesen Ort weiß als zu Anfang?«

»Arme Mrs. Whitman«, säuselte Laurel und verbarg ihre Schadenfreude für die verwöhnte Arztfrau.

»Er ist zu mir gekommen …«

»Wer?«

»Burden.«

»Burden?«, wiederholte Laurel ehrlich überrascht. »Der Lieferbursche?« Sie wusste sehr wohl, wer Burden war, da er ihr einmal pro Woche die Lebensmittel nach Hause brachte – eine Extravaganz, die ihr Ehemann sich während ihrer Schwangerschaft hatte einfallen lassen und die heute, ein Jahr danach, noch immer andauerte.

»Ja, Burden, dieser traurige kleine Kerl.«

»Sie haben mit Burden gevögelt?«

Laurels taktlose Frage ließ Maude entsetzt zurückweichen, und sie blinzelte hastig – wie eine Katze, der man ins Gesicht bläst. Zögernd und mit einer Miene, die deutlich ihre Missbilligung über Laurels unverblümte Frage verriet, nickte sie.

»Wann denn?«, fuhr Laurel ungerührt fort.

Maude überschlug eine Zeitspanne, die ihr Versagen nicht allzu deutlich werden ließ und die Illegalität ihres Handelns minimieren würde. »Oh, vor einem Monat … ja, auf den Tag genau vor einem Monat.« *Das ist gut*, dachte Maude, da Burden inzwischen sechzehn war – ein Alter, das für andere Leute eindeutig nach wesentlich mehr Reife klang als fünfzehn. »Er ist hergekommen, um die Lebensmittel zu bringen, die ich bestellt hatte. Nur ein paar Kleinigkeiten. Es hatte den ganzen Vormittag und auch den Nachmittag über geregnet …« Maude durchforstete ihr Gedächtnis nach regnerischen Tagen während des vergangenen Monats. Ja, an zwei Tage konnte sie sich noch genau erinnern. »Und als Burden kam, nun ja, der arme Kerl war vollkommen durchnässt.«

»Was haben Sie gemacht?«

»Was jede gute Christin tun würde. Ich habe angeboten, sein Leid zu lindern. Es war nichts Besonderes, müssen Sie wissen, ich habe ihm nur ein trockenes Handtuch und etwas Warmes zu trinken angeboten. Aber für ihn muss es nach mehr ausgesehen haben, und als ich ihm die Tasse gegeben habe, haben sich unsere Hände berührt.« Maude unterbrach sich und errötete, während ihr Blick zur Spüle glitt und sie sich ins Gedächtnis rief, wie vorsichtig sie den Stoff des Morgenmantels beiseite geschoben hatte. »Er hat seine Hand nicht zurückgezogen«, fuhr sie schließlich fort. »Stattdessen hat er mir tief in die Augen gesehen und gesagt: ›Mrs. Whitman, ich wollte schon immer Ihre Lippen berühren.‹« Behutsam legte sich Maude die Fingerspitzen auf die Lippen, während Laurel ebenfalls instinktiv ihren Mund berührte.

»Und?« Laurel ließ ihre feuchten Finger in den Schoß fallen und grub sie in den Stoff ihrer Jeans.

»Wie hätte ich eine so einfache Bitte abschlagen sollen? Burden hat schließlich eine so schreckliche Tragödie erlebt, und ich hielt es für meine Pflicht, ihn nach bestem Wissen zu trösten.

Ich hatte keinerlei Zweifel an der absoluten Reinheit dieser Geste, und deshalb habe ich es erlaubt. Seine Fingerspitzen fuhren über meine Lippen, so sanft und dennoch überwältigend wie das Gebet eines Kindes. Er hatte ein so glückseliges Lächeln auf den Lippen, das durch die Traurigkeit in seinen Augen drang – es war, als sei er völlig in Verzückung gewesen, die sich, wie ich zugeben muss, auf mich übertrug. Er hat mich gefragt, ganz unschuldig, müssen Sie wissen, ob er sie küssen dürfte … meine Lippen … ›Ja‹, habe ich gesagt. ›Ja, das darfst du.‹«

»Gütiger Gott«, unterbrach Laurel, »das haben Sie nicht getan.« Sie spürte, wie ihre Finger und Maudes Worte dazu führten, dass sich eine wohlige Wärme in ihr ausbreitete.

Maude hatte die Augen geschlossen und nickte heftig. »Er hat meine Lippen mit einer so bebenden Schüchternheit geküsst, dass es mir fast das Herz gebrochen hat. Mein Herz hat sich ihm augenblicklich geöffnet, und heraus kam eine Leidenschaft, die uns beide mitgerissen hat wie eine ungestüme Woge. Und in diesem Moment wusste ich, dass ich ihm nichts abschlagen konnte, egal was er von mir haben wollte …«

Laurel beugte sich vor, und ihre Augen flehten Maude inbrünstig an fortzufahren.

Maude hingegen war ein wenig schwindelig, ihr Kopf schwirrte regelrecht von dem betäubenden Gefühl, das ihr Geständnis auslöste. Trotz der warnenden Stimme in ihrem Inneren fühlte sie sich ermutigt weiterzuerzählen. Ruhig und in einem Tonfall, der sich nicht gegen Mitleid wehrte und zugleich keinerlei Verurteilung zuließ, fuhr sie fort. »Ich habe ihm nachgegeben.«

»War es gut?«, fragte Laurel ohne Umschweife.

Maude schloss beschämt die Augen und nickte.

Eine Weile herrschte Schweigen, während Laurels Verachtung für den Bruchteil einer Sekunde dem stechenden Gefühl der Eifersucht wich.

»Aber wozu das alles?«, jammerte Maude. »Ich habe versagt – eine Seele, die zuvor nur von Melancholie erfüllt war, ist durch mein Zutun in einen Zustand tiefer Verzweiflung gestürzt.« Maude hob ihre Hände, um die Instrumente ihres Versagens herzuzeigen. »Ich habe diese Seele dem Tode nahe gebracht, und jetzt wehrt sie jeden meiner Versuche ab, sie wieder auferstehen zu lassen.«

Laurel umklammerte Maudes Hände und legte sie auf den Tisch, während sie besorgt auf ihrem Stuhl herumrutschte. Ihre Eifersucht wich dem tröstlichen Gefühl der Verachtung für Maudes Unfähigkeit. Sie war dreiundzwanzig, seit vier Jahren verheiratet und erst seit kurzem Mutter. In den vergangenen dreizehn Monaten hatte sie häufig den schwindenden sexuellen Appetit ihres Mannes beklagt – wenn auch natürlich nie Maude gegenüber –, der sich in direkter Relation zum Anschwellen ihres Leibs entwickelt hatte. Ihr letzter durch einen Penis hervorgerufener Orgasmus lag bereits zehn Monate zurück. Selbst nach der Entbindung hatte es den Anschein gehabt, als betrachte ihr Ehemann sie als unberührbar – ob aus Widerwillen oder aus reiner Rücksichtnahme konnte sie jedoch nicht sagen. Als sie nun vor Maude saß und deren leidvoller Schilderung lauschte, spürte sie ein seltsames Hochgefühl, das eine zarte Röte auf ihre Wangen zauberte und ein ungewohntes Ziehen in ihren Genitalien hervorrief. Im Geiste stellte sie bereits eine Liste mit Lebensmitteln zusammen. Sie betrachtete Maude, diese arme Frau in den mittleren Jahren, und tätschelte ihre Hand mit einem Gefühl aufrichtigen Mitleids über ihre Unfähigkeit, Burden von seiner Verzweiflung zu befreien. Aber was, fragte sie sich, konnte ein Sechzehnjähriger schon von einer Sechsunddreißigjährigen lernen – abgesehen von dem Gefühl, wie sich ihre der Jugend und der Feuchtigkeit beraubte Haut an seine schmiegte? Sie hingegen würde gewiss Erfolg haben, wo Maude so offensichtlich versagt hatte. Sie würde Burdens Seele wieder zum Leben erwecken. Und sie würde kommen. Genau das würde sie.

Als es so weit war, hatte Laurel allerdings keine Ahnung, wie sie Burden verführen sollte. Wähend sie Maudes Geständnis gelauscht hatte, war es ihr so natürlich erschienen – so als würde ein freundliches »Hallo« augenblicklich zu der Frage »Willst du mit mir vögeln?« führen. Doch je länger sie darüber nachdachte, wie sie den jungen Burden in ihren Bann schlagen sollte, umso mehr wuchs ihre Unsicherheit. Sie grübelte mehrere Tage und Nächte über diese Frage nach, schmiedete im Geiste Pläne, die sie jedoch allesamt wieder verwarf. Gegen Ende der Woche hatte ihre Fixierung auf das Thema lediglich eine hoffnungslose Gier in ihr geweckt und sie, da sie die Lebensmittel dringend brauchte und noch immer keine zündende Idee hatte, so verzweifelt werden lassen, dass sie im Laden anrief, ihre Bestellung aufgab und beschloss zu improvisieren.

Doch selbst das verursachte einigen Stress. An dem Tag, an dem Burden kommen sollte, wartete sie darauf, dass ihr Ehemann endlich zur Arbeit ging. Hastig breitete sie mehrere Kleider auf dem Bett aus, räumte sie aber wieder weg, da ihr keines davon richtig gefiel. Dann schrie das Baby, und sie nahm den Kleinen auf den Arm und stillte ihn. Doch er nuckelte nicht sehr lange, was ein leichtes Unbehagen in ihr auslöste, das sie vage an das Gefühl sexueller Unzufriedenheit erinnerte. Behutsam legte sie das Baby in die Wiege zurück und verließ das Zimmer.

Nur wegen Burden hatte sie ihre morgendliche Routine durchbrochen. Vielleicht fiel ihr ja gerade deshalb, weil sie so viel darüber nachdachte, nichts Gescheites ein, wie sie Burden verführen könnte. Sie beschloss, den Rest des Tages wie gewohnt zu verbringen, setzte Kaffee auf, schenkte sich eine Tasse ein und setzte sich hin. Doch noch bevor sie daran nippen konnte, sah sie sich voller Entsetzen im Zimmer um. Es sah schrecklich aus. Sie konnte nicht zulassen, dass Burden das Haus in diesem Zustand sah. Obwohl sie sich bisher niemals an der Unsauberkeit in ihrem Haus gestört hatte, sprang sie auf, holte einen Besen, einen Staubwedel und einen Mopp – genau in dieser Reihenfolge – und stürzte sich auf den Schmutz, als ob ihr Leben davon abhinge. Am Nachmittag stand sie zwar in einem blitzblanken Haus, war jedoch selbst vollkommen verschwitzt und schmutzig. Sie sah auf die Uhr und stieß einen Fluch aus. Burden müsste jeden Augenblick hier sein. Sie stürzte ins Badezimmer, wobei sie sich bei jedem Schritt ein Kleidungsstück vom Leib riss, und sprang unter die Dusche, obwohl noch nicht einmal warmes Wasser kam.

Sie hatte noch Seifenreste im Haar, als sie die Dusche abdrehte und sich mit einem Handtuch abrubbelte. Allein die Aussicht auf das, was passieren könnte, brachte sie zum Zittern, während sie überrascht bemerkte, wie sehr sie sich nach einem Liebesakt sehnte. Sie starrte ihren nackten Körper im Spiegel an, nahm jedes Detail in Augenschein – erfreut, doch zugleich ein wenig verunsichert über den Anblick, der sich ihr bot. Sie war jung, ihr Fleisch noch immer fest, und sie hatte einen Großteil des Gewichts bereits verloren, das sie während der Schwangerschaft zugelegt hatte. Ihre Brüste …

Die Türglocke schrillte. *Verdammt!* Sie hüllte sich rasch in ihren Bademantel und hastete ins Schlafzimmer auf der Suche nach einem Kleid, das sie überwerfen konnte. Es klingelte ein zweites Mal. Hastig griff sie nach einem bunt gemusterten Sommerkleid, öffnete den Bademantel und wollte es gerade anziehen, als ihr Blick zufällig im Spiegel hängen blieb. Mit ihrem nassen Haar, das in feuchten Strähnen an ihren Wangen klebte, den Wassertröpfchen, die auf ihren Brüsten funkelten, und dem Bademantel, der sich an ihren Körper schmiegte, bot sie unfreiwillig genau den richtigen Anblick für die Gelegenheit.

Doch sie musste sich rasch entscheiden, wenn sie wollte, dass ihr zerzaustes Äußeres seinen zufälligen Charakter behielt und nicht nach Absicht aussah. In diesem Augenblick wurde an die Eingangstür geklopft, und sie lächelte. Langsam ging sie ins Badezimmer zurück, gab ein wenig Wasser auf ihr Schlüsselbein, ließ den Ausschnitt des Morgenmantels noch ein Stück weiter aufklaffen und zog den Stoff unter ihren Brüsten zurecht. *Na bitte.*

Sie nahm Burden an der Tür mit einem (leicht überraschten und peinlich berührten und dabei nicht einmal aufgesetzten) Lächeln, im Bademantel und barfuß in Empfang.

»Tag, Mrs. Pellum, Ma'am«, sagte Burden. In der Eile am Morgen, aus dem Laden zu kommen, hatte er die Tüten zu voll gepackt, sodass sie nun schwer in seinen Armen wogen.

»Guten Tag, Burden.« Fieberhaft überlegte sie, was sie als Nächstes tun sollte. Ihre Lippen bewegten sich gedankenverloren.

Burden verlagerte das Gewicht der Tüten auf seinen Armen, die langsam lahm zu werden drohten. »Mrs. Pellum?«, sagte er schließlich.

Laurel fuhr erschrocken zusammen. »Oh, Burden, ja. Es tut mir wirklich Leid, komm rein. Hier, stell die Tüten auf die Arbeitsplatte.« Aber wie sollte sie jetzt anfangen? Mit einem Mal war sie eifersüchtig auf Maude, die ihr zwar in körperlicher Hinsicht unterlegen sein mochte, jedoch weitaus geübter war, was gesellschaftliche Umgangsformen betraf. Ihre Hände wanderten zum Gürtel des Morgenrocks, und den Bruchteil einer Sekunde lang überlegte sie, ob sie ihn wie eine heimliche Exhibitionistin einfach öffnen und sich auf Burden stürzen sollte.

Doch sie tat es nicht. Er musste sie wollen, das war Teil des Verführungsspiels – den, der verführt wurde, glauben zu lassen, dass er derjenige war, der verführte.

Burden stellte die Tüten auf die Arbeitsplatte und drehte

sich zu Laurel um. Er lächelte ihr zu, doch seine Augen blieben im Schatten, was seinem Gesicht einen leicht verzweifelten Ausdruck verlieh. Er sah auf ihre bloßen Füße hinunter. Sie sind sauber, dachte er, aber nicht sehr anziehend; zu dick und zu breit für seinen Geschmack. Doch ihre Zehennägel waren ordentlich geschnitten und lackiert, und es war deutlich zu erkennen, dass sie ihnen einige Pflege widmete. »Wenn es sonst nichts mehr gibt …«, sagte er.

»Warte«, erwiderte Laurel hastig, doch ihr fiel nichts ein, was sie noch hätte sagen können.

»Mrs. Pellum?«

Verdammte Scheiße, dachte Laurel, wobei sich ihre Lippen wieder bewegten, sodass Burden ihre Gedanken ablesen konnte. Tiefe Verzweiflung breitete sich in ihr aus, und sie wollte Burden schon wegschicken, als im Nebenzimmer ihr Baby aus seinem Nachmittagsschläfchen erwachte. Die Tonlage seiner Schreie verriet ihr, dass der Kleine lediglich Hunger hatte und nicht irgendwelche Schmerzen litt. Ihre Augen begannen zu leuchten.

»Wie geht's denn dem kleinen Jake?«, fragte Burden.

»Oh, er ist wirklich süß. Ich bin ganz vernarrt in ihn.« Laurels Augen strahlten, als sie von ihrem Kind sprach. »Willst du ihn mal sehen? Hast du Zeit? Du bist bestimmt in Eile, bei all der Arbeit, die du immer hast.« Laurel fummelte am verknoteten Gürtel ihres Morgenmantels herum, während ihr bewusst wurde, dass sie ein wenig schwankte. »Ich muss schrecklich aussehen«, stellte sie mit gespielter Verärgerung fest und schob sich die nassen Strähnen hinter die Ohren.

»Überhaupt nicht«, versicherte Burden. Seine Miene spiegelte noch immer Hoffnungslosigkeit wider. Laurel hatte lediglich auf seiner ursprünglichen Liste gestanden, die, auf der er sämtliche Frauen notiert hatte, die Lebensmittel geliefert bekamen. Doch im zweiten Durchgang hatte er ihren Namen gestrichen, da sie damals noch schwanger gewesen war und er deshalb Skrupel gehabt hatte, sie für sein Vorhaben zu benutzen. »Ich würde ihn sehr gern sehen.«

Laurel führte Burden ins Kinderzimmer, wo er auf das Bettchen hinuntersah und dieses seltsame rosige Bündel betrachtete, das mit seinen dicklichen Ärmchen und Beinchen strampelte. Das Baby fing wieder an zu schreien, worauf Laurel es heraushob.

»Ohhh, mein Baby hat Hunger«, säuselte sie. Bevor Laurel darüber nachdenken konnte, was sie tat, entblößte sie eine Brust und führte die suchenden Lippen des Babys an ihre Brustwarze. In einem kurzen Anflug unerlaubter Erregung breitete sich eine wohlige Wärme auf ihren Wangen aus, und ihr war klar, dass sie rot geworden war. Doch sie riss sich zusammen und wandte sich Burden zu, um zu sehen, wie er reagierte. »Er ist so ein lieber kleiner Kerl«, erklärte sie.

»Ja«, presste Burden mühsam hervor.

Laurel sah auf den Jungen hinunter. Mit einem Mal hatte sich ein liebevoller und wachsamer Ausdruck in ihre Augen geschlichen. »Und er wächst so schnell, und er braucht Tag und Nacht Mamas Milch, damit er groß und stark wird, hab ich Recht?«

»Ja«, bestätigte Burden errötend.

Laurel sah Burden an und lächelte. Sie betrachtete seine Augen, in denen ein trauriger und abwesender Ausdruck lag. Dennoch glaubte sie einen Funken Interesse in ihnen zu entdecken, als sein Blick verstohlen zu ihrer Brust glitt, an der das Baby nuckelte. Dieses kurze Aufflackern verlieh ihr neuen Mut und beruhigte sie ein wenig. Mit einem Mal war der Weg klar und deutlich vor ihr – seine Lust und sonst gar nichts, das war der richtige Weg, ihn zu verführen. Sie konnte ja nicht wissen, dass die Begierde in den traurigen Augen ihrer Beute in diesem Moment aus reiner Berechnung aufflammte. Und ebenso wenig konnte sie wissen, dass Burden sich in diesem Augenblick das ins Gedächtnis rief, was ihn an ihrem Ehemann interessierte: Würde er den Mut haben, Burden umzubringen, weil er mit seiner Frau schlief? Und sie konnte nicht ahnen, dass sie, indem er das nahm, was sie ihm anbot, für ihn lediglich ein erster Schritt war, die Vorbereitung der Szene, könnte man sagen, an deren Ende die bittere und segensreiche Begegnung mit seinem Schicksal stand. Als die Gier in seinen Augen aufflackerte, glaubte sie, es läge lediglich an der Lust, die ihre Gegenwart in ihm weckte, und nicht an dem Licht seiner kranken Wunschvorstellung.

»Burden?«

»Ja, Ma'am.«

»Es ist schon etwas Wunderbares, so ein neues Leben, findest du nicht auch?«

Burden nickte.

»Ich weiß, dass dein Herz Dinge erkennen kann, die andere nicht erkennen können. Deine Augen sehen Dinge, für die andere blind sind. Nein, sieh her«, meinte sie, als Burden sich schüchtern abwandte. »Ich beneide dich um deine Jugend, um die Dinge, die du schon bald entdecken, die Orte, an die du eines Tages gehen wirst. O Gott, noch einmal Teenager sein zu dürfen, das ganze Leben noch vor sich zu haben, keinerlei Verantwortung … Stattdessen bin ich verheiratet und habe den kleinen Jake hier. Versteh mich nicht falsch, ich würde ihn für nichts auf der Welt wieder hergeben. Es ist nur« – sie hielt einen Augenblick inne, während ihre Emotionen in ihrem Inneren aufzukeimen begannen –, »es gibt nur so vieles, das ich niemals erleben werde, nun, da ich … da ich …« Eine unerwartete Träne lief ihr über die Wange und versiegte auf dem kurzen Weg in ihrem Mundwinkel.

Das Baby schrie, so als hätte sich ihr Kummer über ihre Brust auf es übertragen, obwohl es in Wahrheit nur satt war und weiterschlafen wollte.

»Ich sollte jetzt gehen.«

»Nein«, widersprach Laurel, während sie den kleinen Jake über ihre Schulter legte und seinen pummeligen Rücken tätschelte. »Nein, geh nicht. Noch nicht.« Als sie das Bäuerchen in ihm aufsteigen spürte, legte sie den Säugling behutsam in sein Bettchen zurück und zog die Decke hoch, sodass sie ihn zur Hälfte bedeckte. Mit einem Mal glitt ihr Morgenrock auseinander, und wie zufällig berührte sie Burdens Hand, die auf dem Bettgestell lag.

Sie hielt es für das Beste, nichts weiter zu sagen, um nicht Gefahr zu laufen, endgültig in Tränen auszubrechen und Burden unwiderruflich zu verscheuchen. Stattdessen richtete sie sich auf und zog den Stoff des Morgenmantels zurück, sodass sie in voller Pracht vor ihm stand. Zärtlich strich sie über ihre Brüste. »Sie schmerzen schrecklich, wenn ich den kleinen Jake nicht lange genug gestillt habe. Das kann sich ein Mann wahrscheinlich nicht vorstellen. Aber ich brauche so dringend Erleichterung, Burden. Ich kann dir gar nicht sagen …« Laurels Stimme verklang im Raum, während sie Burdens Hand auf ihre Brust legte. Nur ein einziger Blick auf ihre Brüste, dann wieder zu Burdens Gesicht, reichte aus. Burden sank vor ihr auf die Knie und begann zunächst ganz vorsichtig, dann mit zunehmender Zuversicht und schließlich voller Hingabe, an ihrer Brustwarze zu saugen.

Eine Schwindel erregende Woge der Lust stieg in Laurel auf, als sie Burdens Mund auf ihrer Brust spürte. Sie taumelte einen Schritt rückwärts, ließ sich auf ein niedriges Rollbett sinken und zog Burden auf sich. Sie stießen zusammen und Burden zog sich zurück, um ihr in die Augen zu sehen, in denen Tränen glitzerten, so wie seine Lippen von der Milch aus ihren Brüsten glitzerten. »Nimm mich«, sagte sie.

Burden nickte. Er küsste den Spalt zwischen ihren Brüsten, ehe er sich langsam nach unten vorarbeitete. Er widmete sich ihrem Bauchnabel so ausgiebig, dass sie glaubte, er würde niemals den nächsten Schritt tun. Dann, nachdem sie ihn bereits an den Schultern gepackt und nach unten gedrängt hatte, machte er seinen Weg doch weiter. In dem Augenblick, als seine Lippen auf die ihren trafen, trat der große Jake ins Zimmer und blieb mit offenem Mund wie angewurzelt stehen. Als Laurel ihren Ehemann im Türrahmen stehen sah, glaubte sie, sie müsste schreien. Doch bevor sie es tun konnte, sank ihr Mann auf die Knie, vergrub das Gesicht in den Händen und begann wild und unkontrolliert zu schluchzen und zu stöhnen.

Burden wirbelte herum – entsetzt, erschrocken und verängstigt zugleich, dass der Augenblick tatsächlich gekommen war. Aber wieso kniete ihr Ehemann auf dem Boden und heulte wie ein Kind? Und wieso hatte er keine Waffe gezogen? Schließlich richtete sich Jake auf und begann auf die beiden Liebenden zuzukriechen. »Es tut mir so Leid«, sagte er. »O mein Gott, es tut mir so Leid.«

»Leid? Was tut dir Leid?«, fragte Laurel erschrocken.

»Dass ich dich ... dazu getrieben habe«, erwiderte er und presste sein Gesicht gegen ihren linken Oberschenkel. Burden rückte ein Stück beiseite, ohne jedoch ihr rechtes Bein loszulassen.

»Was willst du damit sagen? Wozu hast du mich getrieben?« Panik lag in Laurels Stimme. Der kleine Jake begann in seinem Bettchen zu brüllen, schleuderte in einem Anfall von Zorn seine Decke beiseite und strampelte wild.

»In die Arme eines anderen Mannes«, stammelte Jake zwischen zwei Schluchzern. »Dazu, dich zu rächen ... o Gott!« Seine Stimme wurde immer lauter. »Wieso habe ich das nur getan? Wieso? Wieso?«

»Rächen?« Laurels Gesicht verzog sich vor Schmerz, als ihr aufging, wovon er sprach. »Ich schwöre bei Gott, dass sie mir nichts bedeutet haben. Absolut gar nichts!«, stöhnte Jake.

»Keine von ihnen.« Trost suchend schob er sich an ihrem Oberschenkel empor und schlang die Arme um ihre Taille, während Burden sich angewidert gegen die Wand sinken ließ.

»Was meinst du mit ›keine von ihnen‹, du Mistkerl?«, schrie Laurel und schlug auf ihn ein. »Hast du mich etwa betrogen?«

Doch der große Jake konnte nur noch heftiger schluchzen und ihren Morgenmantel mit seinen Tränen benetzen.

Mit einer dramatischen Geste stand Laurel auf und starrte ihren Mann zornig an. Sie hob einen Arm, als wollte sie sich mit einem einzigen schnellen Hieb Gerechtigkeit verschaffen. »Wer? Sag es mir, verdammt noch mal. Wen hast du gevögelt?«

»Gott, bitte frag mich nicht …«

Zack!

»Mit wem, habe ich gefragt?«

»Gott …«

Zack!

Burden stand auf und verließ das Zimmer. An der Tür drehte er sich noch einmal um und warf einen letzten Blick auf das Szenario, während ihm der zweite Grund wieder einfiel, weshalb er Laurel von der Liste gestrichen hatte: Der große Jake war ein Weichei.

NEUN

Burden blätterte den Stapel mit den Bestellungen auf der Suche nach gemeinsamen Waren durch, während er durch die einzelnen Gänge ging. Bei der sechsten Liste hielt er inne. »Pruella Boaz« stand in der säuberlichen Schrift seiner Schwester am oberen Rand, darunter waren Prus Adresse in der Fishbourne Street, etwa fünfundzwanzig Lebensmittel und schließlich die Abkürzung l. L. aufgeführt – *letzte Lieferung*. Burden zog ihre Liste heraus, faltete die anderen zusammen und tippte sich damit nachdenklich gegen die Lippen, während er Prus Bestellung las. Zwischen den üblichen Sachen wie Dosenobst und Gemüse, zwischen Wäschestärke und Putzmitteln war eine Schachtel Kondome angegeben. Zweifellos war Eugene auf einer langen Tour und würde spät am Abend oder sogar erst am Nachmittag des nächsten Tages zurückkommen. Deshalb würde sie von Burden erwarten, dass er sie besuchte und ihre Langeweile und ihre Einsamkeit vertrieb.

Burden hatte ein ziemlich gutes Gefühl, was Eugene anging, da er mit neunzehn sogar sechs Monate im Gefängnis gesessen hatte, weil er einen Mann bewusstlos geschlagen hatte. Deshalb hatte sich Burden anfangs damit begnügt, den richtigen Zeitpunkt mit Pru abzuwarten – wohl wissend, dass ihr Ehemann zweifellos fähig wäre, die Tat zu begehen. Anfangs hatte er noch mitgemacht und Pruella zu wilden Sexspielen angestachelt, ohne dass die Gefahr bestand, dass Eugene nach Hause kam, in der Hoffnung, sie irgendwann an den Punkt zu bringen, an dem sie in einem Augenblick ungezügelter Lust die Zeit und damit Eugenes drohende Heimkehr vergaß. In jenen Tagen, aus denen Wochen und schließlich sogar Monate wurden, hatte er das Gefühl, als verschlinge ihn die ungezügelte Hingabe, mit der Pru ihre Sexualität auslebte. In ihrer unstillbaren Lust jagte sie Burden splitternackt regelrecht durchs ganze Haus, drängte ihn in eine Ecke, um sich auf ihn zu stürzen und ihre langen Fingernägel in sein Fleisch zu graben, wo sie Spuren der Lust hinterließen. Fast immer verlangte sie von ihm, oben liegen zu dürfen, sodass sie nicht nur ihren eigenen Rhythmus, sondern auch Burdens stets unter Kontrolle hatte. Und in Augenblicken ganz besonders wilder Begierde traktierte sie Burden sogar so sehr, dass er blaue Flecke davontrug, und zwang ihn mit der weichsten aller weiblichen Waffen zur Kapitulation, ehe sie sich zurückzog, um zum letzten Schlag anzusetzen und ihn und seine Lust endgültig ihrem Willen zu unterwerfen.

Ihr unstillbares Verlangen erhob den Liebesakt zu einer Art Kommunikation, wenn auch einer eher einfachen. Wenn sie ihn in sich aufnahm und seinen Körper wie besessen bearbeitete, genau in jenen Momenten spürte Burden – selbst ohne die ständige Gefahr von Eugenes Auftauchen – eine unterschwellige Vorfreude, eine Hoffnung, sie könnte ihn in wahrsten Sinne des Wortes mit Haut und Haaren verschlingen.

»Hast du Jo gestern Abend gesehen?«, wollte Sue wissen, als sie die Preise der bestellten Lebensmittel in die Registrierkasse eingab.

Burden stapelte in unverändertem Tempo die Lebensmittel in die Tüten. »Ich bin vorbeigefahren, habe sie aber nicht gesehen.«

»Du bist im Sonic vorbeigefahren?«

»Ja, wieso?«

Sue hielt eine Tüte mit Äpfeln in die Höhe. »Fuji oder Macintosh?«

»Fuji.«

Sie gab den Code für Fuji-Äpfel ein, wog sie ab und legte sie beiseite. Dann griff sie nach der Packung Kondome, hielt inne und betrachtete sie kopfschüttelnd. »Bei den vielen Päckchen, die Miss Pru verbraucht, müsste Eugene eigentlich dürr wie ein Hering sein.«

Mit großer Sorgfalt verstaute Burden die Äpfel in der Tüte.

»Hey«, meinte Sue und wedelte mit dem Päckchen vor Burdens Nase, »sie hat doch wohl keinen Liebhaber, oder was meinst du?«

Burden riss ihr die Schachtel aus der Hand. »Du solltest nicht mit solchen Sachen herumspielen. Das ist nichts für ein

Mädchen in deinem Alter.« Sue hatte ihre Frage mit so unverblümter Neugier gestellt, dass Burden nicht davon ausging, dass sie ihn auch nur im Entferntesten als Kandidaten für Prus schmutzige Affäre in Betracht zog. Trotzdem konnte man nie wissen. »Ich wäre sowieso der Letzte, der es wüsste. Das geht uns nichts an.«

»Ich frag ja nur.« Sie verzog den Mund, als hätte sie in eine Zitrone gebissen. »So was kann man sich doch mal fragen, oder?«

Burden überlegte gerade, ob er die Frage einfach ignorieren sollte, als das durchdringende Geräusch von zersplitterndem Glas aus dem hinteren Gang durch den Laden drang. Burden verdrehte die Augen und stellte die letzte Tüte in den Einkaufswagen. »Ich geh schon«, sagte er.

Eine untersetzte alte Frau beugte sich über ein zerbrochenes Glas Spaghetti-Sauce und war wie erstarrt vor Scham über die Aufmerksamkeit, die sie auf sich gezogen hatte. Sie stand inmitten einer tiefroten Pfütze und den Scherben des Glases, und die Sauce klebte auf den Fetzen des Etiketts und sämtlichen anderen Lebensmitteln um sie herum. Bewaffnet mit einem Eimer und einem Wischmopp trat Burden zu der Frau und lächelte, wie es ihm sein Vater beigebracht hatte. »Guten Morgen, Miss Lucy«, sagte er strahlend. »Schon früh auf den Beinen heute, wie?«

»Es tut mir so Leid, Burden. Ich fürchte, ich hab eine riesige Schweinerei angerichtet, aber das Glas ist mir einfach so aus der Hand gerutscht. Bitte, lass mich dir helfen.« Sie machte Anstalten, sich zu bücken, sodass das Ausmaß ihrer Gebrechlichkeit und ihres körperlichen Verfalls nur umso deutlicher wurde und Burdens Herz sich in einem Anfall von Mitgefühl und Abscheu zugleich zusammenzog.

Er sah zu Boden, um sich diesem jämmerlichen Anblick zu entziehen. »Machen Sie sich keine Gedanken«, sagte er, während er die größeren Glasscherben einzusammeln begann, »ich mache das schon sauber. Schließlich bezahlt mich ja mein Dad dafür.« Getrieben von einer schon fast krankhaften Neugier hob er den Blick, um sich noch einmal das schlaffe, gräuliche Gesicht anzusehen, die Totenblässe ihrer Haut, die so beängstigend verletzlich aussah, als lasse sie sich ohne weiteres mit einem Ruck von der darunter liegenden Muskulatur lösen. Dann sah er zu Boden und betrachtete ihre Füße, die dicklichen Knöchel, das Knochengerüst unter einer dicken Schicht Fett und Fleisch, durchzogen von einem Geflecht blauroter und grünlicher Adern. Auf ihren flachen Schuhen waren ebenfalls Saucenspritzer zu sehen, die im fluoreszierenden Licht wie die roten Augen einer Spinne glühten. »Machen Sie sich keine Sorgen, Miss Lucy. Kümmern Sie sich einfach weiter um Ihre Einkäufe – oh, und hier, bitte sehr« – er zog ein zweites Glas Spaghetti-Sauce aus dem Regal –, »vergessen Sie das hier nicht.«

Die Frau dankte ihm nickend und schlurfte davon. Burden sah ihr einen Augenblick lang nach und versuchte vergeblich, sich vorzustellen, dass er selbst einmal ein solches Alter erreichen würde. Während er über die Gebrechen nachdachte, die all diejenigen erwarteten, die das unselige Schicksal eines so hohen Alters ereilte, keimte ein kurzer Anflug von Deprimiertheit in ihm auf, die sich lediglich mit der Aussicht verscheuchen ließ, dass er nicht in diese missliche Lage kommen würde. Beruhigt sammelte er die letzten Glasscherben ein und warf sie in einen kleinen Behälter, der oben auf dem Putzeimer angebracht war, ehe er den Mopp einige Male ins Wasser tauchte und ihn durch die Pfütze zog.

Als er fertig war, ging er noch einmal auf die Knie und suchte unter dem Regal nach Glasscherben, ohne jedoch etwas zu finden. Er stand auf und spürte plötzlich schwielige, dicke Finger, die schwer auf seiner Schulter lagen.

»Junge«, sagte eine raue Stimme, die Burden augenblicklich wiedererkannte. Er duckte sich unter dem Griff der schwieligen Hand, doch sie ließ sich nicht abschütteln. »Junge«, sagte die Stimme noch einmal. Doch Burden wollte sich nicht umdrehen, wollte nicht in die Augen sehen, die ihn erwarteten. »Sieh her, Junge.«

Ein instinktiver Abscheu breitete sich in Burden aus, und er spürte einen bitteren Geschmack im Mund, während sich sein Herz vor Entsetzen zusammenzog. Mühsam schluckte er gegen den galligen Geschmack an. Die Hand, die ihren Griff noch immer nicht lockern wollte, drehte sich mit, als Burden sich umwandte. »Ja?«, sagte er, ohne sich die Mühe zu machen, höflich zu klingen.

Silas Stoaks, ein gebeugter, knorriger Baum von einem Mann, hatte sich vor Burden aufgebaut. »Du hast ihn wieder umgeräumt, stimmt's? Stimmt's? Du versteckst ihn vor mir«, stieß Stoaks vorwurfsvoll hervor. Der Mann war so alt wie der Teufel selbst; viel älter noch als Miss Lucy, die im Vergleich zu ihm gerade den goldenen Herbst ihres Lebens erreicht zu haben schien, während er sich bereits im Spätwinter befand. Ein intensiver Gestank nach Asche und Verfall stieg von der bleichen, in zerschlissene Fetzen gehüllten Gestalt mit der fleckigen Haut auf und verpestete die Luft, sodass Burden so flach wie möglich atmete, um zu verhindern, dass der ranzige Geruch in seine Lungen vordrang. Die grauen Augen des Greises tränten pausenlos, und sein Gesicht wirkte fahl, als brüte er eine üble Infektionskrankheit aus. Die Haut unter seinen Augen und auf dem Nasenrücken war übersät von Leberflecken, während die faltige Haut seiner Wangen zahlreiche Pigmentflecke aufwies, die die tiefen Schatten unter seinen grauen Augen noch hervorhoben. »Wo ist er?«

»Wonach suchen Sie denn?«

»Nach meinem Kautabak.«

»Alle Tabakwaren sind vorn, hinter dem Tresen. Sue kann Ihnen geben, wonach Sie suchen.«

Während der letzten dreißig Jahre war Silas Stoaks immer tiefer in der Demenz versunken. Er gehörte zu den Menschen, von denen die Leute stets nur hinter vorgehaltener Hand und mit gesenkter Stimme sprachen, in der ein Anflug von Angst mitschwang, da sie nicht wussten, wie sie ihm gegenüber empfinden und was sie über ihn denken sollten. Die Mildtätigen legten Mitleid an den Tag, während andere Silas am liebsten hinter Schloss und Riegel gesehen hätten, bevor er irgendjemandem etwas antun konnte. Doch eines verband sie – sie alle schienen ernsthaft zu befürchten, dass seine Demenz ansteckend sein und sich auf all diejenigen übertragen könnte, die ihm zu nahe kamen. Aus diesem Grund gingen ihm die Leute nach Möglichkeit aus dem Weg und beobachteten aus sicherer Entfernung, wie er mit feuchten, geschürzten Lippen auf der Straße entlangging und irgendwelchen Unsinn vor sich hin brabbelte. Von Zeit zu Zeit erlebte er unvermittelt einen klaren Moment – obwohl diese Augenblicke in seinem hohen Alter von fast dreiundneunzig Jahren immer seltener vorkamen.

Burden sah auf die Hand auf seiner Schulter, dann wieder in Stoaks' leblose graue Augen. »Wollen Sie, dass ich Ihren Tabak hole?«

»Was?«, fragte Silas.

Burden bemerkte, wie die Augen des alten Mannes im Raum umherzuirren begannen. Den Bruchteil einer Sekunde lang war er an einem anderen Ort, vielleicht sogar in einer vollkommen anderen Zeit. Er holte tief und rasselnd Luft, und als er den Atem ausstieß, roch Burden den schwefligen Geruch der Verwesung, der von dem alten Mann ausging, den Zahn der Zeit, der seine Knochen austrocknete und seine Organe befiel. »Da drüben.« Burden packte Silas' Handgelenk und nahm die Hand von seiner Schulter. Dann drehte er sich um und ging in den vorderen Teil des Ladens, ohne sich darum zu kümmern, ob der alte Mann ihm folgte – in Wahrheit hoffte er sogar, dass er es nicht tat. Doch der Greis blieb ihm dicht auf den Fersen.

Als Sue den Kopf hob und ihren Bruder und Stoaks auf sich zukommen sah, erschauderte sie unwillkürlich.

»Sue, Silas braucht seinen Kautabak«, sagte Burden, ehe er sich zu Stoaks umdrehte und ihn mit eisigem Blick musterte. »Red Man, stimmt's?« Stoaks nickte abwesend, während Burden sich hastig wieder zu seiner Schwester umdrehte. »Gibst du ihm ein Päckchen?«

»Man sollte die Sachen nicht hinräumen, wo ein Mann sie nicht selber holen kann«, sagte Silas.

»Sonst noch etwas?«, fragte Burden.

Der alte Mann zögerte. Burden sah, wie sich die Verständnislosigkeit wie ein Tuch über seinen Verstand legte, wie ein Nebel, der ein fahles kleines Licht erstickte. Silas holte abermals tief Luft, und wieder stieg eine nach Schwefel und Asche riechende Wolke auf. Stoaks griff nach Burdens Hand, der vor dem schwieligen Griff zurückwich. »Dich kenn ich doch«, sagte er und näherte sein Gesicht Burden. Der Griff des alten Mannes war überraschend fest, sodass Burden einige Mühe hatte, sich daraus zu befreien. »Jetzt fällt's mir wieder ein. Ich hab dich gesehen, wie du dich um mein Haus rumgedrückt hast. Ja, in der Dämmerung, am Rand von meinem Feld.«

»Ich habe keine Ahnung, wovon Sie eigentlich reden, alter Mann«, sagte Burden absichtlich unhöflich.

»Ich hab dich am Abend da stehen sehen. Wieso hast du da gestanden und mein Haus angestarrt?«

Sue trat zwischen die beiden Kontrahenten, die einander mit finsterer Miene musterten. »Bitte sehr, Mr. Stoaks, Sir«, sagte sie, in der Hoffnung, seine Aufmerksamkeit von Burden abzulenken, sodass er verschwinden konnte.

Doch Stoaks hielt Burdens Hand noch immer umklammert und starrte ihn vorwurfsvoll an. »Sag's mir, Junge.«

»Ich war nie bei Ihrem Haus, alter Mann«, erwiderte Burden eisig. Das war eine Lüge, doch sie hätte nicht aufrichtiger klingen können.

Sue holte hörbar Luft, als sie ihren Bruder *»alter Mann«* sagen hörte.

Stoaks hielt Burdens Hand noch einen Augenblick lang fest und versuchte die Wahrheit in seinen Augen zu ergründen. »Du lügst«, stellte er mit ausdrucksloser Stimme fest und wandte sich dann an Sue. »Wie viel kriegst du dafür?«

Burden taumelte ein paar Schritte rückwärts und stieß gegen die Einkaufswagen mit den Lebensmitteln, sodass sie über den Boden schlitterten. Er hatte erneut den bitteren Geschmack von Galle im Mund und musste eine Woge der Übelkeit niederkämpfen. Schließlich drehte er sich um, packte die Einkaufswagen und schob sie energisch durch die Eingangstüren ins Freie. Er fand eine Bank, ließ sich darauf fallen, beugte sich vor und spuckte so viel von dem widerlichen Gestank des Mannes aus, wie er nur konnte, bis seine Lungen vor Verlangen nach Sauerstoff zu brennen begannen und er nach Luft schnappte.

Kurz darauf kam Stoaks aus dem Laden, schlug jedoch die entgegengesetzte Richtung ein, sodass er Burden nicht entdeckte. Burden blickte dem alten Mann nach, der die Beine beim Gehen nie ganz durchstreckte. Er beobachtete das Schlurfen seiner Füße, die zu altersschwach waren, um noch schwungvolle, weiche Bewegungen ausführen zu können. Doch er empfand keinerlei Mitgefühl für ihn, sondern nichts als Hass. Und er fragte sich, ob er in dieser Nacht wohl wieder von ihm träumen würde.

»Burden!«, rief Pruella, schlang die Arme um ihn und schmiegte ihr Gesicht an seines. Er spürte ihre Wärme an seiner Wange und die raue Oberfläche ihrer Zunge, als sie zwischen ihren Lippen hervorschnellte, als könnte sie damit seinen Geruch aufnehmen. »O Gott, ich bin so froh, dich zu sehen«, fuhr sie fort. »Du kommst gerade rechtzeitig, um mich vor diesem leeren Haus zu retten. Ich hätte es keine Sekunde länger ausgehalten.« Pru trat einen Schritt zurück und sah zu ihrem Geliebten auf, ohne seine Hand auch nur eine Sekunde loszulassen. »Meine Güte, du siehst überhaupt nicht so aus, als hättest du einen ganzen Arbeitstag hinter dir, und dabei ist es erst halb drei Uhr nachmittags.«

Burdens Finger zuckten in Prus geschlossener Hand. »Es waren nicht so viele Bestellungen heute«, sagte er und wandte den Kopf ein wenig ab, um Pru nicht in die Augen sehen zu müssen.

»Nun ja, und jetzt ist der Arbeitstag vorbei, hab ich Recht? Und du bist hier – mein Gott, als ich hier auf dich gewartet habe, dachte ich, der Vormittag gehe nie vorbei. Oh«, stieß sie hervor und senkte die Stimme, »hast du sie mitgebracht?« Pruella wühlte in den beiden Lebensmitteltüten und stieß einen spitzen Schrei aus, als sie die beiden Kondompäckchen fand.

Schlagartig hörte Pruella auf zu plappern und warf Burden einen verführerisch sanften Blick zu, während sich ihre Lippen zu einem unergründlichen Lächeln verzogen. »Ich hab etwas ganz Besonderes für heute Nachmittag geplant. Kannst du dir denken, was?«

Burden schüttelte den Kopf, ohne sich vorher die Mühe gemacht zu haben zu raten.

»Tja«, begann Pru, legte die Hand auf Burdens Reißverschluss und zog dran. »Meine Schwester passt auf die Wohnung für irgend so einen wichtigen Anwaltstypen in Charleston auf. Das Problem ist nur, dass sie morgen und übermorgen selber die meiste Zeit nicht da ist. Deshalb hat sie mich gefragt, ob es mir was ausmacht, rüberzukommen und eine Nacht dort zu verbringen.«

Earlene Lovejoy-Carters arrogantes Gesicht flammte kurz vor Burdens innerem Auge auf. Er war ihr bei zwei oder drei Gelegenheiten begegnet, und keine dieser Begegnungen war besonders angenehm verlaufen. Pru hatte sich offenbar lang und breit über ihren »neuen Liebhaber« ausgelassen und schamlos mit ihren Beschreibungen von Burden übertrieben, um vor ihrer Schwester besser dazustehen. Als Burden schließlich Earlene präsentiert worden war, hatte sie ihn argwöhnisch beäugt und war zu einem wenig schmeichelhaften Urteil gelangt. Ein Anflug von Traurigkeit hatte in ihren Augen gestanden, ein Schatten der Enttäuschung, dass hier eine verpasste Gelegenheit vor ihr stand – eher ein Junge als der stattliche junge Mann, den Pru ihr beschrieben hatte.

Pru war fünfundzwanzig, was bedeutete, dass ein einundzwanzigjähriger Liebhaber zumindest einen Mann mit einem ähnlichen kulturellen Hintergrund darstellte. Earlene hingegen war vierunddreißig; sie hatte mit achtundzwanzig geheiratet und war mit einunddreißig bereits wieder geschieden gewesen. Seit ihrer Scheidung lebte sie mit einem tief sitzenden Misstrauen, ja sogar einer regelrechten Aversion gegen alles, was auch nur im Entferntesten nach Männern roch. Vielleicht lag es genau an dieser Ablehnung, dass allem, was sie unbewusst tat, eine eindeutig erkennbare Männlichkeit anhaftete. Eine Männlichkeit, die eine tief sitzende Selbstverachtung nährte, aus der eine einzigartige Mischung aus Feindseligkeit und Widerwillen, Hass und Missbilligung erwuchs. Burden blinzelte noch einmal gegen Earlenes Bild an. Welche Pläne Pruella auch immer für den Tag geschmiedet haben mochte, er konnte nur hoffen, dass sie Earlene nicht mit einschlossen.

»Was willst du denn machen?«, fragte er.

Pruella beugte sich vor, legte ihre Arme um Burdens Taille und küsste die leichte Wölbung seines Bauches. Er spürte wieder diese feuchte Wärme und wie sein Körper auf die Berührung reagierte. Ein Bild schob sich vor sein geistiges Auge, wie er an einem einsamen See lag und sein Körper regelrecht in der brutalen Hitze verdorrte; er dachte an schwabbelndes Fleisch unter seinem Hemd und seinen Jeans und an glitschige Füße in schweißdurchtränkten Socken. Er konzentrierte sich voll und ganz auf dieses Bild statt auf die Realität und auf Pruella, die vor ihm kniete und seinen Bauch küsste.

Schließlich ließ sie von ihm ab und sah ihn an. »Ich dachte, du könntest mich vielleicht gefangen nehmen und mich gegen meinen Willen nach Charleston verschleppen«, schnurrte sie. »Und dann könntest du mich in dieses kleine, voll gestopfte Apartment einsperren und alles mit mir machen, was du willst.« Ein teuflisches Funkeln lag in ihren Augen. »Und ich wäre ganz deiner Gnade ausgeliefert.« Burden konzentrierte sich wieder vergeblich auf das Bild von sich in der Sonne und am See.

Er wusste ganz genau, wer von ihnen beiden gefangen genommen werden würde und auf wessen wohlwollende Gnade sie verzichten würden – eine Gewissheit, die ihn zusammenzucken ließ.

»Und was ist mit Eugene?«

Beim Klang seines Namens ließ Pruella von Burden ab, sank auf die Beine zurück und sah wie ein verstörtes Kind zu ihm auf. »Oh, vergiss doch ein einziges Mal Eugene. Eugene ist für den Rest des Tages weg und für die Nacht auch. Er ist frühestens morgen Abend wieder da.«

»Hat er eine Fuhre?«

Pru blies die Wangen auf und ließ ihren warmen Atem entweichen, dann streckte sie die Hände nach Burden aus. Er griff danach und half ihr beim Aufstehen. »Wenn du es unbedingt wissen willst – er ist nach Kingstree gefahren, um irgendwelche alten Kumpels aus der Highschool zu besuchen oder so. Wieso interessierst du dich eigentlich so für Eugene, wo ich vor deinen Augen beinahe vor Langeweile sterbe?«

»Ich will nur sichergehen, dass er dich nicht vermisst.«

Pru legte die Handflächen gegen seine Wangen, zog sie zusammen und drückte ihre Nase gegen Burdens Nasenspitze. »Du machst dir immer so viele Gedanken. Er wird mich schon nicht vermissen. Er wird nicht mal merken, dass ich nicht da bin.« Sie küsste ihn fest auf den Mund und ließ ihre Zunge warm und sehnsüchtig in seiner Mundhöhle kreisen. Dann löste sie sich von ihm und trat einen Schritt zurück. »Also, bringst du mich jetzt nach Charleston oder nicht?«

Burden musste daran denken, dass Jo noch bis vor kurzem in Charleston gelebt hatte. Seit ihrem Umzug nach Charleston und seit dem Beginn ihrer Ausbildung zur Krankenschwester war er nicht mehr dort gewesen. Er glaubte zwar nicht, dass er die Stadt absichtlich mied – oder Jo, um genauer zu sein –, trotzdem konnte er das Gefühl der Erleichterung nicht leugnen, das sich beim Gedanken daran in ihm ausbreitete, dass sie nicht dort sein würde. Möglicherweise sahen Pru und er auf dem Weg zu dem Apartment die Schwesternschule und kamen dabei unwissentlich bei einem oder mehreren ihrer Lieblingsorte vorbei.

Aber Jo ist doch hier, meldete sich eine Stimme in Burdens Innerem, *hier in Walterboro*. Noch ein Grund mehr, nach Charleston zu fliehen, und wenn es nur für einen Tag war. Seine Feigheit trieb ihm die Schamesröte ins Gesicht. Er hatte versucht, sie zu finden und ihr gegenüberzutreten. Er hatte den Versuch unternommen, doch dann hatte ihn sein Reflex zu handeln im Stich gelassen. Und nun erfüllte ihn allein der Gedanke an Jo mit Angst.

Pru legte ihre Arme wieder um Burden und presste ihren Körper gegen seinen. Er fühlte ihre Brüste an seinen Rippen, spürte ihre Erregung. Sie legte ihre Hände um sein Hinterteil und drängte ihm die Hüften entgegen.

»Und?«

Burden sah auf Pru hinab, deren sonnenverbranntes, ovales Gesicht sich ihm strahlend entgegenreckte. Der Schatten von Jos Zügen legte sich für den Bruchteil einer Sekunde über Prus Gesicht, und Burden erschauerte unwillkürlich. Doch schon im nächsten Moment verflüchtigte sich die Vision, sodass er nicht einmal mehr mit Bestimmtheit sagen konnte, was er tatsächlich gesehen hatte. »Also gut«, sagte er schließlich mit trockenem Mund, »machen wir uns auf den Weg.«

Die einstündige Fahrt nach Charleston verging wie im Flug, da Pru ständig irgendwelche Kommentare zur vorbeiziehenden Landschaft, zum Himmel, dem Song machte, der gerade im Radio lief, und irgendwelche Belanglosigkeiten über vollkommen belanglose Leute erzählte oder Spekulationen darüber anstellte, wie nett das Apartment wohl aussehen würde. Wenn sie gerade einmal nicht das Wageninnere mit ihrem endlosen Geplapper erfüllte, versuchte sie Burden anderweitig abzulenken – zum Beispiel indem sie ihn küsste, liebkoste, streichelte. Zweimal hatten Prus Neckereien sogar dazu geführt, dass Burden um ein Haar von der Straße abgekommen wäre, und noch ein drittes Mal, als Pru ihre Zunge in seinem Ohr versenkte, sodass die Wärme seinen Verstand benebelte und seine Augenlider schwer werden ließ. Sie lachte, während sie ihre Zunge schlängelnd wie einen Python in seiner Ohrmuschel hin und her bewegte. Erst als die beiden rechten Reifen über den Seitenstreifen zu holpern begannen, zog sie sie wieder zurück. Sie lachte noch immer schallend, als sie gegen die Beifahrertür prallte und sich dabei versehentlich auf die Zunge biss. Sie schrie auf.

»Du musst sie küssen«, verlangte sie. »Es ist deine Schuld, dass ich mir auf die Zunge gebissen habe. Also musst du sie küssen, damit es wieder besser wird.« Sie streckte ihm die Zunge entgegen.

Burden warf einen Seitenblick auf den rosafarbenen Muskel. »Wo hast du dich denn gebissen?«

Pru deutete auf eine Stelle auf der linken Seite, wo ein runder roter Fleck zu sehen war. »Genau hier«. Sie versuchte ihre Zunge noch ein Stück weiter herauszustrecken.

Burden ging vom Gas und beugte sich zu ihr hinüber, um einen flüchtigen Kuss darauf zu drücken. Als seine Lippen Prus Zunge berührten, drehte sie mit einer raschen Bewegung den Kopf und stülpte ihre eigenen Lippen darüber. Er bemühte sich, die Straße im Auge zu behalten, doch der Winkel war zu spitz. Ein Auto fuhr rechts an ihnen vorbei. Burden heftete seinen Blick auf den Wagen und versuchte, anhand des Abstands zum anderen Wagen sein eigenes Auto auszurichten. Als er sah, dass er zu nahe an den Wagen herankam, riss er das Steuer herum und steuerte auf die Mittellinie zu. Gleich darauf spürte er den unbefestigten Seitenstreifen unter den Rädern, riss das Steuer nach rechts und hielt auf den vorbeifahrenden Wagen zu. Der Fahrer sah zu Burden und Pru herüber, die in ihrem Kuss vereint waren, und seine Augen weiteten sich vor Entsetzen, als der Lieferwagen gefährlich nahe kam und er sich der Gefahr bewusst wurde. Doch wenige Sekunden später war er verschwunden, hatte sich in Sicherheit gebracht, indem er das Gaspedal durchgetreten hatte.

Pru ließ von Burden ab und lehnte sich befriedigt gegen die Beifahrertür. »Hmm«, meinte sie. »Das war nett.«

Bruden richtete den Blick nach vorn und strich sein Hemd glatt. »Mit so einem Blödsinn wirst du uns noch umbringen, Pru.«

»Aber das ist doch ein prima Abgang, findest du nicht auch? Zwei Liebende, vereint im Kuss, und plötzlich – zack! – ist alles vorbei. Ist das nicht romantisch?«, sinnierte sie. »Ich finde das sehr romantisch.«

Burden warf Pru einen argwöhnischen Seitenblick zu. Ihre

Gedanken hätten eigentlich ein Gefühl brüderlicher Sympathie in ihm wecken müssen, doch stattdessen stieg Wut in ihm auf.

»Aber andererseits bist du sowieso nicht romantisch, oder, Burden?«, meinte Pru. »Nein, du bist so bodenständig und natürlich. Nicht derb, keine Sorge, sondern nur natürlich und geradlinig. Aber im Grunde bin ich ganz genauso wie du. Natürlich, ungekünstelt. Du und ich, wir verstehen uns eben, was?«

»Was meinst du damit?«

»Ich meine damit, mein lieber Burden, dass wir beide wissen, was wir voneinander wollen. Und dass wir das, von dem wir wissen, dass der andere es will, nur zu gern geben.« Pru legte ihre Hand auf Burdens Kopf und begann mit dem Daumen sein Ohrläppchen zu streicheln. »Na ja, Eugene, er ist nicht nur ein fantasieloser Liebhaber, sondern auch noch ein rücksichtsloser Dreckskerl. Kein Vorspiel, kein Streicheln, er küsst mich nicht mal richtig, dieser Mistkerl, sondern rammt mir einfach sein Ding rein, als wäre ich ein Stück Fleisch und er eine Gabel. Und danach – mit ›danach‹ meine ich nach vier Minuten – wenn er überhaupt noch Energie hat, dann reicht es gerade noch dazu, aufzustehen und sich vor den Fernseher zu setzen. Wenn nicht, dann rollt er sich von mir runter, grunzt und schläft ein. Er hält es nicht mal für nötig, sich zu waschen, sondern sabbert auf die Laken wie eine gewöhnliche Gartenschnecke, die ihre Schleimspur auf dem Weg zieht. Du, mein lieber Burden, magst zwar eher ein natürlicher Typ sein, aber du bist wenigstens ein rücksichtsvoller Liebhaber.«

Burden tat das Kompliment mit einem Schulterzucken ab.

»Ich meine es ernst. Du bist der angenehmste Liebhaber, den ich je hatte. Dein einziges Vergehen ist, dass du nie weißt, wann es genug ist. Die Art, wie du danach herumhängst – das schmeichelt mir wirklich sehr, keine Sorge –, aber so wie du danach immer herumlungerst, obwohl du genau weißt, dass Eugene vielleicht gleich kommen könnte …« Pru hielt einen Augenblick inne und holte tief Luft, bevor sich ein Lächeln auf ihrem Gesicht ausbreitete. »Aber natürlich verstehe ich das jetzt. Genau das ist es, was es für dich so aufregend macht. Die Gefahr, erwischt zu werden. Genau das bringt dich richtig auf Touren, hab ich Recht? Sag's mir.«

Burden bemühte sich um eine ausdruckslose Miene.

»Das ist schon in Ordnung. Was immer dich zum Ticken bringt. Du darfst dich nur nicht wundern, wenn Eugene ein bisschen mehr als sauer ist, wenn er dich erwischt.«

»Und was wäre, wenn er es täte? Was würdest du dann machen?«

»Burden, ich würde mich auf dich werfen und nicht zulassen, dass er dir auch nur eines deiner kostbaren Härchen krümmt.«

»Das würde ich aber gar nicht von dir verlangen.«

»Das weiß ich, aber ich würde es trotzdem tun.« Pru zog ihre Hand weg und sah nach vorn. »Aber so weit kommt es sowieso nicht. Also lass uns jetzt bitte nicht mehr über Eugene sprechen. Ich will meinen Aufenthalt in Charleston *genießen*.«

In Eugenes Ohren war es ein hässliches Geräusch, das hässlichste, das man sich nur vorstellen konnte. Der schrille Ton drehte ihm den Magen um und ließ eine Woge der Übelkeit in ihm aufsteigen.

»Komm schon, Eugene«, rief Delbart ihm aus dem anderen Zimmer zu. »Du bist dran. Dein Schuss.«

Eugene winkte ab und wandte sich dem Wandtelefon zu, aus dessen Hörer ihm das quälende Klingeln entgegenschrillte. »Verdammt noch mal, Pru, nimm endlich ab.«

»Eugene«, schrie Delbart noch einmal.

»Eine beschissene Minute noch«, bellte Eugene barsch zurück. *Verdammt, Pru, wo bist du? Wieso bist du nicht zu Hause?* Eugene hatte die Klingeltöne gezählt, doch irgendwann war ihre Zahl so hoch geworden, dass er den Faden verlor und auflegte. Er ging in den Billardraum und nahm den Queue vom Barhocker, an den er ihn gelehnt hatte.

»Freu dich nicht zu früh, ich hab dir praktisch nichts übrig gelassen«, neckte Delbart.

»Was?« Eugene starrte auf den grünen, von Kugeln übersäten Billardtisch. Mehrere Sekunden lang gelang es ihm nicht, irgendeinen Sinn in der Lage der Kugeln zu erkennen, während das durchdringende Klingeln in seinem Kopf nachhallte und ihn mit der Wahrheit quälte, die er dahinter vermutete. »Sie ist nicht zu Hause«, sagte er mit verzweifelter Stimme, die in dem rauchigen Billardzimmer verklang.

»Was?«

Eugene starrte einen weiteren Moment auf den Billardtisch, dessen Konturen und Bestandteile sich langsam und ohne sein Zutun vor seinen Augen materialisierten. In diesem Augenblick wusste er, was er zu tun hatte. Er sah auf seine Uhr. Es war Viertel nach vier. »Lass uns Schluss machen und etwas zu Abend essen. Ich kann doch nicht über Nacht bleiben. Ich muss nach Hause zurück.«

»Was? Wieso denn das?«

Eugene beugte sich über den Tisch und zielte mit dem Queue auf die Kugel mit der Drei. »Da hat sich was ergeben, um das ich mich kümmern muss.« Die Worte kamen mit verblüffender Leichtigkeit über seine Lippen, mit einer resignierten Gewissheit, die, entgegen jeder Vernunft, einem Mann sogar noch Sicherheit verlieh, selbst wenn er in den größten Schwierigkeiten steckte.

Delbart sah grinsend zu Boden, als sein Blick auf Eugenes Hosenbein fiel, das über seinen Stiefel gerutscht war. Der glänzende silberfarbene Griff einer Pistole wölbte sich zwischen den Falten seiner Jeans und dem Stiefelschaft. »Seit wann trägst du denn eine Waffe mit dir rum?«

Eugene sah nach unten und zog hastig sein Hosenbein über

den Stiefel. »Geht dich gar nichts an«, gab er kurz zurück, während er seinen Blick durch den Billardraum schweifen ließ und versuchte herauszufinden, ob noch jemand die Pistole bemerkt hatte.

Doch Delbart ließ sich nicht beirren und grinste wissend.

Nachdem Eugene sicher war, dass niemand die Waffe gesehen hatte, zog er den Billardstock zurück und stieß ihn so ungestüm nach vorn, dass die Kugel wie ein Derwisch über den Filz flitzte, gegen die Drei prallte, die unvermittelt vorwärts schoss, gegen die Bande stieß und dann mit einem *knack-knack-knack* in die anderen Kugeln prallte – ein Geräusch, das Eugene an das Knacken brechender Fingerknochen erinnerte.

»Meine Güte, Eugene, was war das denn?«, wollte Delbart wissen und lachte, während er sich über Eugenes miserablen Schuss wunderte.

»Ich hab genug von dieser Scheiße«, erwiderte Eugene und ließ den Queue auf den Tisch fallen. »Lass uns was essen.«

Das Apartment befand sich im obersten Stockwerk eines weitläufigen, zweigeschossigen, weiß getünchten Hauses im viktorianischen Stil. Jedes der drei Apartments des Hauses nahm eine gesamte Etage ein und war über eine separate Hintertreppe zu erreichen. Die Ordnung und Sauberkeit in der Wohnung ließen darauf schließen, dass der Besitzer einigermaßen wohlhabend war. Doch ebenso wie die blasse und damit keineswegs viktorianisch anmutende Außenfassade war auch das Apartment selbst jeglicher Spuren dieses Zeitalters beraubt worden. Die Wände waren in gedämpften Weiß- und Blautönen gestrichen und die schweren Wollteppiche aufgerollt und durch moderne Teppichböden ersetzt worden. Das einzige Überbleibsel aus früheren Zeiten stellten die Stuckrosette im Vorzimmer und die drei kleinen Buntglasfenster im großen Schlafzimmer dar.

Doch obwohl das Apartment seltsam blutleer wirkte, verströmten das Mobiliar, die Sauberkeit und die Ordnung eine Aura von Reichtum. In keinem der Zimmer gab es irgendetwas, das nicht passte. Ein Regal mit ledergebundenen Büchern, von der ersten bis zur letzten Seite mit Juristenjargon gefüllt, nahm eine ganze Wand im Vorraum ein. Burden zog eines der Bücher heraus. Er schlug es auf, betrachtete den Text, von dem er nichts verstand, und stellte es verschämt wieder an seinen Platz zurück.

»Ist das nicht das Allergrößte?«, rief Pru begeistert, deren Stimme ein leichtes Echo erzeugte, während sie von Raum zu Raum ging.

Bruden kehrte dem Bücherregal den Rücken und trat in den Erker in der Nordostecke. Der Teppich, der nur bis zur Türschwelle reichte, gab den Blick auf einen achteckigen Pinienholzboden frei, der im Laufe der Jahre den dunklen Farbton von Melasse angenommen hatte.

Burden trat ans Ostfenster und sah in der Ferne den weißen Kirchturm von St. Michaels mit der Kirchturmuhr, deren Messingziffern in der Nachmittagssonne glitzerten. Auf der darunter liegenden Straße drängten sich ungewaschene Touristen, deren ungehobeltes Verhalten anderen gegenüber Burden selbst aus dieser Entfernung erkennen konnte. Hier ging man nicht zur Seite, um einem anderen Platz zu machen, dort wurde ein anderer am Fortkommen gehindert, ein Stück weiter trampelte man rücksichtslos durch die Szenerie für ein Familienfoto. Unbewusst musterte Burden die Gesichter der Menschen auf der Suche nach jemandem, der Jo glich. Es gab einige Ähnlichkeiten, doch nur Fragmente, nichts, aus dem sich ein befriedigendes Ganzes hätte erstellen lassen.

»Bur-den.« Pruella sang seinen Namen, eine heitere, aus zwei Tönen bestehende Melodie. Er wandte sich vom Fenster ab und folgte Pru, die ihn aus einem anderen Zimmer rief. »Sieh mal«, echote ihre hohl klingende Stimme.

Wann immer Freude in Pruellas Stimme mitschwang, war Burdens Misstrauen ihr gegenüber am größten. Außerdem gefiel ihm nicht, dass sie seinen Namen sang, statt ihn einfach ganz normal auszusprechen. Jo hatte seinen Namen niemals gesungen, hatte nie die Vokale oder Konsonanten vertauscht, ihn auf sonst irgendeine Weise verballhornt oder ins Lächerliche gezogen. Sein Name hatte stets zuversichtlich und gut geklungen, wenn er über ihre Lippen kam, so als hätte ihn die Tatsache, dass sie ihn ausgesprochen hatte, zu etwas Substanziellem gemacht. Er ging weiter, ehe er an der Schwelle vom Holz zum Teppich stehen blieb.

»*Bur-den*«, sang Pruella noch einmal. Ihre Stimme klang wie die einer zweitklassigen Sirene, die versuchte, Burden in sein Vergnügen und damit in seine Verdammnis zu locken.

Zögernd folgte er Pru ins Esszimmer, wo sie auf dem Esszimmertisch kniete, einer eleganten ausklappbaren Konstruktion aus Mahagoniholz, und ein Briefchen aus Silberfolie in der Hand hielt, in dem sich das Kondom befand. Sie wedelte damit herum, als wäre es ein Zauber, mit dem sie Burden in ihren Bann ziehen wollte.

Doch Burden, nicht im Geringsten verzaubert, blieb reglos stehen. Er blickte sich im Zimmer um, das dieselben blauen und weißen Wände aufwies wie alle anderen Räume, dieselbe weiß gestrichene Decke, dieselben hellen Berberteppiche, sodass der Tisch in der Mitte wie ein schöner, dunkler Farbklecks in der fahlen Freudlosigkeit des Zimmers wirkte.

»Ist das nicht der schönste Tisch, den man sich vorstellen kann? Er ist für große Gesellschaften gemacht. Wow, hier könnte man problemlos zehn Leute hinsetzen, und sie würden sich trotzdem nicht gegenseitig mit den Ellbogen anstoßen.« Prus Stimme klang geradezu ekstatisch von ihrem Thron herunter. Doch die Freude über ihre Entdeckung verflog ebenso rasch wieder, und sie sank niedergeschlagen in sich zusammen.

»Das ist es, was du für Geld kriegst, Burden«, meinte sie nachdenklich. »Glück. Genau das kriegst du für Geld. Ich werde nie so einen schönen Tisch besitzen. Und ich werde nie in einer Wohnung leben, die so schön ist wie die hier.«

Pru schloss die Augen und versuchte eine alte Kindermelodie zu summen, eine dieser einfachen, eingängigen Melodien, die ein kleines Herz mit neuer Zuversicht und Trost erfüllen. Doch offensichtlich konnte sie sich nicht mehr genau daran erinnern, und nach einer Weile ging das wenig melodiöse Summen in ein tiefes Brummen über. Die Vibrationen dieses Brummens schienen ihre Stimmung zu heben, denn als sie die Augen aufschlug, war wieder dieses verräterische Glitzern darin zu sehen, das Burden inzwischen gut kannte. »Komm her«, sagte sie, ging wieder auf die Knie und wedelte mit ihrer Zauberfolie.

Burden kratzte sich an einer Stelle im Nacken, die plötzlich zu jucken begonnen hatte, und murmelte etwas Unverständliches.

Pru knöpfte ihre Bluse auf und öffnete den Haken am Kragen, während ihr Lächeln mit jedem weiteren geöffneten Knopf breiter wurde. Als die Bluse offen stand, schob sie die beiden Stoffhälften zur Seite, sodass ein Büstenhalter aus Satin zum Vorschein kam. Ihre Hände glitten zu ihrem Rock hinunter, zogen aufreizend daran und schoben ihn Zentimeter für Zentimeter an ihren Oberschenkeln hinauf. »Komm her.« Inzwischen war jeglicher Anflug von Melancholie aus ihrer Stimme verschwunden und dem kehligen Timbre der Verlockung gewichen.

»Willst du es auf dem Tisch machen?«, fragte Burden.

»Mmh.« Pru zeigte mit dem Finger auf Burden und winkte ihn zu sich heran.

In Prus Augen waren Tische stets eine gute Alternative zu einem Bett, und er und Pru hatten sich schon mehr als ein Mal auf ihrem Esszimmertisch vergnügt. Aber die Aussicht, es auf dem Tisch zu treiben, an dem Menschen aßen, die er gar nicht kannte, ließ ihn zögern.

Als sie bemerkte, dass ihre Beute zauderte, griff Pru nach hinten und öffnete ihren BH. Sie legte die Hände vor die Körbchen und presste den Stoff einen Augenblick lang vor ihre Brüste. Dann zog sie mit einer, wie sie glaubte, höchst verführerischen Bewegung den BH beiseite und drückte gleichzeitig den Rücken durch, sodass ihm ihre Brüste in einer vermeintlich aufreizenden Weise entgegensprangen. Burden sah auf den Tisch hinunter, sah die Reflexion ihrer runden Brüste auf der glänzenden Oberfläche und wunderte sich, wie anders sie auf einmal aussahen. Hätte er es nicht besser gewusst, wäre er nie auf die Idee gekommen, dass es ihre waren.

»Komm schon her, Kleiner, komm her und sieh mal, was Mama für dich hat.«

Es war nicht die Angst, die ihn zögern ließ, sondern eher Desinteresse, aber das würde er ihr niemals verraten. Als er sie ansah, wie sie halb entkleidet vor ihm hockte, fragte er sich, weshalb er nicht im Mindesten erregt war. Lag es daran, dass hier keine Gefahr bestand, Eugene könnte unvermittelt ins Zimmer platzen und sie erwischen? Lag es daran, dass er es hier, in Charleston, wo Jo die vergangenen drei Jahre studiert, gelebt und sich entwickelt hatte, als zu profan empfand, Sex zu haben? Er sah zu Pru hinüber, betrachtete ihre Züge, die ihm mittlerweile so vertraut waren – ihr Haar in der Farbe alter verrosteter Nägel mit dem Pony, der beinahe ihre dichten, rostroten Augenbrauen berührte, die blasse, sommersprossige Haut ihres Gesichts und ihrer Schultern, ihre schlanke Taille, der weiße Bauch, den er früher einmal als so erotisch empfunden hatte. Doch all das reichte einfach nicht aus, um seine sexuelle Begierde auch nur im Geringsten anzufachen.

Pru verlagerte ihr Gewicht auf dem Tisch. Sie streichelte

ihre Brüste, schob sie zusammen und hob sie in einer Art und Weise an, die sie für sexy hielt. »Ich bin so einsam«, schmollte sie mit Kleinmädchenstimme, »der Tisch ist so groß, und ich bin ganz allein hier oben. Wieso kommst du nicht her und sorgst dafür, dass ich nicht mehr so allein bin?« Sie schob sich einen Finger in den Mund und nuckelte daran, während sie Burden mit zusammengekniffenen Augen musterte.

Burden sah zur Tür hinüber und drückte die Augen fest zu. In seiner Fantasie führte die Tür nicht mehr hinaus nach Charleston, sondern in den Hof hinter Prus Haus. Und dieses Esszimmer befand sich nicht mehr in Charleston, sondern in Walterboro. Es war spät, und Eugene würde schon bald von der Arbeit kommen. Er wäre hungrig und müde, und auf seiner Haut würde der Schweiß seines langen Arbeitstags glänzen. Und er wäre ganz bestimmt nicht davon begeistert, seine Frau beim Sex mit einem anderen Mann auf seinem Esstisch vorzufinden. Mit absoluter Klarheit stellte sich Burden den Waffenschrank in Eugenes Wohnzimmer vor. Er konnte den .30-.30er Unterhebelrepetierer im untersten Regal sehen – zweifellos die Waffe, die Eugene aussuchen würde. Sie hatte eine enorme Durchschlagskraft, ein gut gezielter Schuss würde die Sache erledigen, und sollte er Burden verfehlen, würde er die Wände nicht mit einem Muster aus Blei versehen, so wie es bei einer zwölfkalibrigen Waffe der Fall wäre.

Burden spürte das erste verräterische Ziehen in seinem Unterleib. War das nicht das Geräusch von Eugenes Laster ein paar Blocks entfernt, das näher kam? Sein Penis schwoll noch ein wenig mehr an. Er schlug die Augen wieder auf und sah Pru an.

»Was ist, wenn wir erwischt werden?«

Pru musste über diese alberne Vorstellung lachen. »Das werden wir doch nicht, Burden. Wer soll uns denn erwischen?«

Burden trat einen Schritt vor und spürte die halbherzige Härte, mit der sein Penis gegen seine Hose drückte.

»Aber was, wenn doch? Was, wenn wir bei dir zu Hause wären?«, fragte er und lieferte Pru damit die Gelegenheit, in eine Fantasie einzusteigen, die eher nach ihrem Geschmack war. »Was wäre, wenn wir jetzt bei dir zu Hause wären und das hier dein Tisch wäre?«

Burdens Vorschlag veränderte Prus Lächeln, und ein wissender Ausdruck breitete sich auf ihren Zügen aus. »Ich verstehe«, meinte sie, griff nach ihrem Rock und zog den Saum bis zum Bauch hinauf, sodass ihr Höschen zum Vorschein kam.

»Oh, es ist ja schon so schrecklich spät«, meinte sie. »Eugene könnte jeden Augenblick in unser hübsches, hübsches Apartment spaziert kommen.« Sie schob die Finger einer Hand in ihr Höschen. »Nur, dass es mich nicht interessiert«, stöhnte sie. »Ich will dich. Zum Teufel mit Eugene – fick mich!«

Burden manövrierte behutsam die Metallzähne des Reißverschlusses seiner Jeans über seinen erigierten Penis und zog sich die Hose herunter. Er trat einen Schritt vor, geriet ins Straucheln, blieb stehen, streifte sich die Schuhe von den Füßen und zerrte die Hose über seine Knöchel, ehe er seinen Weg zum Tisch fortsetzte.

Pru sah ihm lächelnd zu, riss sich aber rasch wieder zusammen. »Komm jetzt her, Burden, solange wir noch genug Zeit haben«, rief sie und zerrte sich das Höschen über die Knie. Ihre Hände glitten über ihre Oberschenkel und kraulten ihr Schamhaar, ehe sie zu ihrem Bauch wanderten.

Burden schob einen Stuhl beiseite und kletterte auf den Tisch, wo Pru ihm bereits entgegenkam. »Vögel mich«, stieß sich mit heißem Atem hervor. »Vögel mich gleich hier auf meinem schönen Tisch.« Sie riss die Silberfolie auf und zog das Kondom heraus.

»Ich glaube, ich höre schon Eugenes Laster.«

»Das interessiert mich nicht«, sagte sie und rollte das Kondom auf, ehe sie es geschickt über Burdens Penis streifte. »Soll der Dreckskerl uns doch zusehen, aber jetzt fick mich. Sofort!« Pru sank nach hinten und zog Burden auf sich. Sie trat sich ihr Höschen von den Füßen, sodass es durch die Luft segelte und auf dem Messinggriff der chinesischen Kommode landete. Burdens Fantasie hatte sie in wilde Ekstase versetzt, die keinen Platz für Zärtlichkeit und Kunstfertigkeit mehr ließ. Alles, was sie wollte, war, Burden in sich zu spüren. Mit einer abrupten Bewegung packte sie Burdens Penis und rammte ihn in sich hinein.

Burdens Lippen zerrten an Prus Fleisch. Er hatte die Augen geschlossen und küsste Pru in seiner Fantasie, während Eugene bebend vor Zorn neben ihnen stand und Burdens Rücken und Schultern mit seinen schwieligen Händen bearbeitete. Rippen splitterten, Muskeln spannten sich und rissen schließlich, sein Rückgrat gab unter dem brutalen Angriff nach. Dieses Bild ließ ihn noch härter werden und schien seine Empfindungen noch zu verstärken, sodass er immer heftiger in sie hineinstieß.

Ein Stöhnen drang über Prus Lippen, ehe sie, ohne jede Vorwarnung, die Beine um Burden schlang und sich auf ihn rollte, sodass sie die Führung übernehmen konnte. Burdens Arme und Schulterblätter schlitterten über den Tisch, und ohne das Gegengewicht von Prus Körper wäre er wahrscheinlich zu Boden gerutscht. Er streckte den Arm aus und griff nach dem nächstbesten Stuhl, um seine Position ein wenig zu stabilisieren. Doch der Stuhl entglitt ihm und prallte gegen die chinesische Kommode, wo er in einem eigenartigen Winkel hängen blieb. Prus Unterleib hämmerte mit unverminderter Wucht auf ihn ein und schob Burden damit Zentimeter um Zentimeter seinem Verderben entgegen. Er spürte, dass die Hälfte seines Körpers bereits gefährlich über dem Abgrund hing, der sich unter dem Holz und der lackierten Oberfläche auftat. Prus Gesichtsausdruck verriet ihm, dass sie sich in einem Zustand völliger Konzentration auf sich selbst befand, einem Zustand, in dem nichts um sie herum von Belang war. Für sie spielte es keinerlei Rolle, wie prekär ihre Lage war und dass sie in wenigen Sekunden beide zu Boden fallen würden. Sie würde sich davon nicht aufhalten lassen.

Burden nahm seine ganze Kraft zusammen und streckte den Arm abermals aus. Es gelang ihm zwar, mit den Fingerspitzen die Kante des Tisches zu fassen zu bekommen, aber er war noch zu weit davon entfernt, um die Finger ganz darum schließen zu können. Unter Aufbietung all seiner Kräfte drückte er die Wirbelsäule durch, hob sein Hinterteil und Pru an, was ihr einen kleinen Freudenschrei entlockte, und schob seinen Oberkörper ein Stück weiter in Richtung Tischmitte. Endlich bekam er die Tischkante fester zu fassen. Er holte tief Luft, zog einmal kräftig an und glitt über die lackierte Oberfläche.

Als die Gefahr endlich gebannt war, zumindest die, zu Boden zu fallen, entspannte er seine Muskulatur und konzentrierte sich wieder auf das tödliche Szenario in seinem Kopf. Nun, da Pru oben war, hatte Eugene aufgehört, ihn mit den Händen zu traktieren, sondern holte seinen .30-.30er Unterhebelrepetierer – genau jene Waffe, mit der er schon auf unzählige Rehe und zahlreiche Bäume geschossen hatte. Bebend vor Zorn kam er ins Zimmer und presste die Mündung gegen Burdens Schläfe. Das bläulich schimmernde Metall fühlte sich eiskalt auf seiner Haut an.

»Ich bring dich um, du elender Hurensohn!«, brüllte Burdens Fantasie-Eugene.

»Tu's doch«, erwiderte Burden laut. »Tu's doch einfach, damit es endlich vorbei ist, verdammter Schwachkopf.«

Pru stellte beide Fußsohlen fest auf den Tisch und drückte den Rücken durch. »Nein, noch nicht!«, bettelte sie. »Noch nicht, nur noch ein bisschen.«

Eugene spannte den Hahn und presste die Mündung noch

fester gegen Burdens Schläfe – was völlig unnötig war, da der Lauf ohnehin einen tiefroten, kreisförmigen Abdruck in seinem Fleisch hinterließ.

»Mach schon«, drängte Burden.

»Nein!«, schrie Pru.

Burden umfasste Prus Hintern, vergrub seine Finger in ihrem Fleisch und zwang ihren Unterleib nach unten. »Mach schon, du fette, Scheiße fressende, feige, schwanzlutschende Sau!«

Burdens Flüche ließen eine neuerliche Woge sexueller Energie in Pru aufsteigen, wie sie sie seit Jahren nicht mehr erlebt hatte. Ein Wirbelsturm orgastischer Zuckungen durchfuhr ihr Fleisch, brachte ihr Blut zum Kochen und sorgte dafür, dass ihr Becken in wildem Rhythmus auf und ab zu hämmern begann, während eine spürbare Hitze von ihren vereinigten Genitalien aufstieg.

»Ja!«, schrie Pru ekstatisch, als sie kam. »Ja!«

Eugenes Finger zuckte am Abzug, krümmte und entspannte sich abwechselnd in seiner Vorfreude. Die ständige Bedrohung ließ Burdens Penis bis zum Zerbersten anschwellen, ehe er zum letzten Stoß in Prus Lenden ansetzte.

Endlich drückte Eugene ab, und die Mündung der Waffe explodierte in einer Wolke aus bläulich-pinkfarbenem Rauch. In einer letzten spasmischen Zuckung drückte Burden die Wirbelsäule durch, hob sein Gesäß und die darauf kauernde Pru in die Höhe. Prus Stimme zerfloss zu einem feuchten, lustvollen Stöhnen. Einen Moment lang war sie das Einzige, was Burden hörte. Um ihn herum war es still geworden, und seine orgiastische Lust und das erschöpfte Zittern hatten ihn blind gemacht. Aber nun, zuerst nur ganz leise, dann immer lauter, erfüllte ein Geräusch seine Ohren, das zu einem unerträglichen Entsetzensschrei anschwoll – zu einem Schrei, der so sehr an das Kreischen von Bremsen eines Zuges erinnerte, dass er einen

Moment lang glaubte, der Zug habe soeben die Wand des Apartments durchbrochen.

Schließlich ebbte der Schrei ab. Burden wartete, unfähig zu atmen. Stille. Dann eine Stimme voll wilder, ungläubiger Wut. »Mein Gott! Was in Gottes Namen macht ihr beide hier auf Mr. Remleys Esszimmertisch?«

Pru – erschöpft, schlaff, feucht und befriedigt – drehte sich zu ihrer Schwester um. »Tja, Schwesterherz, wir vögeln, aber jetzt sind wir fertig«, erwiderte sie ungerührt.

Earlene stand wie angewurzelt im Türrahmen, leicht nach vorn gebeugt wie eine aus dem Gleichgewicht geratene Steinstatue. Als sie Prus Worte hörte, färbte sich ihr Gesicht puterrot. »Das ist ein verdammter Prudent Mallard, Pru, eine Antiquität, zum Teufel noch mal. Hast du eine Ahnung – auch nur den *Hauch* einer Ahnung –, was so ein Tisch wert ist? Ich verrate es dir: Er ist jedenfalls teuer genug, um nicht auf ihm vögeln zu können!«

Pru ließ die Schultern sinken, stieg mit trauriger Miene von Burdens Schoß, setzte sich auf die Tischkante und ließ die Beine baumeln.

Burden, der sich durch die plötzliche Kälte seiner Nacktheit nur umso bewusster war, zog beschämt die Beine an und schob sich ein Stück nach hinten, sodass er sich halb hinter Pru kauern und sie als Schutzschild gegen Earlenes abschätzende Blicke benutzen konnte. Er sah an sich hinunter und bemerkte den Latexfortsatz, aus dem langsam jedes Leben zu weichen schien, schob ihn nach unten und klemmte ihn zwischen den Beinen ein, in der Hoffnung, dass Earlene nichts davon mitbekommen hatte.

»Earlene, was für eine Rolle spielt es, was etwas kostet?«, wollte Pru wissen, ohne auch nur im Mindesten Rücksicht auf das Feingefühl ihrer Schwester zu nehmen.

Prus Bemerkung ließ die Röte von Earlenes Gesicht noch

um eine Spur intensiver werden. »Du widerst mich einfach an. Was Mama von dir denken würde … ich bin nur froh, dass sie nicht hier ist und Zeugin dieses … traurigen Schauspiels wird.«

Das bin ich auch, dachte Bruden, griff zwischen seine Beine und zog an dem Kondom, das sich mit einem lauten Ploppen von seinem Fleisch löste. Er zuckte zusammen – nicht etwa, weil es so schmerzhaft gewesen wäre, sondern weil Earlene das Geräusch gehört hatte und ihn finster musterte. Er wusste nur zu genau, welchen Platz er in ihrer Welt einnahm.

Pru wandte sich von ihrer Schwester ab und studierte die hübsche Maserung unter der Lackschicht, während ihre Entschlossenheit, die sich gerade noch auf ihrer Miene abgezeichnet hatte, sichtlich ins Wanken geriet.

»Ehrlich, Pru, du bist keinen Deut besser als diese Schlampen auf der West Street.«

Burden spürte ein reflexartiges Zucken, ein instinktives Bedürfnis, Pru vor dem Schmerz zu bewahren, den ihr diese Beleidigung bereiten würde. Doch bevor er sich eine Verteidigungsstrategie zurechtlegen konnte, stand er im Mittelpunkt von Earlenes Zorn.

»Und du, du bist nicht mehr als ein elender kleiner Faulpelz, der sich weigert, erwachsen zu werden. Für deinen Vater Besorgungen zu machen und seine Lebensmittel auszuliefern ist Jungenarbeit. Wann wirst du endlich erwachsen?«

»Lass Burden aus dem Spiel, Earlene. Es war nicht seine Idee, nach Charleston zu kommen. Ich war diejenige, die ihn überredet hat herzukommen.«

Zutiefst enttäuscht schüttelte Earlene den Kopf. »Ich weiß nicht, was schlimmer ist. Fünf Dollar auf der Highschool von jedem zu kassieren, der sich deine Brüste ansehen will, oder es hinter dem Rücken deines Ehemanns mit anderen zu treiben – und dazu noch ausgerechnet mit *dem da*.« Höhnisch deutete Earlene mit dem Finger auf Burden. »Als junges Mädchen warst du einfach dumm. Aber jetzt, wo du älter bist, solltest du es eigentlich besser wissen und dich entsprechend benehmen.«

»Mir gefällt es, wie ich mich benehme.«

»Offensichtlich. Aber dies hier ist nicht dein Haus, Pru. Verdammt noch mal, es ist nicht mal *mein* Haus. Ich will nicht, dass du auf dem Esszimmertisch herumvögelst; ebenso wenig wie im Wohnzimmer oder im Arbeitszimmer. Ich will nicht mal, dass du im Schlafzimmer vögelst. In Wahrheit will ich, dass du hier überhaupt nirgends vögelst, hast du mich verstanden?«

Pru stieß einen tiefen Seufzer aus, während sie sich bückte und nach ihrer Bluse griff, die während ihres Liebesspiels auf der Sitzfläche des Stuhls neben dem Tisch gelandet war. Obwohl sie sich bemühte, die Verletzungen nicht zu zeigen, die ihre Schwester ihr mit ihren scharfen Worten zugefügt hatte, sah es so aus, als wäre ein Teil ihres Elans verflogen. Es hatte fast den Anschein, als beuge sie sich den Züchtigungen ihrer Schwester.

Pru schloss ihren Büstenhalter, pflückte ihr Höschen vom Kommodengriff und sagte trotzdem zu ihrer Schwester: »Mama war verdammt stolz auf mich. Vergiss das lieber nicht.« Damit kehrte sie Earlene den Rücken und ging in Richtung Küche. »Komm, Burden, lass uns verschwinden. Wir wollen Earlene nicht länger zur Last fallen.«

Auf der Suche nach einem Anflug von Mitgefühl in ihren Augen warf Burden Earlene einen kurzen Blick zu. Doch ihre versteinerten Züge verrieten nichts als Arroganz und röteten sich noch ein wenig mehr vor selbstgerechtem Zorn. Schließlich ging er um den Tisch herum zur anderen Seite, stellte den Stuhl zurück, der an der chinesischen Kommode lehnte, sammelte seine Kleider ein und trat ebenfalls den Rückzug in die Küche an.

Als er die Tür öffnete, drehte er sich noch einmal um und sah Earlene, die inzwischen an den Tisch getreten war und sich mit finsterer Miene darüber beugte, um die Holzplatte einer Inspektion zu unterziehen.

»Tut mir Leid, Pru«, sagte er, während er sich anzog.

Pru drehte sich zu ihm um und musterte ihn mit stählernem Blick, in dem, wie es schien, in diesem Moment keinerlei Platz für Mitgefühl war. »Was tut dir Leid?«

Obwohl ihm klar war, dass sich ihr Zorn nicht gegen ihn richtete, überraschte ihn ihre Schroffheit.

Pru nahm ihre Handtasche von der Arbeitsplatte. »Nicht, Burden.«

»Was nicht?«

»Dieser Blick. Du brauchst kein Mitleid mit mir zu haben. Das mag ich nicht. Ich will es nicht.«

»O mein Gott!«, schrie Earlene aus dem Nebenzimmer.

Burden und Pru sahen in Richtung Tür, die ins Esszimmer führte, und fragten sich, welche entsetzliche Entdeckung Earlene nun schon wieder gemacht hatte.

»O mein Gott!«, schrie sie wieder. »Da ist ein Schamhaar auf dem Tisch!«

»Schönen Tag noch, Schwesterherz«, rief Pru mit absichtlich fröhlicher Stimme. »Wir sind weg.« Sie wandte sich Burden zu, und ein boshaftes Grinsen breitete sich auf ihrem Gesicht aus. »Komm, lass uns nach Hause fahren.«

Erschöpft fuhr Eugene den Highway 52 entlang, während Kingstree im Rückspiegel langsam kleiner wurde und schließlich ganz verschwand. Nach Charleston waren es zehn Minuten. Dort gab es eine Kneipe, ein düsteres, gedrungenes Gebäude, in der er schon häufig auf seinen Touren Halt gemacht hatte. Die rauchgeschwängerte Luft war stets erfüllt vom Gestank nach der sirupartigen Süße des Whiskeys und des Biers, der aus den Zapfhähnen und aus den Poren der Jungs am Tresen drang.

Doch heute Abend würde er dort keine Rast einlegen, sondern die Abfahrt auf den Highway 17 nehmen und auf schnellstem Weg nach Walterboro fahren, wo niemand mit ihm rechnete. Allein der Gedanke daran, wo Pru sich herumtreiben könnte, erfüllte ihn mit Angst, ebenso wie die Aussicht auf das, was er zu Hause vorfinden könnte. Die Angst setzte sich in seinen Eingeweiden fest, und er dachte wieder an die Kneipe und daran, dass er am liebsten anhalten und den sauren Geschmack aus seinem Magen spülen würde. Doch er würde es nicht tun. Er würde nach Hause fahren.

Die Fahrt zurück nach Walterboro verlief in wesentlich gedämpfterer Stimmung als die Hinfahrt. Pru saß schweigend auf dem Beifahrersitz und starrte mit einem beinahe sehnsüchtigen Lächeln auf den langsam dunkler werdenden Himmel vor ihr – einem Lächeln, das auf ein Gefühl großer Zufriedenheit oder noch größerer Losgelöstheit schließen ließ.

Einige Male überlegte Burden, ob er seine Hand auf ihre legen sollte, die auf dem Sitz zwischen ihnen ruhte, doch die Gewissheit, wie wenig Trost ihr diese Geste bieten würde, ließ den Impuls augenblicklich wieder verfliegen. Ihm fiel wieder ein, was sie zuvor zu ihm gesagt hatte – dass sie sein Mitleid nicht ertragen könne. Und da dies der einzige Grund für seine Berührung gewesen wäre, ließ er es lieber bleiben.

Ein Blitz zuckte in der Ferne, und kurz darauf grollte ein Donner über ihnen, dann öffnete der Himmel seine Schleusen.

»Ich hab den Regen schon immer gemocht«, sagte Pru und tauchte aus ihrer Versunkenheit auf. »Meine Großmutter hat sich immer unter dem Bett versteckt, wenn ein Sturm aufzog. Aber ich wollte am liebsten nach draußen laufen. Es gibt nichts Erfrischenderes als die plötzliche Kühle, die immer unmittelbar vor einem Gewitter einsetzt. Absolut nichts. Und danach, sobald der Sturm vorbei ist, liegt ein süßlicher Geruch in der Luft, der mir immer ein so friedliches Gefühl gibt.«

Burden sah wieder auf Prus Hand hinunter und bemerkte, dass sie die Finger abwechselnd krümmte und wieder entspannte. Krümmte und entspannte. Er überlegte abermals, ob er sie berühren sollte, unterließ es aber. Dann, mit einer Zartheit, die so gar nicht zu Pru passen wollte, legte sie ihre Hand auf seinen Schenkel. Ihre Berührung hatte nichts Erotisches an sich, stattdessen lag ihre Hand einfach auf seinem Bein wie ein müde gewordener Spatz, der beschlossen hatte, eine kleine Rast einzulegen, um neue Kraft zu schöpfen.

»Meine Großmutter hatte eben so ihre Launen«, fuhr Pru fort und lachte wissend, »aber meine Mutter hatte immer Verständnis dafür. Sie war wie ich, ein Freigeist. Man konnte sie nicht einsperren. Wo sind wir eigentlich?«

»Ein Stück nördlich von Jacksonboro. Wieso?«

»Ich muss auf die Toilette. Würde es dir etwas ausmachen, am nächsten Laden anzuhalten?«

Pru nahm ihre Hand von seinem Schenkel, öffnete ihre Handtasche und zog ihren Lippenstift und ein Papiertaschentuch heraus.

Der Regen ließ ein wenig nach und ging in ein stetes Nieseln über.

»Da«, sagte Pru und deutete auf einen kleinen Lebensmittelladen. »Der da ist doch prima.«

Burden lenkte den Lieferwagen auf den Parkplatz. Die Fassade des Ladens bot einen reichlich traurigen Anblick: Der geringe Rest Farbe, der noch nicht von der Betonfassade abgeblättert war, war verblichen, und die beiden Fensterscheiben waren von einer dicken Schmutzkruste überzogen, sodass man kaum mehr hindurchsehen konnte. Der Name des Ladens, der ursprünglich einmal in großen Holzbuchstaben an den Wänden geprangt hatte, war nur noch anhand der weniger ausgeblichenen Umrisse auf den Schindeln zu erahnen.

»Es dauert nur eine Minute«, versicherte Pru und drückte

einen Kuss auf Burdens Wange, ehe sie aus dem Lieferwagen stieg.

Burden beobachtete, wie Pru den Laden betrat, jemanden nach dem Waschraum fragte und sich dann umdrehte und den Gang hinunterging. Als sie verschwunden war, ließ er sich in den Sitz sinken und wollte gerade erschöpft die Augen schließen, als er bemerkte, dass die Scheibe zu beschlagen begann. Er griff hinter den Sitz und fischte ein kleines Handtuch heraus, mit dem er sich normalerweise während seiner Liefertouren den Schweiß vom Gesicht wischte. Er begann die Scheibe zu reinigen und warf das Handtuch anschließend auf den Beifahrersitz, wo es halb auf Prus Handtasche landete.

Burden ließ sich wieder zurücksinken und beschloss, den Augenblick der Ruhe zu genießen, bis Pru wieder zurückkam. Doch gerade als er die Augen geschlossen hatte, hörte er jemanden gegen das Seitenfenster schlagen und fuhr erschrocken zusammen. Er wandte den Kopf und spähte ärgerlich aus dem Fenster. Durch die dünne Nebelschicht auf der Scheibe konnte er gerade noch die hässlichen, leicht verquollenen Züge von Eugene Boaz ausmachen. Seine Hände und Arme fühlten sich plötzlich vor Kälte taub an.

Eugene schlug ein zweites Mal mit den Fingerknöcheln gegen die Scheibe, und Burden fühlte sich gezwungen, diese einzige Barrikade herunterzulassen, die ihn von Eugene trennte. Er kurbelte das Fenster herunter, sodass er sich Auge in Auge mit ihm befand.

»Ich hab mir schon gedacht, dass du es bist, Junge«, meinte Eugene, in dessen Atem ein schaler Gestank nach Knoblauch und Bier lag. »Eugene, das sieht doch verdammt nach Burdens Lieferwagen aus, der da vor Henleys Lebensmittelmarkt steht, hab ich mir gesagt.« Er stieß ein heiseres Lachen aus, das das Führerhaus mit einem widerlichen Gestank nach Fett erfüllte. »Und ich hatte Recht, verdammt noch eins.«

Burden lächelte vage, während sein Blick in Richtung Laden und wieder zurück zu Eugene schoss.

»Also, was ist hier los? Bist du mit jemandem hier? Wartest du auf jemanden?« Eugenes Lächeln verflog, und unbehagliches Schweigen breitete sich aus.

»Warten? Nein.«, antwortete Burden nach einigen bangen Sekunden und schüttelte den Kopf.

Eugene beugte sich nach unten und spuckte zwischen seine Füße. Ein Speicheltröpfchen spritzte auf den Türrahmen, während ein kleiner Rest an Eugenes Unterlippe haften blieb. Er machte keinerlei Anstalten, den schaumigen Fleck abzuwischen. »Ehrlich? Das ist aber komisch, weil ich nämlich die letzten paar Minuten beobachtet habe, wie du hier gesessen hast.«

»Ich fühle mich nicht besonders. Ein bisschen schwummerig, das ist alles. Deshalb habe ich angehalten und wollte ein paar Minuten einfach nur dasitzen und warten, bis der Spuk vorbei ist.«

Eugene nickte. Er sah an dem Lieferwagen hinunter und richtete dann den Blick wieder auf Burden. Einige Sekunden lang bewegten sich seine Lippen in einem lautlosen Dialog. »Wohin fährst du?«, wollte er schließlich wissen.

Burden hatte einige Mühe, Eugenes Blick standzuhalten. Doch obwohl er innerlich bebte, starrte er ihm in die Augen. »Das geht Sie zwar nichts an«, sagte er, »aber ich treffe mich mit einem Kumpel oben in Monck's Corner.« Burden nahm seine Hand vom Steuer und legte sie auf den Sitz. Er spürte das Material des Baumwollhandtuchs unter seinen Fingern. Schlagartig fiel ihm Prus Handtasche wieder ein. Eugenes Blick schoss ein Stück nach rechts, schweifte durch das Innere des Lieferwagens und richtete sich wieder auf Burden. Hatte er die Handtasche gesehen? Wie war es möglich, dass er und Eugene einander ständig in halb verfänglichen Situationen über den Weg liefen und dass ihm trotzdem jedes Mal der Mut fehlte, die tödliche Bestie in Eugenes breiter Brust aus der Reserve zu locken? Er wagte es nicht, das Handtuch zu berühren. Möglicherweise hatte Eugene ja nichts gesehen, und Burden hatte nicht die Absicht, seine Aufmerksamkeit auf dieses Beweisstück zu lenken. Falls Eugene Prus Handtasche entdeckte und damit ihre Untreue entlarvte, würde er ihn höchstwahrscheinlich nicht umbringen, sondern ihm lediglich Wunden zufügen, die zwar schmerzen, aber letztendlich doch heilen würden.

»Ich finde, du siehst wirklich ein bisschen blass aus, Junge. Bist du sicher, dass du das alles auf die Reihe kriegst?«

»Es geht schon«, versicherte Burden mit einem Blick auf die schmierigen Ladenfenster, hinter denen er Prus Kopf erkennen konnte. Sie sah ihn über Regale mit Brotlaiben hinweg an. »Ehrlich gesagt«, wandte er sich wieder an Eugene, »fühle ich mich jetzt schon viel besser.« Er drehte den Schlüssel im Zündschloss und schaltete den Motor an. »Ich denke, ich fahre jetzt los.«

Eugene rührte sich nicht vom Fleck, sondern stand immer noch mit auf dem Fensterrahmen gekreuzten Armen da und starrte Burden ins Gesicht. Seine Nasenflügel bebten, als leisteten sie Schwerstarbeit und versuchten einen verräterischen Geruch aus dem Wageninneren aufzufangen. Mit einem Mal rötete sich sein Gesicht, und Burden beobachtete, wie Schweißperlen auf seine Oberlippe traten, als müsste er selbst gegen eine plötzliche Übelkeit ankämpfen. Nach ein paar Augenblicken wich der Ausdruck fieberhafter Anspannung einem Lächeln. Er schob die Hände in die hinteren Taschen seiner Hose.

»Tja, ich schätze, ich mach mich dann auch mal wieder auf den Weg. Ich muss nach Hause.«

Burden nickte stumm. »Ich dachte, Sie kommen heute nicht mehr nach Hause«, hätte er um ein Haar gesagt, doch er konnte sich gerade noch zurückhalten. »'n Abend«, presste er schließlich hervor und fuhr vom Parkplatz, wobei er Eugene über den Seiten- und Rückspiegel ständig im Auge behielt. Eugene stand reglos auf dem Parkplatz und starrte abwechselnd in Richtung Laden und auf den Boden vor seinen Füßen. An der ersten Abzweigung auf dem Highway 17 drehte Burden um, blieb stehen und ging zu Fuß ein Stück auf der Straße entlang bis zu einer Stelle, von wo aus er den Laden sehen konnte.

Eugene stand noch immer da, eine einsame Gestalt, die Hände in den Hosentaschen vergraben, den Blick fest auf seine Stiefelspitzen gerichtet. Plötzlich wirbelte er zornig herum und ging zu seinem Lastwagen zurück, ließ den Motor aufheulen und schoss in Richtung Walterboro davon.

Burden hastete zu seinem Lieferwagen und fuhr zum Laden zurück. Als er ankam, trat Pru ins Freie – die Augen weit aufgerissen und den Mund zu einem schmerzverzerrten, gequälten Lächeln verzogen.

»O mein Gott«, wiederholte sie, »o mein Gott, das war aber knapp.«

Burden kam um den Lieferwagen herum, öffnete Pru die Tür, nahm ihre zitternde Hand und half ihr beim Einsteigen.

»Du glaubst doch nicht, dass er uns nachgefahren ist, oder?«, fragte sie, als er im Wagen saß. »Er hat uns doch nicht gesehen, oder?«

Burden war sich nicht sicher, was er denken sollte, doch er wusste genau, was er nicht sagen durfte. »Er hat nichts gesehen.«

»Wie kannst du dir da so sicher sein?«

»Das hätte ich an seinen Augen erkannt. Vertrau mir, er weiß es nicht.« Doch Burden war bei weitem nicht so überzeugt davon, wie er zu sein vorgab.

Prus Hand glitt von ihrem Schenkel auf den Sitz und berührte ihre halb verdeckte Handtasche. »O Gott«, stieß sie hervor. »Ich habe ihn überredet, mir diese Handtasche zum Geburtstag zu schenken. Er *muss* es wissen. Was, wenn er uns in Charleston gesehen hat? Was ist, wenn er uns den ganzen Nachmittag gefolgt ist? Scheiße, ich hätte nie geglaubt, dass er so ein … so ein verdammter Schnüffler ist.«

»Wohin sollen wir jetzt fahren?«, fragte Burden, als sie wieder auf dem Weg nach Walterboro waren.

Pru wandte sich um und starrte ihn schweigend an.

»Wohin sollen wir fahren?«, wiederholte er. »Wir können ja wohl nicht einfach nach Hause fahren. Eugene wartet dort auf dich.«

Prus Mienenspiel verriet deutlich, wie klar ihr war, dass ihr eine wesentlich schlimmere Szene bevorstand als die, die sie gerade erlebt hatte. Sie schob sich die Spitze ihres Daumens in den Mund und kaute nachdenklich darauf herum, während sie fieberhaft sämtliche Szenarien, Möglichkeiten und Alternativen erwog. Burden drosselte das Tempo und fuhr ein wenig vorsichtiger, während er darauf wartete, dass Pru eine Lösung für ihre Lage einfiel. Schließlich nahm sie den Daumen aus dem Mund und wandte sich Burden zu. Ihre Miene war inzwischen nicht mehr ganz so hoffnungslos.

»Bring mich zu Jewel. Sie wird mich decken. Und ich werd sie bitten, mich dann nach Hause zu fahren.«

»Und was ist mit Eugene? Was willst du ihm erzählen?«

»Die Wahrheit. Dass ich mit Jewel einkaufen war.« Pru entspannte sich ein wenig, während beinahe so etwas wie ein Leuchten in ihre Augen trat. »Wahrheit« war ein herrlich dehnbarer Begriff, der so viele Aspekte und Auslegungen umfassen konnte. Selbst das kleinste Körnchen Wahrheit in einem Netz aus Lügen konnte dafür sorgen, dass am Ende eine einzige große und strahlende Wahrheit stand. »Ich glaube sogar, ich gehe wirklich einkaufen. Verdammt, ich habe trotz allem noch genug Zeit dafür. Das wird Eugene überzeugen. Wir gehen einkaufen, und ich kaufe mir etwas Nettes und Teures … na ja, nicht zu teuer, vielleicht etwas im Sonderverkauf. Ein Kleid. Ja, etwas, wodurch ich mich besser fühle, weil er ja so verdammt oft weg ist und mich so schrecklich vernachlässigt.« Bei dieser Vorstellung brach sie in fröhliches Lachen aus, das ihren schmalen Körper erbeben ließ. Burden musterte sie besorgt, als ihr Gelächter in hysterisches Gekicher umschlug.

»Alles in Ordnung mit dir?«

Pru zitterte – nicht vor Angst, sondern aus purer Erleichterung darüber, sich von der erdrückenden Last der Furcht befreit zu haben. Nach einem Augenblick erstarb ihr Gelächter. »Ich glaube, ich weiß jetzt«, fing sie an, als sie sich langsam wieder unter Kontrolle hatte, »ich glaube, ich weiß jetzt, weshalb dich das Ganze so anmacht.«

Burden warf ihr einen fragenden Blick zu.

»Erwischt zu werden – oder sollte ich lieber sagen, die *Gefahr*, erwischt zu werden. O Gott, ich bin so aufgeregt, dass ich fast nicht stillsitzen kann. Dass ich am liebsten aussteigen und wie eine Verrückte durch den Wald laufen würde.« Sie knetete ihre Hände auf ihren Oberschenkeln, als wringe sie ein Stück Stoff aus. »Halt an«, sagte sie, als sie auf eine Tankstelle zufuhren. Einen Augenblick lang fürchtete Burden, sie könnte tatsächlich aussteigen und in den Wald stürzen. Und er hatte nicht die geringste Lust, sie wieder einzufangen. Doch in diesem Augenblick sagte sie: »Ich will nur Jewel anrufen, ob sie auch wirklich zu Hause ist.«

ZEHN

Ich werde es tun, dachte Burden. *Großer Gott, ich werde es tatsächlich tun*. Er sah zu Peedie hinüber. Ein Wagen fuhr an ihnen vorbei – erst der zweite auf dieser ansonsten verlassenen Straße –, und als seine Scheinwerfer das Wageninnere für einen

Augenblick in gleißendes Licht tauchten, sahen die Jungen einander in stummem Verständnis an. Peedie stieß Burden mit dem Knie an und nickte ihm aufmunternd zu.

Hinter Peedie war Whalie zu sehen – sein wächsernes Gesicht, ohnmächtig, mit erschlafften, feuchten, halb geöffneten Lippen, den Kopf gegen das zerschlissene, ausgebleichte Vinylpolster gelehnt. Whalie schnarchte laut, und einen Augenblick lang sah es aus, als würde er zu sich kommen. Mühsam versuchte er die Augen aufzuschlagen, zwei Schlitze, die grau und glasig schimmerten. Doch sein Wachzustand hielt nicht allzu lange an, und schon bald war er wieder in seiner Traumwelt versunken.

Burden sah auf seine Handflächen hinunter, die wie Kohlestücke im roten Schein der sich rasch entfernenden Rücklichter glühten. Er erwiderte das Nicken seines Cousins, ehe er nach dem Coors griff und den Rest bedächtig austrank. Ihm war ein wenig schwindlig, so als schwebte er über den Dingen. Das Geräusch der Kugel, die an seinem Gesicht vorbeizischte, flammte in seiner Erinnerung auf, ebenso wie die Empfindungen, die der Vorfall in ihm ausgelöst hatte. Dieser eigentümliche Drang ließ sich nicht leugnen. Er hatte das Gefühl, seinem Wunsch nachgeben zu müssen – dass es sogar rechtens war, wenn er dem Impuls nachgab. Mit einem Mal hatte er den Eindruck, ungestraft jedes Verbrechen begehen zu können. Er stellte die Bierdose auf den Boden und duckte sich leicht.

Peedie holte hörbar Luft. Wartete.

Ein paar Sekunden lang war es, als stünde die Zeit still, als sei die Welt erstarrt, als würde Burden bis zum Ende aller Tage in dieser geduckten Haltung ausharren. Dann schossen seine Hände nach vorn, als würden sie von unsichtbaren Gummibändern gezogen, und schnellten ebenso schnell wieder zurück. Seine Hände glitten durch die Luft zum Vordersitz, streiften eine Strähne von Sulahs Haar auf ihrer nackten Schulter.

Blitzschnell legten sich die Hände auf ihre Brüste, berührten die zahllosen kleinen aufgeworfenen Hügel des Stoffes ihres Schlauch-Tops, bis sie die plötzliche Eiseskälte ihrer Brüste spürten. Trotz des Anflugs von Angst wollte Burden seine Finger in das Fett, das Fleisch, das kühle, weiche Gewebe vergraben und sie schnell wieder zurückziehen. Zumindest hatte er es so vorgehabt. Aber wieso klammerten sie sich dann immer noch an Sulahs Brüste? Wieso wollten oder konnten sie nicht von ihrer Beute ablassen? Lag es an dem wilden Schrei, der in seinen Ohren widerhallte und der seine Hände erstarren ließ? Er hörte seine entschuldigenden Worte – *Tut mir Leid* – ein leises Murmeln, das mit dem Schrei verschmolz. Er räusperte sich und sagte es noch einmal, doch es war zwecklos. Auch noch so viele Worte konnten seine Hände nicht lösen, die plötzlich wie gelähmt waren.

Peedie beobachtete das Szenario mit offenem Mund. Er wusste, dass er gleich loslachen würde, und spürte bereits, wie es in seinem Magen zu blubbern begann, doch er war viel zu gebannt von dem Schauspiel, das er mit ungläubigem Staunen beobachtete.

Unvermittelt schoss der Monte Carlo nach rechts, kam von der Straße ab und holperte über den Straßenrand, sodass die Insassen auf den Sitzen herumgeworfen wurden. Doch auch das wilde Rütteln und Schütteln konnte den eisernen Griff von Burdens Händen nicht lösen. Er hielt Sulahs Brüste fest umklammert, spürte das kalte, gelatineartige Gewebe in seinen Handflächen, als der Wagen weiterholperte.

»Verdammt noch mal, Sulah«, schrie Ricky, der weder eine Ahnung hatte, weshalb sie ihm ihren Ellbogen mit solcher Wucht in die Seite gerammt hatte, noch, weshalb sie wie eine Verrückte in sein Ohr brüllte.

»Was zum Teufel ...«, begann Sutton und sah auf Sulahs Brüste unter den Händen hinunter.

In diesem Augenblick spürte Burden den ersten Schmerz. Sulah, die den Schock über den Angriff überwunden hatte, grub ihre Fingernägel in Burdens Finger. Sie riss sie von ihren Brüsten, presste sie zusammen wie in einem Schraubstock und bog sie so abrupt nach hinten, dass Burden unwillkürlich auf dem Sitz hochfuhr.

»Scheiße!«, stieß er hervor.

Sulah schlug seine Hände weg. *So schlimm war's doch gar nicht. Und es war die Sache wert*, dachte Burden in den darauf folgenden Sekunden relativer Stille mit einem Anflug von Stolz. Doch im nächsten Augenblick erhob sich wie aus weiter Ferne eine düstere Gestalt über Burden, baute sich vor ihm auf und erwachte wutschnaubend zum Leben. Sutton quetschte sich zwischen den Vordersitzen hindurch und starrte finster auf Burden hinunter. »Was zum Teufel ...«, bellte er abermals, ehe seine fleischige Faust aus der geringen Höhe des Wageninneren auf Burdens Wange krachte. Burden spürte, wie die Fingerknöchel auf den Wangenknochen auftrafen und das Innere seiner Wange aufplatzte, als sie gegen seine Zähne prallte. Es fühlte sich an, als hätte jemand versucht, einen Felsbrocken zwischen Haut und Knochen zu quetschen. Er hob die Hände und spürte einen schmerzhaften Schlag an seinem Handgelenk, dann schoss ein stechender Schmerz, weiß und kalt, durch seine Handfläche und bis hinauf in seinen Ellbogen.

Und dann folgte ein regelrechter Hagel von Faustschlägen, als Sutton seinen Rhythmus fand. Peedie begann, die Hände wegzuschlagen, die auf Burden eindroschen.

»Du mieses Stück Scheiße«, stieß Sutton hervor, während er Peedie mit dem Handrücken ins Gesicht schlug.

»Ich kümmere mich um ihn!«, unterbrach Sulah, drosch auf Peedies Kopf ein und beugte sich knuffend und schlagend über den Beifahrersitz, wobei ihre üppigen Brüste unter dem Stoff ihres Schlauchtops hin- und herwabbelten.

Whalie tauchte aus den Tiefen eines Traums auf und fragte sich, ob diese Szene in Wagen möglicherweise nur eine Fortsetzung seines Traums war. »Was ist denn …«, fing er mit schleppender Stimme an, während sich sein Verstand durch das Dickicht des Alkohols kämpfte. »Was ist denn los …« Doch die mühsamen Worte wurden durch einen Schlag gegen die Stirn abgebrochen.

»Das ist dafür, dass du sein Cousin bist«, zeterte Sulah.

Whalie starrte Sulah einige Augenblicke verträumt an, bewegte mit verletzter Miene lautlos die Lippen. Dann ließ er sich gegen das Fenster sinken und schlief wieder ein.

Erneut prasselten Schläge auf Burden ein. Er spürte, wie das Fleisch um seine Augen herum anzuschwellen begann, und nahm den Kupfergeschmack von Blut im Mund wahr. »Okay, okay!«, wimmerte er.

»Du hältst das wohl für mächtig spaßig, wie, kleiner Witzbold«, bellte Sutton und stieß bei jeder Silbe eine Bierwolke aus. »Du glaubst, das war witzig?« Ein weiterer Schlag traf sein geschundenes Gesicht. »Wieso lachst du dann nicht, Witzbold?«

»Es tut mir Leid«, flennte Burden mit zitternder Stimme. Er war den Tränen nahe. »Es tut mir Leid. Okay?«

»Es wird dir auch noch Leid tun, du mieses Stück Scheiße, verstanden?« Sutton drehte sich zu Ricky um. »Bleib stehen!«, schrie er. »Halt verdammt noch mal diese Scheißkiste an!«

Als der Wagen zum Stehen kann, trat Sutton die Tür auf und sprang heraus. Er griff auf den Rücksitz und zerrte Burden durch den schmalen Spalt zwischen dem Vordersitz und der Tür und schleuderte ihn brutal zu Boden. Burden sprang auf die Füße und versuchte zu flüchten, doch Sutton packte ihn mit einem einzigen Handgriff und riss ihn zurück.

»Wohin willst du denn?«, höhnte er und drückte sein Gesicht an Burdens.

Peedie schob sich umständlich durch die Tür, sprang auf Suttons Rücken und versuchte, seine Arme um dessen Hals zu schlingen. Doch Sutton, ein wahrer Riese neben den beiden Vierzehnjährigen, schüttelte ihn mühelos ab.

Schließlich stieg Sulah aus dem Wagen. »Prügel ihm die Seele aus dem Leib, Sutton. Schlag ihn, bis er nach seiner Mama schreit.«

Sutton sah Sulah einen Augenblick mit zusammengekniffenen Augen an und deutete auf ihr Schlauch-Top. »Deine Titten hängen raus.«

Sulah senkte den Kopf und sah die von purpurfarbenen Venen durchzogenen Fettpolster, die schlaff und fahl über den Rand ihres Tops hingen, das während des Gerangels verrutscht war.

Peedie, der am Boden lag, deutete mit dem Finger auf sie und fing an zu lachen, als habe er den Verstand verloren. Sulah zog den Stoff über ihre Brüste und versetzte Peedie einen Tritt gegen das Schienbein. »Und du hältst die Klappe«, herrschte sie ihn an und trat ein zweites Mal nach ihm.

»Was ist denn los? Wieso haben wir angehalten?« Whalie streckte den Kopf aus der Tür. Er sah aus wie der leibhaftige Tod.

»Prügelst du ihm jetzt die Seele aus dem Leib oder was?«, drängte Sulah, die neben Sutton getreten war.

Sutton umfasste Burdens Kragen noch ein wenig fester und drehte ihn um, sodass er Burden beinahe strangulierte. »Keine Ahnung«, meinte er schließlich.

»Sutton«, sagte Ricky, der noch immer hinter dem Steuer saß, »Sutton, es sind doch nur Kids, du würdest sie umbringen.«

»Da hast du verdammt noch mal Recht«, bestätigte Sulah, »bring die beiden doch gleich um.«

»Sutton …«, wiederholte Ricky.

Sutton wandte sich Ricky zu, der ihn mit sorgenvoller Miene ansah. Dann drehte er sich wieder zu Burden um. Einen Augenblick lang schienen ihm ausgesprochen finstere Gedanken durch den Kopf zu gehen, doch mit einem Mal lächelte er und schüttelte den Kopf. »Nö«, sagte er. »Ricky hat Recht. Sie sind noch zu klein, um sie zu verprügeln.« Er ließ von Burden ab, sodass er zu Boden fiel und mit schmerzverzerrtem Gesicht liegen blieb.

»Was ist denn los?«, wollte Whalie wieder wissen. Es schienen die einzigen Worte zu sein, die ihm in seinem Zustand einfielen.

»Deine Cousins sind 'n paar echte kleine Scheißkerle«, sagte Sulah, und drehte sich zu Sutton um. »Also, was machen wir jetzt mit ihnen?«

Sutton starrte auf Burden hinunter, der mit hochroten Wangen keuchend vor ihm kauerte. »Ach … Scheiße, ich schätze, ich hab ihm genug Prügel für einen Abend verpasst.«

Sulah blies die Wangen auf, während ihr Gesicht vor Wut rot anlief. »Du lässt sie einfach so laufen?«

Burden sah zu dem Riesen auf. Sein Sehvermögen war zwar eingeschränkt, trotzdem glaubte er einen Funken Mitgefühl in Suttons Augen aufflackern zu sehen. Doch dann erstarb der Funke, und es schien, als würde er ihm tatsächlich die Seele aus dem Leib prügeln wollen, wie Sulah es sich erhofft hatte. In der Gewissheit, keinen weiteren Angriff mehr abwehren zu können, biss er die Zähne zusammen und wappnete sich innerlich.

Doch nach einer Weile, die ihm wie eine Ewigkeit erschien, sagte Sutton: »Ich schlag ihn doch nicht mehr.« Es lag beinahe so etwas wie Reue in seiner Stimme, als wäre er ein Kind, das seinen Hund zu heftig verprügelt hat und den gequälten Ausdruck in dessen Augen mit einem Mal nicht mehr ertragen kann.

Sulah packte Sutton am Arm und riss ihn herum. »Was machst du dann?«

Sutton sah zweifelnd in Rickys Richtung. »Was meinst du?«

Ricky zuckte mit den Schultern. »Die zwei haben ihre Lektion gelernt. Steck sie auf den Rücksitz und sag ihnen, sie sollen ruhig sein – und ihre Hände bei sich behalten –, und dann lasst uns endlich nach Hause fahren.«

»Was?«, schrie Sulah, deren Nerven bis zum Zerreißen gespannt zu sein schienen. »Du kannst doch die beiden Schwachköpfe nicht einfach wieder in den Wagen steigen lassen.«

»Sulah –«, begann Sutton.

»Nein. Nein, Sutton. Ich fahre nicht im selben Auto wie die da. Das mach ich nicht. Kommt nicht in Frage.«

»Verdammt, dann steck sie in den Kofferraum«, warf Ricky ein.

Sutton kratzte sich am Hals, während eine leichte Brise die Regentropfen aus den Bäumen herunter und über seine Haut rieseln ließ. »Woher seid ihr zwei noch mal?«

»Sie sind aus Walterboro«, erklärte Whalie in einem Moment kurzfristiger Klarheit. Burden drehte gerade noch rechtzeitig den Kopf, um beobachten zu können, wie sein Cousin zwischen dem Fahrersitz und der Tür in sich zusammensank.

Sutton rieb sich wieder das Genick. »Tja«, meinte er schließlich ohne auch nur eine Spur Boshaftigkeit in der Stimme, »das ist ja nicht allzu weit weg, schätze ich. Walterboro. Lassen wir sie doch einfach hier, dann können sie zu Fuß nach Hause gehen.«

»Das sind aber zwanzig Meilen«, warf Ricky ein.

»Sie haben Glück, dass es nicht mehr sind«, konterte Sulah. »Sie haben Glück, dass wir nicht im beschissenen Ägypten sind und sie auf ihren verdammten Händen und Knien durch ein Gewitter zurückkriechen müssen.«

»Ein Gewitter? In Ägypten?«, wandte Ricky ein.

»Halt einfach die Schnauze.«

Sutton sah auf Burden hinunter. »Einverstanden?«

»Wieso fragst du sie das auch noch?«, protestierte Sulah.

Sutton brachte sie mit einem scharfen Blick zum Schweigen und wandte sich wieder an Burden. »Einverstanden?«

Was soll ich darauf sagen?, fragte sich Burden. *Danke, aber könntest du mich nicht lieber stattdessen noch ein bisschen mehr verprügeln?* Er nickte.

Sutton drehte sich zu Peedie um. »Bist du auch einverstanden?«

Peedie starrte Sutton an. Seine Augen sprühten vor Zorn.

»Und?« Sutton stieß Peedie mit dem Fuß an.

»Ja«, erwiderte Peedie schließlich mit ausdrucksloser Stimme.

Sutton sah auf die Straße, über die sie hergekommen waren. »Die Kirche ist bloß eine Meile entfernt. Ihr geht am besten dorthin zurück. Ihr solltet die Nacht dort verbringen … und euch morgen auf den Heimweg machen.«

»Und die Nacht in der Hölle verbringen, wenn's nach mir geht«, murmelte Sulah.

»Das reicht jetzt, Sulah. Die Jungs haben ihre Lektion gelernt, und wenn nicht, dann tun sie's bald. Komm schon, lass uns nach Hause fahren.«

»Warte«, rief Burden in einem Anfall von Panik. »Ihr wollt uns einfach hier zurücklassen ohne irgendwas, womit wir uns orientieren können? Habt ihr nicht wenigstens eine Taschenlampe?«

»Halt den Mund, Burden«, sagte Peedie. »Wir brauchen keine Taschenlampe. Ich kenne diese Wälder besser als irgendjemand sonst.«

Sutton lachte über Peedies Mut. »Ihr werdet das schon auf die Reihe kriegen.« Er drehte sich um, schob Whalie auf den Rücksitz zurück und wies Sulah an, wieder einzusteigen.

»Wir sollten sie nicht einfach so hier lassen«, meinte Ricky, während er sich wieder hinters Steuer setzte.

Sutton kratzte sich am Kinn und dachte über Rickys Einwand nach. »Du hast Recht«, meinte er, griff in die Kühltasche hinter sich, zog eine Flasche Corona heraus und machte sie auf. »Hier. Ihr habt's euch verdient«, sagte er und streckte Burden die Flasche entgegen. »Das ist die letzte, also werdet ihr sie euch teilen müssen. Und jetzt gute Nacht, und seht euch vor den Geistern vor, die hier draußen rumspuken, hört ihr?«

Sulah beugte sich vor. »Ihr könnt in der Hölle verrotten, ihr Schwachköpfe«, schrie sie, ehe Sutton sie mit einem Fluch zum Schweigen brachte und auf den Sitz zurückschob. Als der Wagen losfuhr, drehte er sich noch einmal zu Burden und Peedie um und hob mit einem ermutigenden Lächeln beide Daumen. »Gut' Nacht.«

Als das Motorengeräusch verklungen war und außer den Zikaden und Ochsenfröschen nur noch das leise Nieseln zu hören war, schienen es plötzlich nicht mehr nur zwanzig, sondern hundertzwanzig oder vielleicht sogar zweihundertzwanzig Meilen nach Walterboro zu sein. Es war, als befänden sie sich auf einer Insel inmitten ewig währender Dunkelheit. Die Straße war kaum unter ihren Füßen zu erkennen, und die wenigen Sterne am Himmel durchdrangen mit ihrem Licht kaum die Wolkendecke. Burden stand auf und nahm trotz des Schmerzes, der auf seinen Lippen brannte, einen Schluck von dem Bier. »Was willst du jetzt tun? Sollen wir uns auf den Heimweg machen?«

»Wenn ich das nur wüsste, verdammt noch mal.« Peedie stand ebenfalls auf, nahm Burden die Bierflasche aus der Hand und hob sie an den Mund. Dann hielt er inne und sagte: »Hier, nimm du sie lieber, das hilft gegen die Schmerzen. Sutton hat Recht. Du hast es dir verdient«, meinte er und gab ihm die Flasche zurück. Burden nahm sie entgegen, während Peedie den Blick gen Himmel richtete. »Vielleicht sollten wir tatsächlich zur Old Sheldon Church gehen. Dort können wir uns eine

Weile schlafen legen, uns bei Tagesanbruch auf den Weg machen und zurück nach Walterboro trampen.«

»Bestimmt kommt bald ein Wagen vorbei.«

»Vielleicht«, meinte Peedie. »In Nächten wie diesen gibt es eine ganze Menge Irre, die durch die Gegend fahren, von den dreien mal ganz abgesehen, die uns gerade hier gelassen haben. Ich schätze, es ist sicherer, wenn wir bei der Kirche bleiben. Da kann uns nichts passieren.«

»Auf jeden Fall wird es ruhig dort sein, so viel steht schon mal fest.«

»Wenn wir nur diese verdammten Zikaden dazu kriegen könnten, die Klappe zu halten«, meinte Peedie und begann mit einer Leichtigkeit zu lachen, die in krassem Gegensatz zu ihrer Lage stand.

»Was ist?«

Peedie lachte weiter. Erst nach einigen Minuten hatte er sich wieder so weit unter Kontrolle, dass er etwas erwidern konnte. »Dieses Geräusch … dieses Geräusch, das Sulah gemacht hat, als du sie, du weißt schon …« Peedie unterbrach sich und gab eine ziemlich genaue Imitation von Sulahs zornigem Schnauben zum Besten. »Wie haben sie sich eigentlich angefühlt?«, wollte er wissen, nachdem er sich wieder beruhigt hatte.

Burden dachte einen Augenblick lang angestrengt nach. »Matschig«, erwiderte er nach reiflicher Überlegung.

»Matschig?«

»Ja, und kalt.«

Es war bereits nach zwei Uhr früh, als sie die Kirche erreichten. Ihre Augen hatten sich mittlerweile an die Dunkelheit gewöhnt, und von Zeit zu Zeit schob sich das Mondlicht durch eine Lücke in der Wolkendecke und tauchte das Gras, die Bäume und die Straße in verschiedene Schattierungen von Blau und Silber. Genau in einem solchen Augenblick traten die beiden Jungen auf das Gelände der Old Sheldon Church, deren Überreste hoch über ihnen aufragten und im Mondschein glühten, während die Fensteröffnungen wie blinde, leidenschaftslose Augen auf sie herunterstarrten.

Peedie schob ein Stück Moos beiseite, das sein Gesicht streifte, blieb stehen und griff nach oben, um es abzuzupfen. Während sie weitergingen, pflückte er so viel davon ab, bis er eine ganze Hand voll beisammen hatte.

Am Grab von Mary Bull blieb er stehen. »Hier schlafen wir«, meinte er und setzte sich auf den Boden.

»Kannst du jetzt etwa schlafen?«

»Klar.« Peedie drückte das Moos, das er von den Bäumen abgezupft hatte, zu einem flachen Kissen zusammen und schob es sich unter den Kopf. »Scheiße, was würde ich für ein richtiges Kissen geben … und für ein richtiges Bett.«

»Ich glaube nicht, dass ich schlafen kann«, meinte Burden und betastete vorsichtig die Schwellung über seinem Wangenknochen. Auf ihrem Marsch hierher war der Schmerz einem Gefühl der Taubheit gewichen, doch nun kehrte er zurück und pochte noch dumpfer im Rhythmus seines Herzens. Wann immer er blinzelte, schmerzte sein rechtes Auge. »Ich glaube nicht, dass ich schlafen kann.«

»Dann lass es. Du kannst ja Wache halten, aber weck mich erst auf, wenn du einen richtigen Geist siehst, verstanden?«

»Das ist nicht witzig«, gab Burden erschaudernd zurück. Er lehnte sich gegen den Grabstein, schlang die Arme um die Knie und legte sein Kinn darauf. Anfangs saß er mit weit aufgerissenen Augen da, die Sinne geschärft für jegliche Bewegung, jede Art von Geist, die durch die von Moos überzogene Dunkelheit schweifen könnte. Doch schon bald wurden seine Lider schwer, und sein Kopf sackte nach vorn. Einen Augenblick lang hatte er das Gefühl zu fallen, doch dann verebbte der pochende Schmerz in seiner Wange und auf seinen Lippen, und er sank endgültig in den Schlaf.

Burden schreckte hoch. Einen Moment lang roch er noch die feuchte, kühle Luft jener Nacht vor sieben Jahren. Und einen Augenblick lang war Peedie noch immer an seiner Seite, seine Stimme hallte in seinen Ohren und in seinem Gedächtnis wider. Doch als er aus dem feuchten Gras aufstand, war er plötzlich wieder allein und in der Gegenwart, so als habe die Bewegung den Bann gebrochen. Er fuhr sich mit der Hand über die Wange und entfernte einige Grashalme, die an seiner Haut klebten. Der Geruch nach Blättern, nach sauberer, reiner Luft und Erde umgab ihn. Der Granit von Peedies Grabstein glitzerte an den Stellen, an denen der Tau die Strahlen des Mondlichts reflektierte.

Irgendwo in der Ferne rief eine Eule. Von Zeit zu Zeit war ein Wagen auf dem Highway zu hören, dessen Reifen auf dem nassen Asphalt und durch die seichten Pfützen zischten. Eine Brise ließ die Blätter der Bäume auf dem Friedhof rascheln. Ansonsten war alles totenstill.

»Ich dachte, ich komme heute Abend endgültig zu dir«, sagte Burden, ballte die Hände zu Fäusten und rieb sich den Schlaf aus den Augen. »Fast.« Er spürte einen leichten Druck auf seinem Rückgrat, so als habe einer der Verschiedenen seinen Arm durch die Erde gesteckt und ihn mit der Eiseskälte seines knochigen Fingers berührt, doch es war nur die Erinnerung an Eugene, die ihm einen Schauder über den Rücken jagte.

Und dieser Schauder überraschte ihn, da er aus seiner Unsicherheit erwachsen war – einer Unsicherheit, die er, zumindest was seinen Tod betraf, nicht kannte. Als er auf die Idee gekommen war zu sterben, hatte er sie mit offenen Armen willkommen geheißen. Und all die darauf folgenden Jahre und Ärgernisse hatten seine Überzeugung nicht schmälern können, dass sein Ziel gerechtfertigt und sein Tod eine seiner Schuld angemessene Strafe war. Doch während der letzten Tage – vom Zeitpunkt von Jos Rückkehr bis hin zu seiner Begegnung mit Eugene – hatte er sich eher wie ein unentschlossener Abtrünniger denn wie ein Apostel gefühlt. Ein Keim des Zweifels war in den Grund seines Herzens gepflanzt worden und bewog ihn zunehmend, die Richtigkeit seines Vorhabens in Frage zu stellen. *Gibt es überhaupt noch eine Chance, jemals mit Peedie zusammen zu sein?* Ja, aber die Zeit wurde langsam knapp, der Zug würde sich schon bald in Bewegung setzen, und die Gelegenheit wäre schnell vorüber, und wenn er nicht aufsprang …

Aber will ich überhaupt aufspringen?

Als er auf dem Parkplatz gewartet und Eugene sein verquollenes Gesicht in den Lieferwagen gesteckt hatte, hatte Burden einen kleinen Schluck von der bitteren Suppe gekostet, die er sich eingebrockt hatte. Der Geschmack hatte eine Woge der Übelkeit in ihm ausgelöst, und er war sich nicht sicher, ob er die ganze Suppe würde auslöffeln können. Und genau das war sein Zweifel, das war die Frage, die auf ihm lastete. Vielleicht stimmte es ja, dass die Reise nur eine Sekunde dauerte. Trotzdem, sagte ihm eine Stimme in seinem Inneren, auch wenn es nur halb so lang dauerte, war der Weg zu schwer.

Er sah auf den Grabstein hinunter, auf jenes rechteckige Stück Erde, das Peedie fest an seine Brust drückte. *Sind wir so weit voneinander entfernt?* Aber auch diese Frage konnte er nicht mit Gewissheit beantworten. Er ließ sich wieder auf den Boden sinken und drehte sich auf den Rücken. Als er sein Ohr gegen die Erde presste, glaubte er, das Murmeln wieder mit derselben Deutlichkeit zu hören wie damals, als er noch ein Junge war. Der sanfte, stete Rhythmus lullte seinen Verstand ein und ließ seine Besorgnis schwinden. Schon bald driftete er wieder in den Schlaf und glaubte, Peedies kaum wahrnehmbare Stimme zu hören.

»Bald«, sagte Burden.

Versprochen ist versprochen, Cousin.

»Bald.«

Dann schob sich das Bild von Jo in seine Gedanken und ließ ihn zusammenzucken, während ihm bewusst wurde, dass es kein glückliches Ende geben würde. »Wenn ich gehe, verliere ich alles. Und wenn ich bleibe, bin ich auch verloren.« Dieser Gedanke begleitete ihn bis in den Schlaf.

ELF

Jo stand vor dem Waschbecken in ihrem Badezimmer und rieb an einem Fleck auf ihrer Uniform. Die Strahlen der Nachmittagssonne drangen durch das Fenster herein, fingen sich in ihrem BH und ihrem Slip und verliehen der winterweißen Farbe einen goldenen Ton des Herbstes. Das Licht fiel auch ins Schlafzimmer, wo es über den Teppich kroch, die Schubladen ihrer Kommode erklomm und auf ein Paar weißer Strümpfe fiel, die über die Kante baumelten.

Neben den Strümpfen lag der Gedichtband, den Burden ihr an jenem Tag unter der alten Rotbuche geschenkt hatte. Unmittelbar hinter der ersten Seite steckte ein Foto, das ihre Mutter von ihr und Burden gemacht hatte. Schüchtern blickten sie in die Kamera. Burdens Hand blitzte hinter Jos Schulter hervor, und ihre Hand lag auf seinem Bein, wobei sie mit Daumen und Zeigefinger die Naht seiner Hose hielt, die sich über seinem gebeugten Knie wölbte. Auf der Rückseite der Aufnahme befand sich neben dem Datum eine kurze Notiz in ihrer akkuraten Handschrift. Wieder und wieder wandte sie den Blick von dem Fleck ab und ließ ihn zur Kommode wandern. Wann immer er auf dem Buch hängen blieb, schoben sich Fragmente einzelner Zeilen in ihr Gedächtnis, die sie schon so häufig gelesen hatte.

Doch statt Freude lösten diese Erinnerungen nichts als Bestürzung in ihr aus, und sie musste sich hastig abwenden und ihre Aufmerksamkeit wieder auf den Fleck auf ihrer Uniform richten. Aber nach einer Weile wanderten ihre Augen wieder zur Kommode zurück, während die Sonne ihre letzten Strahlen ins Zimmer warf. Sie dachte an die unterstrichene Passage.

Jo hatte das Buch mit Absicht zurückgelassen, als sie aufs College gegangen war, hatte es in eine Schachtel gepackt und sie in die hinterste Ecke ihres Kleiderschranks geräumt. Danach hatte sie nicht mehr oft an dieses Buch gedacht, bis sie es schließlich, abgelenkt durch die vielen Kurse und die neue Umgebung, ganz vergessen hatte. Erst am Abend ihrer Rückkehr nach Hause, nachdem sie drei Jahre lang fort gewesen war, hatte sie sich wieder an die Zeilen erinnert.

An jenem ersten Abend hatte sie im Bett gelegen und den vertrauten Geräuschen ihrer Umgebung gelauscht, die durchs Fenster hereindrangen. So viele Kleinigkeiten waren inzwischen ganz anders und doch so gleich, vollkommen unbeeinflusst vom Zahn der Zeit und den Veränderungen zwischen Jugend und dem Erwachsensein. Mittlerweile gab es so viele andere Dinge in ihrem Leben, und sie fürchtete, sie könnte sich beengt, eingesperrt in ihrer Heimatstadt fühlen, aber andererseits vermochten drei Jahre in einer anderen Umgebung jenes Gefühl nicht auszulöschen, das sie mit ihrer Heimat verband. Genau in diesem Augenblick war ihr das Buch wieder eingefallen, das sicher in der Schachtel in ihrem Schrank lag. Sie war aufgestanden und hatte angefangen, danach zu suchen, bis sie die Schachtel gefunden und so hingestellt hatte, dass sie im Licht des Mondes hineinsehen konnte. Dann hatte sie die Staubschicht vom Deckel geblasen und ihn abgehoben. Ein von einem lavendelblauen Band zusammengehaltenes Spitzensäckchen war ihr als Erstes in die Hände gefallen. Früher einmal hatte das Säckchen nach Flieder geduftet, und sie konnte sich nach wie vor seinen Geruch in Erinnerung rufen, als es noch ganz neu gewesen war, doch als sie ihre Nase gegen den Stoff gepresst hatte, war da nur noch der Geruch nach Vernachlässigung gewesen. Sie hatte das Säckchen neben sich gelegt und sich wieder der Schachtel zugewandt. Dort, unter ihrem gerahmten Abschlusszeugnis von der Highschool, hatte das Gedichtbändchen gelegen, das Burden ihr geschenkt hatte. Sie hatte das Büchlein herausgenommen und durch die Seiten geblättert, bis sie auf die Fotografie gestoßen war, die die Stelle markierte, an der das unterstrichene Gedicht stand. Sie hatte sich die Verse mehrere Male durchgelesen, ehe sie das Buch beiseite gelegt hatte.

In diesem Augenblick war Jo bewusst geworden, dass sie zurückgekommen war, weil ein Teil von ihr immer hier geblieben war. Ein Teil war die ganze Zeit in Walterboro gewesen, sodass sie, sobald die Zeit reif dafür war, zurückkommen und das zu einem Ende bringen konnte, was noch nicht vollendet war. Dieses Buch hatte, obwohl sie in diesen drei Jahren nie bewusst daran gedacht hatte, ihren Gefühlen eine unterschwellige Kraft verliehen.

Jo hatte das Buch zugeklappt und auf ihre Kommode gelegt. Als sie an diesem Abend ins Bett zurückgekrochen war und jenen typischen Geräuschen gelauscht hatte, die sie so sehr mit Walterboro verband, hatte sie sich gefragt, ob sie diese Stadt wohl jemals endgültig würde hinter sich lassen können.

Das Gefühl, beobachtet zu werden, ließ Jo aus ihren Gedanken hochschrecken.

»Tut mir Leid«, sagte ihre Mutter, die mit vor dem Bauch gefalteten Händen im Türrahmen stand. »Ich habe vergessen, wie sehr ich es vermisst habe, dich einfach nur anzusehen.«

Jo warf ihrer Mutter ein unsicheres Lächeln zu, während sie ihre Uniform auswrang und sie über die Duschstange hängte. »Mutter«, sagte sie schließlich, nachdem sie umständlich ihre Hände gewaschen und abgetrocknet hatte.

Ihre Mutter trat ins Badezimmer und nahm ihre Hand. »Ich weiß, das ist dir peinlich«, neckte sie sie. »Aber das ist mein gutes Recht als Mutter.«

»Klar.« Jo drückte ihrer Mutter einen Kuss auf die Wange. Als sie zur Kommode ging, nach den Strümpfen griff und sie anzog, betrachtete sie abwesend das Buch.

»Warst du schon in der Stadt?«

Jo hörte die unausgesprochene zweite Frage, die dahinter lauerte. *Hast du dich schon mit Burden getroffen?*

»Ich hatte noch keine Zeit, weil ich zu beschäftigt war.«

»Ich bin neugierig, inwiefern sich die Stadt für dich verändert hat. Schließlich ist Walterboro ja nicht Charleston.«

Jo wandte sich zu ihrer Mutter um und betrachtete sie zärtlich, während sie überrascht die Unsicherheit bemerkte, die hinter der selbstsicheren Fassade ihrer Mutter lag. Vielleicht war es aber auch eine Gewissheit, die Gewissheit, dass das Leben unaufhörlich an ihr vorbeizog, die dieses unruhige Flackern in den Augen ihrer Mutter auslöste. Sie war nach Hause gekommen, aber vielleicht nur, um Walterboro bald ein letztes Mal verlassen zu können – mit einer weit deutlicheren Endgültigkeit, als der Collegebesuch es bedeutet hatte. »Du hast Recht«, sagte sie schließlich und versuchte dieselbe Zuversicht in ihre Stimme zu legen, die sie so oft bei ihrer Mutter erlebt hatte, als sie noch klein war. »Es ist mein Zuhause.«

ZWÖLF

»Burden, mein Lieber, komm doch herein«, sagte Maude und öffnete die Tür des Vorraums. Sie blieb im Türrahmen stehen, und er konnte nicht an ihr vorbeigehen, ohne sie zu streifen, als er ins Haus trat. »Du kannst die Tüten auf die Arbeitsplatte in der Küche stellen.«

Burden ging in die Küche und spürte, wie Maude ihm auf dem Fuß folgte. Als er die Tüten abgestellt hatte, drehte er sich um, sodass Maude ihn ansehen konnte.

Sie lehnte sich an die Arbeitsplatte, das Rückgrat in einer sinnlichen Biegung durchgedrückt, was den Blick automatisch auf ihre Beckenknochen lenkte, die kaum mehr als eine vage Andeutung unter dem Rohseidenrock in der Farbe von Winterweizen waren. Sie nippte vorsichtig an ihrem Eistee, schloss die Augen und ließ das Glas langsam über ihre Stirn gleiten. »Soll ich dir auch eines machen?«, fragte sie.

Burden nickte. »Wenn es keine großen Umstände bereitet.«

»Überhaupt nicht.« Maude nahm ein Glas aus dem Schrank und gab Eis aus dem Kühlfach hinein. Das Eis knisterte, als der Tee darüber floss. Mit katzenhafter Geschmeidigkeit trat sie vor Burden und hielt das Glas so dicht vor ihren Oberkörper, dass seine Hand zwangsläufig ihre Brüste berührte, als er es entgegennahm.

Dann, als wäre ihr plötzlich ein Gedanke gekommen, wirbelte Maude herum und ging ans andere Ende der Küche. Sie drehte sich zu Burden um und nippte noch einmal an ihrem Tee. »Du hast mich nicht beachtet«, sagte sie und zog die Brauen zusammen, während sich ihre Lippen jedoch zu einem verschmitzten Lächeln verzogen.

Burden nahm einen Schluck von seinem Tee.

»Siehst du?«, fuhr sie fort. »Ich sage dir, dass du mich nicht beachtest, und du trinkst einfach weiter deinen Tee.«

»Was soll ich denn deiner Meinung nach tun?«

Maude stellte ihr Glas ab. »Ich will, dass du herkommst, zu mir, und ich will, dass du aufhörst, mich zu ignorieren, und mir stattdessen das Gefühl gibst, etwas ganz Besonderes zu sein. Komm. Komm her.« Maude streckte die Hand aus.

Umständlich deutete Burden auf sein Glas, stellte es beiseite und wischte sich den Mund ab.

»Komm.« Maude bedeutete Burden, näher zu kommen. Als er vor ihr stand, legte sie die Arme um ihn und presste sich an ihn. »Hab ich dich«, sagte sie und küsste ihn leidenschaftlich. »Ich habe eine Überraschung für dich«, sagte sie schließlich, als sie von ihm abließ.

»Eine Überraschung? Was für eine Überraschung?«

Maude legte einen Finger an die Lippen. »Pst«, flüsterte sie, nahm Burdens Hand und zog ihn aus der Küche durch die Diele und die Treppe hinauf ins Schlafzimmer.

Auf der Suche nach irgendetwas Ungewöhnlichem ließ Burden seinen Blick durch den Raum schweifen. Auf dem Tisch neben dem Bett war ein kleines Handtuch über einen etwa fünfzehn Zentimeter hohen Gegenstand gebreitet, sodass das Handtuch wie ein Miniaturzirkuszelt aussah.

»Was ist da drunter?«, fragte Burden.

»Ach, mach dir darüber keine Gedanken«, erwiderte Maude, während sie sein Hemd aufknöpfte. Sie zog ihn aufs Bett und küsste ihn auf die Stirn. »Hab Geduld. Ich habe etwas ganz Besonderes geplant.« Maude zog ihm das Hemd aus und fuhr mit den Händen über seine Schultern und seinen Rücken, sodass ihre Brüste beinahe sein Gesicht streiften. Der Duft von Magnolienknospen stieg ihm in die Nase. »Du bist ganz angespannt. Ich spüre es an deinen Muskeln.«

»Ich frage mich nur, was unter diesem Handtuch ist.«

Maude lachte geziert. »Es ist nichts, wovor du dich fürchten müsstest, Burden. Würde ich jemals etwas tun, das dir schadet?« Sie lehnte sich zurück und umfasste sein Gesicht mit den Händen. »Traust du mir etwa nicht?«

Burden zwang sich zu einem Lächeln.

»Sagen wir einfach, ich habe ein wenig recherchiert.«

Das Lächeln auf seinem Gesicht erstarb.

Maude erhob sich und stellte sich vor Burden. Sie griff unter ihren Rock und zog ihr Höschen herunter. Dann schob sie ihn aufs Bett und setzte sich rittlings auf ihn. »Es ist schon so lange her«, klagte sie leise in sein Ohr. »Und ich weiß, wie hart es für dich ist, wenn wir eine Zeit lang nicht zusammen waren.«

Burden runzelte verständnisvoll die Stirn, denn obwohl er seine Zunge geschickt einzusetzen wusste, war ihr Liebesakt häufig mit einem gewissen Mangel an Ausgiebigkeit verbunden, der Maude gelegentlich unbefriedigt zurückließ (einmal hatte er sie sogar dabei ertappt, wie sie auf den Wecker gesehen und sein Durchhaltevermögen geprüft hatte).

Burden studierte die Umrisse des Gegenstands unter dem Handtuch, während er seine Zunge über ihren Hals gleiten ließ.

Maude fuhr mit ihrer Hand über Burdens Lenden und kitzelte mit den Fingerspitzen seinen Bauch, hörte jedoch sofort wieder auf, als sie bemerkte, dass er sich ihrer Berührung entzog. »Ich hab etwas, von dem ich glaube, dass es dir vielleicht dabei helfen könnte« – sie hielt verschämt inne –, »länger durchzuhalten.« Maude vergrub ihr Gesicht an seinem Hals, als wollte sie damit die unvermeidliche Verletzung mildern, die sie ihm mit ihrem Vorschlag zufügte.

»Was ist es denn?«, wollte Burden wissen.

Maude zögerte. »Warst du schon mal in einem dieser Läden, wo es Massageöle und Körperlotionen gibt?«

Burden zuckte mit den Schultern. »Ich hab sie schon mal gesehen.«

»Du weißt, dass sie das Gefühl der … Lust verstärken können?«

»So wie damals, als ich Babyöl auf deine Brüste gegeben und wir uns aneinander gerieben haben?« Burden musste wieder daran denken, wie lange er unter der Dusche gestanden hatte, bis es ihm gelungen war, das glitschige Gefühl loszuwerden, und wie er noch zwei Tage danach wie ein Babypo gerochen hatte. Er hoffte sehr, dass sie nicht noch mehr Babyöl gekauft hatte.

Maude lächelte schüchtern. »Das war eher die Amateurvariante. Aber jetzt habe ich etwas, das eher medizinisch ist. Etwas, das mir ein gewisser Arzt empfohlen hat, den wir beide kennen, könnte man sagen.«

Burden nahm Maudes Gesicht in beide Hände und musterte sie eingehend, um herauszufinden, welche Teufelei sie ausheckte.

Maude schob seine Hände beiseite, drückte einen kurzen Kuss auf die Handflächen und hob sie über seinen Kopf. »Mach die Augen zu.«

Wider besseres Wissen gehorchte Burden. Er spürte, wie Maude ihr Gewicht über ihm verlagerte, möglicherweise, um nach dem Gegenstand zu greifen. Dann spürte er, wie etwas neben ihn gestellt wurde.

»Nicht gucken«, warnte Maude. Vorsichtig öffnete sie Burdens Hose und zog sie ihm aus. »Ich bin zu dem Schluss gekommen, dass alles auf der Welt ein Gegenstück besitzt. Schwarz hat Weiß, Freude hat Kummer … Burden hat Hubert. Und«, schloss sie mit unfehlbarer Logik, »Lang hat Kurz.« Sie schob ihre Finger in seine Unterhose und zog sie herunter. »Wenn es Dinge gibt, die die Empfindungen eines Mannes verstärken, dann muss es doch auch Dinge geben, die das genaue Gegenteil bewirken.«

Burden stieg ein Geruch in die Nase, den er nicht genau einordnen konnte, der jedoch augenblicklich ein negatives Gefühl in ihm aufsteigen ließ. Trotz Maudes Warnung schlug er die Augen auf. Sie war gerade dabei, ein kleines Plastikröhrchen in einen großen Wattebausch zu stecken. »Was ist das?«, fragte Burden erschrocken.

»Pst«, sagte Maude. »Nichts, was dir wehtun wird.«

»Was ist das? Ich will sofort wissen, was das ist.« Burden stützte sich auf die Ellbogen. »Was hast du damit vor?«

Maude richtete den Behälter auf und ließ den Deckel zuschnappen.

Burden versuchte, sich unter ihr hervorzuschieben, doch sie presste ihn mit ihrem Gewicht auf die Matratze. »Was ist das?«

»Das ist Emla. Da hast du's. Du hast die Überraschung versaut. Bist zu jetzt zufrieden?«, maulte Maude schmollend. Doch die Tatsache, dass die Überraschung ruiniert war, hielt sie nicht davon ab, den Wattebausch ungestüm auf seinen Penis zu pressen.

Die Creme fühlte sich kalt an, sodass er vor Schreck und aus Selbsterhaltungstrieb ein Stück auf dem Bett zurückwich, wobei er Maude mit sich zog. »Hör auf!«

»Ehrlich, Burden«, fing Maude an, während sie versuchte, ein zweites Mal an ihn heranzukommen, um die Salbe auftragen zu können, »es gibt keinen Grund, sich wie ein Baby aufzuführen. Hubert nimmt es die ganze Zeit für seine Patienten, wenn er ihnen eine schmerzhafte Spritze geben muss.«

Burden schlug Maudes Hand weg. »Das interessiert mich nicht«, stieß er hitzig hervor. »Es ist mir egal, ob er es für die Ärsche sämtlicher Großmütter benutzt, ich will nicht, dass du es auf meinen Schwanz schmierst.« Burden packte Maudes Knie und schob sie ein Stück von sich, ehe er abrupt die Beine hob. Maude fiel rückwärts und rollte über das Bett. Im nächsten Augenblick hörte Burden ein dumpfes Poltern und ein Zischen, als die Luft aus ihren Lungen gepresst wurde. »Großer Gott«, schrie er, eine Hand um seinen Penis gelegt. »Ich spür ihn nicht mehr. Es ist, als würde die Hälfte davon fehlen.« Er schlug mit der Hand dagegen und schüttelte den Kopf. »Ich muss dieses Zeug runterkriegen, und zwar schnellstens. Ich sag dir was, Maude, du hast ja schon eine Menge Blödsinn angestellt, aber das war bestimmt mit Abstand das Blödeste.« Burden sah auf, konnte sie aber nirgendwo entdecken. »Maude?«

In diesem Augenblick hörte er ein Schluchzen. Burden seufzte und schüttelte wieder den Kopf. Es tat ihm aufrichtig Leid, dass er so hässlich zu ihr gewesen war. »Maude«, begann er beschwichtigend, »Maude, es ist schon okay. Ich bin nicht sauer.« Er ging um das Bett herum. Maude lag mit angezogenen Beinen auf dem Teppich. Sie hatte die Arme um sich geschlungen und hielt den Wattebausch in einer Hand. In ihren Augen glitzerten Tränen. »Maude«, wiederholte Burden sanft. »Ich bin nicht wütend, ehrlich nicht. Ich hatte nur Angst, das ist alles.«

»Ich hab doch nur versucht, dir zu helfen, ich wollte, dass es besser wird, sodass wir … wir beide …«, stammelte sie mit kläglicher Kinderstimme, die schließlich vollends erstarb.

Burden setzte sich neben sie. »Das weiß ich doch«, sagte er und strich ihr übers Haar.

»Das wollte ich nicht«, jammerte sie und nickte. »Ich wollte dich doch nur glücklich machen. Willst du denn nicht glücklich sein?« Ein neuerlicher Schluchzer schüttelte sie, und sie hatte Mühe, ihre Fassung wiederzuerlangen, während Burden sie fest an sich drückte.

Unwissentlich hatte Maude ihn mit ihren Worten zutiefst getroffen, denn ihm war klar, dass Glück das Letzte war, was er jemals empfinden würde. Er strich mit den Fingerspitzen über ihr Gesicht. »Maude«, flüsterte er, »es gibt kaum eine Frau, die mich besser behandeln würde als du.« Maude hatte sich inzwischen ein wenig beruhigt und blickte schniefend zu ihm auf, während sich ein Lächeln auf ihrem Gesicht ausbreitete. »Ganz ehrlich«, fuhr Burden fort. »In all den Jahren, seit wir uns kennen, warst du immer wie eine Heilige zu mir. Ich schulde dir mehr, als ich jemals zurückzahlen kann.«

Maude schmiegte sich in Burdens Schoß. »Ja, das war ich, stimmt's?«

Burden holte tief Luft und hielt sie an, als hätte er spontan beschlossen, kein weiteres Wort über seine Lippen dringen zu lassen. »Ich habe nachgedacht«, meinte er nach einer Weile. Er hatte nicht vorgehabt, das zu sagen, was er gleich sagen würde.

Eigentlich war er zu Maude gekommen, um sich … was? Trösten zu lassen? Doch er konnte nicht anders, als dieses traurige Kapitel anzuschneiden, dem er bisher stets so sorgsam ausgewichen war. Maude, die zu ahnen schien, worum es ging, umfasste seine Taille fester. »Ich habe über … über uns nachgedacht.«

Erneut krümmte Maude ihre Finger, und Burden spürte, wie sie scharf den Atem einsog. Die Worte, die er ihr sagen musste, würden ihr sehr wehtun, und einen Augenblick lang saß er wie erstarrt da, unfähig, sie laut auszusprechen.

Doch schließlich blieb ihm nichts anderes übrig, als fortzufahren. »Was wir hier machen …« – Burden hielt nachdenklich inne –, »obwohl mir jede Sekunde eine Menge bedeutet hat …« Er machte wieder eine Pause. Die Ausdruckslosigkeit, mit der er diese Platituden aussprach, ließ ihn ebenso zusammenzucken wie Maude, wenn auch aus vollkommen anderen Gründen. »Aber es belastet mich zu sehr. Es ist falsch …«

»Das ist es nicht«, warf Maude ein und verstärkte den Griff ihrer Hände um seine Taille.

»Doch, das ist es«, beharrte Burden sanft. »Das ist es, und ich kann so nicht weitermachen. Es ist Hubert gegenüber nicht fair und dir gegenüber auch nicht.« Burden fiel auf, wie unbeholfen, wie unglaublich dämlich die Worte selbst in seinen eigenen Ohren klangen. Es hörte sich an, als wäre er ein Highschooljunge und Maude keine erwachsene, reife Frau, sondern ein naives, verliebtes Schulmädchen.

»Ach, zum Teufel mit Hubert. Er ist innerlich doch schon so gut wie tot.«

»Mag sein, aber er ist immer noch dein Ehemann.« Burden fuhr mit den Fingern durch ihr Haar und löste eine einzelne Strähne. »Hör mal, Maude.« Er musste unwillkürlich grinsen, als ihm durch den Kopf ging, was er gleich sagen würde. Wie leer und unaufrichtig die Wahrheit klingen kann, dachte er verwirrt. »Ich mag dich wirklich sehr gern. Das weißt du ganz genau. Aber was wir hier in den letzten Jahren gemacht haben … muss aufhören.«

Nun zeigte sich ein ironisches Grinsen auf Maudes Gesicht. »Als ich noch jünger war«, meinte sie leise, »nicht viel älter als du jetzt, hätte ich alles darum gegeben, einen Jungen das zu mir sagen zu hören. Denn wenn er solche Dinge zu mir gesagt hätte, dann hätte das bedeutet, dass etwas Besonderes zwischen uns vorgefallen war. Dieses … ganz Besondere hatte ich noch nie mit einem anderen Menschen.« Sanft fuhr Maude mit dem Finger über Burdens Bauch und streichelte die blonden Härchen, die dort sprossen. »Ich hätte alles darum gegeben, dass diese traurigen Worte die Leere in meinem Herzen erfüllen. Aber ich hatte keine Ahnung, nicht einmal die leiseste Ahnung, wie schmerzhaft es sein könnte, sie tatsächlich zu hören.« Maude hielt inne, und Burden spürte, wie sie zitternd Luft holte. »Jetzt weiß ich es.« In ihren Worten lag der Hauch eines Vorwurfs.

»Maude, es tut mir Leid«, sagte Burden leise und berührte ihre Wange mit den Fingerspitzen.

»Jetzt weiß ich zwar, wie sehr sie schmerzen, aber ich bereue es trotzdem nicht, sie gehört zu haben, auch wenn ich erst so alt werden musste.«

Maude wandte Burden das Gesicht zu, und er stellte verblüfft fest, wie hübsch sie war, trotz oder vielleicht gerade wegen ihrer traurigen, von Tränen glitzernden Augen. Ihre gemeinsame Zeit hatte ihm absolut nichts bedeutet, aber er würde dafür sorgen, dass sie es niemals erfuhr.

»Ich habe Hubert geheiratet«, fuhr sie fort, »aber ich war nie in meinem Leben verliebt. Bis ich dir begegnet bin.«

Einige Minuten lang herrschte Schweigen, und Maudes Geständnis hing wie eine düstere Wolke über ihnen. Schließlich verlagerte sie das Gewicht, worauf die Stille so schnell verflog wie ein Fußabdruck im Staub. »Liebe ist zwar nur etwas für Narren, aber hast du mich auch geliebt, wenn auch nur für einen Moment oder zwei?«

Burden nickte. Wie leicht eine Lüge auf die nächste folgte.

»Das ist alles, was ich brauche.« Maudes Hand wanderte von seinem Bauch zu seinen Lenden. »Aber da ist noch eine Sache. Eine letzte Sache.«

»Was denn?«

»Ich will, dass wir uns ein letztes Mal lieben, sodass wir zurückblicken und uns daran erinnern können, dass wir als Liebende auseinander gegangen sind.«

Burdens erster Impuls war, ihre Bitte abzulehnen. Doch dann erinnerte er sich daran, dass er beim Liebesakt mit ihr kein einziges Mal emotional beteiligt gewesen war und das Fehlen der Leidenschaft auch dieses Mal nicht auffallen würde. Seine Hand wanderte zu ihrer Brust.

Maude legte ihre Finger um seinen Penis und starrte ihn an. »Du spürst tatsächlich nichts … hier?«, fragte sie und stupste die Spitze leicht an.

»Rein gar nichts.«

»Aber, lieber Burden, ich stelle fest, dass sich dieser Mangel an Empfindung nicht negativ auf ihn auswirkt.« Maude schüttelte ihre Traurigkeit ab und gestattete sich ein Lächeln. »Und das bedeutet, dass Maude trotz allem eine fähige Frau ist.«

Sie liebten sich – Maude mit allzu offensichtlichem Kummer, der ihren Bewegungen etwas geradezu Verzweifeltes verlieh, Burden hingegen mit einer Losgelöstheit und gleichzeitig einem Anflug von Traurigkeit, als er den drohenden Schmerz in Maudes Berührungen und ihrem abgehackten Atem an jenem letzten gemeinsamen Nachmittag spürte. Dieses Mal stand sie danach nicht auf, um ihm ein warmes Handtuch zu holen, sondern blieb mit auf der Brust gefalteten Händen neben ihm liegen. Sie sprachen kein Wort, und als Burden schließlich nicht länger warten konnte, stand er auf, worauf sie sich ebenfalls erhob.

Noch immer schweigend, wuschen sie sich, zogen sich an und gingen hinunter ins Erdgeschoss. Burden überlegte, wie wohl die letzten Worte lauten mochten, die sie wechselten, und stellte fest, dass ihm nichts einfallen wollte, was nicht verletzend klingen würde. Sie kamen in die Diele. Maude schob ihre Hand in seine, und gemeinsam betraten sie die Küche. Burden, von Selbstvorwürfen gequält, heftete den Blick fest auf die Teppiche und die Holzdielen unter seinen Füßen, während in seinen Gedanken nichts als sein letztes »Auf Wiedersehen« widerhallte. Maude drückte seine Hand und schniefte. Warum verursachten ihm diese kleinen Verhaltensweisen nur ein so schlechtes Gewissen? Wieso sollte er überhaupt etwas für sie empfinden? Doch er stellte fest, dass er nicht ganz ohne Gefühle für sie war.

Schweigend setzten sie ihren Weg in die Küche fort, ohne das Klirren zu hören, als der Teelöffel in ungleichmäßigen Abständen gegen eine Keramiktasse schlug. Und sie bemerkten auch den scharfen Röstgeruch von Kaffee erst in dem Moment, als sie in die Küche traten. Maude drückte Burdens Hand noch ein wenig fester, sodass Burden die Augen vom Boden löste.

Dr. Whitman saß mit der Kaffeetasse in der Hand am Küchentisch und rührte abwesend mit dem Löffel darin herum. Sein Blick war konzentriert auf den Tisch vor ihm geheftet, was die Vermutung nahe legte, dass er schon eine ganze Weile hier saß und rührte. Als Maude und Burden hereinkamen, sah er auf, und der Löffel kam endlich zum Stillstand. Der Arzt nahm einen Schluck Kaffee, ehe er die Tasse abstellte und Maude und Burden mit leerem Gesichtsausdruck betrachtete.

Burden hatte das Gefühl, vor einem Hausherrn zu stehen, der so machtlos und so wenig Furcht einflößend war, dass ihm bei der Enthüllung der Untreue seiner Frau keine andere Wahl blieb, als den Beweis vor seinen Augen zu leugnen. Doch ob machtlos oder nicht – Burden spürte ein verzweifeltes Bedürfnis in seinem Inneren, nicht hier vor Dr. Whitman stehen zu müssen, wo ihr Fehltritt so klar erkennbar war. Es erschien ihm wie ein Affront gegenüber dem sympathischen Arzt. Burden bemerkte, dass er noch immer Maudes Hand hielt.

»Hubert«, sagte Maude, während sie ihre Hand aus Burdens Griff löste und ihr Kinn berührte. »Ich dachte nicht … solltest du nicht …?«

Trotz der kühlen Gelassenheit, die Maude bei früheren Gelegenheiten an den Tag gelegt hatte, schien ihre Stimme nun zu versagen. Burden betrachtete den Doktor, der erschöpft und unwirklich hinter seiner Kaffeetasse aussah.

»Hubert?«

»Stuart ist tot. Ich hab ihn verloren«, erklärte Hubert mit leiser Stimme. Der Name sagte Burden rein gar nichts. Aber in Maudes Miene wichen Schuldbewusstsein und Unsicherheit einem Ausdruck von Mitgefühl.

»Hubert«, wiederholte sie. »O Hubert.« Maude trat hinter ihren Ehemann, schlang ihm die Arme um den Hals, vergrub ihr Gesicht in seinem grauen Haar und drückte einen zarten Kuss auf seine rosafarbene Glatze.

Burden stand unbehaglich da und beobachtete das Szenario. Die Gefühle schienen aufrichtig zu sein – der Doktor war offensichtlich zutiefst bekümmert (obwohl er das hinter einer professionellen und maskulinen Fassade verbarg), wohingegen Maude der Inbegriff des Trostes und des Mitgefühls zu sein schien. Aber wo war die Wut? Wog der große Kummer umso vieles schwerer als die Wut über die Untreue? Vielleicht. Doch als er den alten Hubert Whitman ohne jede Furcht betrachtete, erschien es Burden plötzlich möglich, ja sogar wahrscheinlich, dass der Ausdruck in seinen Augen derselbe gewesen wäre, wenn der Arzt unerwartet zu einem späten Mittagessen aufgetaucht wäre und ihn und Maude Hand in Hand erwischt hätte. Hier sitzt ein jämmerlicher Mann, schloss Burden. Ein Mann, der seine Leidenschaft aufgegeben, verkauft oder sogar mit Absicht hinter sich gelassen hat. Es tat ihm Leid, dass dieser Stuart, wer auch immer er war, gestorben war. Trotzdem, was für ein kaltes und bizarres Herz musste in dieser Brust schlagen, dass er Burden mit seiner Frau erwischen und ihn trotzdem mit dieser unglaublichen Selbstbeherrschung ansehen konnte?

Maude sah zu Burden hinüber und deutete auf die Tür. Wie gelegen ihr Stuarts Tod kam, wie überaus passend, dass sie die Wunde in ihrem Herzen mithilfe der Verzweiflung eines anderen Menschen kompensieren konnte.

Burden ging zur Tür und wandte sich noch einmal zu Maude und dem Arzt um. Maude hatte sich inzwischen neben ihn gesetzt und schob ihm die Kaffeetasse mit einer liebevollen und mitfühlenden Geste zu, während sie mit der anderen Hand seinen Nacken streichelte.

Dr. Whitman sah zu Burden hinüber. »Guten Tag, Burden«, sagte er, ohne dass sich seine Miene auch nur im Geringsten veränderte.

Burden kehrte in den Laden zurück und ging seinem Vater zur Hand, bevor er sich auf den Weg quer durch die Stadt zu Johnnie White machte. Er klapperte sämtliche Straßen ab, an denen sich Johnnie normalerweise mit seinen Erdnüssen aufstellte, doch er fand ihn nicht. Also kehrte er nach Hause zurück, schlang die Hälfte seines Abendessens hinunter, sprang wieder in den Lieferwagen und fuhr in die Stadt. Er irrte durch ein von Straßenlaternen und Schaufenstern erhelltes Netz aus Seitenstraßen und Gassen, während ihm von Minute zu Minute klarer wurde, dass er nicht dort war, wo er hingehörte. Er fragte sich, ob er sich jemals wieder anders fühlen würde. Blindlings ließ er sich durch die nächtlichen Straßen treiben, als er plötzlich das Gefühl hatte, anhalten zu müsse und den Motor abschaltete. Er war direkt vor dem Sonic gelandet, in dessen fluoreszierendem Licht, das ihr für gewöhnlich schon blasses Gesicht geradezu ätherisch aussehen ließ, Jo stand. Jo, sauber und ordentlich in ihren Khakihosen und einer elfenbeinfarbenen, locker in den Hosenbund gestopften Bluse.

Einen Augenblick lang fühlte sich Burden, als befände er sich unter einer Käseglocke. Dann drehte sich Jo, die mit einer Hand voll Rollschuhkellnerinnen plauderte und lachte, plötzlich um und bemerkte Burden. Ihr Gelächter erstarb, und ihr Mund verzog sich zu einem zögerlichen Lächeln, das langsam breiter wurde, während sie ihm bedeutete, näher zu kommen.

Burden blieb stocksteif sitzen. Sein Gehör schien ihn im Stich gelassen zu haben, doch er spürte, wie sein Herz unter seinen Rippen schlug, wie es in seinen Schläfen und seiner Kehle pochte und seine Fingerspitzen in einem innerlichen Rhythmus bebten. Unvermittelt kehrte sein Hörvermögen wieder zurück. *Komm her*. Ein fernes Echo.

»Burden«, rief Jo. Sein Zögern schien sie noch zu ermutigen, denn sie trat auf die Straße, um sicherzustellen, dass er sie auch erkannte.

Instinktiv ließ Burden den Motor an und überquerte, gefangen in einem Anfall von Entsetzen und Ekstase, den Highway.

DREIZEHN

Während Burden über den Highway fuhr, kauerte Eugene mit blutunterlaufenen Augen und vollkommen erschöpft in der Dunkelheit auf einem leeren Grundstück in der Nähe seines Hauses – schwer atmend und schweißdurchtränkt wegen der schwülen Nachtluft. Die Knöchel seines Zeige- und Mittelfingers an einer Hand und beide Handflächen bluteten, außerdem quoll Blut aus einer angeschwollenen Risswunde, die quer über seine Unterlippe verlief, sodass er den Geschmack nach Kupfer im Mund spürte. Er hatte sich die Verletzungen zugezogen, als er durch die Wälder gestreift war, die an sein Wohnviertel grenzten. Die Bäume dort waren zwar noch relativ jung, doch trotzdem hatten die zarten Pflänzchen ihm Gesicht und Hals zerkratzt und ihn zweimal sogar zum Stolpern gebracht. Beim ersten Sturz hatte er sich den Schnitt in der Lippe zugezogen. Mehrere Minuten lang hatte er wie erstarrt dagelegen und voller Angst in die Dunkelheit gelauscht, ob ihn jemand gehört hatte. Das Heulen eines Hundes, eine von Einsamkeit erfüllte Stimme, war an sein Ohr gedrungen und hatte in den Bäumen widergehallt. Als er sicher gewesen war, dass außer ihm und dem Hund keiner seinen dumpfen Aufprall gehört hatte, war er aufgestanden und weitergegangen, doch schon nach zwei Schritten war er wieder ins Taumeln geraten. Dem zweiten Sturz hatte er die Verletzungen an den Fingerknöcheln zu verdanken, als er mit den Händen an der Rinde eines Erdkastanienbaums entlanggeschrappt war. Ein unterdrückter Fluch war das einzige Geräusch gewesen – von dem Aufprall seines Körpers auf dem Boden einmal abgesehen. Schließlich hatte er die letzten fünfzehn Meter des Weges sicherheitshalber auf Knien hinter sich gebracht und den Schmerz klaglos hingenommen, als sich die Nesseln in seine Handflächen gebohrt und ihr Gift verteilt hatten.

Er blieb zwei Grundstücksparzellen von seinem Haus entfernt stehen und wischte sich mit der blutdurchtränkten Manschette seines Hemds den Schweiß von der Stirn. Als er wieder etwas sehen konnte, spähte er durch das Blattwerk hinüber zu seinem Haus und zählte die beleuchteten Fenster – eins, zwei, drei –, nahm dann jedes einzelne mit dem Fernglas ins Visier und wartete darauf, dass die verräterischen Doppelschatten erschienen, wo nur ein einzelner zu sehen sein sollte. Sein Magen brannte, und er hatte ein seltsames Gefühl des Ausgehungertseins, wenn auch ohne den dazugehörigen Appetit. Jede weitere Minute, die verging, ohne dass die Schatten zu sehen waren, steigerte dieses Unbehagen noch, statt es zu lindern. Er spürte ein Stechen im Nacken und schlug mit der Hand danach. Er betrachtete sie und entdeckte noch mehr Blut darauf – dieses Mal von einer Stechmücke, deren prall gefüllter Leib in seiner Handfläche geplatzt war.

Eugene hatte sich den Plan zurechtgelegt, Pru und Burden auf frischer Tat zu ertappen, nachdem er mit Burden gesprochen hatte. Er würde so tun, als hätte er eine Tour über Nacht, würde dann aber unerwartet zurückkehren und sich auf die Lauer legen, bis die beiden jungen Liebenden zur Tat schritten. Die Sache war ihm von Anfang an sicher erschienen, deshalb war er auch nicht auf den Schmerz gefasst gewesen, den er nun erleiden musste – Wurzeln, die ihn stolpern ließen, ausgetrocknete Zweige, die sich wie Nadeln in seine Haut bohrten, Hundedreck unter den Sohlen seiner Stiefel und Mücken, die um seinen Kopf herumsurrten. Reichte es nicht, dass sein Herz in seiner Brust blutete? War es zu wenig Höllenqual, dass ihn sein Verstand mit Bildern seiner Frau plagte, wie sie mit Burden im Bett lag und über den dummen Eugene lachte, der nie im Leben herausfinden würde, was hier in seiner Abwesenheit gespielt wurde? Und heute Abend hatten seine Qualen ihren Höhepunkt erreicht, sodass sein Körper, seine Seele und sein Verstand im selben Maße litten. Er schlug wieder zu, verfehlte die Mücke jedoch.

Eugene ging nicht davon aus, dass Burden noch so spät mit seinem Lieferwagen vorfahren würde. Das wäre zu offensichtlich (er wäre selbst einmal beinahe in einer ähnlichen Situation erwischt worden, als er mit einer hübschen, zierlichen verheirateten Frau aus Summerville herumgemacht hatte). Er ging davon aus, dass Burden sich zu Fuß ins Haus stehlen würde. Möglicherweise schlich er sich durch den Garten und betrat das Haus durch den Hintereingang, deshalb hielt Eugene Ausschau nach dem raschen Aufblitzen von weißen Freizeitschuhen im Licht der Straßenlaternen. Inzwischen ging es bereits auf Mitternacht zu, ohne dass er auch nur eine Spur von Burden entdeckt hatte. Doch da er es für möglich hielt, dass es Burden irgendwie gelungen war, unentdeckt ins Haus zu kommen, richtete er seine Aufmerksamkeit mit wachsender Besorgnis auf sämtliche erleuchteten Fenster.

Eugene schlug mit der Hand auf sein Ohr, um eine weitere Mücke zu verscheuchen, und beobachtete bekümmert die drei letzten hellen Fenster im oberen Stockwerk. Aber wie bei den zehn kleinen Negerlein, deren Zahl zusehends schwand, wurde in den nach Osten gerichteten Fenstern nach und nach das Licht gelöscht, ohne dass eine Spur der verräterischen Schatten zu sehen gewesen wäre. Die einzigen noch erleuchteten Fenster gehörten zum Schlafzimmer, das Eugene dank der noch geöffneten Vorhänge und des Fernglases ungehindert einsehen konnte. Pru ging zum Bett (das er von seiner Position aus jedoch nicht erkennen konnte) und zog ihr T-Shirt aus. Dann trat sie, lediglich mit BH und Shorts bekleidet, ans Fenster und verharrte einen Augenblick, als habe sie draußen etwas gehört oder gesehen.

»Großer Gott, Pru«, murmelte Eugene, »zeig ein bisschen Anstand.«

Als habe sie Eugenes Ermahnung gehört, trat sie vom Fenster weg und ging ins Badezimmer. Nach wenigen Minuten lief sie wieder zurück ins Schlafzimmer. Erschrocken beobachtete Eugene ihre hektischen Bewegungen, die ihn sein Vorhaben und seinen Verdacht einen Augenblick lang vergessen ließen. Wurde sie etwa verfolgt? Als er sicher war, dass sich kein Einbrecher Zugang zum Haus verschafft hatte, atmete er erleichtert auf. Doch seine Entspannung währte nicht lange, denn er stellte fest, dass das Läuten des Telefons sie so hatte durch das Zimmer hasten lassen. Eugene musterte ihr Gesicht, während sie sprach, und glaubte einen erfreuten Ausdruck darauf zu entdecken. Mit wem redete sie bloß? Mit Burden? Spielten sie irgendein schmutziges Telefonsexspiel? Oder lachten sie gerade über Eugene und verabredeten sich zum nächsten Rendezvous? Pru trat wieder ans Fenster, den Telefonhörer dicht an ihr Ohr gepresst. Sie trug ein zartes Nachthemd, durch das Eugene mithilfe des Fernglases problemlos hindurchsehen konnte.

»Großer Gott«, murmelte er, schlug sich erneut aufs Ohr und spürte die Wärme von Blut. »Hab ich dich, Mistvieh.«

Eine Brise wehte durch das offene Fenster und erfasste Prus Nachthemd, sodass die Umrisse ihres Körpers noch deutlicher zu erkennen waren. Sie schloss die Augen und sah aus, als schmiege sie sich in die Umarmung des Windstoßes. Oder, überlegte Eugene, während die Säure in seinem Magen aufzuschäumen begann, Burdens Worte brachten sie so zum Schwelgen. »Du verdammter Hurensohn.«

Pru legte den Hörer auf und trat ein letztes Mal ans Fenster, um in die nächtliche Dunkelheit zu starren, während sie züchtig ihr Nachthemd raffte. Schließlich wandte sie sich um und verschwand im Bett. Das Letzte, was Eugene von seiner Ehefrau sah, war ihre Hand, die nach dem Schalter der Nachttischlampe griff. Dann versank das Zimmer in Dunkelheit.

Eugene verharrte noch einen Augenblick in seinem Versteck. Mit jedem Atemzug stieg ihm der grässliche Gestank nach Hundekot in die Nase, den er jedoch immer weniger wahrnahm. Und als er reflexartig nach den Stechmücken schlug, die ihn an den Ohren kitzelten, konnte er nichts anderes denken, als dass er ein Dummkopf war – ohne Zweifel genau der Dummkopf, für den ihn auch Pru und Burden hielten.

Er fühlte sich verraten und spürte, wie ihn eine Woge des Selbstmitleids überspülte, was ihn wiederum wütend machte. Darüber hinaus erfüllte ihn ein Gefühl der Machtlosigkeit. Er würde diese quälenden Empfindungen nicht mit greifbaren Beweisen untermauern können, sondern sich mit den Indizien und seinem schwer wiegenden Verdacht zufrieden geben müssen. Aber er würde geduldig sein. Er spürte, dass der Tag nicht mehr fern war, an dem er die beiden Liebenden in flagranti ertappen würde. Und an diesem Tag würde er seine Rache bekommen. An diesem Tag würde er einen Teil seines verletzten Stolzes wiederherstellen. An diesem Tag würden Pru und Burden – insbesondere Burden, dieser elende Mistkerl – herausfinden, wie klug Eugene in Wahrheit war.

Er musterte seine blutverschmierten Hände, die roten Flecke, die in der nächtlichen Dunkelheit ganz schwarz aussahen, und spuckte auf den Boden. *Verdammt noch mal, Pru*, dachte er unglücklich, *verdammt sollst du sein, weil du mich in diese Lage gebracht hast.*

Eugene stand auf und wischte sich die Hände an der Hose ab. Während er sich einen Weg durch das Dickicht bahnte, ging ihm auf, dass er Pruella sehr großen Schmerz würde zufügen müssen. Nicht in körperlicher Hinsicht, aber dennoch spürbar. Erst in dem Augenblick, als er Pru und Burden zufällig auf dem Heimweg nach Walterboro erwischt hatte, war ihm klar geworden, wie er es anstellen musste. Er hatte Pru schon einige Zeit in Verdacht gehabt, dass sie ihn betrog, war aber zu schwach gewesen, sich dieser Tatsache zu stellen, selbst als er mit eigenen Augen gesehen hatte, wie Pru aus dem Lastwagen geklettert und in den Lebensmittelladen gegangen war. Die Idee war ihm gekommen, als er mit Burden auf dem Parkplatz gesprochen hatte. Und nachdem Burden davongefahren war und Pru in einem Anfall von Feigheit zurückgelassen hatte, war ihm klar gewesen, dass es keinen anderen Ausweg gab, als ihn zu töten. Der Gedanke daran erfüllte ihn mit einem Gefühl des Friedens. Mit Burdens Tod wären drei Dinge vom Tisch: Erstens würde Burden damit aus ihrem Leben verschwinden; zweitens hätte er seine Rache, und drittens würde Burdens Tod so enorme Schuldgefühle in Pruella auslösen, dass ihr keine andere Wahl bliebe, als all ihre Sünden zutiefst zu bereuen. Und da Eugene dafür sorgen würde, dass er sie auf frischer Tat ertappte und Burden erst dann erschoss, war er sich sicher, dass ihn keine Geschworenenjury auf der Welt jemals des Mordes schuldig sprechen würde. Stattdessen würden sie einsehen, dass er jeden Grund gehabt hatte, ein gottgegebenes Recht, ja sogar die *Pflicht*, Burden zu erschießen.

VIERZEHN

Burden fuhr auf den Parkplatz des Sonic, schaltete den Motor ab und sprang eilig aus dem Lieferwagen. Er fand eine leere Picknickbank, setzte sich hin und deutete auf den Platz gegenüber, als Jo näher kam.

»Bitte«, sagte er. Seine Stimme klang beiläufig, wenn auch leicht zittrig. Obwohl eine Menge Zeit vergangen war, seit sie sich das letzte Mal gesehen und miteinander gesprochen hatten, legte Jo ihre Hand mit einer Leichtigkeit auf seine, als wären sie nicht einmal eine Stunde voneinander getrennt gewesen. Diese Leichtigkeit ihres Tonfalls und ihrer Berührungen hatte sie schon damals am Strand gehabt, als sie einander das erste Mal begegnet waren. Sie hatte sie nach Peedies Tod an den Tag gelegt, als sie schweigend neben Burden gesessen und ihm Gesellschaft geleistet hatte, ebenso wie an jenem Abend, als sie ihm eröffnet hatte, sie ziehe nach Charleston, um an die Schwesternschule zu gehen, und halte es für besser, wenn sie einander nicht mehr sehen würden.

Aber du würdest dich nicht so frei fühlen, du hättest nicht das Gefühl, dass das Leben so einfach ist, wenn du dieselben Bilder im Herzen hättest wie ich, dachte Burden. *Ich weiß, dass du anders wärst.* Warum konnte er ihr nur nicht begreiflich machen, dass niemand das Schicksal ändern konnte, und seines schon gar nicht? Er hatte anderen Menschen viel zu große Schmerzen zugefügt und viel zu sehr in eine andere Welt hineingesehen, die er eigentlich nicht sehen sollte und die er nicht einfach hinter sich lassen konnte. Genau diese Dinge besiegelten sein Schicksal; diese unausweichlichen Bilder, die sich in seinen Verstand eingegraben hatten und denen er nicht entfliehen konnte, rechtfertigten seine Bemühungen seit Peedies Tod.

»Es ist schön, dich wiederzusehen.« Jos Stimme klang freundlich, doch zu seiner Erleichterung hörte Burden ebenfalls ein leichtes Zittern heraus.

Jo beugte sich vor, um Burden einen Kuss zu geben, aber er wich ihr aus.

»Sue hat mir erzählt, dass du wieder da bist.«

Jo machte es sich auf der Bank bequem. »Wie geht es ihr? Ich hatte eigentlich vor, sie im Laden zu besuchen.«

»Sue ist eben Sue«, erwiderte Burden schulterzuckend. Seine Nervosität verbot ihm den Luxus eines eingehenderen Blicks, trotzdem entging ihm nicht, wie sehr sich Jos Aussehen in den letzten Jahren verändert hatte. Nur noch vereinzelte Spuren erinnerten an das Mädchen aus seiner Erinnerung, und er bedauerte, dass es inzwischen nicht mehr existierte. Doch gleichzeitig waren ihre viel versprechenden Ansätze gereift, sodass ihr früher einmal hübsches Gesicht mittlerweile zu beeindruckender Schönheit erblüht war. Ihre Augen spiegelten einen Anflug von Melancholie wider und ruhten mit solcher Intelligenz und Klarheit auf ihm, dass er das Gefühl hatte, seine Gedanken lägen ausgebreitet vor ihr.

Schutz suchend starrte er auf die Tischplatte und betrachtete seine Hände, die mit ihren verschlungen waren. Er musste wieder an die unzähligen Male denken, als er diese Hände geküsst und heimlich betrachtet hatte, während sie mit dem Kopf auf seiner Brust und mit auf dem Bauch verschränkten Fingern dagelegen hatte. Ihm fiel wieder ein, wie er ihre Hand gehalten hatte, während sie durch den Wald gelaufen waren. Damals hatte er das Gefühl gehabt, dass ihre Berührung das einzig Reale war, als sie durch die Sonnenstrahlen gelaufen waren, in denen die Staubkörnchen getanzt hatten. Er wusste noch genau, wie sich ihre Hände auf seinem Arm angefühlt und wie perfekt sie sich um ihn geschmiegt hatten. Und er konnte sich noch genau erinnern, wie sie sein Gesicht berührt hatten und wie ihm diese Berührung die Hitze in die Wangen getrieben hatte. All diese Dinge schossen ihm durch den Kopf, als er ihr seine Hände entzog.

Ohne dieser kränkenden Geste Beachtung zu schenken, verschränkte Jo ihre Finger und legte sie in den Schoß.

Es entstand eine unbehagliche Pause, während Burden bewusst wurde, wie unwohl er sich plötzlich in dieser Umgebung fühlte, die früher einmal wie ein zweites Zuhause für ihn gewesen war. Jos Haltung verriet ihm, dass sie zwar äußerlich ruhig war, sich innerlich aber ebenso deplatziert fühlte wie er, auch wenn es vielleicht nur an seiner Gegenwart lag.

»'n Abend, Fremder«, rief eine Stimme hinter Burden. Als er sich umdrehte, sah er Leslie auf sie zugleiten.

»Ich hab dich ja schon seit einer Ewigkeit nicht mehr gesehen«, sagte sie. »Wo hast du dich denn versteckt?«

Burden wandte sich zu Leslie um und breitete mit einer hilflosen Geste die Arme aus. »Ich bin eben sehr beschäftigt.«

»Wie es sich für einen richtigen Mann gehört, erzählt man sich.« Auf Leslies Gesicht erschien ein geheimnisvolles Lächeln, das keinerlei Rückschlüsse darauf zuließ, ob sie von seinen zahlreichen Affären wusste oder nicht. »Na ja, ich bin jedenfalls froh, dass wir endlich was auf der Karte haben, das dich dazu gebracht hat, zu uns zurückzukommen«, fuhr sie fort und zupfte Jo am Ärmel.

Diese Bemerkung ließ Jos gefasste Miene ins Wanken geraten, und eine feine Röte zog sich über ihre Wangen.

Auch Burden trafen Leslies Worte ohne jede Vorwarnung. Er wandte sich zu Jo um und schüttelte den Kopf – eine Geste, die eigentlich beschwichtigend sein sollte. Doch sie verfehlte ihre Wirkung, denn Jos zusammengezogene Augenbrauen und die Art und Weise, wie sie mit einem Ruck den Kopf hob, verrieten ihm, wie verletzt sie war.

»Deine Bestellung, Leslie!«, bellte der Koch hinter der Glasscheibe der Küche hervor.

Leslie drehte sich um und winkte ihm zu. »Ich bin nicht taub!« Sie wandte sich wieder Burden zu. »Schön, euch wieder zu sehen … euch beide.« Sie zauste Burdens Haar und drückte Jo einen Kuss auf die Wange. Dann glitt sie davon, um ihre Bestellungen in Empfang zu nehmen.

Wieder senkte sich eine peinliche Stille über die beiden. Er hatte nicht die Absicht gehabt, sie zu beleidigen, doch ihm fiel nichts ein, was als Entschuldigung oder zumindest als Erklärung brauchbar gewesen wäre.

Am allerliebsten hätte er ihr gesagt, wie sehr er sich freue, sie wiederzusehen, und dass er noch immer dieselbe Zuneigung für sie empfand wie damals an jenem Tag, als sie sich am Strand kennen gelernt hatten. Doch Zuneigung war ein Gefühl, das ihn ängstigte und tiefes Unbehagen in ihm hervorrief. Auch das wollte er ihr am liebsten erzählen, all seine Sünden und Schwächen beichten, jede einzelne. Allein die Tatsache, dass er hier mit ihr saß, hatte diese Empfindungen in seinem Inneren ausgelöst. Am liebsten wäre er auf die Knie gefallen, hätte sein Gesicht in ihrem Schoß vergraben und die Augen vor dieser Leere und all dem verschlossen, was sich in den vergangenen sechs

Jahren ereignet hatte, um sich die Freude zurückzuholen, die dieses kranke Verlangen ihnen beiden gestohlen hatte. Auch jetzt spürte er ein leises Beben in sich, als ihm die Tragweite seines Verlustes bewusst wurde. Doch diese Empfindung war so gewaltig, dass er sich davor fürchtete, sie sich zu gestatten. Er hatte Angst, sie könnte ihn mit ihrer unkontrollierbaren Wucht unter sich begraben, und kämpfte mit aller Macht dagegen an, als sie sich Bahn zu brechen begann. Dieses Eingeständnis seiner Furcht löste ein Gefühl tiefer Scham in ihm aus, eine Scham, die innerhalb kürzester Zeit in heiße Wut umschlug. In dem Bemühen, sein Entsetzen und seinen Zorn nicht zu zeigen, wurde seine Miene noch verschlossener.

Warum war er überhaupt auf die Idee gekommen, Jo wieder sehen zu wollen? Dieser Gedanke jagte ihm weit weniger Angst ein als seine Zuneigung, auch wenn er noch so beunruhigend sein mochte.

Er wandte sich ab und suchte den Boden nach einer Stelle ab, auf die er seinen Blick richten und sich wieder ein wenig sammeln konnte. Schließlich gelang es ihm, der Verwirrung in seinem Inneren Herr zu werden. »Wie läuft's in der Schule?«, fragte er betont gelassen.

Als sie Burden auf der anderen Straßenseite entdeckt hatte, hatte Jo das Bedürfnis verspürt, ihm voller Stolz alles zu erzählen, was sie während der letzten Jahre erlebt hatte. Vielleicht würde es ihr ja auf diese Weise gelingen, das Band zwischen ihnen neu zu knüpfen, das einmal so stark gewesen war und das sie so schmerzlich vermisst hatte. Sie dachte wieder an das Buch, das Burden ihr geschenkt hatte, daran, wie sie es im hintersten Winkel ihres Schranks verstaut und versucht hatte, seine Existenz zu vergessen – so als könnte sie, indem sie es beiseite legte, auch ihre Gefühle für ihn beiseite legen und mit ihrem Leben fortfahren, vollkommen unbeeinflusst von der Vergangenheit eines anderen Menschen. Doch all diese Bemühungen waren vollkommen sinnlos, denn ihr war klar, dass ein Band zwischen ihnen existierte, das sie niemals würde durchtrennen können. Auch jetzt, als Burden sie mit finsterer Miene anstarrte, flackerte ein Gefühl des stolzen Zorns in ihr auf, während sie sich einzureden versuchte, es sei nicht wahr, dass ein lange schlummernder Teil von ihr bei seinem Anblick wieder zum Leben erwacht war. Dieses Durcheinander von Gefühlen verwirrte und verunsicherte sie, sodass sie mit einem Mal nicht mehr sagen konnte, was sie wirklich empfand.

Wie schon zuvor wurde die unbehagliche Atmosphäre von Leslie durchbrochen, die ein Glas Root Beer mit einer Kugel Eis und zwei Strohhalmen vor ihnen abstellte. Mit einem kurzen Lächeln und einem Zwinkern glitt sie wortlos davon. Und wieder hatte ihr Auftauchen die düstere Stimmung zwischen ihnen nur noch verstärkt.

Jo musterte die Gewürzlimonade und grinste ironisch. Sie hatte eine ausgeprägte Schwäche für Root Beer mit Eis und griff fast automatisch nach dem Glas.

»Ich will nichts davon«, bemerkte Burden.

Jo tippte mit den Fingerspitzen an das beschlagene Glas, ehe sie es beiseite schob. Ihr Lächeln war mittlerweile erloschen, und sie holte tief Luft. »Die Schule war schwierig«, sagte sie, als hätte sie erst jetzt seine Frage verstanden. »Aber ich gehe sowieso nicht zurück.«

Burden, der sie offenbar missverstand, musterte sie überrascht, sodass sein stählerner Gesichtsausdruck für einen Moment milder wurde. »Nicht?«

»Natürlich nicht«, erwiderte Jo tadelnd. Waren drei lange Jahre des Studiums etwa nicht genug?

Burdens Miene verhärtete sich wieder. »Ich habe gar nicht gemerkt …«, fing er an. Wieder schlich sich der Anflug von Verwirrung auf sein Gesicht, der ihm einen Hauch Wärme verlieh. »Und jetzt bist du wieder hier«, stellte er fest.

»Wieso nicht? Das ist doch schließlich der Ort, an dem ich aufgewachsen bin, mein Zuhause«, schnappte Jo eisig, da sie glaubte, er spreche davon, dass ihre Rückkehr der Beweis ihres Scheiterns auf dem College sei.

Burden schüttelte den Kopf und lachte.

Jo strecke die Hand nach dem Bier aus, um es noch weiter von sich zu schieben, und schloss die Finger fest um das beschlagene Glas. »Was ist denn daran so lustig?«

Burden hegte keinerlei gehässige Gefühle gegen Jo. In Wahrheit spürte er sogar, wie seine Zuneigung für sie in seinem Inneren aufzusteigen begann. »Es ist nur ... du warst schließlich diejenige, die unbedingt etwas aus sich machen wollte, die von hier wegwollte ... abhauen. Ich dachte ...«

»Was?«, unterbrach Jo hitzig.

»Na ja, ich hätte keine drei vergeudeten Jahre und Gott weiß wie viel Geld meines Vaters gebraucht, um draufzukommen, dass ich genau hier bleiben will.« Burden breitete die Arme aus und zuckte in gespielter Verständnislosigkeit die Schultern.

Jo stand auf. Ihr Gesicht war puterrot angelaufen. »Was meinst du mit ›vergeudeten Jahren‹? Ich habe hart dafür gearbeitet – verdammt hart sogar, um dorthin zu kommen, wo ich heute stehe.«

Burden wurde blass und sah sich nach den anderen Gästen um, die in ihren Wagen saßen und deren Gesichter er durch das fluoreszierende Licht gerade noch erkennen konnte. Er spürte ihre neugierigen Blicke und rutschte unbehaglich auf der Bank herum. »Willst du dich nicht wieder hinsetzen?«

»Nein, das will ich nicht. Wieso sollte ich mich hinsetzen wollen, wo du heute Abend nichts anderes getan hast, als mich am laufenden Band zu beleidigen?«

»Dich beleidigen?« Burdens Stimme wurde hörbar schärfer, während er zu demonstrieren versuchte, dass er seinen Standpunkt durchaus vernünftig behaupten konnte, ohne gleich laut werden zu müssen, wie Jo es getan hatte. Aber warum musste er überhaupt seinen Standpunkt behaupten? Die Zuneigung, die er noch vor wenigen Minuten empfunden hatte und gegen die er sich so vehement wehrte, verflog. »Inwiefern habe ich dich denn beleidigt?«

»Inwiefern?«, erwiderte Jo, deren Stimme erneut lauter wurde. »Erstens lässt du keinen Zweifel daran, dass ich auf keinen Fall der Grund bin, weshalb du wieder ins Sonic gekommen bist. Herzlichen Dank, dass du mich wissen lässt, wo ich stehe. Dann ziehst du meine berufliche Laufbahn ins Lächerliche und erzählst mir, dass meine gesamte Ausbildung reine Zeit- und Geldverschwendung war.«

Burdens Blick schweifte über die geparkten Fahrzeuge, und er zuckte mit wachsendem Unbehagen mit den Schultern. »Ich …«

»Nein, du hältst jetzt den Mund – sei still und hör mir zu, Burden. Ich werde dir jetzt gleich etwas sagen, das ich dir vor langer Zeit schon hätte sagen müssen.«

»Dann mal los, Mädchen«, rief eine junge Frau aus einem der Wagen, worauf Burden zusammenzuckte, als hätte sie ihm einen Schlag in die Magengrube versetzt.

»Du glaubst vielleicht, du hättest dein Leben – sofern man es überhaupt als solches bezeichnen kann – perfekt im Griff. Tja, aber ich nicht. Okay? Für mich war praktisch jeder Tag in diesen letzten drei Jahren der Versuch, etwas aus mir zu machen und daran zu glauben, dass ich es schaffen kann. Aber ich wollte jemand sein, und deshalb habe ich diese Herausforderung angenommen. Ich möchte das Leben anderer bereichern. Du aber … Das Einzige, was dich kümmert, ist … Ganz ehrlich, ich habe keine Ahnung, was dich in Wahrheit kümmert, aber die Sache zwischen dir und mir ist es jedenfalls nicht. Ich glaube nicht, dass es das je war.«

Ein Motor wurde angelassen und erstarb sofort wieder.

»Warte, noch nicht«, hörte Burden ein Mädchen zu ihrem Freund sagen.

Burden starrte Jo hilflos an.

»Ich werde niemals wissen, wie es war, an Peedies Seite zu sein, als er gestorben ist, aber irgendwo auf diesem Weg hast du vergessen, dass er der Einzige war, der an diesem Abend gestorben ist. Er hatte keine Wahl, du hingegen schon. Du hattest die Wahl zu leben, und Gott allein weiß, wie oft ich versucht habe, dich dazu zu bringen, dieses Leben anzunehmen, aber du wolltest es ja nicht. Eines Tages ist mir aufgegangen, dass es *zwei* Jungen waren, die an diesem Abend in dem Feld gestorben sind.«

Burden starrte in die neugierigen Gesichter der anderen Gäste hinter den Wagenfenstern.

»Ich habe nicht darum gebeten, mich in dich zu verlieben … nicht beim ersten Mal«, fuhr Jo fort. Wut glomm in ihren Augen, die im grellen Licht glitzerten. Mit einem Anflug unerwarteter Melancholie starrte sie auf Burden hinunter. »Aber ich schwöre, ich werde nicht zulassen, dass es noch einmal passiert. Ich kann keinen Geist lieben, und genau das ist es, was du bist, Burden. Ein Geist.«

Burden hatte das Gefühl, als hätte ihm jemand einen Schlag in den Magen verpasst, und richtete sich abrupt auf.

Tränen standen in Jos Augen und kullerten über ihre runden Wangen. Als sie weitersprechen wollte, versagte ihre Stimme, und sie rang sichtlich um ihre Fassung, um ihren letzten Gedanken aussprechen zu können. »Und ich weiß inzwischen, dass ich keine Rolle in deinem Leben spielen kann – früher dachte ich, ich könnte es, wenn ich nur genug Zeit, genug Geduld hätte, aber jetzt sehe ich ein, dass es meine Fähigkeiten übersteigt, dir zu helfen.« Trotz dieser Worte legte sie die Hände um Burdens Gesicht und küsste ihn mit verzweifelter Leidenschaft. Dann zog sie sich wieder zurück und wischte sich mit einer barschen Handbewegung die Tränen ab. »Viel Glück bei deinem Leben,

Burden, was auch immer du am Ende beschließt, daraus zu machen. Aber bitte sorg dafür, dass dies das letzte Mal ist, dass wir uns sehen.« Es gab noch so vieles zu sagen, so vieles, was sie hätte loswerden müssen, Jahre der Einsamkeit, die sie ihm gestehen musste, doch ihre Gedanken wirbelten wild in ihrem Kopf umher, und das Gefühl, das sie nach außen hin zeigte, war das genaue Gegenteil dessen, was in ihrem Herzen vorging. Unfähig, noch irgendetwas zu sagen, wandte sie sich ab und lief tränenüberströmt zu ihrem Wagen, wobei sie die teilnahmsvollen Hände ihrer Freundinnen beiseite schlug.

Burden blieb auf der Bank sitzen. Einige Augenblicke lang konnte er sich weder bewegen noch richtig atmen. Er berührte seine Wange und spürte die Nässe von Jos Tränen. Seine Hand zitterte, ebenso wie Jos Hand gezittert hatte, als sie sein Gesicht umfasst hatte.

Sie ist weg, dachte er. Oder hatte er diesen Gedanken laut ausgesprochen?

Vor ihm wurde ein Wagen angelassen, und als der Motor aufheulte, gelang es ihm wieder, durchzuatmen. Er sah auf und betrachtete jedes Detail um sich herum, ohne auch nur ein einziges davon wahrzunehmen. Dann stand er auf, sah sich nach seinem Lieferwagen um und taumelte darauf zu. Leslie kam zu ihm herüber, eine Hand ausgestreckt, blieb jedoch stehen, als sie die Qual in seinen Augen bemerkte.

Burden fuhr ziellos durch die Straßen, um sich zu beruhigen. Aber die Last dieses Vorfalls ließ sich nicht abschütteln. Bilder glitten an ihm vorbei, das Mondlicht umfloss ihn, Stimmen und die Geräusche der Nacht berührten seine Ohren, doch keine dieser Wahrnehmungen vermochte zu seinen Sinnen vorzudringen.

Sie ist weg – das war der einzige Gedanke, der in seinem Verstand widerhallte, die Summe all dieser Jahre, die er damit zugebracht hatte, dem Traum seiner Flucht vor der Schuld am

Tod seines Cousins nachzulaufen. Er trat das Gaspedal durch und schoss mit beängstigender Geschwindigkeit durch die Straßen. *Heute Abend kann es zu Ende sein*, dachte er. *Alles kann heute Abend zu Ende sein.*

Über eine Stunde fuhr Burden ziellos durch die Dunkelheit, ehe er schließlich vor *Buck's Tavern* stehen blieb. Er kletterte aus dem Lieferwagen und stand einen Augenblick lang schwankend da, bis er sein Gleichgewicht wiedergefunden hatte und hineingehen konnte.

An der Tür zögerte er einen Augenblick und ließ seinen Blick zum Tresen schweifen, an dessen einem Ende Blind Willie, Bobby und Cat nebeneinander unter dem Fernseher kauerten. Bobby starrte wie gebannt auf das Spiel aus Licht und Bewegung auf dem Bildschirm. Cat unterhielt sich mit Frankie, der sich über den Tresen beugte, um ihn besser verstehen zu können. Er zog mit einem Lappen abwesend unaufhörlich Kreise auf dem Tresen, während er nickte und die Lippen schürzte.

Blind Willie drehte sich um und prostete Burden mit der Bierflasche zu.

Burden nickte und ging auf die Bar zu. Er spürte noch immer das Gewicht auf seiner Brust, das ihm das Atmen schwer machte. Ein leichtes Schwindelgefühl erfasste ihn, und mit einem Mal war er sich nicht mehr ganz so sicher, ob der Fußboden unter ihm tatsächlich so solide war, wie er sein sollte. Als er die Bar erreicht hatte, legte er die Hände fest um die Kante und schob sich vorsichtig auf einen Hocker.

Blind Wille beobachtete ihn aus dem Augenwinkel, während er an seinem Bier nippte. »Sieht so aus, als hätte da jemand einen Geist gesehen … oder Eugene«, kommentierte er.

Burden gab Frankie ein Zeichen, worauf dieser sich umwandte und ihn erwartungsvoll musterte.

»Was darf's sein, Burden?«

Burden wollte gerade zu einer Bestellung ansetzen, hielt jedoch inne. Heute Abend würde ein Bier nicht reichen. Er sah sich an der Bar um. »Was trinkt Cat?«

Frankie sah ihn erstaunt an. »Bourbon.«

»Dann nehme ich dasselbe.«

Frankie rührte sich nicht vom Fleck, während Cat und Blind Willie Burden fragend ansahen. Sogar Bobby riss sich von dem Spiel im Fernsehen los, um herauszufinden, was vor sich ging.

»Burden hat gerade einen Bourbon bestellt«, informierte Cat Bobby schließlich.

»Kein Scheiß?«, meinte Bobby neugierig.

In dem einen Jahr, seit Burden offiziell das *Buck's* betreten durfte, und in all den vorangegangenen Jahren, als er einfach so hereingekommen war, hatte er nie etwas anderes als ein Coors oder ein Corona bestellt – je nachdem, ob er zuvor Sex gehabt hatte oder nicht. Deshalb war den anderen die Bedeutung dieser Bestellung schlagartig klar, obwohl sie den tieferen Sinn nicht kannten.

Frankie fragte Burden, ob er sicher sei, dass er tatsächlich einen Bourbon wollte, und Burden nickte mit ernster Miene.

»Kein Eis«, sagte er, als Frankie ein mit Eis gefülltes Glas vor ihm abstellte.

Frankie warf Willie erneut einen fragenden Blick zu, den dieser mit einem zustimmenden Nicken quittierte. Frankie schüttete das Eis aus und stellte das leere Glas wieder vor Burden auf den Tresen. Mit angespannten Fingern goss er sorgfältig den Whiskey ein.

Ohne zu zögern, hob Burden das Glas an die Lippen und kippte den Inhalt in einem Zug hinunter. Er stellte es mit einem dumpfen Knall auf den Tresen und bat mit einer knappen Geste um Nachschub.

»*Muss* ein Geist gewesen sein«, kommentierte Blind Willie trocken.

»Trink dieses Mal aber ein bisschen langsamer, Junge«, riet Frank, »ich schenk dir noch mal nach, sobald ich mich um die anderen Gäste gekümmert habe. Also lass dir ruhig Zeit.«

Burden gehorchte und nippte an dem Glas, doch sobald der Barkeeper ihm den Rücken zukehrte, trank er den Rest auf einen Schluck. Er wischte sich mit der Hand über den Mund, der sich bereits leicht taub anfühlte, und wandte sich Willie zu. »Einen Geist? Ja, so könnte man es auch nennen. Aber keiner, von dem ich je gehört oder irgendwelche Geschichten gelesen habe.« Ein Schauer überlief seinen gesamten Körper. Er spürte, wie der Bourbon zu wirken begann. Er musste so schnell wie möglich dieses Gewicht auf seiner Brust loswerden, sonst würde er noch zusammenbrechen. »Das ist nicht schnell genug«, beschwerte er sich, richtete sich auf dem Barhocker auf, griff über den Tresen und angelte eine Flasche Bier aus der mit Eis gefüllten Wanne, die sich am gesamten Tresen entlangzog. Er klemmte den Flaschenhals gegen die Tresenkante und schlug zweimal mit dem Handballen auf den Kronkorken.

»Bist du sicher, dass du weißt, was du da machst?«, wollte Willie wissen.

Bobby beugte sich zu Cat hinüber. »Was sagt Burden? Weiß man schon was?«

Cat vertrieb ihn mit einer Handbewegung.

Burden hatte ein Drittel des Biers getrunken, als er einen Hustenanfall bekam und den Schaum ausspuckte. Er wischte sich über den Mund und stellte die Flasche auf dem Tresen ab. Inzwischen fühlte er sich eindeutig besser; das Schwindelgefühl hatte sich ein wenig gelegt, und der Druck auf seiner Brust schien etwas nachgelassen zu haben, was ihm das Atmen erheblich leichter machte. Er schloss einen Augenblick lang die Augen und entspannte sich. Dann machte er den Mund auf, um etwas zu sagen, besann sich aber eines Besseren, lächelte, schüttelte den Kopf und nahm noch einen Schluck von dem

Bier. »Geister?«, sagte er schließlich. »Alter Mann, hinter mir sind mehr Geister her, als eine einzelne Seele überhaupt ertragen kann.«

Burden dachte an den Geist von Peedie, der ein ständiger Schatten in seinen Träumen war und der – zumindest glaubte er das – sofort unbewusst jede Art von Frieden ruinierte, den der Schlaf ihm bieten mochte. Er dachte auch an den Geist von Jo, der nach drei Jahren zurückgekehrt war und eine Vergangenheit hatte wieder aufleben lassen, die er längst vergessen glaubte. Bei ihrem Wiedersehen war ihm aufgegangen, dass sie ihn in seinem Herzen niemals verlassen hatte, und ihm war klar, wie unmenschlich er mit seiner Erinnerung an sie umgegangen war. Er hatte sie bis zur Unkenntlichkeit zusammengepresst, bis sie sicher unter weniger aufwühlenden Erinnerungen verborgen gewesen war. Und dann war da noch der schmierige, drohende Geist Eugenes. Vom ersten Tag seiner Affäre mit Pru an hatte er Eugenes Boshaftigkeit im Haus gespürt, dicht und erstickend wie der penetrante Gestank nach Verfall. Sein Herz hatte angesichts der Gefahr jubiliert, die Eugene verhieß, und jedes Zusammentreffen mit Pru war mit der Vorfreude auf die endgültige Erfüllung seines Wunsches verbunden gewesen, die damals noch unerreichbar schien, inzwischen aber in greifbare Nähe rückte.

Burden trank den Rest seines Biers aus.

»Hast du was für den späten Abend oder für den frühen Morgen vor?«

Burden wandte sich Willie zu. »Was?« Er wischte sich mit dem Handrücken den Mund ab, doch ein Schaumflöckchen blieb an seinem Kinn haften.

»Wenn du mich fragst, sieht es so aus, als hättest heute Abend noch was Besonderes vor.«

»Vielleicht habe ich das ja«, erwiderte Burden geheimnisvoll. Die Mischung aus Bourbon und Bier zeigte langsam die gewünschte betäubende Wirkung, und er hatte das eigentümliche Gefühl, ganz er selbst und gleichzeitig seltsam losgelöst von sich zu sein, sodass er wie aus weiter Ferne wahrnahm, wie er sich bewegte und was er sagte.

Bobby beugte sich weiter zu Cat hinüber. »Was hat er gesagt?«

»Dass er für heute Abend Pläne hat«, flüsterte Cat.

Verstohlen legte Blind Willie seine Hand auf Cats Handgelenk, zog sie aber sofort wieder zurück. »Und«, fuhr er scheinbar desinteressiert fort, »erzählst du uns auch, wie deine Pläne aussehen … oder sind sie ein Geheimnis?«

»Ein Geheimnis? Nein«, erwiderte Burden, während er seinen Blick auf der Suche nach härteren Drinks vergeblich über den Tresen schweifen ließ. Er drehte sich um und rief Frankie her, doch sobald er den Namen ausgesprochen hatte, bemerkte er, wie ihm jemand auf die Schulter klopfte.

»Ich bin hier, Junge«, sagte Frankie. »Was brauchst du denn?«

»Oh«, stieß Burden hervor und drehte sich wieder um, während er über das Auftauchen seines Freundes wie durch Zauberei lächeln musste. *Ja, genau das ist es, alles ist Zauberei, absolut alles*, dachte Burden. Nichts war mehr real, absolut nichts. Einen seligen Moment lang waren die Geister, die ihn verfolgten, nichts als Gespinste seiner Fantasie. Eugene? Nicht mehr als die Überreste eines widerlichen Gestanks, vollkommen harmlos. Pru? Nichts als eine unangenehme, untreue Schlampe, die keinerlei Bedeutung für ihn hatte. Maude? Ein bedauernswertes Phantom, das von ihrem eigenen Verlangen dazu verleitet wurde, denen zu helfen, die weniger vom Schicksal begünstigt waren. Peedie? Ein schrecklicher, schrecklicher Unglücksfall, der wahrscheinlich nicht einmal wirklich passiert war. Welchen Beweis gab es denn schon außer seinen ständigen Albträumen? Und Jo? Burdens Gedanken gerieten ins Trudeln. Jo ließ sich nicht so einfach beiseite schieben; Jo, die seine Seele sogar noch mehr quälte, als Peedie es je getan hatte. Er konnte sie nur als ein Geschöpf aus Fleisch und Blut wahrnehmen, und deshalb war es unmöglich, Jo mithilfe seiner Gedanken aus seinem Leben zu verbannen. Er musste feststellen, dass es ihm nicht gelang, auch nur eine der Gestalten mittels seiner Gedanken zu vertreiben, und deshalb glaubte er mit neu gewonnener Überzeugung daran, dass seine Geister real waren. Er hob sein Glas. »Noch einen Bourbon.«

»Bist du sicher, dass du nicht lieber noch ein Bier willst?«

Burden betrachtete die leere Bierflasche auf dem Tresen. »Ah ja, ich wollte die hier natürlich erst noch bezahlen.«

Doch Frankie schüttelte den Kopf. »Das ist es nicht, was mir Sorgen macht.«

»Okay, Frankie, aber wieso schenkst du mir nicht noch ein Glas ein, während ich versuche herauszufinden, worüber du dir Sorgen machst?«

Frankie stieß ein ärgerliches Schnauben aus, schüttelte den Kopf und murmelte etwas in sich hinein, während er Burdens Glas noch einmal füllte.

Burden dankte ihm und kippte die bernsteinfarbene Flüssigkeit in einem Zug hinunter. »Tut mir Leid, Frankie«, meinte er und sah den Barkeeper bittend an.

»Wie wär's, wenn du mir auch einen einschenken würdest? Ist doch blöd, wenn unser Bürschchen hier ganz allein die Straße des Vergessens geht«, sagte Willie zu Frankie.

»Klar, Willie«, erwiderte Frankie und schenkte dem alten Mann ebenfalls ein Glas ein.

Burden fühlte sich nicht besonders. Das Schwindelgefühl, das sich kurzfristig mit dem Bourbon hatte niederkämpfen lassen, fing mittlerweile an, seinen Augen und Ohren üble Streiche zu spielen. Er registrierte, wie sich sein Magen zu heben begann, während sich das Zimmer langsam im Uhrzeigersinn in Bewegung setzte. Er packte Willies Unterarm, um sich zu stabilisieren.

»Zwei von denen, und du hörst die Engel singen«, bemerkte Willie und hob prostend sein Glas. »Auf deine Träume, Burden.«

Burdens Augen weiteten sich vor Entsetzen, als er Blind Willies Worte hörte. Er hielt die Schultern des alten Mannes fest umklammert und zerknitterte den Stoff seines Hemds in seinen Fäusten. »Kannst du dich noch an diese Geschichte erinnern, die du mir vor langer Zeit erzählt hast?«

Willie lachte vergnügt. »Ich hab dir so viele Geschichten erzählt. Welche meinst du? Die mit der einbeinigen Hure, die –«

»Nein. Nein, die mit dem alten Wagen, den du mal hattest ... du weißt schon, und ... und von der Brücke«, sprudelte Burden aufgeregt hervor, während er den Griff um Willies Hemdsärmel noch verstärkte.

Willie dachte einen Augenblick nach. »Du meinst die mit dem Brückenbock? Ah ja. Du meinst, als ich und Deacon Wells den Ford von meinem Vater genommen haben und damit auf die Gleise gefahren sind.«

»Ja«, rief Burden. »Das ist sie. Die meine ich.«

Willie kicherte bei der Erinnerung an seine Sorglosigkeit und an den Jungen, an den er schon so viele Jahre nicht mehr gedacht hatte. »Also gut, mal sehen. Eigentlich gibt es da nicht viel zu erzählen. Eines Samstagabends sind wir mit dem Wagen meines Vaters spät noch weggefahren. Wir hatten eigentlich kein bestimmtes Ziel. Verdammt, ich schätze, wir wollten einfach, dass uns die Mädels und die anderen Jungs sehen.«

Bobby tippte Cat auf die Schulter. »Und was passiert jetzt?«, flüsterte er so leise, dass Willie ihn nicht hören konnte.

»Er erzählt Burden von dem einen Mal, als er und Deacon Wells mit dem Wagen seines Vaters auf die Gleise gefahren sind.«

»O nein«, schnaubte Bobby und verdrehte die Augen. »Ich dachte, diese alte Geschichte hätte er schon längst zu den Akten gelegt.«

Doch Cat brachte ihn kurzerhand zum Schweigen. »Der Junge wollte sie unbedingt hören.«

Wieder verdrehte Bobby die Augen und richtete seine Aufmerksamkeit auf den Fernseher. »Großer Gott.«

»Genau«, sprudelte Burden begeistert hervor, »du bist mit dem Wagen deines Vaters auf die Gleise gefahren.«

»Unten in Green Pond – wir waren unterwegs nach Jacksonboro und dachten, es wäre doch ein Riesenspaß, mal rauszufinden, wie weit wir kommen.«

»Es war mitten in der Nacht, stimmt's? Vollmond. Man konnte ohne weiteres eine Meile weit sehen.«

»Ohne jede Probleme.«

»Du hättest es schon von weitem gesehen, wenn ein Zug gekommen wäre.«

Blind Willie nickte. »War ja 'ne ziemlich gerade Strecke bis nach Jacksonboro, nur ein paar kleine Kurven.«

»Und als du es endlich gesehen hast – das Licht, meine ich –, dachtest du zuerst, dass es nicht echt sein kann.«

»Ich schätze, Duncan und ich hatten viel zu große Angst, um das Licht für echt zu halten. Wir waren ungefähr hundert Meter westlich vom Ashepoo-Fluss«, sagte Willie. »Hinter dem Brückenkopf war 'ne Kurve, hinter der's nach Norden ging. Wir haben nur so ein Leuchten in der Ferne gesehen, das war alles. Deacon …«

»… wollte gleich runter von den Gleisen, aber du wolltest nicht.«

»Ich *konnte* nicht«, korrigierte Willie. »Deacon wollte sofort von den Gleisen runter, aber wir fuhren zu schnell. Wenn du auf den Gleisen fährst, kannst du so schnell fahren, wie du dich traust, du musst nur die Hände von dem verdammten Lenkrad lassen. Denn genau das ist es, was dich umbringt. Man muss den Wagen einfach nur auf den Gleisen entlanggleiten lassen, verstehst du?« Burdens zusammengekniffene Augen verrieten Willie, dass er zu stark übertrieben hatte. Er hustete und fuhr fort. »Na ja, wenn wir also versucht hätten, gleich von den Gleisen runterzukommen, dann hätte uns die Geschwindigkeit wie 'nen Silberdollar in die Wälder geschleudert.«

Bobby stieß Cat mit der Schulter an. »Ist er schon so weit?«

»Er kommt gerade erst zum Brückenkopf«, antwortete Cat.

»Der Brückenkopf«, sagte Bobby mit feierlicher Stimme, während er seine Aufmerksamkeit wieder dem Fernseher zuwandte.

»Wir mussten das Tempo drosseln, und zwar schnellstens, bevor ich es wagen konnte, von den Gleisen runterzufahren.«

Burden nahm einen Schluck aus Willies Glas und stellte es knallend auf den Tresen. »Aber da war eine Brücke zwischen dir und dem Zug, und du konntest das Tempo nicht einfach drosseln ...« Burden unterbrach sich. Er hatte das Gefühl, dass sich die Bar mit den Gästen langsam drehte. Selbst Willie schien auf seinem Barhocker zu schwanken.

»Drosseln? Ich will verdammt sein, wenn wir nicht sogar noch beschleunigen mussten und direkt auf die Lok zufahren, die uns entgegenkam.« Willie lachte aus voller Kehle, während er wieder an die beiden Jungs im Wagen seines Daddys denken musste, deren Gesichter in den Lichtern der herannahenden Lokomotive geglüht hatten.

Burden verstärkte seinen Griff um Willies Schulter, während sich seine Augen vor Entsetzen weiteten, als die Erkenntnis in seinen Verstand zu sickern begann. Er beugte sich zu dem alten Mann hinunter. »Ich bin in diesem Wagen, Willie, genau in diesem Augenblick sitze ich in diesem Wagen. Ich will verdammt sein, wenn da nicht etwas Schreckliches direkt auf mich zukommt und es nichts, absolut nichts gibt, was ich dagegen tun kann, außer beschleunigen«, stieß er mit einer Stimme hervor, die in krassem Gegensatz zu dem Entsetzen in seinen Augen stand.

»Burden, was ist los?«

Burden, der Blind Willies Frage offenbar nicht gehört hatte, sprang abrupt von seinem Barhocker und stürzte zur Tür. Am Eingang blieb er noch einmal kurz stehen, drehte sich um und blickte mit gequälter Miene in die Runde. »Es ist zu spät«, stammelte er, während sich einige der Männer neugierig zu ihm umdrehten. »Großer Gott, es ist zu spät.«

Blind Willie stand auf, doch Burden war bereits verschwunden. Er ging nach draußen, um nachzusehen, ob er den Jungen irgendwo auf dem Parkplatz sah, aber er hörte nur das Motorengeräusch des Lieferwagens, das rasch schwächer wurde.

Als Blind Willie wieder hereinkam und sich auf seinen Barhocker setzte, warfen Cat und Bobby ihm fragende Blicke zu.

»Glaubst du, wir sollten den Sheriff anrufen?«, fragte Frankie.

Blind Willie schüttelte den Kopf. Er saß einen Moment lang schweigend da, während er wieder an die Flamme der Leidenschaft denken musste, die einmal in seinem Inneren gelodert hatte. Ihm war klar, dass diese Art von Leidenschaft so qualvoll wie ekstatisch sein konnte. »Nein, Burden kommt schon zurecht«, meinte er schließlich. Doch er war sich bei weitem nicht so sicher und wandte sich den anderen zu. »Der Junge kommt schon zurecht«, wiederholte er, als er die ausdruckslosen Mienen der anderen Männer sah.

Burden schoss durch die nassen Straßen von Walterboro. Im Gegensatz zu vorhin, als er kein bestimmtes Ziel gehabt hatte, wusste er nun ganz genau, wohin er fahren musste. Er hatte eine Vision gehabt, als er mit Blind Willie an der Bar gesessen hatte – auf einen Schlag hatte er sich hinter dem Steuer von Willies altem Ford wiedergefunden. Er konnte die feuchte Nachtluft riechen, den Duft nach Jasmin und Wacholder in den Wäldern, und spürte, wie sie über seine Haut strich. Er hörte das Knirschen des Kiesbetts unter den Schienen, den Rhythmus der Schwellen, als die Reifen darüber hinwegfuhren. Und er sah den Lichtkegel, den der Scheinwerfer des Zuges in die Dunkelheit warf. In diesem Augenblick spürte er das Entsetzen, das Entsetzen über den nahenden Tod. Peedie saß neben ihm auf dem Beifahrersitz, und er sah das hässliche, grimmige Lächeln in seinen Augen und den heiteren Schwung seiner Lippen in seinem von Blei zerfetzten Gesicht; das eisige Gefühl, als sich Peedies Hand auf seinen Arm legte, ließ ihn vor Entsetzen erschaudern, während sie geradewegs in ihr Verderben fuhren, das zugleich ihre Versöhnung darstellte.

Als er sich dem Friedhof näherte, dessen Steinmauern und Eisenzaun im Scheinwerferlicht des Lieferwagens auftauchten, machte Burden keine Anstalten, sein Tempo zu drosseln, sondern schien entschlossen, einfach weiterzufahren. Erst in der letzten Sekunde trat er auf die Bremse, sodass der Lieferwagen nur wenige Zentimeter vor dem Friedhofstor zum Stehen kam. Er stieg aus dem Lieferwagen aus und schlurfte mit zögernden Schritten in Richtung Mauer, ließ sich gegen das Tor sinken und umklammerte die Eisenstäbe. Seine Augen brannten, und er war, wie er zu seiner Schande gestehen musste, den Tränen nahe, doch er kämpfte seinen Anfall von Schwäche nieder.

Als er seine Fassung halbwegs wiedererlangt hatte, stieg er über den Zaun – kein einfaches Unterfangen in seinem betrunkenen Zustand, denn die Gitterstäbe schienen sich unter seinem Griff zu winden, zu biegen und zu krümmen, sodass er sich nur unter größter Mühe daran emporhangeln konnte. Als er schließlich rittlings über der Querverstrebung hockte, eine Reihe dolchartiger Spitzen vor und hinter sich, stellte er fest, dass sich sein Hosenbein in einer schmiedeeisernen Verzierung verheddert hatte. Er zerrte an dem Stoff, doch es gelang ihm nicht, ihn frei zu bekommen, stattdessen verhakte er sich nur noch mehr darin. Mehrere Minuten lang zerrte er vergeblich daran. Erst als er für ein paar Sekunden eindöste und vom Zaun fiel, riss der Saum der Hose vollends. Er versuchte, sich aufzusetzen, doch es gelang ihm nicht; schließlich ließ er sich wieder auf den weichen Moosboden sinken.

Ein voller Mond hing am Himmel über ihm, dessen Licht von Zeit zu Zeit von Wolkenfeldern verdeckt wurde. Im Augenblick jedoch hatte er sich durch die Wolken geschoben und erhellte die Eichen und das Moos, das an den Ästen herunterhing und in leblosen Klumpen den Boden bedeckte. Hier und da schimmerten die Messingplatten auf den Grabsteinen wie Augen in der Dunkelheit. Während dieser Phasen relativer Helligkeit war der Lehmpfad deutlich zu erkennen – eine blassgelbe Linie, die zwischen Quadraten aus dunkelblauer Erde hindurchführte.

Burden rappelte sich auf und stolperte den Pfad entlang, ohne darauf zu achten, ob er versehentlich auf irgendwelche Gräber trat – was er in seinem Zustand sehr häufig tat, sodass er immer wieder strauchelte und zu Boden stürzte. Er war vollkommen aufgelöst, und selbst in nüchternem Zustand wäre er keines klaren Gedankens fähig gewesen. Nach einer Weile blieb er stehen, um sich an einem verkrümmten Stamm anzulehnen und ein wenig auszuruhen, als sich unvermittelt ein Bild vor sein geistiges Auge schob und die Tränen in ihm aufsteigen ließ, die er so mühsam zurückzuhalten versucht hatte. Er schlug die Hände vors Gesicht und begann zu weinen. Seine Schultern bebten, seine Brust schmerzte von den heftigen Schluchzern, die ihn schüttelten, und unkontrollierte Laute drangen aus seiner Kehle. Mehrere Minuten rang er mit sich. Dann verebbten die Schluchzer langsam, und die Tränen strömten ungehindert über seine Wangen. Schließlich fuhr er sich mit der Hand über die Augen, versuchte sich von dem Baum abzustemmen und stand einen Augenblick lang schwankend da, ehe er sich wieder zurücksinken ließ. Dann löste er sich ein zweites Mal von dem Stamm und sah durch die Äste hindurch nach oben, zwischen denen die schmale Scheibe des Mondes hinter einer dünnen Wolkenschicht zu erkennen war.

Burden taumelte wieder ein paar Schritte vorwärts. Als er Peedies Grab erreicht hatte, sank er auf die Knie.

»Es tut mir Leid«, schluchzte er in die Erde und wiederholte diese Worte vor jedem Gesicht, das in der Dunkelheit vor seinem geistigen Auge aufglomm – Peedies Gesicht, Jos, Maudes, ja sogar Eugenes fleischige Züge. Eugenes wutverzerrtes Gesicht erfüllte ihn mit neuer Angst und Selbstverachtung. Wie viele Male hatte er seinem Cousin schon versprochen, eines Tages endgültig zu ihm zu kommen? Wie sehr hatten ihn die Gewissheit seiner Schuld und der Richtigkeit seines Todesurteils befriedigt? Und hier wurde ihm nun derjenige präsentiert, der seinen Todeswunsch erfüllen würde, und Burden wünschte sich nichts sehnlicher, als jegliche Vereinbarung zu brechen, die er je geschlossen hatte, sei es nun mit dem Teufel oder mit Gott. *Feigling*, sagte eine Stimme so nahe neben ihm, dass Burden vor Schreck zusammenfuhr. *Feigling und Hurensohn! Lauf nicht vor mir weg, sondern komm her, Junge!* Aber wessen Stimme war das? In seinem Delirium hörte es sich so an, als bestünde die Stimme aus zweien, so als wären Eugenes vor Zorn lodernde und Peedies eisige Stimme zu einer einzigen verschmolzen. *Komm her!*

Burden barg den Kopf in den Händen und presste sein Gesicht auf die Erde von Peedies Grab. Der feuchte Geruch nach Sand und Gras stieg ihm in die Nase. »Geh weg«, jammerte er. »Geh weg. Ich kann nicht mit dir kommen, ich kann es nicht tun … es ist einfach zu viel. Es ist zu viel für mich.« Wieder brach seine Stimme und wurde von Schluchzern erstickt, während sich mit jedem Atemzug ein Klumpen Schleim in seiner Kehle löste. Er spürte, wie sich Angst in seinem Inneren ausbreitete und seine Gedanken vergiftete. In seinem Delirium legte sich ein Schleier über seine Augen, blendete das fahle Mondlicht aus, das die Messingplatte von Peedies Grab erhellt hatte, und absorbierte die flüsternden Stimmen des Friedhofs, die an seine Ohren gedrungen waren. Erschöpft sank er zusammen und fiel in unruhigen Schlaf.

Burden regte sich verschlafen. Vage spürte er einen kühlen Luftzug um sich herum. Ein Stück Moos blieb an seiner Wange kleben, als er sich auf die andere Seite drehte, und kitzelte ihn an den Lippen, worauf sie sich wie zu einem Kuss schürzten. Er bedeckte seine Augen mit dem Arm und sank friedlich in seine Gedanken zurück. Im Halbschlaf hatte er an Jo gedacht, dieses wunderbare neue Geschöpf, das erst vor kurzem in sein Leben getreten war. Sie war am Mittwoch herübergekommen – es war ihre zweite Verabredung, wenn man es überhaupt als solche bezeichnen konnte. Sie hatte mit seiner Familie zu Abend gegessen, und als er nun daran zurückdachte, spürte er wieder diesen Eifer und dieses Unbehagen, die er empfunden hatte, als er gemeinsam mit ihr vor den Augen seines Vaters, seiner Mutter und seiner Schwester gegessen hatte. Sue hatte ihn besonders geärgert, indem sie ihn die ganze Zeit angestarrt und mit dem Mund Kussgesten in die Luft gemacht hatte. Er hatte sie unter dem Tisch getreten, immer heftiger, bis sie am Ende aufgeheult hatte, sodass sein Vater gefragt hatte, was los sei. Daraufhin hatten sie beide einfältig auf ihre Teller gestarrt, und damit war das Thema erledigt gewesen.

Von den Küssen einmal abgesehen, musste Burden auch noch die lästigen Fragen seiner Eltern über sich ergehen lassen, insbesondere die seiner Mutter, als sie Jo über ihre Familie und weiß Gott was noch alles aushorchte.

Als das Essen schließlich beendet war, flohen die beiden nach draußen. Burden schlenderte unsicher durch den Garten. Er war viel zu nervös, um stillzusitzen, sondern wollte lieber ein paar Schritte zu Fuß gehen. Doch als Jo die Schaukel entdeckte, die am Ast einer alten Eiche im Garten neben dem Haus hing, bestand sie darauf, dass sie sich beide hineinsetzten – eine prima Idee, fand Burden. Also setzten sie sich darauf, ohne ein Wort zu sagen, während die kühle abendliche Brise durch die Blätter fuhr und die Kettenaufhängung über ihnen leise quietschte. Schließlich drehte der Wind, und Jos frischer Duft wehte ihm in die Nase.

Als sie schließlich ihre Unterhaltung wieder aufnahmen, taten sie es ohne jede Eile, vielmehr wanderten sie gemächlich von einem Thema zum nächsten, so wie Unterhaltungen verlaufen, wenn zwei Fremde versuchen, die Gedanken und Wünsche des anderen zu erahnen. Irgendwann berührten sich ihre Arme, und Burden genoss das Gefühl, das die Weichheit ihrer Haut in ihm auslöste, und hoffte, dass sie ihren Arm nicht wegziehen würde. Und Jo zog ihn tatsächlich nicht weg. Der verrückte Gedanke schoss ihm durch den Kopf, ob sie wohl für immer so sitzen bleiben könnten und wie gerne er es tun würde.

»Das Feuer geht so schnell aus.«

»Was?« Burden zuckte verlegen zusammen, weil er ihr nicht zugehört, sondern stattdessen darüber nachgedacht hatte, wie es wäre, sie zu küssen, und sich gefragt hatte, ob ihre Lippen wohl ebenso weich waren wie ihr Arm.

»Das Feuer, die Sonne. Der Abend kommt und taucht den Himmel in dieses Farbenmeer, sodass man glaubt, es bleibe für immer so. Aber dann sieht man eine Sekunde lang nicht hin, und schon ist alles ganz anders, einfach verschwunden.«

»Ich frage mich«, sagte sie und reckte den Hals, um durch die Äste zum Himmel hinaufzuspähen, »ob Sonnenuntergänge wohl überall auf der Welt gleich aussehen, was meinst du?«

Burden zuckte mit den Schultern. »Ich weiß es nicht, aber ich schätze schon.«

»Ich hoffe, dass es nicht so ist. Ich hoffe, dass ein Mensch weglaufen und irgendwo anders einen anderen Sonnenuntergang finden kann. Wäre es nicht langweilig, wenn all die Sonnenuntergänge gleich aussehen würden, egal wo man ist? Und dasselbe gilt auch für die Sterne. Warum sollte man irgendwo anders hingehen, wenn dort alles genauso ist wie hier?«

Dummchen, dachte Burden, und dann: *Küss mich*. Aber es gelang ihm nicht, sein Verlangen in Worte zu fassen. Stattdessen wandte er sich ihr zu und betrachtete ihr Profil, während sie das letzte Aufflackern des Zwielichts beobachtete, den Mund zu einem angedeuteten Lächeln verzogen, die Lippen leicht geöffnet. *Küss mich*. Doch es war sinnlos, sie weigerte sich, seine Gedanken zu hören.

Plötzlich drehte sich Jo um und ertappte ihn dabei, wie er sie beobachtete. Hastig wandte er den Blick ab, während er sie auflachen hörte und spürte, wie seine Wangen zu glühen begannen. Im nächsten Augenblick spürte er ihre Hand auf seiner. Langsam wandte er den Kopf und sah in ihr lächelndes Gesicht, sah ihre weißen Zähne und ihre Lippen. Am liebsten hätte er ihr ohne Umschweife seine Gedanken gestanden. Welchen Zweck hatte es schon, zu leugnen? Für seine Begriffe stellte es sogar ein noch schwereres Verbrechen dar, nichts zu sagen und im Gegenzug nichts zu bekommen. *Sag es ihr, sag es ihr*, drängte eine Stimme. *Sag es ihr …*

»Burden«, rief seine Mutter. »Burden, wo bist du?«

Höchst zögerlich wandte Burden sich von Jo ab. »Hier drüben«, rief er.

»Zeit, Jo nach Hause zu bringen. Vater fährt sie mit dem Wagen.«

»Okay«, erwiderte Burden niedergeschlagen und wandte sich Jo zu, um ihr zu sagen, dass sie sich lieber beeilen sollten. In diesem Augenblick lagen ihre halb geöffneten Lippen auf seinen. Ihr Atem wärmte ihn, seinen ganzen Körper, er erfüllte sein Fleisch mit einer sinnlichen Hitze, wie er sie noch nie in seinem Leben gespürt hatte. So schnell, wie sie ihn geküsst hatte, zog sie sich wieder zurück, stand vor ihm und streckte ihm den Arm entgegen.

Den ganzen Weg bis nach Hause sprachen sie kein Wort, sondern saßen mit verschlungenen Fingern auf dem Rücksitz des Wagens seines Vaters, wohl wissend, dass ihr Geheimnis im Schutz der Dunkelheit gut aufgehoben war. »Willst du am Wochenende etwas unternehmen, vielleicht einen Film ansehen?«, fragte er, als sie auf der Veranda vor ihrem Haus standen.

Jo nickte.

»Wie wär's mit Freitag?«

»Nein«, erwiderte Jo, »am Freitag kann ich nicht. Samstag?«

Burden schüttelte gequält den Kopf (es war das erste Mal, dass er so etwas wie Qual empfand). »Ich kann nicht. Ich fahre mit Peedie zu unserem Cousin Whalie nach Beaufort. Wir haben ihm schon vor einer Ewigkeit versprochen, dass wir kommen und ihm im Garten helfen.«

»Wenn du willst, Burden«, begann Jo, und Burden spürte, wie sich seine Qual verflüchtigte, als er seinen Namen über ihre Lippen kommen hörte, »könntest du ja am Sonntag zum Abendessen kommen.«

Burden nickte. »Das mache ich gern.«

Jo sah besorgt zur Haustür. »Ich sollte jetzt lieber reingehen.«

Ihm war klar, dass es sinnlos war, auf einen zweiten Kuss von ihr zu hoffen, doch als ihre Finger die seinen berührten, spürte er dennoch einen Stich der Enttäuschung. Oder war es doch eher so etwas wie Unzufriedenheit? Er konnte es nicht genau definieren, und als er zum Wagen seines Vaters zurückging, überlegte er bereits, wie er es bewerkstelligen konnte, Jo noch einmal auf diese Schaukel zu bugsieren.

Genau diese Gedanken gingen ihm durch den Kopf, als er neben seinem Cousin bei Mary Bulls Grab lag, und die Erinnerung an Jos Kuss erfüllte ihn erneut mit Wärme. Doch in diesem Augenblick wehte eine ungemütliche Brise über ihn hinweg und vertrieb die Behaglichkeit seiner Erinnerung, sodass er sich zu regen begann, auf die andere Seite rollte, mit der Hand über das kitzelnde Moos fuhr und es küsste, als sei dies der zweite Kuss, den er Jo gab.

Plötzlich spürte er, wie ihn jemand unsanft rüttelte. Irritiert schlug er die Augen auf, rieb sie sich mit den Händen und sah, dass Peedie ihn am Arm gepackt hatte und ihn schüttelte, während er in die Ferne sah.

»Was ist los?«, wollte Burden wissen, ohne sich die Mühe zu machen, seinen Unmut darüber zu verbergen, so unsanft aus seinen Träumen gerissen worden zu sein.

Peedie hob einen Finger, um Burden zum Schweigen zu bringen, ehe er auf das nördliche Ende des Friedhofs deutete. Burden musste auf die Knie gehen, um die Stelle sehen zu können, auf die sein Cousin deutete. Wieder fuhr er sich mit den Händen über die Augen. »Da sind zwei von ihnen. Siehst du sie?«

Der Mond war hinter ein paar Wolken verborgen, die den gesamten Friedhof in Dunkelheit tauchten, sodass Burden lediglich die Ziegelsteine der Kirche mit ihren hohen, offenen Bögen erkennen konnte. Abgesehen von der Kirche und den Schemen zweier besonders herausragender Grabsteine sah er nichts. Dann, so als hätte er die ganze Zeit schon darauf gestarrt und sie erst jetzt wahrnehmen können, fiel sein Blick auf die beiden Gestalten, die sich gegen die Dunkelheit abhoben. Sie gingen dicht nebeneinander, den Blick auf den Boden geheftet, und machten den Eindruck, als fühlten sie sich völlig eins mit der Dunkelheit.

»Ich hab tief und fest geschlafen«, flüsterte Peedie. »Und dann hab ich gespürt, wie diese schreckliche Kälte durch mich gezogen ist. Ich bin aufgewacht, und als ich meine Augen aufgemacht hab, waren sie plötzlich da, direkt neben uns.« Obwohl man hätte annehmen können, dass er vor Angst zitterte oder zumindest aufgewühlt war, schien Peedie trotz des Anflugs von Anspannung in der Stimme bemerkenswert ruhig zu sein.

»Ich habe nichts gespürt«, sagte Burden, während ihm der Schauder wieder einfiel, der ihn im Halbschlaf überlaufen hatte.

»Eigentlich sollte ich mir vor Angst in die Hose machen, aber seltsamerweise fürchte ich mich überhaupt nicht vor ihnen. Du etwa?«

Obwohl Burden etwas gesehen hatte – oder sich zumindest eingebildet hatte, etwas zu sehen –, war es auf einmal verschwunden, da der Mond, der die ganze Zeit von den Wolken verborgen gewesen war, inzwischen den gesamten Friedhof in fahles Licht tauchte. Plötzlich war er sich nicht mehr sicher, ob er *tatsächlich* etwas gesehen hatte. Doch als er sich wieder seinem Cousin zuwandte, stellte er fest, dass Peedies Blick mittlerweile auf etwas gerichtet war. Burden drehte sich wieder zur

Kirche um und hielt Ausschau nach den beiden Gestalten. »Ich sehe nichts«, beharrte er und gähnte.

»Klar siehst du was … zumindest hast du was gesehen, das kann ich an deinen Augen erkennen. Du hast sie gesehen – einen Mann und eine Frau, die Hand in Hand dort gegangen sind.«

Burden ließ sich wieder auf den Boden sinken und lehnte sich gegen Mary Bulls Grab. »Okay«, räumte er schläfrig ein, »schätzungsweise hab ich sie gesehen. Wer sind die, was glaubst du?«

Peedie zuckte mit den Schultern. »Keine Ahnung. Ein Mann und seine Frau? Ein Liebespaar? Vielleicht ist einer von ihnen irgendwo hier in der Gegend gestorben, hier in der Nähe der Kirche. Vielleicht sind sie hier in der Nähe begraben.« Peedie hielt nachdenklich inne. »Vielleicht sind sie ja auch hier ermordet worden.«

Obwohl Burden sicher war, nichts gesehen zu haben, jagten ihm die Worte seines Cousins einen Schauder über den Rücken. Er spürte, wie seine Lider schwer wurden. Peedie sagte etwas zu ihm, das er jedoch nicht verstand.

»Ich hab gesagt, ich frage mich, ob das so eine Art Zeichen ist«, wiederholte Peedie.

»Es interessiert mich nicht, ob es ein Zeichen ist. Alles, was ich will, ist in meinem Bett liegen und schlafen.« *Und Jo wieder sehen*, fügte er im Stillen hinzu.

Peedie sah auf Burden hinunter und runzelte die Stirn. »Keine Sorge, Cousin«, meinte er nach einer kurzen Pause, »morgen Abend bist du wieder zu Hause, und dann hat all das hier ein Ende. Trotzdem … bist du denn überhaupt nicht neugierig, wer sie sind?«

Burden war viel zu müde und erschöpft, um neugierig zu sein, und ließ sich von dem leichten, befreienden Gefühl des nahenden Schlafes einlullen. Er driftete in tiefen Schlummer, und als er am nächsten Morgen aufwachte, konnte er nicht einmal mehr sagen, ob Peedie ihn tatsächlich aus seinem Traum von Jo gerissen hatte oder ob er und die beiden Gestalten nur ein Traum innerhalb eines Traums gewesen waren. Die Tatsache, dass Peedie den nächtlichen Vorfall mit keiner Silbe mehr erwähnte, verstärkte seine Unsicherheit noch, deshalb hielt Burden es nicht für nötig, etwas zur Sprache zu bringen, das höchstwahrscheinlich ohnehin nie stattgefunden hatte.

Die Morgenluft war feucht und kühl, so als gelänge es ihr nicht, die Nässe des vorangegangenen Tages abzuschütteln. Der Friedhof war in dichten Nebel gehüllt, und Peedie, der bereits aufgestanden war, als Burden aufwachte, pinkelte an einen Baum.

»Was machst du da?«, neckte Burden ihn schläfrig und setzte sich auf.

»Weihwasser«, erwiderte er.

Als Burden langsam wacher wurde, spürte er die Auswirkungen des vergangenen Abends umso deutlicher. Seine Wangen fühlten sich aufgedunsen an und glühten trotz der morgendlichen Kühle, und die Tatsache, dass er eine Nacht im Freien verbracht hatte, verstärkte sein unbehagliches Gefühl noch.

»Wir sollten lieber aufbrechen, wenn wir heute Abend zu Hause sein wollen«, meinte Peedie und schüttelte angesichts des traurigen Anblicks, den Burden bot, den Kopf.

»Willst du etwa zu Fuß gehen?«, fragte Burden entsetzt und massierte sich behutsam den Kieferknochen. »Sollen wir nicht lieber auf Whalie warten?«

»Whalie? Ich schätze, wir sollten uns lieber nicht darauf verlassen, dass er uns abholen kommt. Verdammt, ich kann mir nicht mal vorstellen, dass er vor dem Mittagessen überhaupt wach wird. Nein, wir sollten uns lieber auf den Weg machen. Es sind etwa zwanzig Meilen bis nach Hause.«

Burden schlug vor, auf die Kirchenbesucher zu warten und einen von ihnen zu bitten, sie mitzunehmen. Peedie dachte über Burdens Vorschlag nach, verwarf ihn jedoch. Er würde lieber zu Fuß gehen, meinte er, schließlich sei es viel abenteuerlicher, als sich von anderen Leuten nach Hause fahren zu lassen.

»Wir werden sowieso nicht vor vier Uhr heute Nachmittag erwartet, also ist das unsere Freizeit. Und jetzt komm«, meinte Peedie. »Sehen wir zu, dass wir ein bisschen Abstand zwischen uns und all diese toten Leute kriegen.«

Die beiden Jungen gingen mehrere Meilen an der schmalen Landstraße entlang. Keiner von ihnen trug eine Armbanduhr, aber Peedie nahm an, dass sie gegen sieben Uhr früh aufgebrochen waren und kurz nach drei Uhr nachmittags zu Hause sein müssten, wenn sie sich ein wenig sputeten. Trotzdem schien Peedie es keineswegs eilig zu haben, und Burden war nicht in der Stimmung, ihn zur Eile anzutreiben, indem er ihm von seiner abendlichen Verabredung mit Jo erzählte. Wann immer ein Wagen an ihnen vorbeifuhr, wünschte sich Burden inbrünstig, der Fahrer möge anhalten und ihnen anbieten, sie mitzunehmen, doch keiner von ihnen machte irgendwelche Anstalten.

Langsam begann die morgendliche Kühle der Vormittagswärme zu weichen. Um die Mittagszeit hatten sie höchstens ein gutes Drittel der Strecke nach Walterboro hinter sich gebracht, sodass sie auf keinen Fall vor dem frühen Abend nach Hause kommen würden. Als eine Lichtung im Wald den Blick auf einen dunklen, gewundenen Pfad freigab, sah Peedie Burden an und schlug vor nachzusehen, wohin er führte.

»Kommen wir dadurch ein bisschen schneller nach Hause?« Diese Frage kam dem am nächsten, was Burden eigentlich am liebsten hatte sagen wollen.

»Vielleicht, vielleicht auch nicht«, erwiderte Peedie. »Du hast es nicht zufällig eilig, oder?«

Burden schleuderte einen Ast weg. »Nein«, presste er nach ein paar Sekunden hervor, während sie den matschigen Weg betraten.

Der Pfad wand sich viel versprechend mehrere hundert Meter weit in nordöstliche Richtung. Dann führte er abrupt hangabwärts, und es sah aus, als würde er in einem Sumpf enden. Doch obwohl die Erde unter ihren Füßen immer feuchter wurde und die Luft immer intensiver nach Schwefel und Lehm roch, schien der Boden sie dennoch zu tragen. Sie setzten ihren Weg fort, als der Pfad plötzlich über eine zweite Anhöhe hinaufführte, so als wollte er sie für ihr Vertrauen belohnen. Dieser Anstieg zog sich ein wenig länger hin, und sie gingen etwa eine Meile weiter und trafen unvermittelt auf einen steilen, hohen Sandwall mit kleinen Bäumen und Farn. An dieser Biegung schien der Pfad zu enden, und für den Bruchteil einer Sekunde spürten Burden und Peedie deutlich die Schwere ihrer Füße, als ihnen bewusst wurde, wie viele Schritte sie umsonst gemacht hatten.

»Komm schon«, sagte Peedie schließlich, »du musst mich hochheben.« Er griff nach einer gekrümmten Wurzel auf dem Boden und kletterte mit Burdens Hilfe den steilen Hang hinauf.

»Was siehst du?«

»Moment«, gab Peedie zurück und verschwand zwischen den Bäumen, sodass Burden nur noch das leiser werdende Knacken der Zweige hören konnte. Ohne Peedies Gegenwart wurde sich Burden nur umso bewusster, dass sein Herz noch schwerer war als seine Füße – ein Gefühl der Isolation, das bereits am Vorabend an der Kirche eingesetzt hatte. Er dachte an Jo und ihre Verabredung und fragte sich, ob er es wohl noch rechtzeitig schaffen würde. Wäre er doch nur nicht so dumm gewesen, Sulahs Brüste zu begrapschen, dann wären Peedie und er schon längst zu Hause, und er würde sich auf die Verabredung mit Jo freuen. Burden rang mehrere Minuten mit seinen Selbstvorwürfen, die seine Stimmung zusehends düsterer werden ließen. Als er gerade endgültig in einen Zustand der Depression zu verfallen drohte, tauchte Peedies strahlendes Gesicht im Blattwerk über ihm auf.

»Und?«, rief Burden erleichtert.

»Das wirst du mir nicht glauben«, erwiderte Peedie aufgeregt. Er beugte sich hinunter und reichte Burden die Hand. »Beeil dich – das darfst du nicht verpassen.«

»Was denn?«, fragte Burden, angesteckt von der Aufregung seines Cousins und dankbar, dass sich seine Verzweiflung verflüchtigt hatte. »Was denn verpassen?«

»Warte. Du wirst es gleich sehen.«

Als Burden den Kamm des Hügels erreicht hatte, fragte er Peedie noch einmal, was er nicht verpassen durfte, doch sein Cousin ignorierte seine Fragerei und ging weiter durch den Wald. »Die nächsten hundert Meter oder so ist der Wald noch ziemlich dicht, aber dann kommt eine Lichtung. Ich schätze, wir müssen irgendwo in der Nähe von Yemassee sein, was bedeutet, dass es noch ziemlich weit bis nach Hause ist«, erklärte Peedie mit absichtlicher Bedächtigkeit, doch unter seiner beherrschten Fassade war eindeutig jener Anflug von schelmischem Übermut zu hören, der so typisch für Jungen ist.

Wie Peedie angekündigt hatte, standen die Bäume dicht gedrängt und schienen sich den Jungen regelrecht in den Weg stellen zu wollen, doch am Ende des Waldes blitzte das flache offene Land durch die Äste. Als sie sich dem Waldrand näherten, blieb Peedie stehen, drehte sich zu seinem Cousin um und nahm ihn bei den Schultern. »Was ich dir gleich zeige, wird dafür sorgen, dass wir gleichauf sind, was die Sache mit Pruella betrifft«, verkündete er mit feierlicher Miene.

»Was …«, fing Burden an, doch Peedie legte ihm die Hand

auf den Mund, um ihn zum Schweigen zu bringen, sodass es seiner Fantasie überlassen blieb, worauf er auf dieser Lichtung stoßen würde.

Peedie ließ Burdens Besorgnis noch größer werden, indem er ihn anwies, den Mund zu halten, während er vorsichtig den Weg entlangpirschte, über den er gekommen war.

Zwischen den Bäumen öffnete sich eine Lichtung, eine kleine, mit dichtem Gras bewachsene Anhöhe. Burdens Augen hatten sich so an das düstere Licht auf dem Pfad gewöhnt, dass er sie zusammenkneifen und mit der Hand abschirmen musste, um etwas erkennen zu können. Die Brise strich weich über sein Gesicht und trug die zunehmende Wärme der Nachmittagssonne heran. Er sah sich um. »Ich sehe nichts«, stellte er enttäuscht fest.

»Warte.« Peedie schob seinen Finger in die Gürtelschlaufe von Burdens Hose und zerrte ihn in Richtung Anstieg des Hügels. Nach etwa zwei Dritteln des Wegs ließ sich Peedie auf die Knie fallen und zog Burden mit sich. Das Gras kitzelte Burden in der Nase, und er kratzte sich ständig, um zu verhindern, dass er niesen musste – was, wie ihm klar war, einer Katastrophe gleichgekommen wäre. »Warte hier«, meinte Peedie und schob sich allein durchs Gras, während Burden mit Spannung verfolgte, wie er sich vorwärts arbeitete, und sich gleichzeitig fragte, welches Verbrechen sie wohl gerade begingen.

Nach einer Weile kehrte Peedie zurück und forderte Burden flüsternd auf, ihm zu folgen. Burden kroch schweigend hinter seinem Cousin her, doch erst nachdem er das hohe Gras hinter sich gelassen hatte, erkannte er, was Peedies Aufmerksamkeit auf sich gezogen hatte.

Am Rande eines Wäldchens stand ein Lastwagen, dessen Kotflügel und Türen mit getrocknetem Schlamm bespitzt waren. Die Windschutzscheibe war ebenfalls von einer dünnen Schmutzschicht bedeckt, die sich um zwei Halbmonde zog, wo die Scheibenwischer ihre Arbeit getan hatten. Auf der anderen Straßenseite waren ein junger Mann und eine Frau auf einer verblichenen, rot karierten Decke zu erkennen. Die beiden lagen nebeneinander, und der Mann, der Burdens Vermutung nach Ende zwanzig sein musste, hatte eine Hand auf den Arm der Frau gelegt

Mit dem Daumen schob er ihr die Bluse von der Schulter und küsste die darunter liegende Haut. Burden konnte das Weiß ihres BH-Trägers aufblitzen sehen.

Peedie sah Burden grinsend an. »Und, sind wir jetzt quitt?«

Burden sagte kein Wort, er *konnte* kein Wort sagen. Vor Jo hatte er erst ein einziges Mal ein Mädchen geküsst. Es war nur ein einziger Kuss gewesen. Er hatte versucht, sie ein zweites Mal zu küssen, aber sie war zurückgewichen. Doch schon nach diesem einen Kuss hatte er zu wissen geglaubt, was eine Frau ausmachte: ihr Duft, das Gefühl ihres Körpers an seinem, als sie dicht voreinander gestanden hatten, der Geschmack ihrer Zunge, der die Aromen eines ganzen Tages in sich getragen hatte. Doch dieses selige Bewusstsein hatte nur eine Nacht und die Hälfte des darauf folgenden Tages angehalten. Und am Ende waren seine Frustration und seine Verwirrung im Hinblick auf Mädchen ebenso groß gewesen wie zuvor.

Der junge Mann schien kurz vor einer spektakulären Entdeckung zu stehen, die Burden vielleicht nie machen würde.

Das Mädchen setzte sich auf und entledigte sich mit der Hilfe ihres Geliebten seiner Bluse. Sie küssten einander, und sie lachte nervös, als sie sich wieder auf die Decke zurücksinken ließ. Der junge Mann begann ihren Hals zu küssen, und das Mädchen legte den Kopf in den Nacken und lachte wieder, ehe sie mit einer Hand ihren Mund bedeckte und das Echo ihres Lachens leise über das Feld getragen wurde. Der Mann schob den Träger ihres BHs über ihre Schulter, während das Mädchen sich einige Momente lang spielerisch wehrte, dann jedoch nachgab und sich endgültig zurücksinken ließ. Völlig fasziniert verfolgte Burden das Geschehen. Er spürte, wie sein Körper zu beben und zu schmerzen begann. Angst breitete sich in ihm aus und ein noch größeres Erstaunen. Er dachte an Jo und daran, wie es sich wohl anfühlen mochte, sie so zu küssen und zu berühren, wie dieser Mann es mit dem Mädchen tat.

Dann, nachdem die beiden sich wieder angezogen hatten, in den Lastwagen gestiegen und davongefahren waren, starrte Burden wortlos auf die Stelle, an der sie sich geliebt hatten. Peedie musterte seinen Cousin mit überlegener, weltmännischer Miene, als wäre das, was sie gerade beobachtet hatten, absolut nichts Besonderes. Er schien seine Rolle desjenigen, der seinen Cousin in Dinge einweihte, mit denen er selbst schon längst vertraut war, in vollen Zügen zu genießen. Schließlich rüttelte er Burden an der Schulter. »Was denkst du?«

Burden war unfähig, seinen Blick von der Stelle zu wenden, wo das Liebespaar im Gras gelegen hatte. Er fand keine Worte, keine Empfindungen für das, was er gerade gesehen hatte. Er hatte sich derartige Szenen schon mehrfach ausgemalt – mit sich selbst in der Rolle des Geliebten und diversen Mädchen aus seinem Bekanntenkreis, doch nun wurde ihm mit einem Mal klar, dass er in Wahrheit keine Ahnung gehabt hatte, was er sich eigentlich hätte ausmalen sollen.

»So«, meinte Peedie nach einer Weile, »wir können auf dem Weg weitergehen. Er führt in etwa in die Richtung, in die wir müssen.« Er stand auf und klopfte sich den Schmutz von der Hose. »Bist du so weit?«, fragte er und reichte Burden die Hand, um ihm aufzuhelfen.

Nach mehreren Augenblicken nahm Burden seine Hand.

Mittlerweile kamen die Jungen besser voran. Trotzdem hatte Peedie mit seiner Schätzung, wann sie endlich nach Hause kommen würden, gründlich danebengelegen. Es stand vollkommen außer Frage, dass sie Walterboro bestenfalls am frühen Abend erreichen würden, und Burden spürte, dass ihn trotz Peedies Gegenwart der Mut verließ.

Abgesehen von dem noch immer allzu deutlich spürbaren Schmerz in seinen Wangen und Lippen bemerkte er ein Nagen in seinem Inneren, das er nicht zuordnen konnte. Es fühlte sich an, als sei ein Teil von ihm völlig aus dem Gleichgewicht geraten. Alles, was er sah und dachte, wirkte, als nehme er es durch einen Filter der Melancholie wahr. Hinzu kam noch, dass das Hungergefühl, das er bereits beim Aufwachen gespürt hatte, inzwischen geradezu schmerzhaft geworden war. Im einen Moment spürte er nichts und vergaß beinahe, dass er überhaupt Hunger hatte, doch in der nächsten Sekunde krampfte sich sein Magen quälend zusammen.

Wann immer die Krämpfe in seinem Magen seine Gedanken nicht beeinträchtigten, ließ Burden wieder und wieder die Szene mit dem jungen Mann und dem Mädchen beim Liebesakt vor seinem geistigen Auge ablaufen, während ihm bewusst wurde, dass ein neues Kapitel seines Lebens begonnen hatte. Es wäre übertrieben gewesen, zu behaupten, dass er sich wie neugeboren fühlte, aber nur ein klein wenig.

»Willst du eine Pause machen?«, fragte Peedie, dessen Stimme wie aus weiter Ferne an sein Ohr drang.

Burden nickte.

Sie setzten sich auf einen erst kürzlich umgestürzten Baum. Die Hälfte der Wurzeln ragte in einem dichten Netz in die Höhe, in dem sich Erdklumpen und Blätter verfangen hatten.

Peedie spähte durch die Äste zum Himmel hinauf und wischte sich die Stirn ab. »Jetzt könnte ich ein Glas Limonade vertragen«, meinte er. »Oder ein Eis. Wie sieht's mit dir aus?«

Burden, gefangen zwischen seinen Hungerattacken und seinen Erinnerungen an das herzförmige Gesicht des Mädchens, zuckte mit den Schultern.

»Was ist?«, wollte Peedie wissen.

Diese Frage ließ Burdens Gesichtsfarbe noch intensiver werden.

»Komm schon, Burden, was denkst du? Moment. Ich weiß es. Du denkst noch immer an die zwei von vorhin, stimmt's?« Peedie deutete auf den Weg, über den sie gekommen waren. »Du hast nicht mal zwei Worte gesagt, seit wir sie gesehen haben. Du solltest mir lieber verraten, woran du denkst, weil du da oben wahrscheinlich sowieso alles durcheinander bringst.« Er deutete auf Burdens Kopf.

Burden zuckte zusammen, lächelte aber. Peedie eine solche Frage zu stellen würde zwar beweisen, wie wenig bewandert er in diesen Dingen war, aber schließlich siegte die Neugier über die Scham. Er nahm all seinen Mut zusammen, sah seinen Cousin an und wandte dann errötend den Blick ab. »Wie fühlt sich denn das an? Wie fühlt es sich an, wenn man mit einem Mädchen zusammen ist?«, fragte er schließlich hastig.

Peedies erster Impuls war, angesichts der Naivität dieser Frage in schallendes Gelächter auszubrechen, doch die Ernsthaftigkeit, mit der Burden sie vorgebracht hatte, verbot es ihm. Peedie dachte einen Augenblick lang ernsthaft darüber nach, was ein unbehagliches Gefühl in ihm auslöste, da ihm tatsächlich keine gute Antwort darauf einfiel. »Keine Ahnung«, erwiderte er schließlich in einem Tonfall, der seine Worte wie ein beschämtes Eingeständnis klingen ließ.

Burden musterte ihn verblüfft. »Aber ich dachte immer … ich dachte, dass du und Pru …«

Peedie hob die Hände und schüttelte den Kopf, während sich seine Lippen zu einem angedeuteten Lächeln verzogen. »Nur weil dich ein Mädchen für Geld ihre Titten anschauen lässt, muss das noch lange nicht heißen, dass man sie auch anfassen darf.«

Burden wandte sich niedergeschlagen ab. Es dauerte einige

Minuten, bis er sich wieder ein wenig gefangen hatte. »Du meinst ... du hast noch nie ...?«

»Ich schätze, ich hätte meine Aufgaben zu Hause besser erledigen müssen. Vielleicht könnte ich dir eine Antwort liefern, wenn ich mehr Geld dabeigehabt hätte.«

Die Absurdität dieses Gedankens ließ Burden laut auflachen und vertrieb seine düstere Stimmung. Es wäre ihm lieber gewesen, wenn sein Cousin eine plausible Antwort auf Lager gehabt hätte. Auf der anderen Seite hätte er jedoch nicht gewollt, dass dieses Geheimnis für ihn auf diese Weise, nämlich aus zweiter Hand, gelüftet wurde.

»Trotzdem«, meinte Peedie und betrachtete die Bäume, »trotzdem muss es was ganz Wunderbares sein, glaubst du nicht auch?«

Burden nickte. Ja, dachte er, es ist etwas ganz Wunderbares gewesen, das Wunderbarste überhaupt.

Peedie legte seinem Cousin eine Hand auf die Schulter. »Ich weiß ja nicht, wie's dir geht, aber ich habe einen Bärenhunger. Je früher wir heimkommen, umso schneller gibt's etwas zu essen. Bist du so weit?«

Burden nickte wieder und stand auf.

Die Jungen folgten dem Weg über mehrere Meilen, kehrten jedoch in den Wald zurück, als er nach einer Kurve abrupt in südliche Richtung führte. Der Tag zog sich in unendlicher Zähigkeit dahin. Die im Nachmittagslicht noch in hellen und klaren Farben schimmernden Bäume begannen in der einsetzenden Dämmerung golden zu leuchten. Indigofarbene Schatten stiegen vom Boden auf und sammelten sich zwischen den Ästen, während rote und orangefarbene Flammen in den Bäumen in der Ferne tanzten. Unter anderen Umständen hätte Burden in dieser stillen Stunde so etwas wie Frieden empfunden, doch nun war er müde und hungrig, seine Beine schmerzten vor Erschöpfung, und es wollte ihm einfach nicht gelingen, das Gefühl der Melancholie zu vertreiben, das von ihm Besitz ergriffen hatte. Jo musste inzwischen aufgegeben haben, auf ihn zu warten. Sie glaubte vermutlich, er habe sie versetzt – ein Gedanke, der ihn mit Schmerz erfüllte.

»Hörst du das?«

Burden wandte sich Peedie zu, während seine Gedanken noch immer bei Jo waren.

»Hörst du diese Autos? Das ist die Siebzehn, das muss sie sein.« Damit war der Highway gemeint, an dem die Häuser ihrer Eltern lagen. »Wenn wir erst mal dort sind, haben wir's fast geschafft.«

Burdens Miene erhellte sich ein wenig. *Fast geschafft?*, dachte er und wunderte sich, wie gut diese Worte klangen. *Vielleicht ist es ja doch nicht zu spät.*

Peedie legte erneut seine Hand auf Burdens Schulter. »Komm schon, Cousin, beeilen wir uns lieber.«

Die Jungen gingen zügig weiter und lachten, als die Äste an ihren Armen und Wangen entlangstreiften. *Lachen, ja, das fühlt sich gut an*, dachte Burden, und seine Lungen begannen angenehm zu brennen von dem Sauerstoff, den er mit seinem Gelächter in sie hineinpumpte. *Bald bin ich zu Hause*, dachte er, *und dann rufe ich Jo an und …* An dieser Stelle ließ er seinen Gedanken freien Lauf und spürte eine tiefe Freude in sich, als er vorwärts strebte, Peedie überholte und ihn im Vorbeigehen gegen die Schulter knuffte.

»Wetten, dass ich schneller an der Straße bin?«, rief er fröhlich.

Peedie versuchte ihn zu fassen zu bekommen, verfehlte ihn jedoch. Er verzog das Gesicht und beschleunigte seine Schritte. »Nein, bist du nicht«, rief er.

Johlend strebten sie dem Waldrand zu in der Annahme, nicht mehr weit von zu Hause entfernt zu sein.

Doch als sie das Ende des Waldes erreicht hatten, blieben sie wie erstarrt stehen. Ihr Gelächter erstarb, und die bittere Erkenntnis zeichnete sich auf ihren Gesichtern ab. Die Düsternis, von der sie glaubten, sie hätten sie längst abgeschüttelt, kehrte zurück und schien mit einem Mal noch bedrückender zu sein. Denn sie waren nicht nur meilenweit von zu Hause entfernt – obwohl es in Wahrheit nur drei waren –, sondern darüber hinaus an einem Stück Land herausgekommen, das mit so vielen dunklen Geschichten befrachtet war, dass ihnen sein Anblick jegliche Freude raubte. Sie waren auf Silas Stoaks' Grund und Boden gelandet.

Stoaks war überall in Walterboro als äußerst schwierig und eigenartig bekannt. Er hatte den Großteil seines Lebens mit dem Anbau von Mais zugebracht. Auf dem knapp zweihundertfünfzig Hektar großen Feld standen die Maispflanzen der vorletzten Saison. Verdorrte Maisfelder erstreckten sich vor den Augen der Jungen und verbargen den Blick auf den Highway und ihr Zuhause. Stoaks sah offenbar keinerlei Notwendigkeit, den Mais zu ernten, sondern vergrub sich in seinem Haus und sah seelenruhig zu, wie sein gesamter Besitz vor die Hunde ging.

Die Jungen im Ort machten einen Sport daraus, sich spätabends an die Fenster von Stoaks' Haus zu schleichen und hineinzuspähen. Anschließend erzählten sie ihren kleinen Brüdern Geschichten darüber, wie Stoaks in seinem Sessel saß und den Klängen aus einem alten Einbauradio lauschte, das im düsteren Flurlicht unheimlich schimmerte, und wie sich seine Lippen in einem endlosen Monolog unablässig bewegten. In seinen Augen, berichteten sie, glühe das Feuer des leibhaftigen Teufels. In Wahrheit, so spekulierte einer von ihnen, habe Silas selbst dem Leibhaftigen schon einmal gegenübergestanden, und diese Begegnung habe dafür gesorgt, dass er den Verstand verlor.

An manchen Abenden sah man ihn auch mit dem Gewehr unter dem Arm durch die Reihen toter Maiskolben patrouillieren, tief in Selbstgespräche versunken mit einer Stimme, die nur ein Verrückter als normal empfinden würde. Burden kannte Silas lediglich von den Gelegenheiten, wenn der alte Mann in den Laden seines Vaters kam. Peedie hatte in der Saison auf dem Feld ausgeholfen, als Silas endgültig seinen Verstand eingebüßt hatte. Peedie hatte bei der Ausgabe der Saatsäcke geholfen und hier und da Werkzeuge holen müssen. Im Gegensatz zu den anderen, die Silas aus Furcht mieden, war Peedie der Ansicht, dass er einfach nur ein seltsamer alter Mann war. Trotzdem hatte er einen Heidenrespekt vor dem Gewehr in seinem Arm.

»Was machen wir jetzt?«, fragte Burden atemlos. »Außen herum oder mittendurch?«

Peedie trat vor die Maisstängel, nahm ein ausgetrocknetes Blatt in die Hand, zerrte es vom Stängel und zertrat es zu Staub. Zu seinen Füßen lagen die Überreste eines Maiskolbens. Waschbären und irgendwelches Wild hatten die Körner angeknabbert, die von der Sonne verbrannt waren.

»Es geht schneller, wenn wir mittendurch gehen«, sagte Burden.

Peedie spähte in das lavendelfarbenen Zwielicht. »Ja, aber irgendwo da draußen muss dieser alte Teufel sein.«

Burden schüttelte ungeduldig den Kopf. »Das wissen wir doch gar nicht. Außerdem dauert es noch eine halbe Stunde länger, wenn wir außen herum gehen. Wir sollten wirklich zusehen, dass wir nach Hause kommen. Ich hab Hunger und bin müde.« Den wichtigsten Grund jedoch ließ er unerwähnt.

»Ja, ich auch ...« Peedies Stimme verklang, als er nachdenklich den abendlichen Himmel beobachtete. Es gab noch immer einen Rest Licht, der jedoch zusehends schwand. Schließlich wandte er sich Burden zu und musterte ihn erschöpft. »Du willst also wirklich durch das Feld gehen?«

»Ich will jetzt endlich nach Hause, Peedie.«

Noch immer unentschlossen trat Peedie mit dem Fuß gegen einen Maiskolben.

Burdens Kiefermuskeln spannten sich an. Die Aussicht auf sein Zuhause war zu verführerisch. Selbst wenn der Weg um Silas' Grundstück nur einen Umweg von einer halben Stunde bedeuten würde, waren es diese Minuten, die sie nach den Strapazen der letzten Nacht und des Tages nicht verschenken sollten. Es stimmte zwar, dass sie nicht hier wären, wenn er nicht Sulahs Titten begrapscht hätte, aber trotzdem war es schließlich Peedie gewesen, der ihm diesen Floh ins Ohr gesetzt hatte. Diese Tatsache machte seinen Wunsch, querfeldein zu gehen, um schneller nach Hause zu kommen, ein klein bisschen weniger selbstsüchtig. »Ich will nicht warten. Ich will endlich nach Hause«, wiederholte er. »Es passiert doch nichts, wenn wir quer durch das Feld gehen, solange wir nur nicht in die Nähe des Hauses kommen.«

Peedie lächelte schwach. »Darüber brauchst du dir keine Sorgen zu machen, Cousin«, versicherte er. »Wir kommen ganz bestimmt nicht bei Stoaks' Haus vorbei.«

Sie wussten beide, dass das eine Lüge war, da das zerfallene Wohnhaus an der nordwestlichen Ecke des Maisfelds am Highway stand und sich damit genau zwischen ihnen und ihrem Zuhause befand. »Wir gehen diagonal durch«, schlug Peedie vor. »Dann kommen wir so weit von Stoaks' Haus entfernt auf den Highway, dass wir uns keine Sorgen um den alten Bock machen müssen. Bleib dicht hinter mir«, sagte er und legte kurz die Hand auf Burdens Schulter. Sie fühlte sich kalt und feucht an. »Und geh ja nicht so langsam – ich will keine Sekunde länger in diesem Feld sein als unbedingt nötig.« Und damit tauchte er zwischen die vertrockneten Maispflanzen. Burden blieb noch einen Augenblick ängstlich stehen und rang mit sich. Erst als er drohte, Peedie aus den Augen zu verlieren, trat auch er in das Feld.

Sie hätten sich keinen ungeeigneteren Ort für einen geräuschlosen Marsch aussuchen können. Die ausgedörrten Stängel und Kolben knackten bei jedem Schritt. Burden drehte sich um und betrachtete die Schneise im Feld und die feinen Staubwolken, die sie mit den Füßen aufwirbelten. Der alte Stoaks mochte vielleicht taub sein, aber er war gewiss nicht auch noch blind. Über die Maisstängel hinweg war der Giebel von Stoaks' einstöckigem Haus zu sehen, ein Anblick, bei dem sein Herz zu hämmern begann, während sich sein Mund mit einem Mal ganz trocken anfühlte. Alle paar Schritte spähte er hinter sich und fürchtete jedes Mal, Stoaks mit dem Gewehr in der Hand zu sehen. Er beschleunigte seine Schritte und prallte prompt gegen den Rücken seines Cousins, der mittlerweile stehen geblieben war.

»Was machst du denn da?«

»Pst«, zischte Peedie und legte seine Hand über Burdens Mund. Er stand stocksteif da und lauschte auf irgendwelche Geräusche in der Ferne, während er mit den Augen die Umgebung absuchte.

Burden wartete ebenfalls schweigend. Er konnte nicht sagen, ob das Geräusch, auf das sein Cousin horchte, real oder seiner Fantasie entsprungen war, da er abgesehen von seinem eigenen Herzen nichts hörte.

Peedie hob einen Finger. »Hörst du das?«

Burden lauschte vergeblich, als Peedie ihn plötzlich am Hemd zerrte. *»Lauf!«*, schrie er, worauf sich Burden in Bewegung setzte, ohne auch nur eine Sekunde zu zögern. Er hatte keine Ahnung, warum er das tat, denn außer der abrupten Veränderung von Peedies Verhalten war ihm nichts Ungewöhnliches aufgefallen. Im Laufen drehte er sich um, konnte aber niemanden entdecken. Er wandte sich wieder um und verlor einen Augenblick den Anschluss an seinen Cousin, als dieser einen Haken nach links schlug. »Peedie! Peedie, warte auf mich!« Er machte sich nicht länger die Mühe, leise zu sein. Eine Hand griff zwischen den Maispflanzen hindurch und packte ihn an der Schulter. »Hier entlang.«

Die Jungen pflügten durch die Maispflanzen. Mehrere Male verlor Burden den Halt und stolperte über die verdorrten Maiskolben. Ohne Vorwarnung schlug Peedie einen Haken nach rechts. Burden bremste abrupt ab, rammte einen Fuß in die Erde und wollte ebenfalls abbiegen, trat jedoch auf einen Maiskolben statt auf festen Boden, sodass er mitten in die aufragenden Maispflanzen stürzte und auf seiner Hand landete. Mehrere Sekunden lang lag er reglos zwischen den abgeknickten Maispflanzen und schnappte nach Luft, während er entsetzt auf irgendwelche verräterischen Geräusche horchte. Er hörte Peedies leiser werdende Schritte und versuchte, nach ihm zu rufen, doch seine Lungen, aus denen jegliche Luft herausgepresst worden war, versagten ihren Dienst. Dann hörte er wieder etwas – Schritte, die sich näherten. Im nächsten Augenblick drang eine Stimme an Burdens Ohr, eine Stimme, die unbändige Wut verriet. Er konnte keine Wörter erkennen, sondern vernahm lediglich die kehligen Laute eines Wahnsinnigen.

Burden kam mühsam auf die Füße, taumelte ein paar Schritte weit und verfiel dann in Trab, von dem verzweifelten Wunsch getrieben, Peedie einzuholen.

Doch als er an die Stelle kam, an der sein Cousin einen Haken geschlagen hatte, sah er Peedie auf sich zukommen, das Gesicht von ebenso großer Furcht und Aufregung verzerrt wie sein eigenes.

»Da entlang«, schrie er, worauf Burden sich an seine Fersen heftete.

Ein Schuss donnerte ganz in der Nähe durch die Luft. Peedie und Burden ließen sich zu Boden fallen, während eine Salve Schrotkugeln durch die Maisstängel pfiff. Burden blickte hinter sich und sah eine bläuliche Wolke über den Maispflanzen aufsteigen, unmittelbar gefolgt von zornigen Flüchen, die durch die abendliche Luft dröhnten. Es war Silas, der mit dem Gewehr im Anschlag durch sein Heiligtum marschierte. Peedie drehte sich mit leichenblassem Gesicht nach Burden um; von seiner anfänglichen Abenteuerlust war mittlerweile keine Spur mehr zu sehen. »Los, komm schon!«

Sie sprangen auf die Füße und liefen weiter. In der Ferne dröhnte die Hupe eines Autos und verriet ihnen, dass sich der Highway in unmittelbarer Nähe befand. Doch statt direkt darauf zuzuhalten, lief Peedie immer tiefer in das Dickicht aus Maispflanzen, in der Hoffnung, kein leichtes Ziel für Stoaks abzugeben.

Burden sah nach links und bemerkte einen Lichtstrahl, der durch die aschgrauen Stängel fiel, als ein Wagen auf dem Highway vorbeifuhr. Er drehte sich um und sah Peedie parallel zur Straße laufen. Er schien sich nicht bewusst zu sein, dass sie sich so nahe am Rand des Felds befanden. Burden blieb stehen. »Hier rüber!«, schrie er und hetzte durch die letzte Reihe Mais, noch bevor Peedie sich zu ihm umdrehte. Kaum war er zwischen den Stängeln hervorgebrochen, sank er zu Boden – teils aus Erleichterung, teils weil seine Füße sich weigerten, ihn auch nur einen weiteren Schritt zu tragen. Silas' Haus ragte bedrohlich rechts von ihm auf. Dahinter – es konnten höchstens fünfzig Meter sein – verlief die Straße. Er presste die Stirn gegen den Boden und sog so viel Sauerstoff in seine Lungen, wie er nur konnte. Seine Brust brannte, seine Augen tränten, und seine Beine fühlten sich so dick wie Pfeiler und so schwer wie Blei an.

Wenige Meter neben ihm bahnte sich jemand einen Weg durch die Pflanzen. Burden versteifte sich vor Angst. Es war Peedie, der stehen blieb, sich nach vorn beugte, die Hände auf die Oberschenkel stemmte und nach Luft rang.

Burden hockte sich auf die Fersen und blickte wieder hinüber zur Straße, in die Freiheit.

»Alles in Ordnung mit dir?«, wollte Peedie atemlos wissen.

Burden nickte.

»Spitzenabkürzung, Cousin«, bemerkte Peedie und nickte in Richtung Maisfeld. »Glaubst du, du schaffst das letzte Stück auch noch?«

Wieder nickte Burden.

»Gut«, meinte Peedie und spähte argwöhnisch zum Maisfeld hinüber. Als er sicher war, dass keine Gefahr drohte, ging er auf seinen Cousin zu und erstarrte mitten in der Bewegung. Mit der Behändigkeit eines Geistes tauchte Silas mit einer zwölfkalibrigen Flinte in der Hand zwischen den Stängeln auf. Burden hörte, wie sein Cousin scharf die Luft einsog, als dieser die Waffe auf ihn richtete.

»Keine Bewegung, ihr zwei«, befahl Silas mit barscher Stimme. Er trat näher. Etwa drei Meter vor Burden blieb er stehen. »Keiner von euch beiden bewegt auch nur einen verdammten Muskel.« Silas war ihnen im Laufschritt durch das Feld gefolgt, sodass nun die Schwächen seines Körpers allzu deutlich wurden. Plötzlich begann er leicht zu schwanken, so als hätte ihn eine unsichtbare Bö erfasst, während er eine Reihe wilder Flüche ausstieß. Seine Arme zitterten sichtlich unter dem Gewicht der Waffe, während sein Finger gefährlich gegen den Abzug trommelte.

Angesichts der Tatsache, dass Silas mit der Waffe in der Hand unmittelbar vor ihm stand, erschien Burden der sehnliche Wunsch, Jo an diesem Abend zu sehen, geradezu lächerlich. Alles, was er in den letzten beiden Tagen getan hatte, sinnierte er, hatte ihn immer weiter ins Verderben gezogen, sodass es ihm mit einem Mal unmöglich schien, irgendetwas richtig zu machen. Er drehte sich um, blickte zu Peedie auf und sah, dass dieser entgegen Silas' Befehl, in geduckter Haltung und die

Arme defensiv nach vorn gestreckt, ein paar Schritte vorwärts machte.

»'n Abend, Mr. Silas, Sir«, sagte Peedie. Seine Schuhe schrappten über den Boden, als er sich immer näher an Burden heranschob.

»Keine Bewegung, hab ich gesagt«, bellte Silas.

Peedie blieb stehen.

»Was macht ihr Jungs auf meinem Land? Die Wahrheit, ihr verdammten Kerle, sonst knall ich euch ab.«

Burden hatte plötzlich das dringende Bedürfnis, sich zu übergeben. Das dumpfe Brennen von Säure stieg in seiner Kehle auf. Wieso hatte er Sulah nur angefasst? Er wollte es am liebsten rückgängig machen, die Zeit zurückdrehen bis zu jenem schicksalhaften Augenblick und seine Hände im Schoß liegen lassen. Wenn das doch nur möglich wäre.

Peedie sah auf seinen Cousin hinunter, warf ihm einen zuversichtlichen Blick zu, ehe er sich wieder Silas zuwandte. »Wir haben uns verirrt, Mr. Silas. Wir sind durch den Wald gegangen und durch Zufall an Ihrem Feld herausgekommen. Wir wussten erst wieder, wo wir sind, als wir Ihr Maisfeld gesehen haben. ›Jetzt sind wir bei Silas Stoaks‹, haben wir zueinander gesagt.«

Burden lauschte der Stimme seines Cousins, dem auffallend beschwichtigenden und betont friedfertigen Tonfall. Doch in seiner Verzweiflung konnte er sich nicht vorstellen, dass Silas auch nur ein Wort von dem verstand, was Peedie sagte. Welchen Zweck hatte es schon, mit einem Durchgeknallten zu reden? Er wandte sich wieder Peedie zu und sah einen Jungen in schmutzigen Schuhen und staubiger Hose vor sich, dessen Gesicht gerötet und verschwitzt von der Verfolgungsjagd war und dessen feuchtes Haar an seiner Stirn klebte. Aber welchen Dämon Silas Stoaks durch den Schleier seiner Verrücktheit erkannte, vermochte Burden sich nicht vorzustellen.

Als Stoaks keine Antwort gab, richtete sich Peedie mit wachsender Selbstsicherheit auf. »Ja, Sir, wir haben uns verirrt«, wiederholte er. »Aber jetzt wissen wir wieder, wo wir sind, und machen uns lieber auf den Weg.«

Stoaks trat taumelnd auf die Jungen zu, und für einen Moment sah es so aus, als würde ihm das Gewehr entgleiten. Doch dann sammelte er sich, richtete sich wieder auf und trat noch ein paar Schritte näher, bis er auf gut anderthalb Meter herangekommen war. Seine feuchten Lippen bebten unter seinen unaussprechlichen Gedanken. »Blödsinn, ist doch alles Quatsch, dass ihr euch verirrt habt – ihr wolltet mich bestehlen. Ihr habt meinen Mais geklaut«, stieß er unvermittelt hervor.

»Nein, Sir, Mr. Silas. Wir wollten ganz bestimmt nicht Ihren Mais stehlen. Nein, Sir.« Burden hörte die schwindende Zuversicht in Peedies Stimme. »Aber wir entschuldigen uns, wenn wir Sie gestört haben. Und wir gehen auch gleich, wenn …«

»Keine Bewegung, hab ich gesagt, verdammt noch mal. Ihr bleibt, wo ihr seid.«

Ein Beben durchlief Burden, und ein dumpfes Taubheitsgefühl erfasste seine Glieder. Die Muskeln seiner noch immer halb erhobenen Arme begannen zu schmerzen, doch er fürchtete, jede Bewegung könnte Silas dazu bringen, sofort zu schießen, also blieb er reglos sitzen.

»Gut«, meinte Peedie schließlich, »gut, Sir, wenn Sie glauben, dass wir Sie bestohlen haben, wieso rufen Sie dann nicht die Polizei und lassen uns abführen?«

»Polizei, pah.« Silas spie das Wort förmlich aus. »Ich weiß selber, was man mit Dieben macht.« Er richtete den Gewehrlauf auf Burden. »Du da, du auf dem Boden. Hör endlich auf, wie ein Hund zu winseln. Steh auf, damit ich sehen kann, wer mir meinen Mais stiehlt.«

Burden sah zu Peedie auf. Wie sollten sie diesem Wahnsinn jemals entkommen?

Peedie nickte und bedeutete Burden mit einer knappen Handbewegung aufzustehen. »Es ist okay, Burden«, meinte er schließlich. »Mr. Silas wird die Polizei rufen. Ich fürchte, wir werden einige Zeit im Gefängnis zubringen müssen.« Er hielt den Blick fest auf Silas gerichtet, als wollte er ihn auf diese Weise dazu bewegen, nicht zu schießen. Währenddessen schob er sich ein wenig näher an Burden heran. Als er sich ihm bis auf etwa dreißig Zentimeter genähert hatte, spannte Silas den Hahn, zielte auf Peedie und meinte, er sei nun nahe genug.

Ein Schatten legte sich über das Gesicht des alten Mannes, als er vor den Jungen stand. Dann, als gäben seine Beine unter einer unsäglichen Last nach, taumelte er einen Schritt nach vorn, wobei ihm das Gewehr wieder beinahe entglitt. Der Lauf der Waffe richtete sich auf Burden, als Silas versuchte, sein Gleichgewicht wiederzuerlangen. Burden spürte, wie sein Cousin ihn an der Schulter packte, spürte seine Finger den Stoff umklammern, um Burden aus der Schusslinie zu zerren. Doch Burden war außerstande, seinen Blick von dem alten Mann zu wenden. Das Gewehr war direkt auf sein Gesicht gerichtet, sodass er genau in das schwarze Loch des Laufs starrte. In diesem Augenblick wurde er von einer unbeschreiblichen Angst erfasst. Blindlings schoss sein Arm nach vorn und schlug die Waffe nach rechts. Die Wucht dieses Schlages sorgte dafür, dass Stoaks sein labiles Gleichgewicht erneut verlor und einen Schritt vorwärts taumelte. Von der einen Sekunde zur nächsten schien sich alles grundlegend zu verändern. Für den Bruchteil einer Sekunde gruben sich Peedies Finger in seine Haut, ehe sie mit einem Mal von ihm abließen. Er sah, wie eine bläuliche Wolke aufstieg, vermischt mit einem Regen aus feinen rosafarbenen Tröpfchen; er spürte die feuchte Wärme, mit der sich der Nebel auf sein Gesicht legte, während ihm der Geruch von Schießpulver in die Nase stieg. Er hörte das Klingeln einer Explosion, das mit der Stimme seines Cousins verschmolz, und die Stille, die unmittelbar darauf folgte. Er konnte sich nicht umdrehen. Er wagte es nicht. Doch er wusste es auch so, sah es im verzerrten Gesicht des alten Mannes, der vor seinen Augen in sich zusammensackte, als ihm die Ungeheuerlichkeit seiner Tat bewusst wurde. Seine Lippen begannen sich wieder zu bewegen, zusammenhanglose Silben sprudelten zwischen ihnen hervor. Er taumelte einen Schritt rückwärts, das Gewehr schlaff in seiner Hand. Schließlich ließ er es zu Boden fallen, drehte sich um und begann in der einsetzenden Dunkelheit durch das Maisfeld zu gehen.

Burden sank auf die Knie und übergab sich. Er sackte zusammen, rollte sich auf dem Boden zu einem Ball, die Augen blind vor Tränen. Seine Lippen bebten, und seiner Kehle entrangen sich unzusammenhängende Laute und erstickte Schluchzer. Trotz der unkontrollierten Zuckungen, von denen sein Körper geschüttelt wurde, nahm er all seine Kraft zusammen und drehte sich langsam um, wobei sein Gesicht den Boden streifte und er den Geschmack nach Erde auf der Zunge spürte. Er sah die winzigen Fetzen Fleisch und die Blutspritzer auf dem Boden, streckte die Hand aus und griff nach dem Schuh seines Cousins, spürte den reglosen Fuß, der darin steckte. In seinen Augen brannten Tränen, als er sich zu Peedies Beinen hinaufzog und sie gegen sein Gesicht presste.

Doch er konnte die Vorstellung nicht ertragen, seinen Cousin genauer ansehen zu müssen, einen Blick auf die tödliche Wunde zu werfen.

Er hörte eine Stimme in der Ferne, die tiefe, befehlende Stimme eines Mannes. Sein Tonfall verriet Burden, dass er eine Frage stellte, doch sein Verstand war nicht in der Lage, sie zu erfassen. Der Mann kam näher, wiederholte seine unverständliche Frage, dann schwankte seine Stimme und erstarb. »O mein Gott«, hörte ihn Burden entsetzt hervorstoßen.

Am Tag nach Peedies Tod erfuhr Burden, dass der Mann das

Mündungsfeuer gesehen und den Schuss im Vorbeifahren gehört hatte. Er hatte angehalten und war auf Burden und Peedie zugegangen. Als er das zerfetzte Fleisch von Peedies Gesicht und Brust gesehen hatte, war er zu seinem Wagen zurückgelaufen und hatte Hilfe geholt. Erst nachdem der Notarzt eingetroffen war und versucht hatte, Burden von Peedie zu lösen, hatte er es gewagt, seinen Cousin anzusehen. Überwältigt von einer Woge des Kummers, hatte er sich dem Griff des Notarztes entwunden, hatte sich erneut auf seinen Cousin geworfen und sich schreiend an ihn geklammert in der irrationalen Hoffnung, ihn mit seinen Tränen wieder zum Leben erwecken zu können.

So hilf ihm doch bitte endlich jemand! Noch Wochen danach hallten die Worte in Burdens Kopf mit einer Schärfe wider, als spreche er sie gerade laut aus. *So hilf ihm doch bitte endlich jemand.*

Burden spürte, wie ihn jemand in die Seite stupste. Er hörte Worte – zwar unverständlich, aber eindeutig an ihn gerichtet. Er schlug die Augen auf. Es war Morgen, und ein alter Schwarzer stand über ihm, dahinter ein weißer Junge im Teenageralter. Der Junge hielt einen Rechen in der Hand, stützte sich auf den verwitterten grauen Griff und betrachtete Burden neugierig.

»Was machst du denn an diesem Grab, mein Sohn?«, fragte der Schwarze.

Burden stemmte sich auf einen Arm und sah sich um. Seine Kleider klebten feucht auf seiner Haut.

»Ein Grab wird immer nur für einen Menschen ausgehoben, mein Sohn«, fuhr der Mann fort. »Hat dir das dein Papa nicht beigebracht?« Der Junge grinste, zog den Griff des Rechens unter seinem Kinn hervor und tippte sich damit gegen die Wange.

Burden ließ sich wieder ins Gras zurücksinken, drehte sich um und schirmte seine Augen mit der Hand gegen die Sonne ab. In seinem Kopf hämmerte es, seine Gelenke schmerzten, als er sie beugte, und er spürte die Schmutzschicht, die sich im Lauf der Nacht auf seine Haut gelegt hatte.

»Ist das dein Lieferwagen dort vor dem Tor?«, wollte der Mann wissen.

Burden gab keine Antwort. Mühsam erhob er sich von Peedies Grab, stand einen Moment leicht schwankend davor und machte sich dann auf den Weg in Richtung Friedhofstor.

»Ich wollte gerade die Polizei rufen … und den Wagen abholen lassen, ja genau«, rief der Mann Burden hinterher. »Du hast Glück gehabt, dass ich es nicht getan hab.«

Burden taumelte über den Friedhof. Die Tore standen inzwischen offen, und sein Lieferwagen war noch immer davor geparkt. Er stieg ein, suchte nach den Schlüsseln und stellte fest, dass sie im Zündschloss steckten. Er ließ den Motor an und saß lange Zeit reglos da. In der Ferne konnte er den alten Schwarzen und seinen jungen Helfer erkennen, die vorgaben, die Grasflächen zu rechen, obwohl sie ihn in Wahrheit beobachteten. Nach einer Weile legte er den Gang ein, warf einen letzten Blick auf die beiden und fuhr los.

SECHZEHN

Eugene stand erst auf, als die Morgensonne ihre Leuchtkraft verloren hatte und nur noch blasses Licht durch die Fenster des Motelzimmers fiel. Er war bereits seit mehreren Stunden wach und lag blinzelnd im Bett, als die Sonnenstrahlen über die Zimmerdecke wanderten. Doch obwohl sein Blick himmelwärts gerichtet war, quälten ihn Gedanken, die direkt aus der Hölle zu stammen schienen. *Habe ich mich geirrt?*, fragte er sich. *Habe ich mich die ganze Zeit geirrt, was Burden und Pru betrifft?* Dass er seine Frau möglicherweise zu Unrecht beschuldigte, sich mit anderen Männern herumzutreiben, bereitete ihm unbeschreibliche Qualen. Wie hatte er nur so dumm und unreif sein können? Wie war es möglich, dass er sich der Beziehung zu seiner Pru, seiner geliebten Frau, so wenig sicher war?

In anderen Momenten, wenn seine finstersten Gedanken die Oberhand gewannen, war Eugene überzeugt, dass er sich nicht geirrt hatte, sondern einfach nur dumm war. In jenen Momenten sah er den Betrug klar und deutlich vor sich. Pru und Burden, die miteinander vögelten, nur dass sie viel zu schlau für ihn waren und jeden seiner Schachzüge bereits im Voraus ahnten, die er sich in der Hoffnung ausdachte, sie bei ihrem hinterhältigen Spiel zu ertappen. In diesen Augenblicken, wenn seine Gedanken von Eifersucht vergiftet waren, wuchs sein Zorn. Seine Hände ballten sich zu Fäusten und zerknüllten die schweißfeuchten Laken unter ihm, während sein Körper vor Wut zu beben begann und sich sein Gesicht zu einer hässlichen Grimasse verzerrte.

Dieses Spiel der Emotionen, das Wechselbad zwischen maßlosen Schuldgefühlen und heißen Rachegelüsten, veranlasste Eugene, reglos, aber hellwach, die Pistole unmittelbar neben sich, dazuliegen, während langsam die Welt um ihn herum zum Leben erwachte. Doch seine Gedanken schienen seinen Körper zu zwingen, in einem Zustand der Vergessenheit zu verharren. Dann, als die morgendlichen Farben in ein lebloses Blassgelb übergingen, schob sich ein einzelner Lichtstrahl, dünn wie eine Rasierklinge, über die Zimmerdecke und wanderte langsam zu seinem Bett hinunter. Mühsam quälte er seinen schmerzenden Kopf hoch und sah auf die Metallkappen seiner Stiefel hinunter, auf denen sich die Sonnenstrahlen spiegelten. Das Licht erfüllte ihn mit einem vagen Anflug von Energie, sodass er seine Reglosigkeit abschüttelte und aus dem Bett aufstand.

Er taumelte ins Badezimmer und betrachtete seine ausgezehrten, erschöpften Gesichtszüge. Es schien, als habe sich ein Schleier über seine Augen gelegt, und die teigige Haut seiner Wangen blitzte zwischen den dunklen Schatten seines Zweitagebarts hervor. Seine Lippen waren angeschwollen, so als habe er bei einer Schlägerei den Kürzeren gezogen. Eine Woge des Abscheus brandete in ihm auf, als er das jämmerliche Wesen betrachtete, das ihn aus dem Spiegel ansah. Eugene starrte in seine ausdruckslosen Augen und beugte sich so weit nach vorn, dass seine Nasenspitze das Spiegelglas berührte. Er begann in diesen überschatteten Augäpfeln nach irgendeiner Antwort zu suchen, die seinen Schmerz ein wenig lindern würde – ohne zu wissen, welche Antwort die größere Qual bergen würde. Er konnte sich mit Prus Untreue arrangieren, ebenso mit ihrer Unschuld. Was er jedoch nicht ertragen konnte, war die Unsicherheit. *Schuldig oder unschuldig?*, dachte er. *Versöhnung oder Strafe?* Ihm war klar, dass sein Verstand an diesem Zwiespalt zerbrechen würde und dass es nur eine Frage der Zeit war, bis die Zerstörung auch auf seinen Körper übergriff. Angewidert starrte er den Narren im Spiegel an. Hinter ihm fiel der Lichtstrahl auf die Pistole und ließ für den Bruchteil einer Sekunde das silberfarbene Metall aufblitzen. Er warf seinem Spiegelbild ein grimmiges Lächeln zu und lauschte der Stimme, die zu ihm sagte, dass er die Wahrheit schon bald kennen werde.

Diese düstere Prophezeiung ließ Eugenes Augen strahlen. Mit schweren, aber entschlossenen Schritten verließ er das Badezimmer und griff nach der Waffe, als sich ein Bild in seine Gedanken schob – das Bild einer blutüberströmten Leiche. Er stand im gleißenden Sonnenlicht und spürte, wie es sein schwitzendes Gesicht erwärmte. Das Bild ließ ein ähnlich berauschendes Hochgefühl in ihm aufsteigen wie am Vorabend, als er sich entschlossen hatte, Burden zu ermorden. Er breitete die Arme aus, lehnte sich zurück und reckte sich dem Licht entgegen, ehe er ein wenig ungelenk auf die Knie sank. »Danke, lieber Gott«, stammelte er in seinem Delirium. »Danke, dass du mir deinen göttlichen Willen gezeigt hast.« An dieser Stelle blendete sich wieder jenes düstere Bild ein, das ihn zugleich erschaudern und lächeln ließ. »Ja, o Gott. Ja. Dein Wille geschehe.«

Doch als er dieses Dankgebet stammelte, wurde das Licht plötzlich schwächer und erstarb schließlich ganz, sodass er gezwungen war, seine Lobpreisung im Halbdunkel zu vollenden. Über ihm schob ein Sturm die graue Wolkendecke am Himmel zusammen. Ein kalter Windzug brannte in seinen müden, überschatteten Augen, und er spürte, wie die friedvolle, spirituelle Wärme schlagartig wich. Dennoch hatte er das Gefühl, als habe er einen Pfad gezeigt bekommen, der ihn aus seiner Qual und seiner Verzweiflung führen würde. Er hatte den Sinn des Bildes verstanden, sein unmissverständliches Omen des nahenden Todes. Aber wessen Tod? Er hielt inne. Denn die Pose der Gestalt hatte zwar eindeutig darauf schließen lassen, dass es sich um einen Toten handelte, doch das Gesicht war abgewandt gewesen, sodass er nicht hatte erkennen können, wem es gehörte. War es Burden oder – bei diesem Gedanken zogen sich seine Eingeweide schmerzhaft zusammen – gar er selbst?

Burden fuhr in die Düsternis des aufziehenden Sturms. Die Luft kühlte merklich ab, und noch bevor er zu Hause ankam, hatte es heftig zu regnen begonnen. Er lief hastig ins Haus – nicht aus Angst, nass zu werden, sondern aus Überzeugung, dass sein Leben bald ein Ende haben würde und er aus diesem Grund keine kostbaren Sekunden vergeuden dürfe. Es war niemand zu Hause. Sein Vater und seine Schwester arbeiteten im Laden, seine Mutter war zur Kirche gegangen. Er lief hinauf in sein Zimmer, wo er sich auf die Knie fallen ließ und eine Schachtel unter dem Bett hervorzog. Sie war von einer dicken

Staubschicht überzogen, sodass überall dort, wo er den Deckel berührte, seine Fingerabdrücke zu sehen waren. Er öffnete die Schachtel und begann achtlos darin herumzuwühlen. Schließlich kippte er den gesamten Inhalt vor sich auf den Boden und kramte herum, bis er gefunden hatte, wonach er suchte: sein Notizbuch, in dem sich die Liste der Frauen befand, mit denen er bereits geschlafen hatte oder noch zu schlafen hoffte. Er blätterte wahllos durch die Seiten, wobei er die Tinteneinträge mit seinen feuchten Fingern verschmierte, und las die ersten drei Spalten – die, in der die Namen der Frauen aufgeführt waren, dann die mit den Namen ihrer Männer und schließlich die letzte, in der sich Notizen zu seinen Aussichten befanden. Einige davon waren mit einem einfachen »Nein« versehen, andere wiederum verhießen Potenzial für die Zukunft und waren mit zahlreichen, rasch hingekritzelten Fragezeichen versehen. Hier, am Ende der Liste, stand Prus Name, da er sie erst seit einem Jahr belieferte. Hastig überflog er die anderen Namen – da stand Laurel, hier Nathella und Jacine, und hier Lurline. Alles Fehlschläge, fatale Fehlschläge.

Ein Geräusch drang aus dem Erdgeschoss herauf – die Küchentür, die geöffnet und wieder geschlossen wurde.

»Burden?«, hörte er seine Mutter rufen. »Burden, bist du zu Hause? Wo warst du denn …«

Burden sprang auf die Füße und lief eilig nach unten. Seine Mutter stand in ihrem Sonntagskleid mit der Bibel in der Hand und ihrer kleinen Handtasche unter dem Arm auf dem Treppenabsatz. Ohne einen Gedanken daran zu verschwenden, dass er vor Schmutz starrte, umarmte er sie und drückte sie fest an sich, so als befände er sich auf dem Weg zu seiner Hinrichtung und als wäre dies die letzte Gelegenheit, sie noch einmal zu spüren. Doch als er sie losließ und einen Schritt zurücktrat, war in seinen Augen ein geradezu ekstatischer Glanz zu sehen, und er lächelte breit.

»Burden, was ist denn …«

»Ich liebe dich, Mama«, sagte er und umarmte sie wieder. Dann schob er sie von sich und stürzte aus dem Haus, ohne ihr die Möglichkeit zu geben, etwas zu erwidern.

Mittlerweile regnete es noch heftiger, sodass er der Macht des Sturmes nachgeben und mitten auf dem Rasen vor dem Haus stehen bleiben musste. Resigniert sah er zum Himmel auf, breitete die Arme aus und begann sich um die eigene Achse zu drehen. Der Regen peitschte sein Gesicht, und einen Augenblick lang fühlte er sich vollkommen frei, ohne jede Last.

»Burden?«, rief ihm seine Mutter besorgt von der Veranda nach.

Burden wirbelte herum und sah sie an. »Ich muss los, Mom. Ich liebe dich!«, rief er grinsend und machte sich auf den Weg zum Lieferwagen.

Jo saß im Aufenthaltsraum für das Personal, an dessen Wand sich drei zimmerhohe Fenster befanden. Seit sie hier angefangen hatte, starrte sie oft hinaus auf den Mond oder die helle Beleuchtung des Parkplatzes, die die Wagen der Besucher unter ihnen wie leuchtende Farbkleckse aussehen ließ. Aber nun war es Morgen, und ihre Schicht war so gut wie vorüber. Es war ein grauer, ungemütlicher Morgen nach einer Nacht, in der es nahezu unablässig geregnet hatte. Die Düsterkeit erlaubte es ihr, ihr Spiegelbild in der Scheibe zu betrachten, das seltsam transparent aussah und einen Teil der grauen Farbe draußen zu absorbieren schien. Sie schob die Hand in die Tasche ihrer Schürze und trat ans Fenster, sodass ihre Finger die Kanten des Gedichtbands berührten. *Wieso habe ich es nur mitgebracht?*, fragte sie sich. *Und wieso kann ich es einfach nicht loslassen?* Sie wollte das Buch nicht, ebenso wenig wie die Erinnerung, die es barg. Sie wollte sich nicht daran erinnern, wie sie sich an jenem Nachmittag gefühlt hatte, als Burden es ihr gegeben hatte. Gleichzeitig war ihr klar, dass sie es nicht wegwerfen oder wieder in der Schachtel in ihrem Kleiderschrank verstecken konnte. Denn es sprach mit ihr, deutlicher als ihre eigenen Gedanken. »Ich brauche all das nicht«, sagte sie laut. »Ich will das nicht.« Doch sie wusste, dass das nicht stimmte – eine Gewissheit, die ihr Angst einjagte und ein Schwindelgefühl hervorrief.

»Das kann nicht sein«, fuhr sie fort. »Ich bin jetzt anders. Ich will Burden nicht mehr.« Doch es war nicht das Wollen, gegen das sie ankämpfte, sondern vielmehr die Tatsache, dass sie ihn *brauchte*; ebenso wie das Verlangen, das sie unbewusst heraufbeschworen hatte und das sich aus diesem Grund nicht einfach ersticken ließ.

»Ich fahre schon morgen früh los«, hatte sie zu Burden gesagt.

»Aber ich dachte, du fährst erst in zwei Wochen.«

Und sie sah sie noch immer in seinen Augen, auch nach drei Jahren noch, diese seltsame Mischung aus Erleichterung und Verletzung, aus Verwirrung und Entschlossenheit. Und es quälte sie noch immer so wie damals.

»Das Zimmer im Wohnheim, in dem ich wohnen werde, ist jetzt schon frei geworden, deshalb dachte ich, ich könnte ein bisschen früher einziehen und mich ein wenig eingewöhnen. Dann habe ich es nachher einfacher, wenn die Kurse anfangen.«

»Natürlich.«

Jo hatte Burden angesehen. Ein düsterer Ausdruck hatte sich auf sein Gesicht geschlichen, der von den rivalisierenden Gefühlen zeugte, die in seinem Inneren tobten, und den man so schwer deuten konnte. Seine Gedanken waren im Lauf der Zeit immer schwerer zu durchschauen gewesen. Früher war er ihr stets mit großer Offenheit begegnet, was ihn, abgesehen von einigen anderen Dingen, ganz besonders anziehend gemacht hatte. Selbst nach Peedies Tod hatte Burden nie mit seinen Gefühlen hinterm Berg gehalten, auch wenn er oft schweigsam gewesen war. Doch in den vergangenen beiden Jahren war es ihr so vorgekommen, als habe sich ein Schleier über seine Züge gelegt, unter dem er mit Absicht seine Empfindungen verbarg. In seinen Augen hatte häufig ein düsterer Ausdruck gelegen, aber wenn sie ihn fragte, was ihn quälte, dann hatte er für gewöhnlich geleugnet, dass etwas nicht stimmte. Er war immer abweisender geworden, was dazu geführt hatte, dass sie ihre Besorgnis für sich behalten hatte.

Doch sie war mit dieser Unsicherheit nicht zurechtgekommen. Anfangs hatte sie geglaubt, er sei ihrer überdrüssig, was sie mit großem Kummer erfüllt hatte. Aber schließlich hatte sie begriffen, dass es nicht an ihr lag, sondern an etwas anderem, etwas viel Größerem, dessen er überdrüssig geworden war. Es war gewesen, als habe sich das Leben selbst zu einer Last entwickelt, deren er sich am liebsten entledigt hätte. Er hatte niemals über die Zukunft gesprochen. Als sie dieses Thema angeschnitten und ihm von ihrem Wunsch erzählt hatte, die Stadt zu verlassen und aufs College zu gehen, und als sie hatte wissen wollen, ob es nicht etwas gebe, das er in seinem Leben machen wolle, war er sofort auf Distanz gegangen. Es hatte den Anschein gehabt, als sei er wütend auf sie, weil sie ihm eine so schwierige Frage gestellt hatte. Und wieder war ihr klar geworden, dass es besser war, derartige Themen ihm gegenüber nicht anzusprechen.

»Ich konnte mir überhaupt nicht vorstellen, dass du wirklich gehst.«

Es war Neumond gewesen, der Himmel dunkelblau, und sie hatte die unzähligen Sterne betrachtet, die sich wie ein dichter Nebel über den Himmel gezogen hatten. *Ob die Sterne in Charleston wohl gleich aussehen?*, hatte sie überlegt und gehofft, dass es nicht so war. *Ob ich wohl eines Tages zurückkommen und feststellen werde, dass sie immer noch gleich aussehen?* »Ich dachte immer, nichts könnte mich glücklicher machen als die Vorstellung, dass du und ich für immer in Walterboro bleiben«, sagte sie.

Obwohl sie die Sterne nicht aus den Augen gelassen hatte, hatte sie gespürt, dass Burden sich ihr zugewandt hatte. *Nachts werden wir zum Himmel sehen, und es werden Sterne dort stehen, die wir uns nie vorstellen konnten. Neue Sterne, die uns sagen, wo wir zu Hause sind. Aber es sind nicht die Sterne die sich verändern. Wohin wir auch gehen, sie sind immer bei uns und sehen von dem Ort auf uns herunter, den wir niemals erreichen können.* »Und jetzt ist es so weit gekommen – dass ich gehe und du hier bleibst. Ich will nicht so tun, als hätte ich es mir so gewünscht, aber ich weiß, dass es so sein muss.«

Mit nur einem Wort hätte Burden dafür sorgen können, dass sie blieb, hätte sie davon abhalten können, nach Charleston zu gehen. Sie hätte Charleston und ihre Sehnsucht, in einer anderen Stadt ganz von vorn anzufangen, beiseite geschoben, wenn sie nur einen leisen Hoffnungsschimmer für sich und Burden gesehen hätte. Aber Burden hatte kein Wort dazu gesagt – offenbar hatte er inzwischen jeden Gedanken an eine Zukunft aufgegeben. Und genau dieses Schweigen hatte dazu geführt, dass sie verfrüht Zuflucht in Charleston gesucht hatte. Die darauf folgenden zwei Wochen hatte sie bei einer Kommilitonin verbracht, mit der sie sich angefreundet hatte, und war dann ins Wohnheim übergesiedelt. Sie hatte Burden keine Gelegenheit mehr gegeben, etwas zu sagen. Sie hatte nicht mehr gewollt, dass er überhaupt etwas sagte, womit er sie davon abgehalten hätte, zu gehen.

»Ich komme zurück«, hatte sie gesagt, um ihr schlechtes Gewissen zu beruhigen, obwohl sie sich alles andere als sicher gewesen war, ob sie das jemals tun würde. Sie hatte darauf gewartet, dass Burden etwas erwiderte, während sie zu den Sternen emporgeblickt hatte. »Es gibt immer etwas, das einen zurücktreibt«, hätte er vielleicht sagen können, doch er hatte geschwiegen. Schließlich hatte sie ihren Blick von den Sternen gelöst und ihn betrachtet, wie er mit starrer Miene geradeaus gesehen hatte. Sein Schweigen hatte sie wütend gemacht und in ihrem Entschluss bestärkt, ohne jede Reue wegzugehen und ein neues Leben anzufangen – so weit von Walterboro und Burden entfernt wie möglich. Aber wieso hatte sie dann solche Gewissensbisse gehabt?

»Jo«, rief eine leise Stimme.

Jo drehte sich um und sah ihre Vorgesetzte unmittelbar neben ihr stehen.

»Die 207 braucht dich.«

»Ja, Ma'am.« Jo klappte den Gedichtband zu und schob ihn in ihre Tasche. Sie blieb noch einen Augenblick vor dem Fenster stehen und betrachtete ihr Spiegelbild und ihre Augen, die nur so angsterfüllt zu sein schienen, weil sie endlich ihre Zukunft erkannt hatten.

Burden hatte sich einen Plan zurechtgelegt, dessen Details ihm jedoch noch nicht ganz klar waren. Das Einzige, was er mit Bestimmtheit sagen konnte, war, dass er ins Sonic fahren und versuchen würde, Jo zu finden. Sie musste dort sein, sie *musste* einfach. Er blieb an einer Ampel stehen und nutzte die Gelegenheit, einen Moment lang die Augen zu schließen. Er war am Rande der Erschöpfung. Wie hatte nur so viel schief gehen können? Wann hätte er anfangen müssen, die Dinge anders anzugehen? Er wand sich vor Qual, als die hundert verschiedenen Bilder der Vergangenheit in hunderte verschiedene Bilder einer unmöglichen Zukunft vor seinem geistigen Auge umschlugen – Bilder einer Zukunft, die sich ihm niemals eröffnen würde. Aber war es zu spät, seine Gegenwart von den Gleisen zu drängen? Er hatte gesehen, wie das Licht um die Kurve gekommen war, hatte gespürt, wie der Zug direkt auf ihn zugerast kam, hatte das Donnern gehört, als er durch Raum und Zeit gereist war, um ihn zu zermalmen. Aber war es tatsächlich zu spät? Konnte er nicht einfach anhalten und dem Zug ausweichen? Oder würde er nur entkommen, indem er Gas gab und noch schneller auf seinen stählernen Tod zusteuerte?

Cousin?

Burden riss die Augen auf und wandte sich zum Beifahrersitz um.

»*Wohin fahren wir, Cousin?*«, wollte Peedie wissen.

»Wir – *ich*«, korrigierte sich Burden, »fahre zum Sonic. Ich muss Jo finden.«

Solltest du nicht lieber nach Hause fahren? Ich warte schon seit einer halben Ewigkeit auf dich. Wann kommst du endlich nach Hause?

»Ich bin zu Hause. Das hier ist mein Zuhause.« Die Ampel sprang auf Grün um, und Burden fuhr los, nachdem der Fahrer des Wagens hinter ihm auf die Hupe gedrückt hatte.

Peedie schüttelte den Kopf.

»Doch, das ist es, Peedie. Ich kann nicht mit dir kommen, ich kann einfach nicht. Ich muss die Dinge in Ordnung bringen.« Dies war das erste Mal, dass ihm dieser Gedanke gekommen war. *Die Dinge in Ordnung bringen.*

Aber du hast es versprochen. Wir hatten doch alles geplant. Peedie hielt inne, musterte Burden von oben bis unten und lächelte überlegen, als sei er der Einzige, der das große Geheimnis kannte. *Er wartet auf dich, musst du wissen. Dieses Mal kannst du's nicht verderben.*

»Wer wartet auf mich?«, fragte Burden erschrocken.

Aber Peedie wandte sich ab und gab keine Antwort. *Du hast versprochen, dass du kommst*, fuhr er nach einer Weile fort. *Aber ich krieg dich nie mehr zu Gesicht. Du hast mich in letzter Zeit nicht mal mehr besucht. Ich schätze, du hast deinen Cousin einfach vergessen und willst nicht mehr von mir belästigt werden.*

Was sollte Burden darauf sagen? Welche Verteidigung könnte er schon gegen die Wahrheit vorbringen?

»Ich kann es nicht tun«, sagte er.

Kannst nicht oder willst nicht? Du hast doch die Wahl. Du bist schließlich derjenige, der dieses Versprechen gegeben hat. Wenn du nicht Wort halten willst …

»Das hätte ich, Peedie, glaub mir, das hätte ich früher auch getan, aber …«

Es ist dieses Mädchen, hab ich Recht? Sie steht wieder zwischen uns, so wie beim letzten Mal. Ich dachte, sie wäre für immer weg. Aber schätzungsweise hab ich mich geirrt. Sie ist schuld daran, dass du all diese seltsamen Sachen denkst und so. Sie sorgt dafür, dass du vergisst, wohin du gehörst … wohin du in Wahrheit gehörst.

»Es war nicht meine Schuld …«

Wessen Entscheidung war es denn, durch dieses Maisfeld zu gehen, Cousin?

»Willst du wirklich wissen, weshalb ich beschlossen habe, die Abkürzung durch Silas' Maisfeld zu nehmen?«, fragte Burden aufgebracht. »Weil ich es nicht erwarten konnte, Jo zu sehen. Ich konnte nicht einmal mehr ein paar Minuten warten. Sie war mir wichtiger als du, und seit diesem Tag habe ich versucht, es wieder gutzumachen. Glaubst du nicht, ich hätte mich anders entschieden, wenn ich gewusst hätte, dass das passieren würde? Was passiert ist, tut mir verdammt Leid, Peedie, aber ich kann nicht mit dir nach Hause kommen. Ich muss die Dinge in Ordnung bringen.«

Peedie starrte ihn ausdruckslos an. *Du kannst die Dinge nicht in Ordnung bringen. Dazu ist es zu spät. Er ist hinter dir her, selbst jetzt, während wir hier reden. Es dauert nicht mehr lange, dann bist du bei mir, und wir können für immer zusammen sein.*

Burden trat abrupt auf die Bremse, sodass der Lieferwagen über die Straße schlitterte, ausbrach und auf die Gegenfahrbahn zu geraten drohte. Schließlich gelang es Burden, ihn wieder unter Kontrolle zu bekommen, und er fuhr auf einen leeren Parkplatz. »Verdammt noch mal, Peedie, hör mir zu. Ich bin nicht an diesem Abend gestorben. Gott allein weiß, dass ich in den letzten Jahren genauso wenig gelebt habe wie du, aber diese Zeit ist vorbei. Vorbei, verstehst du denn das nicht? Verdammt noch mal, ich liebe dich … aber ich kann dieses Geschwafel von wegen ›zu dir nach Hause kommen‹ einfach nicht mehr ertragen.« Ihm wurde bewusst, dass er sich für seine Worte verachtete und zugleich ein tiefes Gefühl der Freiheit empfand. Wie konnte er so etwas nur sagen? Aber wie konnte er diese Worte andererseits verschweigen? »Ich will nicht, dass du ständig in meinem Kopf herumgeisterst. Ich will nicht, dass du jede Nacht kommst und vor meinem Fenster stehst. Meine Güte, Peedie, ich vermisse dich so schrecklich. Ich würde Himmel und Hölle in Bewegung setzen, wenn das nötig wäre, um dich wieder zurückzuholen. Aber es ist unmöglich, und ich kann es nicht. Alles, was ich tun kann, ist hier sein. Hier! Das ist es, was ich will und was ich tun muss. Ich war schon lange nirgendwo mehr, und ich sterbe innerlich.« Burden presste seine Handfläche auf die Brust. »Es ist praktisch nichts mehr übrig, und es ist schon fast zu spät. Ich muss …«

… die Dinge in Ordnung bringen, unterbrach Peedie höhnisch. *Aber für mich hast du die Dinge nie in Ordnung gebracht.* Ohne die Tür zu öffnen, verschwand Peedie aus dem Lieferwagen. *Ich kann dein Schicksal nicht ändern, Cousin*, sagte er mit ausdrucksloser Stimme und ging in Richtung der Bäume, die am hinteren Ende des Parkplatzes standen.

Burden sprang aus dem Lieferwagen und folgte Peedie. »Verdammt noch mal, Peedie, ich liebe dich«, schrie er über das Rauschen des Regens hinweg.

Peedie starrte ihm in die Augen. *Er ist hinter dir her, Cousin*, sagte er schließlich. *Es gibt nichts, was ich dagegen tun könnte. Nichts, was einer von uns dagegen tun könnte.* Mit diesen Worten drehte er sich um und ging weiter auf den Wald zu. Die Umrisse seines Körpers verblassten und waren schließlich ganz verschwunden, als er den Waldrand erreichte.

Mit gesenktem Kopf kehrte Burden zum Wagen zurück, stieg ein, schlug die Hände vors Gesicht und brach in Tränen aus. »Und ich muss dich gehen lassen, Cousin.« Er sammelte sich ein wenig, und die Tränen versiegten. Er dachte an Jo, konzentrierte sich auf ihr Gesicht, doch es gelang ihm nicht, ein Lächeln darauf zu sehen oder den Kummer in ihren Augen zu vertreiben.

Der Regen ließ langsam nach, als Burden am Sonic vorfuhr. Achtlos parkte er den Wagen, sprang heraus und suchte eilig Schutz unter der schmalen Markise. Es war kein einziger Gast zu sehen. Leslie lehnte an der Glaswand, die die Küche vom Restaurant trennte, und rauchte eine Zigarette. Val stand neben ihr und plauderte durch die gläserne Trennwand hindurch mit dem Koch.

Leslie winkte Burden zu und lächelte, als er näher kam.

Als er vor ihr stand, nahm er sie bei den Schultern und sah ihr in die Augen. »Wo ist Jo?«

Leslie lächelte noch immer, während sie erstaunt die Augen zusammenkniff. »Woher soll ich das denn wissen, Burden?«

»Wann hat sie Dienst? Wann fängt ihre Schicht an?« Burden bemerkte die Verzweiflung in seiner Stimme, doch auch das kümmerte ihn nicht. »Sag es mir!«

Leslies Lächeln verflog. »Sie arbeitet nicht mehr hier, Burden.«

»Aber sie war doch neulich abends hier, und Sue meinte, dass sie wieder hier anfängt.«

»Warum sollte sie das wollen? Jo ist aufs College gegangen, um Krankenschwester zu werden. Und genau das ist sie jetzt auch, Burden. Krankenschwester. Sie war neulich abends hier, um zu plaudern, mehr nicht.« Leslie lachte leise und strich mit dem Daumen über Burdens Wange. »Armer Burden.«

Burden lockerte seinen Griff um Leslies Schultern und wandte sich verzweifelt ab.

»Fahr runter ins Krankenhaus. Dort arbeitet sie jetzt. Dort können sie dir sagen, wann sie das nächste Mal Dienst hat.«

Aber Burden hörte nicht zu. Nun war ihm klar, weshalb Jo so wütend auf ihn geworden war, und er kam sich wie ein Idiot vor, weil er nicht erkannt hatte, wie weit sie es gebracht hatte. *Sie ist jetzt anders*, dachte er. *Aus ihr ist mehr geworden als das, was sie früher war, und ich bin immer noch derselbe.* Er konnte ihr jetzt nicht gegenübertreten, er wagte es nicht. Er schämte sich viel zu sehr. *»Ich habe nicht darum gebeten, mich in dich zu verlieben«*, hörte er Jo wieder sagen, und sein Herz fühlte sich mit einem Mal wie tot an. *»Ich werde nicht zulassen, dass es noch einmal passiert.«*

Er konnte sie nicht dazu bringen, ihn noch immer zu lieben, daran bestand kein Zweifel. Die Frage jedoch war, ob er sie wenigstens dazu bewegen konnte, ihm zu verzeihen. Aber er hatte einen so großen Fehler begangen, was sie betraf, hatte ihr in seiner verzweifelten Suche nach Erlösung so viel genommen. Aus diesem Grund hatte sie sich zwangsläufig von ihm abgewandt und ihre Beziehung mit einer Entschlossenheit beendet, der er nichts entgegenzusetzen hatte. Unter diesen Umständen war es besser, ihr nicht über den Weg zu laufen. Es war besser, sie gehen zu lassen und ihr Leben nicht länger zu ruinieren.

Eugene trank seine vierte Tasse Kaffee aus. Er fühlte sich besser – frischer und klarer im Kopf – als seit Monaten, geradezu leicht. Wie neugeboren. Er spürte ein tiefes Verständnis der Welt in sich, so als sei ihm ein intimer Einblick in die Mechanismen im Inneren des Universums gewährt worden, der ihn hatte erkennen lassen, was er zu tun hatte. Es war ganz einfach.

Dieses Wissen hatte ihn befreit, sodass er nicht mehr über Prus Untreue und Burdens Falschheit nachgrübeln musste. Schon bald würden all seine Probleme ein Ende haben, und die Schuld der Verletzung und der Demütigung, die er durch Burdens Verhalten erlitten hatte, würde getilgt sein.

Er stand auf, warf ein paar Dollarnoten auf den Tresen, ehe er der Kellnerin ein Zeichen gab und seine gelben Zähne zu einem Grinsen entblößte.

»Sie gehen schon?«, fragte sie.

Eugene nickte. »Ich hab noch ein paar Dinge zu Hause zu erledigen.«

Die Kellnerin sah auf die zerknitterten Dollarnoten neben der Kaffeetasse hinunter und stellte mit einem kurzen Blick fest, dass sie etwa dem Doppelten dessen entsprachen, was er zu bezahlen hatte. »Na ja, dann beehren Sie uns doch bald wieder, Mister, okay?«

Eugene nickte und ging.

Irgendwann ließ der Sturm ein wenig nach. Am frühen Nachmittag hingen zwar noch immer düstere graue Wolken am Himmel, aber der Regen war inzwischen in ein konstantes Nieseln übergegangen, statt mit zorniger Wucht vom Himmel zu fallen. Burden saß im Lieferwagen, lauschte den Tropfen und sah zum Krankenhaus hinüber. Ein überwältigendes Gefühl der Schuld und des Verlusts hatte sich tief in seinem Herzen festgefressen.

Die Dinge in Ordnung bringen. Allerdings! Inzwischen war ihm das enorme Ausmaß dieser Aufgabe aufgegangen, und er bezweifelte, dass er sie würde bewältigen können. Er griff nach dem Notizbuch und blätterte darin – so viele Frauen, so viele Männer, so viele Fehlschläge. In einem Anflug ungezügelten Zorns fing er an, die Seiten herauszureißen, sie zu kleinen Kugeln zu zerknüllen und auf den Boden des Wagens zu werfen, jedes einzelne Blatt, bis er zu der Seite mit Prus Namen kam. *Er ist hinter dir her, Cousin.* Ja, aber immerhin bot sich hier eine erste Gelegenheit, die Dinge vorher noch in Ordnung zu bringen. Wenn er zu Pru ging und mit ihr Schluss machte, hätte er zumindest eine Sorge weniger. Er machte sich keine Hoffnungen, Jo wieder zu einem Teil seines Lebens zu machen, aber sollte es jemals doch so weit kommen, dann nur, wenn er einen Schlussstrich unter seine jüngere Vergangenheit gezogen hatte. Und seine jüngste Vergangenheit war Pru.

Als Pru die Tür öffnete und Burden wie einen nassen, traurigen Hund auf der Schwelle stehen sah, breitete sich ein Lächeln auf ihrem Gesicht aus. Trotz seines jämmerlichen Zustands warf sie die Arme um ihn und drückte ihn fest an sich. »Burden!«, gurrte sie, ehe ihr Verstand wieder einsetzte. Ängstlich blickte sie sich um und zerrte Burden ins Haus. Sie drehte ihn an den Schultern herum – noch immer hatte er kein Wort gesagt, doch sie hatte es nach wie vor nicht bemerkt –, sprang auf ihn und schlang ihre Beine um seine Taille und ihre Arme um seinen Hals. Die Wucht ihres Körpers ließ ihn rückwärts taumeln, und sie landeten beide auf dem Fußboden. Pru küsste Burden leidenschaftlich, mit geradezu raubtierhaftem Hunger, trotzdem spürte Burden die Vibration ihres Lachens unter ihren Rippen und ihrem Bauch, als sie auf dem Boden lagen. Schließlich ließ sie von ihm ab, setzte sich auf und lachte aus vollem Hals. Doch dann, ohne jede Vorwarnung, erstarb ihr Gelächter, und sie warf ihm einen fast tadelnden Blick zu. »Ich hatte schon Angst, du würdest nicht kommen. Ich hatte Angst, ich hätte dich verpasst, schließlich ist Sonntag und der Sturm … oh, aber jetzt bist du ja hier, und das ist das Einzige, was zählt«, sagte sie und setzte zu einer neuerlichen Attacke an.

Aus ihren Worten schloss Burden, dass Pru Lebensmittel bestellt hatte. Das bedeutete, das Eugene für eine Weile weg sein würde, was gut war, obwohl Burden nicht davon ausging, dass er lange für das brauchen würde, was er zu sagen hatte. Im Gegensatz zu Maude, die das Ende ihrer Affäre mit trauriger Melancholie aufgenommen hatte, würde Pru – wie ihm mit einem Mal aufging, wie er *fürchtete* – vollkommen außer sich sein und sich wie eine Furie gebärden. Es würde einen kurzen, aber heftigen Ausbruch geben, und er würde keine andere Wahl haben, als ihn über sich ergehen zu lassen und geläutert zu verschwinden, wenn er vorüber sein würde. Das war alles.

»Sieh dich bloß mal an. Du bist nass bis auf die Knochen, Burden.« Pru fuhr mit den Fingern über seinen Bauch bis hinunter zu seinem Schritt und griff spielerisch zu. »Bis auf den letzten Knochen.« Sie beugte sich über ihn. »Rate mal, wer heute Abend nicht zum Essen heimkommt.« Ihr Atem drang heiß in sein Ohr.

Statt einer Antwort versuchte Burden sich aus ihrer Umklammerung zu befreien und aufzustehen.

»Bleib doch hier. Wohin willst du denn? Ich habe eine Bestellung abgegeben, und ich erwarte, dass ich sie auch bekomme, verdammt noch mal.« Sie packte Burdens Hand, schob sie unter ihr T-Shirt und zwang ihn, ihre Brust zu umfassen.

Aber Burden zog sie zurück und versuchte erneut, sich zu lösen. »Sieh mal, Pru«, fing er an und begann sich unter ihrer Berührung anzuspannen, »wir müssen uns unterhalten. Ich meine es ernst, Pru, lass mich aufstehen.«

»Nein«, sagte Pru, umfasste seine Handgelenke und presste sie auf den Boden. »Erst wenn du meinen Kuss erwiderst.«

»Pru …«

Pru verstärkte ihren Griff und musterte Burden mit finsterer Miene.

»Küss mich.«

Entnervt schloss Burden die Augen und seufzte. Er spürte ihre Lippen auf seinem Mund, öffnete ihn und erlaubte ihr, mit der Zunge seine Mundhöhle zu erforschen, und auch er schob ihr seine Zunge in den Mund. Sie schmeckte heiß und süß, beinahe wie Erdbeermarmelade. Ihm war ein wenig kühl vom Regen, und die Wärme ihres Kusses, sobald sie ihn einmal eingehüllt hatte, vertrieb einen kleinen Teil der Kälte. Er spürte die Hitze ihres Körpers, der sich anfühlte, als habe sie bis vor einer Minute noch in der heißen Augustsonne gelegen. Sie fühlte sich gut an, wenn auch nur für seinen Körper, denn sein Verstand litt noch immer dieselben entsetzlichen Qualen wie zuvor, Qualen, die sie nicht lindern konnte.

Nach einer Weile richtete sich Pru auf und sah verträumt auf ihn hinunter. »Schon viel besser, Burden, das gefällt mir.« Sie machte sich an seinem Hals zu schaffen. »Ich wollte dich gestern anrufen, aber ein paar Freundinnen haben mich spontan besucht. Eugene sollte eigentlich heute Morgen nach Hause kommen – nein, mach dir keine Sorgen, er hat gestern Abend angerufen und gesagt, er kommt später als geplant. Er schafft es nicht vor sechs Uhr heute Abend.« Pru kicherte. »Wenn ich es nicht besser wüsste, würde ich ja fast sagen, er hat irgendwo ein Häschen, mit dem er mich betrügt. Ich meine, nicht dass es mich auch nur im Geringsten interessieren würde, schließlich habe ich ja dich, meinen wunderbaren, rücksichtsvollen Burden.«

Das Ganze läuft nicht gut, dachte Burden. Er hätte ihr gleich beim Hereinkommen sagen müssen, dass es vorbei war. Er hätte sie nicht küssen dürfen. Er sollte nicht unter ihr liegen. Das Ganze lief überhaupt nicht gut. »Hör mal, Pru«, fing er an.

Pru hörte auf, seinen Hals zu küssen, und sah ihn an. »Was ist los?« Ihr Lächeln war mit einem Mal erloschen.

Burden wandte den Blick ab. *Die Dinge in Ordnung bringen*, dachte er und sah überrascht auf, als er Prus Stimme hörte. »Was in Ordnung bringen?« Er war sich nicht einmal bewusst gewesen, dass er die Worte laut ausgesprochen hatte.

»Burden, du weichst meinem Blick aus. Sieh mich an – was willst du in Ordnung bringen?«

Doch Burden schloss die Augen, wusste nicht, wie er anfangen sollte, suchte nach dem ersten Wort oder der ersten Geste. Das war alles, was er brauchte, der Rest würde von ganz allein kommen. Er saß einige Momente lang mit geschlossenen Augen da und dachte nach, während er Prus durchdringenden Blick auf sich ruhen spürte. »Hör mal, Pru…«, sagte er schließlich, doch Pru legte ihre Hand fest auf seinen Mund.

»Shh«, sagte sie, während ihr Lächeln wieder erschien. »Sprich nicht weiter, nicht hier.« Sie stand auf, reichte Burden die Hand und zog ihn vom Boden hoch. »Komm mit«, forderte sie ihn auf, seine Hand noch immer umklammernd, und führte ihn ins obere Stockwerk.

»Pru«, protestierte Burden, doch Pru brachte ihn mit einem strengen Blick zum Schweigen.

Wie vorhergesehen führte sie ihn ins Schlafzimmer. Sie blieben vor dem Bett stehen. Pru ließ Burdens Hand los, trat ans Fenster und öffnete es. Dann zog sie die Vorhänge zurück und befestigte sie, damit sie vom Regen nicht nass werden konnten. Sie holte tief Luft. Burden sah, wie sich ihre Brust hob und senkte. »Das ist der wunderbarste Geruch auf der ganzen Welt.« Burden zuckte mit den Schultern, obwohl Pru mit dem Rücken zu ihm stand. Als sie sich zu ihm umdrehte, sah er das teuflische Feuer, das in ihrem Inneren brannte. Sie trat vor ihn, und als sie ihn berührte, spürte er, wie die Hitze ihrer Begierde seine Haut wärmte.

»Aber du zitterst ja, Burden«, sagte sie und begann mit der Selbstsicherheit eines erfahrenen Mannes, der ein verlockendes Mädchen auszieht, sein Hemd aufzuknöpfen.

»Pru, ich muss dir etwas sagen, das mit dir und mir zu tun hat«, meinte Burden, doch wieder verschloss sie seinen Mund mit einem Kuss . Er hätte sie von sich schieben und ihr sagen können, was er zu sagen hatte, und hätte dann gehen können. Aber er fühlte sich wie unter Zwang, beinahe so, als wäre der Ablauf der Dinge vorherbestimmt, sodass er keinen Einfluss darauf hatte, sondern sich einfach fügen musste.

Pru zog den Reißverschluss seiner Hose auf, zog den Stoff ein Stück auseinander und küsste seinen Bauch. »Weißt du noch, wie du mich in Charleston genannt hast?«, fragte sie scheu. »Feige, schwanzlutschende Sau.« Pru lachte, zog seine Hose und Unterhose bis zu den Knöcheln hinunter und machte sich erneut an seinem Bauch zu schaffen.

Burden spürte, wie sein Penis gegen Prus Hals drückte. »Das hier ist nicht die richtige Art, die Dinge in Ordnung bringen.« In seiner Stimme lag ein Anflug von Verzweiflung, so als sei er ein kleiner Junge, der sich verirrt hat und »Das hier ist aber nicht der Weg nach Hause« sagt.

»Ich bringe die Dinge für meinen Burden in Ordnung«, fuhr sie fort, umfasste seinen Penis und begann ihn zu liebkosen.

»Ich sollte gar nicht hier sein. Ich sollte jetzt gehen.« Wieder schlich sich der Tonfall eines kleinen Jungen in seine Stimme.

Pru legte ihre freie Hand um sein Hinterteil. »Nicht so schnell, Burden. Wieso hast du es denn so eilig?« Sie drückte ihn fester an sich. Ihr Gesicht war in seinem Schamhaar vergraben, und Burden spürte ihre warmen Atemzüge auf seinem Schwanz. Einen Augenblick später war er in ihrem Mund. Er legte den Kopf in den Nacken und spürte, wie er zu schwanken begann. *Großer Gott, das hier ist weit davon entfernt, die Dinge in Ordnung zu bringen. Ich bin völlig verrückt, und was ich hier mache, ist genauso verrückt.*

Diese Gedanken schossen ihm durch den Kopf, lasteten immer schwerer auf ihm, bis er immun gegen alles um sich herum war, immun und gefühllos für die heiße Feuchtigkeit von Prus Mund, der ihn umschloss. Er war so gefangen in diesem losgelösten Zustand, dass er nicht einmal mehr genau sagen konnte, wann Prus Bewegungen aufgehört hatten und sie ihren Kopf zurückgezogen hatte. Nach ein paar Sekunden schlug er die Augen auf, sah das offene Fenster und das Nieseln des Regens. Er sah all diese Dinge, während er – zu spät – bemerkte, dass sie nicht mehr allein waren.

Eugene stand mit einer Pistole in der Hand im Türrahmen. Burden drehte sich zu ihm um. *Wie lange steht er schon da*?, fragte er sich, während ihm zugleich aufging, dass dieses Detail ohnehin keine Rolle mehr spielte. Eugene schien nicht im Mindesten wütend zu sein, nicht einmal irritiert von dem Anblick, der sich ihm bot – nein, er lächelte sogar. Zugegeben, es war ein blasses, kränkliches Lächeln, aber dennoch ein Lächeln.

Nach einer Weile, die Burden wie eine Ewigkeit vorkam, machte Eugene ein paar Schritte und trat ins Zimmer. Mit höchst wohlwollender Miene hob er die Waffe und richtete sie auf Burden. »Endlich«, sagte er, und seine Stimme war erfüllt von einer Befriedigung, die tief aus seinem Inneren zu dringen und den ganzen Raum zu erfüllen schien. »Endlich weiß ich es genau. Mein Gott, du kannst dir gar nicht vorstellen, was für eine Erleichterung es ist … diese Gewissheit.«

Pru, die noch immer am Boden kniete, wischte sich den Mund ab und machte Anstalten aufzustehen, aber Eugene richtete die Waffe auf sie. »Nein«, stieß er barsch hervor. »Bleib, wo du bist«, fügte er ein wenig sanfter hinzu. Er lächelte noch immer, doch der Ausdruck in seinen Augen war stählern. »Entschuldige, wenn ich diesen Augenblick genießen will.«

Pru schlug die Hände vors Gesicht und stieß einen kurzen Schrei aus. »Mein Gott, Eugene …«, fing sie mit bebender Stimme an. Das Entsetzen, das darin lag, ließ Burden zusammenzucken.

»Ich bin es doch, den Sie wollen, Eugene, nicht Pru.«

»Dich krieg ich schon noch früh genug, Junge«, erwiderte

Eugene, während er die beiden betrachtete. Seine Miene drückte abwechselnd Zorn und Belustigung aus, ebenso wie sein Tonfall, der unablässig zwischen wütender Entschlossenheit und unkontrollierbarer Freude schwankte.

»Alles, was ich wollte, war deine Liebe, Pru. Deine Treue.«

»Eugene …«, winselte Pru, in deren Augen Tränen schwammen und die am ganzen Leib zitterte. Sie konnte ihren Mann nicht ansehen, sondern starrte wie gebannt auf ihre Handflächen vor ihrem Gesicht. »Um Gottes willen, Eugene, bitte bring mich nicht um.«

Prus Worte schienen Eugene zu treffen. »Ich würde dir niemals wehtun, Pru«, gab er tadelnd zurück. »Wie kannst du nur so etwas sagen? Ich liebe dich doch mehr als alles andere auf der Welt, von ganzem Herzen. Du bist meine Frau, mein wichtigster Besitz. Ich würde dir nie etwas antun.«

Burden spürte einen Anflug von Erleichterung, als er diese Worte hörte. Er betrachtete das Fenster und sah dann zu seinen Knöcheln hinunter, die in seinen Hosenbeinen gefangen waren. Er müsste lediglich ein paar Schritte machen, um sich aus dem Fenster stürzen zu können. Er würde ein paar Knochenbrüche davontragen, was aber immer noch besser war als eine Kugel zwischen die Augen. Aber wie sollte er das bewerkstelligen?

Pru sank in sich zusammen, als sie die Worte ihres Ehemannes hörte.

Eugene trat einen Schritt vor und richtete die Waffe auf Burden. Seine Hand zitterte vor Angst und Wut. Mit einem Mal schien seine Belustigung verflogen zu sein. »Ich will, dass du mit ansiehst, wozu du mich getrieben hast«, sagte er mit brüchiger Stimme. »Ich tue es für dich, Pru. Ich tue es, um unsere Ehe zu retten.« Bei den Worten »unsere Ehe zu retten« traten Tränen in seine Augen, und er schniefte laut.

Und dann feuerte er.

Die Kugel zischte an Burdens Ohr vorbei und zerfetzte das Glas des Hochzeitsfotos, das an der Wand hing. »Scheiße«, stieß Eugene hervor. Das Geräusch des Schusses veränderte schlagartig die Dynamik der Wahrnehmung der drei Anwesenden. Eugene schien erschrocken zu sein – entweder von dem Knall oder von der Tatsache, dass er Burden aus so kurzer Distanz verfehlt hatte. Pru hingegen warf sich auf den Boden, bedeckte den Kopf mit den Armen und begann hysterisch zu jammern. Burden startete einen Fluchtversuch in Richtung Fenster, der jedoch fehlschlug, da er mit seinen in den Hosenbeinen steckenden Füßen nicht über Pru hinwegsteigen konnte.

Eugene gab einen zweiten Schuss ab, der eine Vase in der Ecke zum Zerbersten brachte. »Verdammt noch mal«, bellte er zornig.

Burden stieg über Pru hinweg und stürzte wie ein Mehlsack zu Boden. Wütend trat er mit den Füßen um sich und versuchte sich von seiner Hose zu befreien, doch es gelang ihm nicht, sie über die Schuhe zu steifen. Stattdessen drehte er sie mit der Innenseite nach außen, sodass sie wie ein grotesker Schwanz hinter ihm herschleifte. Ein weiterer Schuss dröhnte durch das Zimmer, worauf der Teppich vor ihm in einer Explosion aus Fasern und Holzsplittern zerstob.

»Verdammte Scheiße noch mal!« Eugene war außer sich.

Pru krabbelte auf ihren Ehemann zu. »Um Himmels willen, Eugene«, stammelte sie panisch mit tränenerstickter Stimme, »das reicht jetzt. Hör auf zu schießen! Ich bitte dich, in Gottes Namen.«

Burden hob die Hand, um sich die Teppichfasern aus den tränenden Augen zu wischen, ehe er die Finger um das Fensterbrett legte und sich daran hochzog. Dann wandte er sich um und sah Eugene an, der erneut auf ihn zielte. Pru war inzwischen neben ihrem Mann, hatte die Arme um seine Knie geschlungen, und genau in der Sekunde, als er feuerte, schlug Pru blindlings mit der Hand nach oben und traf seinen Arm. Die Kugel bohrte sich in das Fleisch von Burdens Wade. Im ersten Augenblick war ihm nicht bewusst, dass er getroffen war, bis er das befriedigte, fast verblüffte Lächeln bemerkte, das sich auf Eugenes Zügen ausbreitete. Pru sah Burden an und schrie vor Entsetzen auf.

»Hab ich dich, verdammter Schwanzlutscher«, stieß Eugene hervor und zielte ein weiteres Mal auf Burden.

Mit der Kraft der Verzweiflung zog Burden sich am Fensterbrett hoch und ließ sich hinausfallen. Ein Schuss zerriss die Luft, worauf die Scheibe zersplitterte und die Scherben auf ihn herunterregneten.

»Verdammt, verdammt, verdammt!«, drang Eugenes Stimme aus dem Haus.

Diese erdrückende Gnadenfrist, die Burden so lange genossen hatte, endete genau in jener Sekunde, als er aus dem Fenster fiel, und er verspürte zum ersten Mal seit Jahren eine geradezu befreiende Ungewissheit, wie dieser Abend enden würde. Die Dachschindeln waren feucht und rutschig vom Regen, sodass er keinen Halt darauf fand und mit dem Kopf voran mit flatternden Hosenbeinen abwärts schlitterte. Mit voller Wucht schlug er mit der Schulter auf dem aufgeweichten Boden auf, worauf ein scharfer Schmerz durch sein Schulterblatt und das Schlüsselbein fuhr, als sie brachen. Schlamm spritzte ihm in die Augen, sodass er kaum etwas erkennen konnte, als er nach oben sah. Er ging davon aus, jeden Augenblick Eugenes Kopf im Fenster auftauchen und zum tödlichen Schuss ansetzen zu sehen – wobei er weniger Eugenes Schuss fürchtete als Prus Arm, der seinerseits dafür sorgen würde, dass die Kugel das gewünschte Ziel fand. Doch eine Reihe wilder Flüche, ausgestoßen von einer männlichen und einer weiblichen Stimme, war das Einzige, was aus dem Fenster drang.

Regentropfen fielen von den Bäumen und milderten die Hitze, die sich unter Burdens Haut auszubreiten begann. Als er im Schlamm lag und der Auseinandersetzung über ihm lauschte, verspürte er mit einem Mal den unwiderstehlichen Drang zu lachen und gleich darauf einen kurzen Anflug überwältigenden Kummers. Unwillkürlich schossen ihm die Tränen in die Augen. Die nächsten Minuten waren erfüllt von einer Mischung aus schallendem Gelächter und verzweifeltem Schluchzen.

»Es gehört dir.« Burden richtete die Worte auf einen Punkt hinter dem erleuchteten Fenster, einen Punkt irgendwo hinter dem Regen. »Alles. Nimm es, ich kann es nicht länger ertragen. Es gehört mir sowieso nicht … nicht mehr.« Seine Stimme brach, und die Worte blieben ihm in der Kehle stecken – während sämtliche über sechs Jahre angestauten Emotionen aus ihm herausbrachen. Bilder, Namen, Gerüche, Geräusche, Gefühle, Gesichter flammten vor seinem inneren Auge auf, als zögen sämtliche Geschehnisse gleichzeitig an ihm vorbei, die sich seit Peedies Tod ereignet hatten – Erinnerungen, die im Vorbeiziehen zu ohnmächtigen Bildern verblassten. Er konnte nicht sagen, wie lange dieser Prozess anhielt – mehrere Minuten, vielleicht aber auch nur einen kurzen Augenblick lang. Schließlich breitete sich tiefer Friede in Burden aus, als er sich zwang, wieder ins Hier und Jetzt zurückzukehren. Er dachte an Peedie, daran, wie er seinen Cousin zurückließ – wenn nicht für immer, dann doch zumindest für die Zeit seines Lebens. Ihm war klar, dass er in den vergangenen Jahren ein von großer Schuld bestimmtes Leben aufgebaut hatte, das sich nicht ohne weiteres abstreifen lassen würde, aber dies war ein erster Schritt, sich davon zu befreien.

Etwas Schweres schlug neben Burden auf. Er wandte den Kopf, so gut er konnte, und sah Eugenes Pistole neben sich im Matsch liegen. Erleichtert atmete er auf.

Er drehte sich wieder um und spähte durch die Äste zum wolkenverhangenen, düsteren Himmel hinauf. Eine eisige, feuchte Brise ließ die Blätter erzittern und einen letzten Regenguss auf ihn herunterfallen. *Es ist nur der Wind, mehr nicht,* dachte Burden.

Pru steckte den Kopf aus dem Fenster und blickte auf Burden hinunter. »O Gott sei Dank, er ist nicht tot«, sagte sie, als sie sah, dass er sich bewegte. »Ruf einen Krankenwagen.« Ihr Kopf verschwand, und Burden hörte sie schreien. *»Verdammt noch mal, Eugene, für wie lange willst du ins Gefängnis wandern? Ruf endlich den verdammten Krankenwagen!«*

Burden ließ sich wieder auf den Rücken sinken. Sein durch den Schlamm ohnedies getrübtes Sehvermögen schwand zusehends, und der Schmerz in seinem Körper verebbte, sodass er sich beinahe high fühlte. Zarte, vom Wind herangetragene Regentropfen benetzten sein Gesicht. Es war, als pressten sich feuchte, kalte Fingerspitzen gegen seine erhitzten Wangen, seine Brust, seinen Bauch, seine Genitalien, seine Schenkel und Knöchel. Ein herrliches Gefühl der Leichtigkeit ergriff Besitz von ihm, von seinen Gedanken.

Burden hörte eine Sirene, die näher zu kommen und sich zugleich zu entfernen schien. Und je lauter oder leiser sie wurde, je diffuser die Regentropfen wurden, die auf sein Gesicht fielen, desto intensiver wurde seine Glückseligkeit. Er lächelte beim Gedanken an Peedie, während es langsam düster um ihn wurde. Und dann war er von Dunkelheit und Stille umgeben. Von Frieden.

SIEBZEHN

Die Stunden, die auf Burdens Sturz aus dem Fenster folgten, waren von Besorgnis erregendem Vergessen begleitet, durchbrochen von kurzen Augenblicken scheinbarer Wachsamkeit. Verschwommene Gesichter schwebten wie am Boden befestigte Ballons über ihm, während körperlose Stimmen irgendwelche Fragen in einem fremd klingenden Englisch stellten. Er glaubte, das eulenhafte, teigige Gesicht von Dr. Whitman wiederzuerkennen, war sich aber nicht sicher. Das ausdrucklose Gesicht des Doktors – falls er es denn gewesen war – drang durch eine angenehme Dunkelheit an sein Ohr, aus der man ihn rüde mithilfe eines gleißenden Lichts riss, aus dem es kein Entkommen gab. Ein zweites Gesicht erschien, noch mehr Fragen und noch mehr Versuche zu antworten. Dann drang eine Kühle durch seinen Arm und breitete sich in seinem Körper aus. Aber er hatte keine Angst, denn die Kühle bereitete dem unwillkommenen Licht ein rasches Ende und trug ihn die Stufen in die ruhige Dunkelheit hinunter.

Als Burden aufwachte, war sein erster Gedanke – verstärkt durch die nachlassende Betäubung –, dass er tot war. Aber wo war er gelandet, wenn er tot war? Wenn es die Hölle war, dann war es hier bei weitem nicht so unerfreulich, wie er es sich immer vorgestellt hatte. War es hingegen der Himmel, dann war er weitaus weniger akzeptabel als vermutet. Einen Augenblick lang dachte er, dies sei vielleicht das Fegefeuer, ehe ihm wieder einfiel, dass er ja gar nicht an das Fegefeuer glaubte, und er hoffte, dass er sich wenigstens in *dieser* Hinsicht nicht geirrt hatte.

Während er versuchte, seine kosmische Position zu bestimmen, tauchte ein Gesicht vor ihm auf, das er nicht zuordnen konnte. »Du bist also wach«, stellte es fest. Das Zimmer – ob in der Hölle, im Himmel oder wo auch immer – war von einer milchigen Helligkeit erfüllt, sodass das Gesicht leuchtete, als würde es von einem künstlichen Mond erhellt.

Burden versuchte sich zu bewegen – eine Hand, einen Fuß, irgendetwas, um seine Verbindung mit der Realität zu überprüfen –, musste jedoch voller Bestürzung feststellen, dass er praktisch bewegungsunfähig war. Er reckte den Hals (eine an sich schon qualvolle Angelegenheit), warf einen Blick auf seinen

Körper und sah, dass sich die gesamte rechte Hälfte entweder in Gips (Schulter und Arm) oder unter einer dicken Schicht Verbandszeug (seine Wade) befand. Darüber hinaus steckte sein rechtes Bein in einer Schlaufe, die über dem Bett baumelte. Seine linke Seite erlaubte ihm zumindest ein Minimum an unbeholfenen Bewegungen, doch es hatte den Anschein, als habe er schlichtweg vergessen, wie man sich bewegt.

Sein Sehvermögen kehrte allmählich wieder zurück, und ihm ging auf, dass er tatsächlich in einer Art Fegefeuer gelandet war: einem Krankenhaus. Langsam und vorsichtig rekonstruierte sein Verstand die Ereignisse, denen er es zu verdanken hatte, dass er nun hier lag: Er erinnerte sich wieder an den Platzregen, an seine Mutter auf den Stufen vor dem Haus, an Peedie, an das Sonic ohne Jo, an Prus Schlafzimmer, an Eugenes fröhliche Selbstbeherrschung, als er Burden ins Bein geschossen hatte, an seinen Sturz aus dem Fenster (was ein mitfühlendes und schmerzliches Zucken in ihm auslöste, das jener unwillkürlichen Bewegung an der Schwelle zum Schlaf ähnelte).

Das Gesicht kehrte zurück, und dieses Mal gelang es ihm, es genauer zu erkennen. Er sah, dass es einer Krankenschwester mit kräftigen Wangenknochen und grauem Haar gehörte und von tiefen Falten zerfurcht war. Sie lächelte freudlos und förderte wie durch Zauberhand ein Thermometer zutage, das im falschen Mondlicht ebenso eisig glitzerte wie ihr Lächeln. »Dann wollen wir mal die Temperatur messen, nicht?«

Noch bevor Burden etwas sagen konnte, schob ihm die Schwester mit routinierter Geschicklichkeit das Thermometer zwischen die Lippen.

»Wo bin ich?«, gelang es Burden zu fragen, nachdem die Schwester das Thermometer herausgezogen und die Temperatur abgelesen hatte.

»In der Aufwachstation.« Die Schwester schien sich darüber zu freuen, ihm diese Kunde überbringen zu dürfen, und ihr Lächeln intensivierte sich, bis es etwa den Wärmegrad der winterlichen Sonne erreicht hatte.

Aufwachstation. Klar, ging es Burden in der Wattigkeit seines Verstands durch den Kopf.

Die Schwester begann, ihm einige Fragen zu stellen, während sie weitere Körperfunktionen überprüfte. Nachdem sie ihm einige Minuten lang in körperlicher und geistiger Hinsicht auf den Zahn gefühlt hatte, verkündete sie fröhlich, sie würde nun den »Herrn Doktor« holen. Burden machte es sich, so gut es ging, im Bett bequem und schloss die Augen. Am liebsten wäre er wieder in jenen Zustand des Vergessens versunken, aus dem er gerade erwacht war, doch der Schmerz hämmerte zwar nicht akut, aber dennoch mit dumpfer Beharrlichkeit in weiten Teilen seines Körpers und hinderte ihn am Einschlafen. Er hörte Schritte, und gleich darauf wurde die Erinnerung an das »Könnte-sein-dass-er-es-war«-Gesicht von Dr. Whitman Realität. Es war sein altersloses und ausdrucksloses Gesicht gewesen, das sich über Burden gebeugt hatte, seine distanzierten und leidenschaftslosen Augen, die ihn aus jenem wunderbaren Zustand des Vergessens gerissen hatten. Und nun waren es seine Schritte, die dieses Vergessen davon abhielten, sich wieder über ihn zu legen.

»Wie fühlt sich denn unser Patient?«, fragte Dr. Whitman, als er an die Bettkante trat.

Burden war sich nicht sicher, ob eine Antwort von ihm erwartet wurde oder ob es sich lediglich um eine dieser typischen Pro-forma-Fragen handelte. Burden hielt es für das Beste, den Mund zu halten (nicht zuletzt aufgrund der Tatsache, dass er sich ein wenig unbehaglich in Dr. Whitmans Gegenwart fühlte).

»Ich vermute, du hast ein bisschen Schmerzen und fühlst dich noch ziemlich schwach«, sagte Dr. Whitman und studierte Burdens Krankenblatt. Seine Miene blieb die ganze Zeit vollkommen ausdruckslos, als habe er überhaupt nichts gesagt, als habe Burden sich die Worte nur eingebildet. Schließlich legte Dr. Whitman das Krankenblatt beiseite, nahm Burdens Gesicht in seine runzligen, weichen Hände und drehte es hin und her, was heftige Schmerzen in seinem Hals, seiner Brust und seinem Kiefer auslöste. »Sehr gut. Nun, wir wollen dich so schnell wie möglich von diesem Jahrmarkt wegbringen und in ein eigenes Zimmer verlegen. Wie würde dir das gefallen?«

Wieder eine rhetorische Frage, vermutete Burden, während er noch immer rätselte, wie Dr. Whitman so höflich mit ihm sprechen konnte; so als wäre nie etwas zwischen ihnen vorgefallen, als wäre Burden ein ganz gewöhnlicher Patient, den der Arzt flüchtig kannte, und nicht derjenige, der ihn sechs Jahre lang so schmählich hintergangen und ihm Hörner aufgesetzt hatte. Dass seine absichtliche Nichtbeachtung und seine gezwungene Höflichkeit die einzigen Mittel waren, seine Gefühle zu schützen, kam Burden nicht in den Sinn.

»Schwester«, sagte Dr. Whitman, »sorgen Sie dafür, dass ein Zimmer für unseren Patienten hergerichtet wird.« Damit wandte er sich wieder an Burden und klopfte sacht auf den Gips. »Das ist Cassidys Arbeit. Er ist gut. Wir sind zuversichtlich, dass wir die volle Bewegungsfreiheit deiner Schulter wiederherstellen können. Ich hatte einmal einen Patienten, einen Lastwagenfahrer, der in einen frontalen Auffahrunfall verwickelt war. Er hatte sich beide Arme gebrochen. Als sie ihm den Gips abgenommen haben, konnte er sie höchstens so weit ausstrecken.« Dr. Whitman streckte die Arme aus, wobei die Ellbogen einen Winkel von etwa hundert Grad beschrieben. »Armer Kerl. Ist aber trotzdem weiterhin Lastwagen gefahren.« Ein leicht versonnener Ausdruck schlich sich bei dieser Schilderung in die Augen des Arztes, während sein Mund jedoch keinerlei Fröhlichkeit verriet. »Er hatte keinen Cassidy, im Gegensatz zu dir. Bei dir wird es prima werden.«

Der Doktor verfiel in Schweigen, als hätte er seinen Vorrat an Geplänkel ausgeschöpft, und stand linkisch an Burdens Bettkante. Er wühlte in den Taschen seines Kittels und förderte ein Blatt Papier zutage, auf das einige Notizen gekritzelt waren. Überrascht musterte er das Blatt Papier, als habe er seine Existenz vollkommen vergessen gehabt, dann ließ er es wieder in den Tiefen seiner Kitteltasche verschwinden. »Deine Familie wartet draußen auf dem Flur. Ich schicke sie herein«, meinte er schließlich und wandte sich zum Gehen. »Oh, außerdem gibt es da noch eine junge Dame, die sich freuen wird, wenn sie hört, dass deine Genesung Fortschritte macht«, erklärte Dr. Whitman mit derselben Mischung aus Nachdenklichkeit und professioneller Förmlichkeit, die es unmöglich machte, seine wahren Gefühle zu durchschauen. »Ich lasse sie wissen, dass es dir gut geht.«

Burden wurde in ein Zimmer im ersten Stock gebracht, wo ihn seine Eltern kurz besuchten. Sie hatten lange auf der Aufwachstation gewartet und wollten nur sichergehen, dass er es bequem hatte, bevor sie das Krankenhaus verließen. Sie versprachen ihm, dass Sue gleich am nächsten Morgen zu ihm kommen würde. »Und ich werde am Nachmittag wieder nach dir sehen«, fügte seine Mutter hinzu.

Als sie fort waren, lag Burden allein in der Dunkelheit des Zimmers, das lediglich vom fahlen Schein eines Nachtlichts erhellt wurde. Das sterile Korridorlicht drang durch die halb geöffnete Tür herein, sodass die Gegenstände im Zimmer schimmerten, als würden sie von einer schmalen Mondsichel erhellt, die sich durch eine Lücke in den Wolken zwängt.

Infolge der Narkose hatte Burden zu viel geschlafen, um nun noch Schlaf zu finden. Stattdessen fiel er in einen leichten Schlummer, aus dem er immer wieder hochschreckte. Irgendwann nach Mitternacht riss ihn das unangenehme Gefühl einer vollen Blase aus seinem Dämmer. Im Halbschlaf glaubte er, eine Gestalt in seinem Zimmer zu erkennen, verborgen im Spiel aus Licht und Schatten. Für Momente konzentrierte er sich so sehr auf die Gestalt, dass sie vor seinen Augen verschwand und er kurz den Blick abwenden musste, um sie wieder erkennen zu können. Und dann, nach genau einem solchen Moment, war sie plötzlich ganz verschwunden.

»Ich kann mir wirklich was Besseres für einen Sonntagnachmittag vorstellen, als angeschossen zu werden und aus dem Fenster zu fallen«, sagte Cat, nachdem die Schwester das Krankenzimmer verlassen hatte. »Was viel Besseres sogar.« Mit großem Interesse und einem lüsternen Grinsen auf dem Gesicht hatte er die Krankenschwester beäugt, die zwar keine Schönheit im klassischen Sinne war, deren relative Jugend für einen älteren Mann jedoch einen gewissen Reiz darstellte. »Na ja, aber das macht's natürlich schon fast wieder wett, wie?«, hatte er gemeint, nachdem er zugesehen hatte, wie sie ihn umsorgt, hier und da berührt und mit sanfter, leiser Stimme mit ihm gesprochen hatte.

Blind Willie, der aus dem Fenster starrte, hatte Cat keinerlei Beachtung geschenkt. Nun, da die Schwester gegangen war, trat er neben Burden und knuffte ihn wissend in die gesunde Schulter. »Wie sieht's aus, Junge? Durstig?«, fragte er. Ohne eine Antwort abzuwarten, griff er in die Innentasche seiner Jacke und beförderte eine kleine Thermoskanne zutage, die normalerweise in die Kinder-Lunchbox gepackt wird. »Corona«, verkündete er. »Frankie hat es geschickt, weil er dachte, du könntest eines gebrauchen.« Willie drehte die Thermosflasche auf, goss ein wenig Bier in die Verschlusskappe und reichte sie Burden. »Ist sogar noch kalt.«

Umständlich griff Burden nach der Kappe und musterte sie.

»Mach schon, Junge, trink«, forderte Willie ihn auf. »Du hast es dir verdient. Mehr als je zuvor, würd ich mal sagen.«

Doch Burden betrachtete die Plastikkappe noch immer. Sein

erster Impuls war gewesen, das Bier zu trinken, als er feststellte, dass er in Wahrheit keinerlei Bedürfnis danach verspürte. Mit einem schüchternen Blick gab er Willie die Verschlusskappe zurück. »Sag Frankie, ich weiß die Geste wirklich zu schätzen, aber mein Magen ist ein bisschen durcheinander. Vielleicht später.«

»Klar, Junge.«

Cat nahm das Gefäß an sich und prostete ihm zu. »Auf Burdens schnelle Genesung«, sagte er und kippte den Inhalt auf einmal hinunter. Als er ausgetrunken hatte, wischte er sich mit der Hand den Mund ab. »Und wie ist das jetzt mit deinem Bein? Wie fühlt es sich an?«

Burden schürzte in gespielter Gleichgültigkeit die Lippen. »Tut ein bisschen weh, würde ich sagen. Die Kugel hat den Knochen erwischt. Deshalb mussten sie auch operieren. Aber mit den Tabletten, die sie mir geben, spüre ich fast überhaupt nichts.«

Cat nahm Blind Willie die Thermoskanne aus der Hand und schenkte sich ein zweites Mal ein, als Bobby sich zu Wort meldete. »Du hast Glück gehabt, dass er dir nicht den Schniedel weggeschossen hat«, sagte er, worauf Cat wieder den Verschlussbecher hob. »Auf Burdens Schniedel. Möge er immer stolz und aufrecht stehen.«

»Behandeln die dich auch gut hier?«, wollte Bobby wissen.

»Wie in einem Fünf-Sterne-Hotel. Bedienen mich von vorn bis hinten.« Burden hielt den Rufknopf in die Höhe. »Ich brauche nur diesen Knopf zu drücken, dann kommen sie schon angelaufen. ›Schwester, ich hab Durst, mein Bein tut weh. Schwester, ich komme nicht an meine Bettpfanne …‹«

»›Schwester, es ist Zeit für mein Bad‹«, warf Bobby mit einem listigen Grinsen ein.

Cat musterte Burden argwöhnisch. »Wovon redest du denn da?«

»Na ja, unser Junge kann sich schließlich nicht alleine waschen, oder?«

Cat wandte sich wieder Burden zu und warf ihm einen halb ungläubigen, halb hoffnungsvollen Blick zu. »Kein Scheiß, Kleiner? Hat dich die Frau da wirklich gewaschen?«

»Klar hat sie das gemacht, Cat« schaltete sich Blind Willie ein, »das ist ihr Job. Von Kopf bis Fuß und alles, was dazwischen liegt.«

»Heiliges Kanonenrohr«, stieß Cat ungläubig hervor.

»Genau«, bestätigte Willie. »Nur eine Schwester, ein Eimer Wasser ... und ein Stück Seife. So wie es dem lieben Gott gefallen würde.«

In der Hoffnung, einen Blick auf die Schwester erhaschen zu können, drehte sich Cat zur Tür um. »Mein Gott, stell sich das einer mal vor – von Kopf bis Fuß und dein bestes Stück dazwischen auch noch.«

Bobby packte Cat an der Schulter. »Das ist es wert, jeden Tag 'ne Kugel ins Bein zu kriegen, was, Cat?«

Burden sah Willie an und lächelte. Dies war das erste Mal seit der Operation, dass er aufrichtig lächelte. »Na ja, Cat, es tut mir Leid, dass ich es nicht mit Sicherheit sagen kann, ob sie mich schon gewaschen hat oder nicht. Wenn ja, dann war ich viel zu daneben, um mich noch daran erinnern zu können. Aber komm einfach morgen wieder, dann erzähle ich dir alles ganz genau.«

Cat wandte den Blick von der Tür ab und betrachtete Burden flehend.

»Sieh ihn doch nicht so an, als wärst du so wahnsinnig scharf drauf, Cat«, meinte Bobby und kicherte. »Keine Schwester, die auch nur halbwegs bei Verstand ist, würde dir jemals so nahe kommen. Wenn du statt Burden hier liegen würdest, dann würde sie dir den Kübel Wasser einfach über den Kopf schütten. So wie bei 'nem jämmerlichen Köter.«

»Halt einfach die Klappe, Bobby«, schnappte Cat und wandte sich zum Gehen

»Ah, wohin willst du denn jetzt, Cat?«, rief Bobby ihm nach.

»Ich hab Hunger. Gibt's hier keinen verdammten Snack-Automaten?«

Bobby legte sich eine Hand auf den Magen, als wäre er aus reiner Loyalität plötzlich ebenfalls hungrig. »Warte, ich komme mit.«

Als die beiden verschwunden waren, entstand ein unbehagliches Schweigen, bis Blind Willie nach einem Stuhl griff und ihn neben das Bett zog. »Dieses Mal hab ich's wohl gründlich vergeigt, wie?«, fragte Burden, nachdem sich die Atmosphäre ein wenig entspannt hatte.

Statt einer Antwort – was ihn gezwungen hätte, seine wahren Gedanken zu enthüllen oder zu lügen – sah Willie auf seine Schuhspitzen hinunter und stieß langsam den Atem aus. »Du hast überlebt«, meinte er schließlich. »Und das ist am Ende das Einzige, was zählt.« Er lachte höhnisch. »Scheiße, ich hab schon immer gewusst, dass Eugene ein Feigling und ein Schwachkopf ist. Ich schätze, es war nur 'ne Frage der Zeit, bis er so was macht. Trotzdem ist es immer ein Schock, wenn sich ein Schwachkopf auch wie ein Schwachkopf *benimmt*.«

»Ich bin der Schwachkopf«, meinte Burden leise. »Eugene hat nur das beschützt, was ihm gehört.«

»Trotzdem. Ich hoffe jedenfalls, dass er dir deine Spinnereien gründlich ausgetrieben hat. Oder bist du etwa scharf drauf, dass man auf dich schießt?«

»Es hat durchaus Vorteile«, erwiderte Burden und wurde plötzlich ganz still. »Willie …«, fuhr er nach einer Weile fort, »Willie, ich will mich bei dir bedanken.« Burdens Stimme klang gedämpft. »Ich will dir danken für die Hilfe, die du mir gewesen bist.«

»Hilfe? Scheiße, Junge, wenn ich dir wirklich 'ne Hilfe gewesen wäre, dann hätt ich dich bei *Buck's* in den Lagerraum gesteckt und dich so lange dort schmoren lassen, bis ich dir ein bisschen Verstand eingetrichtert gehabt hätte.«

Burden nahm Willies Hand und blickte ihm aufrichtig ins Gesicht. »Aber das hast du doch. Du hast mir die Augen für etwas geöffnet, für das ich sechs Jahre blind war. Du hast mir das Leben gerettet.«

Ohne Burdens Hand loszulassen, wandte Blind Willie sich unbehaglich ab, als er die Intensität in Burdens Blick sah. »Na ja, wenigstens hast du jetzt gelernt, dass man seine Hose anbehalten soll, schätze ich.« Er wollte noch etwas sagen, als ein Geräusch an der Tür zu hören war. Maude, die im Türrahmen gestanden hatte, war im Begriff, sich zurückzuziehen. Mit hochrotem Gesicht, weil die Männer sie ertappt hatten, trat sie zögernd ins Zimmer und warf Burden einen entschuldigenden Blick zu.

»Maude«, sagte Burden und war überrascht, wie sehr er sich freute, sie zu sehen.

Burdens ermutigender Tonfall schien Maude mit neuer Zuversicht zu erfüllen, da ihre Schritte mittlerweile ein wenig selbstsicherer wirkten.

Willie stand auf. Obwohl er Maude nie begegnet war, wusste er eine ganze Menge über sie, ein Wissen – gespickt mit wundervollen Details über ihren Körper–, das er nun zu ignorieren versuchte, als er sie ansah. Er nickte grüßend.

Burden stellte die beiden einander vor, worauf Maude mit gewohnter Anmut die Hand ausstreckte. Doch Blind Willie fummelte lediglich an den Knöpfen seiner Jacke herum und nickte abermals. »Hallo«, brachte er mühsam heraus, worauf Maude taktvoll die Hand sinken ließ.

»Ich schätze, ich sollte jetzt gehen«, fügte er hinzu. »Wir kommen morgen noch mal und sehen nach dir. Ich bring dir wieder ein Geschenk von Frankie mit. Mal sehen, ob du dann in der Stimmung dafür bist.« Er wandte sich Maude zu und nickte ein drittes Mal. »Mrs. Whitman«, sagte er und fummelte wieder an seinen Knöpfen herum, »es war mir ein Vergnügen, Sie kennen zu lernen.«

Als Willie gegangen war, setzte sich Maude auf den frei gewordenen Stuhl neben Burdens Bett. Plötzlich stand sie wieder auf, beugte sich über Burden und drückte ihm einen sanften Kuss auf die Stirn. Eine Locke strich zart über seine Lippen, und ein frischer Duft nach Garten stieg von ihren Brüsten auf. Er fühlte sich wieder wie fünfzehn, wie ein unschuldiger Junge ohne jede krankhafte Anwandlung. Aber nur einen Augenblick lang.

»Du siehst gut aus«, sagte Maude und setzte sich wieder hin. »Nach dem, was Hubert mir erzählt hat, habe ich etwas Schlimmeres erwartet.«

»Ich schätze, gestern habe ich nicht halb so gut ausgesehen«, erwiderte Burden mit einem Anflug von Selbstverachtung.

Maude umfasste die Gittereinfassung des Betts, sodass die Knochen ihrer schlanken Finger weiß hervortraten.

»Wieso schiebst du das nicht runter? Ich falle schon nicht heraus. Ich bin mir ziemlich sicher, dass ich inzwischen sämtliche Stürze hinter mir habe.«

Sie lächelten einander zu, und nachdem Maude einen Augenblick lang daran herumgefingert hatte, ließ sich das Gitter senken. Sie zog den Stuhl näher ans Bett und legte eine Hand auf Burdens Hüfte. »Ja, schon viel besser. Meine Güte«, meinte sie. Mittlerweile wirkte sie wesentlich entspannter. »Ich kann dir gar nicht sagen, wie entsetzt ich war, als ich gehört habe, dass du angeschossen worden bist. Natürlich habe ich mir gleich das Schlimmste ausgemalt. Nur sicherheitshalber. Bis ich endlich erfahren habe, dass du wieder in Ordnung kommst, dachte ich, meine Welt wäre untergegangen. Mein Herz verkümmerte regelrecht in meiner Brust, und ich fühlte mich so vollkommen isoliert von allem um mich herum, insbesondere weil ich ja nicht sofort herkommen und nach dir sehen konnte. Schließlich reden die Leute immer gleich. Ich musste mich also mit den wenigen Informationen begnügen, die ich gestern Abend aus Hubert herausgequetscht habe … Aber als ich heute Morgen aufgewacht bin, habe ich mir gesagt: ›Ich pfeife auf Hubert und Walterboro, ich muss meinen Burden besuchen. Ich werde in seine wunderschönen, großen Augen sehen und mich versichern, dass er noch immer bei mir ist … bei uns.‹ Und na ja, hier bist du ja, so strahlend schön, wie es sich eine Frau nur wünschen kann.«

Burden errötete und tat das Kompliment mit einer kurzen Handbewegung ab. »Es braucht schon etwas mehr als einen Eugene und eine Waffe, um mich umzubringen, schätze ich.«

»Dieser Unhold«, meinte Maude erschaudernd, »ich weiß wirklich nicht, wie eine Frau mit einem Mann wie ihm zusammen sein kann. Liebe kann es ja wohl nicht sein …«

Burden unterdrückte ein Grinsen, während er sich fragte, ob Maude sich ihrer eigenen Worte bewusst war.

Ohne jede Vorwarnung füllten sich Maudes Augen mit Tränen, und im nächsten Moment warf sie die Arme um Burdens Hals. »Oh, ich weiß genau, dass es aus ist zwischen uns, aber, mein Gott, ich hätte es nicht ertragen können, wenn du endgültig fort gewesen wärst, wenn ich dich niemals wieder hätte sehen können. Wenn du nicht mehr als eine Erinnerung wärst. Du kannst dir ja nicht vorstellen, wie verzweifelt ich bei dem Gedanken war, dass du tot sein könntest.«

Da sie über seinem gesunden Arm gebeugt lag, hatte Burden keinerlei Möglichkeit, sie zu trösten. Nach etwa einer Minute zog er behutsam seinen gesunden Arm unter ihren wogenden Brüsten hervor und tätschelte ihre blonden Locken. »Bitte weine nicht, Maude, nicht meinetwegen. Und außerdem bin ich doch hier, ich bin nicht gestorben oder für immer fort. Ich bin immer noch hier. Ich bringe dir weiterhin die Lebensmittel, so wie ich es immer getan habe.«

»Aber es wird nicht mehr dasselbe sein«, stöhnte Maude leise, und Burden spürte die Worte feucht und warm an seiner Wange.

»Es gibt nichts, das immer gleich sein wird«, erwiderte Burden. Maude nickte zustimmend, und Burden spürte eine verspätete Träne, die sein Krankenhaushemd benetzte. »Aber ich werde für immer dein Freund sein, Maude, so lange du willst.«

Maude hörte auf zu weinen und wischte sich die Nase mit einem Papiertaschentuch trocken, während sich dieses typische zittrige, vorsichtige Lächeln auf ihrem Gesicht ausbreitete, das Leute in dem Bemühen an den Tag legen, im Angesicht beunruhigender Nachrichten fröhlich zu erscheinen. »Ja, nun ja, wir werden sehen, wie lange es dauert, bis ich deiner überdrüssig werde.«

Burden fuhr mit dem Finger über das Revers ihrer Bluse. »Nicht so bald, hoffe ich.« Er stellte fest, dass er nicht im Geringsten verärgert über sie war, sondern ihr nach wie vor große Sympathie und Wohlwollen entgegenbrachte.

Maude umklammerte Burdens Hand und drückte sie gegen ihre Brust – eine weniger sexuelle, sondern vielmehr inniggfreundschaftliche Geste. »Gar nicht bald«, versicherte sie, und ihre Stimme zitterte noch immer ein wenig.

Es klopfte an der Tür. »Entschuldigen Sie bitte«, sagte die Schwester. »Aber der Doktor macht jetzt seine Visite und wird gleich hier sein.« Ihre Stimme war vollkommen ausdruckslos.

Maude drehte sich um und entließ die Schwester mit einem kurzen Nicken. Dann wandte sie sich wieder an Burden. Es hatte den Anschein, als breche ihr bei seinem Anblick das Herz. Schließlich fiel sie ihm ein letztes Mal um den Hals, wenn auch dieses Mal ohne Tränen, und küsste ihn leidenschaftlich. Als sie sich aufrichtete, verrieten ihre Züge nichts von ihrem inneren

Aufruhr. »Ich sollte besser nicht mehr vorbeikommen. Du brauchst Ruhe. Aber ich rufe dich an, um dich ein wenig aufzumuntern.«

»Das wäre sehr nett.«

Maude blieb noch einen Augenblick stehen und rang um ihre Fassung, ehe sie endgültig ging.

Die Parade der Besucher, die durch Burdens Zimmer marschierten, endete kurz nach dem Mittagessen. Johnnie White war gekommen, während der Arzt ihn untersucht hatte, und hatte einen Spazierstock aus Birkenholz als Geschenk mitgebracht, der einmal seinem Großvater gehört hatte. »Ich dachte, du könntest ihn vielleicht brauchen«, hatte er gesagt. »Zumindest eine Zeit lang, wenn du erst mal wieder aufstehen darfst.« Der Kopf des Stocks war glatt und weich wie polierter Marmor von all den Jahren, als der alte Mr. White seine Handfläche darum gelegt hatte. Burdens Mutter hatte ihm von Sue ausrichten lassen, sie würde sich ein wenig verspäten und erst gegen Abend kommen. Sue war gleichzeitig mit seinem Mittagessen gekommen, hatte mit Hingabe an seinem Essen herumgemäkelt und die Kartoffeln, das Huhn und den Kirschkuchen mit alten Küchenschwämmen und Fußabstreifern verglichen. Sie hatte darauf bestanden, Burden zu füttern, was sie auch mit wachsendem Eifer getan hatte, sodass Burden fast geglaubt hatte, sie versuchte seine Zunge zu durchstechen. Um sich gegen ihre Attacken zu schützen, hatte er die Lippen fest aufeinander gepresst, und erst nach langem Hin und Her hatte sie aufgegeben und die Gabel beiseite gelegt.

»Du bist ein Spielverderber«, hatte sie gemault, »und ich dachte schon, der Sturz aus dem Fenster hätte dich ein bisschen lustiger werden lassen.« Da sie Burdens Zunge nicht länger hatte malträtieren können, war ihr rasch langweilig geworden. Nachdem sie sich versichert hatte, dass er ansonsten nichts brauchte, hatte sie sich beschwert, seine Abwesenheit beschere ihr doppelt so viel Arbeit und dass sie sich deshalb jetzt lieber auf den Weg machen sollte.

Nach dem Mittagessen verabreichte ihm die Schwester zwei Schmerztabletten, und die darauf folgenden drei Stunden verstrichen abwechselnd mit kleinen Nickerchen und angenehm halb wachen Phasen, die jedoch nie in einen völligen Wachzustand übergingen. Wenn es nötig gewesen wäre, hätte er sich mühsam zu einem klaren Kopf durchringen können, doch er bevorzugte es für den Augenblick, in dem schwebenden Zustand zu verweilen, der so wenig von ihm forderte.

Am späten Nachmittag betraten eine Schwester und ein Pfleger das Zimmer. Der Pfleger schob einen Patienten auf einer Trage ins Zimmer. Die Schwester warf dem halb wachen Burden einen flüchtigen Blick zu, ehe sie den Vorhang um sein Bett zuzog. Burden, den diese Geste nicht im Mindesten kränkte, drehte sich müßig um, sah aus dem Fenster und betrachtete den Abendhimmel, der aussah, als würde er in einem Feuerwerk der Farben explodieren.

»Und wie fühlt sich das an?«, hörte Burden die Schwester den Patienten fragen, nachdem er von der Rolltrage auf das Bett gehievt worden war. Die einzige Antwort bestand aus einem verärgerten Knurren, das irgendwelche mühsam unterdrückten Obszönitäten erahnen ließ. Doch so undeutlich die Worte auch sein mochten, riss der Tonfall Burden dennoch aus seiner Lethargie. »Wir kommen bald wieder und sehen nach Ihnen«, verkündete die Schwester, ohne auf den verärgerten Ton des Patienten einzugehen.

Mit diesen Worten packte sie den Vorhang und zog ihn zu drei Vierteln zurück, sodass Burden einen Blick auf seinen Mitpatienten werfen konnte. Der blasse Arm des Mannes, unter dessen schlaffer Haut fast nur Knochen zu liegen schienen, war in die Luft gereckt.

»Weshalb zum Teufel bin ich überhaupt hier?«, fragte er leicht schleppend. »Ich brauch doch gar nicht hier zu sein. Mir fehlt doch überhaupt nichts.« Seine Stimme trug bereits die Vorahnung des Todes in sich. Die Worte erschöpften den alten Mann so sehr, dass sein Arm auf das Laken fiel wie ein im Flug abgeschossener Bussard.

Nichtsdestotrotz zwang die Stimme Burden, vollends wach zu werden. Auf einmal verspürte er das dringende Bedürfnis, aus dem Bett aufzustehen, aufzustehen und zu fliehen, an irgendeinen Ort, der ihm Schutz vor dieser unseligen Stimme gewährte.

Die Schwester sah auf Burden hinunter und hob entschuldigend die Brauen, als wollte sie ihm sagen, dass sie den Patienten am liebsten so schnell wie möglich hinausbefördern würde. Sie legte ihr Handgelenk an Burdens Stirn und zog die Brauen zusammen. »Du fühlst dich ein wenig kühl an. Willst du noch eine Decke? Oder einen heißen Tee, um dich zu wärmen?«

Burden schüttelte mit ernster Miene den Kopf.

Mit fast verächtlichem Gesichtsausdruck sah die Schwester wieder zu dem alten Mann hinüber und beugte sich dann zu Burden hinunter. »Das mit dem neuen Zimmergenossen tut mir Leid. Wenn er dir Ärger macht, klingle einfach, dann komme ich und bringe ihn wieder zur Vernunft.«

Burden nickte.

Bevor sie ging, zog sie den Vorhang ganz auf, doch Burden brachte es einfach nicht über sich, den Mann anzusehen. Etwa eine Stunde lang starrte er an die Decke und blinzelte kaum. Ab und zu gab der Mann ein Grunzen von sich, und von Zeit zu Zeit konnte Burden einen Fluch oder eine Reihe unzusammenhängender Wörter heraushören. Draußen vor dem Fenster schienen die Wolken für kurze Zeit in Flammen zu stehen, dann begann sich der blassblaue Himmel langsam zu verdunkeln. Das fahle Gesicht des Mondes tauchte im Fenster auf und warf ein trübes Licht ins Zimmer. Trotzdem sah Burden den alten Mann nicht an.

Plötzlich, als hätte sich ein einzelnes atemloses Wort aus einem Grab erhoben, sagte der Mann: »Junge.«

Burdens Finger fummelten am Rufknopf herum. Er dachte an Johnnies Gehstock, überlegte, ob er nach ihm greifen sollte. *Wieso denn?*, dachte er und fühlte sich wie ein Idiot. Was sollte ihm der alte Mann – der im *Sterben* lag, dessen war er sich ganz sicher – schon von seinem Bett aus tun?

»Junge«, sagte der Mann noch einmal. Dann blieb er eine Weile still, und Burden lockerte den Griff um den Rufknopf. Doch plötzlich, ohne Vorwarnung, erfüllte die scharfe und laute Stimme wieder das Zimmer. »Junge!«

Burden drehte sich erschaudernd um und sah den alten Mann an. »Mr. Silas?«, sagte er, doch seine Stimme brach vor Angst.

Der alte Silas lag reglos unter der Bettdecke. Es schien, als wäre sein Körper bereits tot. Er lag da in einer scheinbar mühelosen Starre und verströmte einen widerlichen süßlichen Gestank, als wäre sein Fleisch in ranzigem Fett gebadet worden. Nur sein Gesicht verriet noch einen Hauch Leben, wenn auch so wenig, dass Burden beim Anblick der seelenlosen Augen das Gefühl hatte, ein zweites Mal Zeuge eines Todes zu werden. Doch wie eine Maschine, die in ihrer endlosen Bewegung gefangen war, erstarrte Silas' Gesicht nicht in der letzten Pose. Seine Lippen bewegten sich, halblaute Worte drangen zwischen ihnen hervor, und seine Augen funkelten. Und in seinem Gesicht, das so blass war wie der Mond am Himmel, zuckte es unablässig.

»Junge«, sagte er noch einmal. Aber Silas' Blick war nicht auf Burden gerichtet, und Burden nahm an, dass der alte Mann auch nicht ihn meinte. Stattdessen befand er sich wahrscheinlich in einem Dialog mit jemandem, den nur er und die Engel sehen konnten.

Doch nachdem er erst einmal all seinen Mut zusammengenommen und den alten Mörder angesehen hatte, konnte Burden den Blick nicht mehr von ihm abwenden. Wie gebannt starrte er den alten Mann an, während er seine Furcht niederkämpfte, und versuchte hinter die Maske des Todes zu blicken, die sich inzwischen auf sein Gesicht gelegt hatte. Doch sosehr er es auch versuchte, gelang es ihm nicht, eine Seele unter den Zügen zu erkennen, ja fast nicht einmal einen Menschen. In diesem Augenblick wurde ihm klar, dass keiner von ihnen dreien die Tragödie dieses Abends überlebt hatte – Peedie war ganz vom Band des Lebens losgelöst worden, während Silas und er selbst auf dem beschwerlichen Pfad der Verdammten stecken geblieben waren – Silas von Natur aus und Burden aus freien Stücken. Und wie schwer war es nun für Burden, seine Füße aus dem Morast der Selbstverachtung und der Todessehnsucht zu ziehen.

Doch er musste seine Füße herausziehen. Mit einem Mal spürte Burden Mitgefühl für den alten Silas in seiner – sei es selbst auferlegten oder vom Schicksal ausgelösten – Qual. Schließlich wandte Burden den Blick von dem Mann ab, der still geworden war, auch wenn sich seine Lippen nach wie vor bewegten und unausgesprochene Laute ausstießen. Burden spürte, dass Silas ihn nicht aus den Augen ließ, doch es war ihm ebenfalls klar, dass er an einem Punkt angelangt war, an dem seine Augen weniger das wahrnahmen, was ihn unmittelbar umgab, sondern vielmehr die Dinge, die nur auf seinen letzten Atemzug warteten.

»Jo«, sagte Burden und schreckte aus dem Schlaf. Er hatte von ihr geträumt. Sie waren zu Fuß unterwegs, sie ein paar Schritte vor ihm, während er vergeblich versuchte sie einzuholen. Er hatte mehrfach ihren Namen gerufen, aber sie weigerte sich, ihn anzuhören und sich zu ihm umzudrehen. Der Pfad wand sich endlos durch dichten Wald, und sein Ende, falls es das überhaupt gab, war durch unzählige Kurven und Abzweigungen verborgen. Sie waren seit etwa einer Stunde unterwegs, ohne dass Jo Anstalten machte, ihr Tempo zu drosseln oder abzubiegen, während Burden ihr nachrief, sie solle ihn endlich ansehen. In diesem Moment wachte er auf und hatte eine Sekunde lang das Gefühl, als stünde sie tatsächlich neben ihm.

Silas murmelte irgendetwas. Burden sah zu dem alten Mann hinüber, der noch immer in nahezu derselben Position im Bett lag wie zuvor. Es war inzwischen Nacht, und das Zimmer wurde lediglich von dem kleinen Nachtlicht über den Betten erhellt. Es ließ Silas' Züge deutlicher hervortreten und sein Fleisch noch kränker wirken. Seine Augen waren geöffnet und starrten blicklos zur Decke. Burden sah das fahle Glitzern darin. Das Alter und seine Gebrechlichkeit hatten es ihm gestattet, sich seiner Strafe nach Peedies Tod zu entziehen. Doch nun führten genau dieses Alter und diese Gebrechlichkeit dazu, dass er sich dem Urteil unterwerfen musste, dem keine Seele entrinnen kann.

Silas setzte sein endloses Gemurmel fort, während Burden spürte, wie seine Verzweiflung wuchs. Der dumpfe Schmerz seiner Vergangenheit rumorte in ihm, doch noch größeren Schmerz löste die Gewissheit in ihm aus, dass Jo nicht gekommen war, um ihn zu besuchen – obwohl sie jede nur erdenkliche Gelegenheit und darüber hinaus einen Grund gehabt hätte. Hatte er ihre Beziehung so endgültig ruiniert, dass sie nicht einmal für ein paar Minuten vorbeisehen würde, um ihm alles Gute zu wünschen? Hinter dem Fenster war der Mond weitergewandert, sodass lediglich die nächtliche Dunkelheit und einige vereinzelte Sterne am Firmament zu sehen waren. Er schloss die Augen und sehnte den Schlaf herbei, um wieder von Jo träumen zu können. Es spielte keine Rolle, dass sie nicht kam, um nach ihm zu sehen. Es genügte schon, sie sehen zu können und zu wissen, dass er nicht allein war.

Burden träumte wieder, wenn auch dieses Mal nicht von Jo. Er war in einen erbitterten Kampf mit einem Gegner verstrickt, den er nicht sehen konnte. Ein schwerer Gegenstand presste ihn zu Boden, raubte ihm den Atem, doch er konnte seine Arme nicht heben, um den Angriff abzuwehren. Mit einem Aufschrei fuhr er hoch, und der Kampf fand ein jähes Ende. Doch kaum wach, stand er der Frage gegenüber, ob er sich nicht bereits im nächsten Traum befand – einem weitaus lebendigeren Traum, dessen ohnedies eigentümliche Beschaffenheit durch ein Gewicht, einen Schatten und einen intensiven Gestank noch verstärkt wurde.

Silas war auf Burden geklettert, hatte ihn am Hals gepackt und starrte mit vor Wut weit aufgerissenen Augen auf ihn hinunter. »Weg! Weg mit dir!«, schrie er zornig und versprühte dabei winzige Speicheltröpfchen auf Burdens Gesicht. »Ich weiß genau, wer du bist«, zeterte er mit vor Zorn bebender Stimme weiter. »Ich weiß genau, wieso du gekommen bist. Ich weiß es, aber ich gehe nicht. Ich werde nicht gehen.«

Silas' gesamtes Gewicht lastete auf Burdens bandagiertem Bein und löste brennende Schmerzen aus. Unter normalen Umständen wäre Burden ohne weiteres mit Stoaks fertig geworden, doch mit seinem verletzten Arm – dessen Kraft noch zusätzlich durch die Medikamente eingeschränkt war – gelang es ihm bestenfalls, einen Gleichstand zu erzielen. Nur mit größter Mühe schaffte er es, Silas' Griff um seinen Hals zu lösen und nach der Schwester zu rufen. Die ersten Laute waren schwach und leise, doch als er seine Stimme endlich wieder fand, kümmerte es ihn nicht, dass sie vollkommen verzweifelt klang. Diesen Angriff überleben und diesen erbärmlichen Körper loswerden war das Einzige, was er wollte.

»Verdammt noch mal«, stieß Burden zwischen zusammengebissenen Zähnen hervor, während Silas ein weiteres Quäntchen Energie in sich entdeckte und seine Finger erneut um Burdens Kehle legte. Die Hände des alten Mannes waren trocken und rau wie altes Pergamentpapier und die spröden Knochen unter dem spärlichen Fleisch deutlich zu sehen.

»Du nimmst mich nicht mit«, zischte Silas und presste sein Bocksgesicht gegen Burdens. »Ich gehe nicht.« In seinen Augen glitzerte der Wahnsinn. In diesem Augenblick gelang es Burden, Silas' tiefe Überzeugung zu erkennen, eine an geradezu religiöse Gewissheit grenzende Überzeugung, die Burdens Tod forderte. Seltsamerweise ließ ihn diese Erkenntnis ruhiger werden, und obwohl er noch immer erbittert mit Silas rang, verebbte allmählich die Panik, die von ihm Besitz ergriffen hatte.

»Du erkennst mich wieder«, flüsterte Burden heiser, als sich eine Woge der Hitze in seinem Gesicht ausbreitete, die jedoch augenblicklich von einem eisigen Schauder vertrieben wurde. »Du weißt, wer ich bin … du weißt es wieder.« Burdens Worte erstarben, während ihm aufging, dass der alte Mann genau dasselbe Ziel vor Augen hatte wie er selbst seit sechs Jahren: den einzigen Menschen zu töten, der sich an jenen fatalen Abend erinnerte und ihn seit dieser Zeit unablässig quälte. Burden zu töten bedeutete für Silas, seine Vergangenheit zu töten.

Die Konsequenz dieser Enthüllung ließ jeden Anflug von Zorn auf Silas mit einem Schlag verschwinden. Hätte er noch einen kleinen Rest Atemluft in den Lungen gehabt, hätte er sie für ein herzliches Lachen aufgewendet, als ihm klar wurde, dass sein inbrünstiger Wunsch nach Buße ausgerechnet von jenem Mörder erfüllt wurde, der ihn auf diesen dunklen Pfad geführt hatte. Aber es war ein Pfad, dem er nicht länger folgen würde, ein Ziel, das er nicht länger vor Augen hatte. Da Burdens Hände und selbst seine Stimme als Mittel zur Verteidigung versagten, kämpfte er mit der einzigen ihm noch verbliebenen Waffe gegen Silas an: mit seinem Willen. *Ich werde nicht sterben.* Die Macht dieses Gedankens ließ Burdens Fleisch erbeben, und er spürte, wie er unter Silas' Griff zu zittern anfing. *Ich lasse dich nicht gewinnen.* Der Gedanke schoss wie ein Lichtstrahl durch sein Bewusstsein und entzündete seinen lange verschütteten Überlebenswillen. Doch möglicherweise war es bereits zu spät, denn Stoaks' Züge ragten unmittelbar über ihm auf – und waren in der nächsten Sekunde aus seinem Gesichtsfeld verschwunden.

»*Mr. Stoaks*«, bellte eine zornige Stimme.

»Was machen Sie da, Sie verrückter Narr?«, rief eine zweite Stimme.

Lichtstrahlen drangen durch die Dunkelheit vor Burdens Augen, während zwei Schwestern und ein Pfleger mit Stoaks rangen und ihn in sein Bett zurückbugsierten. Der alte Mann wehrte sich mit Händen und Füßen und stieß zornige Flüche aus.

»Holt die Fesseln«, befahl die erste Schwester aufgebracht. »Ich hab sie schon«, erwiderte der Pfleger. Innerhalb kürzester Zeit brachte das Krankenhauspersonal den alten Mann unter Kontrolle, doch er fluchte weiterhin laut und unflätig. Als der Dienst habende Arzt das Zimmer betrat, um ihn zu untersuchen, reckte Burden neugierig den Kopf. Und als klar war, dass der Patient keinen Schaden davongetragen hatte, ordnete er an, ihn ruhig zu stellen.

Der Pfleger, dem Burdens Interesse nicht verborgen geblieben war, zog den Vorhang zu, während die Schwester die Spritze aufzog. Der Arzt trat um den Vorhang herum und untersuchte Burden auf Verletzungen. Nachdem sich herausgestellt hatte, dass auch er unverletzt geblieben war, bot der Arzt an, ihm eine Beruhigungsspritze zu geben, statt sie wie bei Silas einfach anzuordnen.

»Nein«, lehnte Burden ab. Seltsamerweise nahm er Silas den Angriff nicht einmal übel. Trotzdem wollte er sich nicht auf die Fesseln verlassen, mit denen der alte Mann an das Bett geschnallt war, und zog es deshalb vor, lieber nicht zu schlafen, zumindest nicht so tief, wie es mit einem Beruhigungsmittel der Fall sein würde.

»Sehr gut«, meinte der Arzt. Bevor er ging, nahm er die Schwester kurz beiseite und gab ihr die Anweisung, jede halbe Stunde nach den beiden Patienten zu sehen, um sicherzugehen, dass Silas ruhig blieb.

Die beiden sahen argwöhnisch zu Silas' Bett hinüber, aus dem ein zusammenhangloser, scheinbar unsinniger Dialog hervordrang. Doch die Worte kamen zusehends schleppender über Silas' Lippen, und es war klar, dass sie bald ganz aufhören würden.

»Bist du sicher, dass mit dir alles in Ordnung ist?«, wollte die Schwester wissen, als sie sein Nachthemd glatt strich.

Burden nickte.

Sie griff über das Bett, zog den Rufknopf heran und legte ihn übers Bett, sodass er ummittelbar neben Burdens Hand lag. »Sobald er auch nur einen Mucks von sich gibt, drückst du auf den Knopf, dann bin ich hier wie der Blitz.« Obwohl er dankbar für die Besorgnis in ihrer Stimme war, spürte Burden einen nagenden Kummer in sich. Um wie vieles besser wäre es gewesen, die Besorgnis von Jo zu hören, die in seiner Fantasie auf ihren Runden durch die Korridore ging, sorgsam darauf bedacht, ja nicht in die Nähe seines Zimmers zu kommen. »Zögere bloß nicht«, meinte die Schwester. »Hast du mich verstanden?«

Burden nickte wieder.

Die Schwester warf einen letzten Blick hinter den Vorhang, ehe sie Burden noch einmal musterte. »Ich weiß, dass es schwierig ist, aber versuch ein bisschen zu schlafen. Ich komme bald wieder vorbei und sehe nach dir.«

Als die Schwester gegangen und er wieder mit Silas allein im Zimmer war, spürte Burden eine unermessliche Einsamkeit in sich aufsteigen. Der alte Mann hatte sich mittlerweile beruhigt, trotzdem drangen in unregelmäßigen Abständen einzelne Worte hinter dem Vorhang hervor. Ein paar Minuten lang lag Burden da, ohne zu blinzeln. Schließlich hörte er Silas' Stimme, die wie das letzte Tröpfchen Wasser aus einer versiegenden Quelle drang. »Verzeih mir, ich wollte den Jungen nicht erschießen.« Seine Stimme war sehr klar, fast demütig.

Die Worte hallten scharf in der darauf folgenden Stille nach. Erst als Burden ausatmete, wurde ihm bewusst, dass er mehrere Augenblicke lang die Luft angehalten hatte. »Wie war das?«, fragte er schließlich zögerlich. »Was haben Sie gesagt?«

Stoaks schwieg eine ganze Weile, sodass außer seinen flachen Atemzügen kein Geräusch im Raum zu hören war. »Ich wollte den Jungen nicht erschießen. Vergib mir«, sagte er, als Burden bereits glaubte, er sei eingeschlafen.

Burden spürte, wie das Blut in seinen Adern gefror. »Vergeben?«, fragte er mit leiser, höhnischer Stimme. »Wie soll ich Ihnen vergeben, was Sie getan haben?« Der Blick in Silas' Augen hatte zwar seinen Abscheu gegenüber dem alten Mann vertrieben, trotzdem hatte sich ihm nie die Frage gestellt, ob er ihm vergeben würde … und er glaubte auch nicht, dass er es konnte.

Wieder verfiel Silas in Schweigen, als warte er geduldig auf eine Äußerung der Gnade. »Vergib mir, o Herr. Vergib mir, dann verweile ich hier nicht länger«, sagte Silas nach einigen Minuten. Ein reuiger Unterton hatte sich in seine Stimme geschlichen, so als würde er nach einer unendlich langen Schlacht resignieren und seine Niederlage anerkennen.

Der veränderte Tonfall von Silas' Stimme ließ Burden aufhorchen und sich fragen, wie er dem alten Mann gegenüber wirklich empfand, der Peedie getötet hatte. War es möglich, dass er tief in seinem Herzen so etwas wie Mitgefühl für dieses

Ungeheuer hegte? Gab es so etwas wie Gnade? Er hatte seinen Hass überwunden, aber Vergeben würde all seine Bemühungen zur Lüge werden lassen. Zu dem Entschluss zu gelangen, dass er nicht mehr sterben wollte, war eine Sache; aber zuzugeben, dass das, was ihn mehr als sechs Jahre lang angetrieben hatte, ein großer Irrtum gewesen war, eine ganz andere. Doch ein anderer, ruhiger Teil von ihm wollte, dass es so war – als könnte er, indem er seine neu gewonnene Gnade hinnahm, endlich alles vollständig loslassen, was ihn mit seiner tragischen und falschen Vergangenheit verband.

Silas fiel in tiefen Schlaf.

Burden wollte noch immer nicht schlafen, spürte aber gleichzeitig, wie bleierne Erschöpfung sich auf seinen Körper, seinen Geist und seine Seele legte. Die letzten Jahre waren eine Reise gewesen, um vor der Schuld einer einzigen Tat zu flüchten, doch die Ereignisse der letzten Tage und ganz besonders der letzten paar Stunden hatten gezeigt, wie vergeblich und sinnlos dieses Unterfangen gewesen war. Er wünschte sich nichts sehnlicher, als im Einklang mit seiner Vergangenheit zu stehen. Er wusste, dass es nicht möglich war, diesen tödlichen Fehler seiner Jugend rückgängig zu machen, doch er sehnte sich nach der Gewissheit, dass er noch eine Zukunft hatte. Im Halbschlaf nahm Burden wahr, wie die Schwester erschien, um nach ihren Patienten zu sehen. Sie blieb auf der Türschwelle stehen und beobachtete ihre Schützlinge.

»Jo …«, flüsterte Burden und wünschte sich, dass dies sein letzter Gedanke sein möge, bevor sich der Schlaf über ihn legte. Bei diesem Wort schien die Schwester zu zögern und trat aus dem Schatten, doch als sie neben Burdens Bett stehen blieb, schlief er bereits tief und fest.

Aber Burdens Schlaf war alles andere als erholsam, denn er wurde von beunruhigenden Bildern heimgesucht, die ihn abwechselnd aufwachen und wieder in leichten Schlummer sinken ließen.

Schließlich, in jenen Stunden, in denen die Grenzen von Nacht und Tag verwischen, wachte er ganz auf. Er lauschte Silas' Atemzügen, die flacher geworden waren und in längeren Abständen kamen. Burden war die Bedeutung dieser Rhythmusänderung klar, und er spürte einen Anflug von Mitgefühl für den alten Mann. Er hätte niemals geglaubt, derartige Empfindungen für ihn hegen zu können, doch als er nun im Bett lag und den Atemzügen lauschte, konnte er sich mit einem Mal nicht mehr vorstellen, anders für ihn zu empfinden. Die Beendigung seiner Affäre mit Maude und insbesondere mit Pruella waren die ersten Schritte in Richtung eines Neuanfangs gewesen. Doch nun stand ihm etwas bevor, von dem außer ihm und Silas niemand jemals zu erfahren brauchte, und allein diese Gewissheit gab ihm den Mut zu sprechen.

»Mr. Silas«, setzte er zögernd an und hielt dann inne, als warte er auf eine Reaktion. Silas' Atemzüge wurden hörbar mühsamer, also fuhr Burden rasch fort. »Ich muss Ihnen etwas gestehen. Ich muss etwas in Ordnung bringen.« Wieder unterbrach sich Burden und lauschte, um sicher sein zu können, dass Silas nicht doch aufgewacht war. »Ich schätze, Sie wissen, wie ich Ihnen gegenüber empfinde. Trotzdem muss ich es Ihnen unverblümt sagen – ich hasse Sie, Sir. Ich hasse Sie aus tiefstem Herzen für das, was Sie Peedie angetan haben … für das, was Sie *mir* angetan haben.« Dieses Eingeständnis löste schlagartig ein Gefühl der Befreiung in ihm aus. Sein Herz, angetrieben von der Wahrheit, raste in seiner Brust. »Mit einer einzigen Tat haben Sie unser beider Leben zerstört … unser dreier Leben«, korrigierte er, da ihm mittlerweile klar war, dass auch Silas' Leben nicht ausgenommen werden durfte. Die Tatsache, dass er seinen Kummer teilen konnte, ließ ihn auf einmal schwinden, wie ein Nebenfluss, der sich vom Hauptstrom trennt und damit die reißende Kraft des Wassers aufteilt. »Peedie ist tot, das ist eine unumstößliche Tatsache. Und ich? Ich bin seit diesem Abend langsam gestorben. Jeden Tag bin ich ein bisschen mehr verblasst, so wie die Erinnerung an Peedies Stimme. Es sieht so aus, als hätte ich mein Bestes gegeben, um das niederzureißen, was Sie an diesem Abend stehen gelassen haben. Aber jetzt nicht mehr. Ich kann Peedie nicht wieder zurückholen, das ist mir klar. Verdammt, ich weiß nicht einmal, ob ich es schaffe, selbst an den Punkt zu kommen, an dem ich eigentlich stehen sollte … ob ich so werden kann, wie ich geworden wäre, wenn Peedie und ich nicht über Ihr Land gegangen wären und ich nicht beschlossen hätte, die Abkürzung zu nehmen.«

Stoaks' Atmung setzte einen Augenblick lang aus, und Burden ertappte sich dabei, dass er ebenfalls die Luft anhielt. Nach einem Augenblick atmete er weiter. Er wusste nicht, wie es tatsächlich um Silas stand, sondern nur, dass die Zeit langsam knapp wurde. »Aber ich kann eines tun – ich kann Ihnen das geben, worum Sie mich gebeten haben. In Wahrheit will ich Sie nicht mehr hassen … ich glaube sogar, dass ich es nicht einmal mehr kann. Also, wenn das Ihren Tod erleichtert …« An dieser Stelle stockte Burdens Stimme. Bevor er fortfuhr, schickte er Peedie ein stummes Gebet und bat um sein Verständnis, da ihm durchaus klar war, dass er seinen Cousin damit unwiderruflich und endgültig verraten würde. Dann, die Augen auf den Vorhang zwischen ihm und Silas Stoaks gerichtet, sprach er die letzten Worte aus. »Wenn es das ist, was Sie wollen … ich vergebe Ihnen. Ich vergebe Ihnen alles.«

Stoaks' Atemzüge stockten. Er holte ein letztes Mal flach Luft und hielt sie verzweifelt in seinen Lungen, ehe er sie mit einem so beängstigend leisen Geräusch entweichen ließ, wie Burden es noch nie gehört hatte.

»Mr. Stoaks?«, flüsterte Burden, griff nach dem Gehstock, den ihm Johnnie mitgebracht hatte, streckte ihn so weit wie möglich in Richtung Vorhang und schob ihn ein Stück zur Seite. Burden starrte die Leiche des alten Mannes ohne jede Bitterkeit an. Silas lag reglos und friedlich unter den Gurten und schien direkt in Burdens Augen zu blicken. Doch diese Illusion währte nur einige Augenblicke, denn schon in der nächsten Sekunde war es, als liege eine reglose Puppe statt Silas im Bett, denn inzwischen hatte das Gesicht keinerlei Ähnlichkeit mehr mit dem des Mannes, den er so gefürchtet hatte. Es hatte den Anschein, als sei alles, was Silas ausgemacht hatte, nur in seinen Augen gewesen und als sei das Licht, das Bewusstsein (sofern er so etwas überhaupt gehabt hatte) nun erloschen.

Burden drückte auf den Rufknopf, und während er darauf wartete, dass die Schwester kam, ließ er seinen Blick auf dem ruhen, was von seiner Vergangenheit übrig geblieben war. Einen Augenblick lang spielten seine Gedanken an seine ungewisse Zukunft keine Rolle mehr. Doch später, als das Laken über das Gesicht des alten Mannes gezogen wurde, stieg Panik in Burden auf, und als Silas weggebracht wurde, spürte er, wie das Band zwischen ihm und Peedie endgültig gelöst wurde. »Auf Wiedersehen«, sagte er schließlich, als die Leiche des alten Mannes aus dem Raum gebracht wurde. »Auf Wiedersehen.«

Burden verlor sich im Licht der Morgendämmerung, das sich in der Ecke seines Fensters sammelte und sich über sein und Silas' mittlerweile leeres Bett ergoss. Während er sich auf den sich erhellenden Himmel konzentrierte, keimten ungewollte Erinnerungen in ihm auf. Er fühlte sich leer, voller Frieden, obwohl dieser Frieden daraus entstanden war, dass er alles verloren hatte und sich nun langsam mit diesem Verlust abfand. Ein Gedanke jedoch ließ ihn nicht mehr los: Wenn er endlich wieder mit Peedie vereint sein würde – wann und unter welchen Umständen das auch immer passieren würde –, würde sein Cousin verstehen, dass er ihn vollständig hatte loslassen müssen, um sich selber wiederzufinden? Würde Peedie ihm diese letzte Schwäche verzeihen?

Seine qualvollen Gedanken wurden durch das Auftauchen einer jungen Schwesternhelferin unterbrochen, die kam, um ihn zu waschen. Wortlos trat sie an den Schrank und holte eine kleine Waschschüssel heraus, die sie mit warmem Wasser aus dem Wasserhahn am Waschbecken füllte. »Zeit für die Morgentoilette«, sagte sie, als sie die Schüssel und einen Behälter mit Flüssigseife auf den Wagen neben Burdens Bett stellte, so als müsste sie die Anwesenheit der Utensilien noch erklären. Als sie gerade Burdens Krankenhaushemd öffnen wollte, drang eine Stimme von der Tür herüber.

»Ich kümmere mich um diesen Patienten.«

Burden wandte sich um und sah Jo auf der Schwelle stehen. Beim Klang ihrer Stimme wurde er von Angst, dann aber von überwältigender Erleichterung erfasst.

Das Mädchen warf Jo einen fragenden Blick zu.

»Es ist schon in Ordnung«, meinte Jo und bezog neben der Schwesternhelferin Stellung, »ich kümmere mich schon um ihn. Geh ruhig nach nebenan.«

Das Mädchen schien sich nicht sicher zu sein, was sie tun sollte, gehorchte jedoch.

Als sie allein waren, bedachte Burden Jo mit einem halb fragenden, halb hoffnungsvollen Blick, während sich ein Lächeln auf seinen Zügen ausbreitete. Doch Jo machte keinerlei Anstalten, ihre professionelle Haltung abzulegen, und vermied es, ihm in die Augen zu blicken. Sie fasste ihn bei den Schultern und zog ihn hoch. »Du könntest mir ruhig helfen«, sagte sie »und dich nach vorn beugen. Nur ein kleines bisschen.«

»Du riechst so frisch wie eine Blume«, stellte Burden fest und stützte sich auf seinem gesunden Arm auf, sodass er sich ein wenig vorbeugen konnte. Jo ignorierte seine Bemerkung und löste die Bänder, die sein Krankenhaushemd zusammenhielten. Als sie offen waren, schob sie das Hemd von seiner linken Schulter und zog es über die rechte Seite seiner Brust.

Burden holte tief Luft. »Ich erinnere mich noch gut an diesen Duft.« Ebenso gut wie an viele andere Dinge, von denen ihn einige mit großer Scham erfüllten, andere mit Bedauern. Am allerdeutlichsten erinnerte er sich jedoch an jenen Abend neulich im Sonic. Am liebsten hätte er sich und Jo wieder auf diese Bank vor dem Sonic verfrachtet, sodass er ihr alles erzählen konnte, was er für sie empfand. Sie hatten das Versprechen des Glücks an jenem Abend verspielt, ebenso wie die Zukunft, die er schon vor all den Jahren verloren hatte, indem er sich wie ein Narr benommen hatte. Vielleicht würden die Dinge niemals wirklich in Ordnung kommen, aber für den Augenblick sonnte sich Burden in der Aussicht einer möglicherweise strahlenderen Zukunft. »Wann immer ich am Garten eines Hauses vorbeigekommen bin, in dem ich Lebensmittel abgeliefert habe, dachte ich einen Moment lang, dass du hinter mir bist. Manchmal habe ich sogar die Augen zugemacht und so getan, als könne ich dich berühren, wenn ich nur die Hand ausstrecke.«

Jo tauchte den Schwamm ins Wasser, drückte ihn aus und fuhr damit über Burdens Stirn. »Du hast schon immer so dummes Zeug erzählt«, meinte sie, die Augen noch immer abgewandt. »Ich sehe, dass du dich nicht im Mindesten verändert hast.«

»Ich habe schon immer gesagt, was ich denke … selbst wenn es nicht immer das Klügste war.«

Ein Wassertropfen lief in Burdens Augenwinkel, und Jo wischte ihn geschickt mit der Spitze ihres kleinen Fingers ab.

»Jo«, sagte Burden, doch sie wandte sich ab und tauchte den Schwamm wieder ins Wasser. »Jo«, wiederholte er und griff nach ihrem Handgelenk.

Jo zögerte, aber nach einem Augenblick entspannte sie sich und wandte sich Burden zu, wobei sie sich bemühte, ihre professionelle Haltung beizubehalten.

»Ich habe darüber nachgedacht ... wie wir früher waren ... was ich getan habe ...« – er lachte bitter –, »insbesondere über das, was *ich* getan habe.«

Jo wandte sich wieder ab und versuchte, sich aus seinem Griff zu befreien, aber er ließ sie nicht los. Schließlich wandte sie sich ihm mit resignierter Miene zu.

»Nein, hör mir zu. Hast du jemals ein so großes Verlangen verspürt«, fing er an, »dass es den Anschein hatte, als könnte dich nichts davon abhalten, dafür zu sorgen, dass es wahr wird? Hast du jemals ein so großes Bedürfnis in dir verspürt, dass es mehr ein Teil deines Lebens wurde als all die Leute um dich herum? So sehr, dass du alles hergeben würdest, wenn du es müsstest, um genau das zu bekommen? Alles, was du tust, jeder Gedanke, den du hast, jeder wache Augenblick wird von diesem Verlangen verschlungen. Und dann, eines Tages, ist es in greifbare Nähe gerückt, und du brauchst nur noch deine Hand darumzulegen, und dann gehört es dir.« Burden unterbrach sich und wandte sich ab. *Das ist ein Anfang*, dachte er, *das ist es, was ich erklären muss.* »Das Problem ist nur«, fuhr er fort und sah Jo wieder an, »dass du plötzlich feststellst, dass du deine Hand gar nicht darumlegen *willst.* Du erkennst, dass die ganze Zeit jemand anderer in deinem Kopf war. Das warst gar nicht du, aber trotzdem musstest du damit leben.« Endlich ließ Burden Jos Handgelenk los, und mit automatischen Bewegungen fuhr sie fort, ihn zu waschen.

Burden sah Jo verstohlen an. »Ich habe dich vertrieben. Mit Absicht.«

Jo hielt in der Bewegung inne und sah auf das Bett hinunter. »Das hast du nicht. Ich habe selber beschlossen zu gehen.«

Burdens Züge wurden weich, trotzdem ließ er das Argument

nicht gelten. »Ich konnte dich nicht in meiner Nähe ertragen, du warst nicht das, was ich gebraucht habe, was ich wollte.«

Jo warf Burden einen fragenden Blick zu, und er sah den Anflug von Schmerz in ihren Augen. »Zumindest dachte ich das. Wie soll ich es dir erklären?« Unruhig irrte sein Blick umher, bis er schließlich an Jos Augen hängen blieb. »Als Peedie starb«, sagte er und bemühte sich, das Wort »starb« mit der richtigen Intonation – weder zu dramatisch noch zu beiläufig – auszusprechen, »hatte ich das Gefühl, dass ich nichts Gutes verdiene. Was ihm passiert ist, war meine Schuld, welches Recht hatte ich also schon weiterzuleben, wo er doch tot war?«

Der Ausdruck in Jos Augen wurde ein wenig weicher – eine schlichte Geste, die ihn zum Weitersprechen ermutigte.

»Ich dachte, Peedie zu folgen sei das Einzige, was ich überhaupt tun könnte.« Jo fuhr mit dem Schwamm über seinen Rücken, wobei die Bewegung von Sekunde zu Sekunde mehr von der reinen Pflichterfüllung zur zärtlichen Berührung wurde. »Aber um das zu tun, um Peedie zu folgen, musste ich das Einzige wegschieben, was mich hier hielt, das einzig Gute, das in meinem Leben noch existierte …« Er sah zu ihr auf, während seine Stimme versagte und seine Augen sie anflehten zu verstehen, was er nicht aussprechen konnte.

»Burden …«

Er wandte sich ab, und seine Stimme war leise, als er fortfuhr. »Ich dachte, ich hätte alles durchschaut. Alles. Schließlich, nach Jahren der Fehlschläge, hatte ich alles, was ich wollte, unmittelbar vor mir und musste nur noch zugreifen. Aber als du zurückgekommen bist, war es plötzlich, als würde ich zum ersten Mal erkennen, was für eine erbärmliche, entsetzliche Sache es war, der ich nachjagte. Jo«, sagte Burden und umfasste wieder ihr Handgelenk, »ich dachte die ganze Zeit, ich hätte so große Angst davor, nicht ohne Peedie weiterleben zu können. Und jetzt weiß ich, dass ich Angst hatte, weil ich wusste, *dass* ich es kann. Ich wollte dieses Schuldgefühl nicht haben müssen. Das war es, wovor ich davongelaufen bin. Ich kann weiterleben, aber ...« Burden hielt einen Augenblick inne, während ein verzweifelter Ausdruck in seine Augen trat, »aber genau in dem Moment, als ich herausfinde, dass ich es kann, hab ich erkannt, dass es keinen Grund gibt weiterzuleben. Nicht ohne ...« Er brach ab, ließ Jos Handgelenk los und wandte sich ab. »Jo, ich kann nicht ungeschehen machen, was damals auf Silas' Grundstück passiert ist, ebenso wenig wie das, was mich und Peedie überhaupt zu diesem Maisfeld geführt hat. Ich kann nicht wirklich mit Peedie reden und ihm sagen, wie Leid mir all das tut. Und ich kann ihm nicht sagen, wie sehr ich ihn vermisse und was er mir bedeutet hat. Er kann mich nicht hören, aber du kannst es, Jo. Ich kann es dir erzählen, Jo.«

Jo stand schweigend da und zitterte. Sie tauchte den Schwamm ein weiteres Mal ins Wasser, drückte ihn aus und fuhr damit über Burdens Stirn. »Ich habe dich heute Morgen mit Mr. Stoaks reden gehört«, sagte sie einfach.

Burden schloss die Augen und spürte, wie ihm die Hitze ins Gesicht schoss.

»Ich habe an der Tür gestanden und dich beobachtet. Ich war mehrere Male im Lauf der Nacht hier, um nach dir zu sehen. Nach unserer Unterredung im Sonic neulich abends wollte ich dich umso mehr hassen. Ich wollte das hassen, was du uns angetan hast. Ich wollte es dafür hassen, dass es mich hergeführt hat, nur um mir dann zu zeigen, wie hoffnungslos alles war. Ich wollte Befriedigung spüren, indem ich dich hilflos hier im Bett liegen sehe, aber ich konnte dich nicht hassen.«

Burden schlug die Augen auf, doch er sah Jo nicht an.

»Und du warst mir auch nicht gleichgültig, und ich war wütend darüber, dass ich dich nicht einfach loslassen konnte. Das war es, was du verdient hättest ... was du meiner Meinung nach *wolltest*. Aber als ich dich atmen gesehen habe ... wie du gekämpft hast im Schlaf, obwohl ich mir nicht vorstellen konnte, gegen wen oder was, hat es mir das Herz vollends gebrochen. Und als ich dir heute Morgen zugehört habe, wie du mit Silas geredet hast, wurde mir klar, dass ich dir gegenüber niemals anders empfinden könnte als damals, an unserem ersten Nachmittag am Strand.«

Sie schwiegen eine Zeit lang. Dann sagte Burden: »Und was passiert jetzt? Was passiert mit uns?«

Jo gab keine Antwort. Burden sah sie an und bemerkte, dass sie lautlos weinte. Die Hoffnung, die in seinem Herzen aufgekeimt war, als er sie neben seinem Bett hatte stehen sehen, die Hoffnung, den Lauf der Dinge verändern zu können, erstarb jäh, als er ihr qualvoll verzerrtes Gesicht sah. Abrupt drehte sie sich um und ließ die Waschschüssel und ihren Patienten hinter sich. Mit jedem Schritt, der sie weiter zur Tür führte, spürte Burden, wie seine Hoffnung schwand.

Im Türrahmen blieb sie plötzlich stehen. Ohne sich umzudrehen, schob sie eine Hand in ihre Tasche und holte mühsam Luft. »Erinnerst du dich noch daran, wie du mir einmal ein Buch geschenkt hast?«

Burden dachte einen Augenblick lang nach. »Unter der Rotbuche? Meinst du das?« Jo zuckte kaum wahrnehmbar mit den Schultern. »Dann weiß ich es wieder.«

»Es war ein Gedichtband. Erinnerst du dich noch daran, dass du eine Passage unterstrichen hast?«, fragte Jo hastig, noch immer mit dem Rücken zu ihm, vielleicht eine Spur zu besorgt.

»Ganz genau sogar«, erwiderte Burden, ohne zu zögern, während das Bild der zart unterstrichenen Zeilen in seinem Gedächtnis aufflammte.

»Hast du das damals eigentlich ernst gemeint? Hast du wirklich geglaubt, dass ich dieses Mädchen bin?«

»Ja.«

»Und jetzt? Bin ich jetzt immer noch dieses Mädchen?«

Burden wollte zu einer Antwort ansetzen, doch vergeblich. Es gelang ihm nicht, eine wahrheitsgetreue Antwort zu geben.

»Ich bin es nicht, das ist mir klar, aber es ist in Ordnung, weil ich es damals auch nicht war.«

»Jo.«

»Wie wäre es gewesen, wenn nur du und ich da gewesen wären?«, fragte sie. Burden gab keine Antwort.

»Willst du etwas wirklich Schreckliches hören?«, fragte Jo und lachte nervös. »Nachdem er tot war, habe ich versucht, mir vorzustellen, dass er niemals gelebt hat. Ich habe versucht, mir vorzustellen, wie es in diesem Fall zwischen uns gewesen wäre. Dann hätte uns nichts verfolgt, du hättest dich an nichts klammern müssen, und nichts hätte sich zwischen uns gedrängt. Aber der Abend, als Peedie ums Leben gekommen ist, stand immer zwischen dir und mir, und bis ich dich heute Nacht mit Mr. Stoaks habe reden hören, dachte ich, dass es immer so bleiben würde.«

»In den letzten sechs Jahren habe ich ständig so getan, als wäre Peedie hier und unterstützte mich in meinem ...« Burden hielt inne, als ihm bewusst wurde, dass er Gefahr lief, zu offen zu sprechen. »Ich habe Peedie geliebt, er hat mir näher gestanden als irgendjemand sonst. Aber das ist jetzt vorbei. Ich lasse nicht zu, dass mich irgendwelche Geister verfolgen, die niemals sterben werden. Peedie ist tot, ich aber nicht. Und jetzt ...«

Jo blieb noch ein paar Augenblicke mit dem Rücken zu Burden stehen. Dann, als sei sie von einer Macht gesteuert, die sich nicht ihrem Willen unterwerfen ließ, drehte sie sich um und sah ihm ins Gesicht. »Und jetzt?«, fragte sie mit schüchterner, doch zugleich trotziger Stimme. Ihre Körperhaltung verriet, dass sie für jede Antwort gewappnet war, die Burden geben könnte.

Burdens Blick sagte ihr, was Worte nicht auszudrücken vermochten. »Ich habe Jahre meines Lebens verloren«, erklärte er schließlich, »vielleicht sogar meine Zukunft. Aber wenn du mir verzeihst, was ich dir angetan habe ... wenn du mir verzeihst, kann ich schätzungsweise mit dem weiterleben, was mir bleibt.«

Jo lief auf Burden zu, schlang die Arme um ihn und drückte ihn an sich. »Ich verzeihe dir, Burden, alles.« Sie weinte – nicht aus Kummer, sondern aus purer Erleichterung.

»Wirklich?« Burdens Stimme brach, und in seinen Augen brannten Tränen. »Das brauche ich, das brauche ich mehr als alles andere. Das Wichtigste ist, dass du mir verzeihst.«

Jo richtete sich auf und sah ihm in die Augen, die eine Freude verhießen, die er sich nie erträumt hätte.

»Was passiert jetzt?«, wiederholte er.

Jo stand auf und legte ihre Hände auf seine. Der Ausdruck in ihren Augen hatte sich nicht verändert. Sie waren noch immer offen für ihn, trotzdem konnte er einen winzigen Schatten darin entdecken, gegen den sie zu ankämpfen schien. Schließlich schüttelte sie den Kopf. »Ich weiß es nicht, Burden. Ich bin mir nicht sicher, was jetzt passiert.«

Ihre Unsicherheit konnte seine flüchtige Hoffnung auf eine Zukunft nicht im Keim ersticken. In Wahrheit war er sogar der Ansicht, dass sie, hätte sie etwas Ermutigenderes gesagt, damit ihr Ende verwünscht hätte, so als hätte sie eine falsche Hoffnung geweckt, die es erträglicher machte, die unerfreuliche Wahrheit zu akzeptieren.

»Willst du mit mir gehen?«, fragte Burden schließlich.

»Was?«

»Ich kenne da diesen Platz in Edisto, wo der Fluss ins Meer übergeht, wo man mehr Blauscherenkrebse fangen kann, als man essen kann. Würdest du mit mir dorthin gehen? Würdest du mir Gesellschaft leisten, während ich Blauscherenkrebse fange?«

Jo lächelte, während sich ihr Körper bei der Erinnerung an

jenen warmen Nachmittag entspannte. Sie beugte sich hinunter und küsste ihn. »Ich gehe mit dir«, flüsterte sie und schmiegte sich an seinen Hals.

NEUNZEHN

Burden kauerte im klaren, seichten Wasser des Edisto River in der Nähe der Stelle, wo er ins Meer floss, und lockte einen Blauscherenkrebs so nahe heran, dass er ihn mit dem Netz fangen konnte. Ein Seewolfkopf diente ihm als Köder. Burden wartete immer ein paar Minuten, bevor er den Fischkopf Stück für Stück näher zu sich heranzog. Er fühlte sich gut, war entspannt und ruhig, die Gedanken eingelullt von der Wärme des Augusttags. Es kostete ihn einige Mühe, das Bedürfnis zu unterdrücken, sich ins kalte Wasser zu setzen, doch er wagte es nicht, sich zu bewegen, solange der Krebs noch in Freiheit war.

Er bemerkte, wie jemand mehrere Meter vom Ufer entfernt durch das Wasser glitt, und sah auf. Es war ein Mädchen, vielleicht elf oder zwölf Jahre alt. Ihre gertenschlanken, langen Arme schnitten mühelos und voller Anmut durch die Wasseroberfläche. Mehrere Male blieb sie stehen, wobei das Wasser ihren Bauchnabel umspülte, und machte mit gesenktem Kopf ein paar Schritte, sodass ihr Kinn ihre Brust berührte, während sie konzentriert ins Wasser spähte, als sei sie auf der Suche nach etwas, das sie verloren hatte. Ihre grazile Gestalt und die flinken Bewegungen erinnerten Burden stark an Jo in diesem Alter, und er dachte wieder an das erste Mal zurück, als er sie hier gesehen hatte. Das Mädchen musste Burdens Blick auf sich gespürt haben, denn es drehte sich um und sah ihn mit einem schüchternen Lächeln an.

»Was machen Sie da?«, fragte es und watete auf ihn zu.

Ihre Frage erinnerte ihn wieder daran, weshalb er hergekommen war, und er sah ins Wasser. »Blauscherenkrebse fangen«, erwiderte er. Das Mädchen kam näher, und Burden begann zu fürchten, dass sie mit ihren Bewegungen – so anmutig sie auch sein mochten – den Krebs verscheuchen würde. Er platzierte das Netz so weit wie möglich hinter dem Krebs, ehe er mit der flachen Hand auf die Wasseroberfläche schlug, sodass der Krebs erschrocken zurückwich. Mit einem Ruck riss er das Fangnetz aus dem Wasser.

»Darf ich mal gucken?«, fragte das Mädchen. Es stand inzwischen neben Burden, sodass er sehen konnte, wie hübsch es war. Er konnte sogar den Geruch des Meeres und der Sonne riechen, den seine gebräunte Haut verströmte.

»Hast du schon mal einen von denen gegessen?«

Das Mädchen nickte und beobachtete gespannt den Krebs, der sein Gefängnis nach einer Fluchtmöglichkeit absuchte. »Daddy fängt manchmal welche.« Sie sah zu Burdens Eimer im Wasser hinüber. »Wie viele haben Sie schon gefangen?«

»Mit diesem hier sieben. Ich schätze, das reicht für einen Nachmittag.«

Das Mädchen sah in den Eimer und musterte die Krebse. »Und essen Sie die alle alleine?«

»Das könnte ich, denke ich.«

»Können Sie nicht einen übrig lassen?«

Burden lachte leise. »Was willst du denn damit anstellen? Ihn roh essen?«

»Meine Eltern wohnen ein Stück weiter am Strand. Mama würde ihn für mich kochen.«

Burden betrachtete das Mädchen, das ihm ein reizendes, aufforderndes Lächeln schenkte. »Wieso nicht? Wenn du es schaffst, ihn den ganzen Weg bis nach Hause zu tragen, gehört er dir.«

Burden löste den Krebs aus dem Netz und drehte ihn mit dem Rücken nach unten, sodass das Mädchen ihn nehmen konnte, ohne mit den Scheren in Berührung zu kommen. »Pass auf, dass du ihn nicht fallen lässt. Ich will nicht, dass all die Zeit, die ich gebraucht habe, um ihn zu fangen, völlig umsonst war.«

»Das werde ich nicht, ich verspreche es. Danke, Mister.« Das strahlende Lächeln des Mädchens wurde noch ein wenig breiter, und Burden dachte, dass er ihr zweifellos den gesamten Inhalt des Eimers überlassen hätte, wenn sie ihn darum gebeten hätte. Als sie fort war, rollte Burden sein Netz auf, legte es auf den Eimer und setzte sich ins Wasser. Es fühlte sich kühl an, als es sanft seinen Körper umspülte. Er löste den Faden aus dem Fischkopf und warf ihn ins Meer.

Dann lehnte er sich ins Wasser zurück und dachte wieder an das Mädchen, das ihn so sehr an Jo erinnerte. Vielleicht wäre dieses Bild der jungen Jo für immer in sein Gedächtnis gebrannt und würde niemals vom Zahn der Zeit verändert werden, niemals verblassen.

Einen Augenblick lang kam Leben in den Eimer, als zwei Krebse aufeinander losgingen, und Burden wurde aus seinen Gedanken gerissen. Er stand auf, nahm Eimer und Netz und ging am Ufer entlang in Richtung Norden und genoss das Gefühl, wie das Wasser seine Knöchel und Waden umspülte.

Burden stellte den Eimer neben einen Sonnenschirm, der im Sand steckte und unter dem Jo schlief. Auf ihrer Brust lag ein aufgeschlagenes Buch, das sich im regelmäßigen Rhythmus ihrer Atemzüge hob und senkte. Behutsam, um sie nicht zu wecken, setzte er sich neben sie.

Jo regte sich. Im ersten Augenblick schien es ihr peinlich zu sein, dass sie eingeschlafen war, doch dann räkelte sie sich genüsslich und schenkte Burden ein Lächeln, das ein wenig dem des Mädchens vom Flussufer glich.

»Ich wollte dich nicht erschrecken.«

»Das hast du nicht. Ich habe gelesen.«

»Das sehe ich.«

»Doch, habe ich wirklich.«

Burden fuhr mit den Fingern über ihr Knie und an ihrem Oberschenkel hinauf. Sie hatte versucht, im Schatten des Schirms zu bleiben, doch während sie geschlafen hatte, war die Sonne ein Stück weiter gewandert, sodass die Haut auf ihren Oberschenkeln inzwischen heiß und pinkfarben war.

»Wir brauchen ja jetzt nicht darüber zu diskutieren, was ich getan habe oder nicht. Mich interessiert viel mehr, ob du etwas zum Abendessen für uns gefangen hast.«

Burden nickte.

»Oh, gut. Wie viele hast du?«

»Sechs?«

»Nur sechs?«, neckte Jo.

»Eigentlich waren es sieben, aber dann kam eine Meernymphe und hat mir einen gestohlen.«

»Klar.«

»Ehrlich«, beharrte Burden, während er mit dem Finger auf ihren Schenkel drückte, wieder losließ und zusah, wie der weiße Abdruck langsam pinkfarben wurde. »In ein paar Stunden wird deine Haut brennen. Vielleicht solltest du lieber ins Haus gehen und dort lesen.«

»Ich glaube, hier verbringt jemand zu viel Zeit in der Gegenwart von Ärzten.«

»Nicht mehr lange.« Langsam beschrieb Burden einen Kreis mit seinem Arm, zuckte für den Bruchteil einer Sekunde zusammen und lächelte Jo zu.

Jo berührte Burdens Hand, die noch immer auf ihrem Schenkel lag. »Natürlich, ich schätze, ein bisschen kalter Quark könnte nicht schaden. Hilfst du mir?«

Es war Abend. Das Meer lag dreißig Meilen und mehrere Stunden zurück, trotzdem konnte Burden noch immer das Geräusch der Brandung hören und den Geruch von Salzwasser wahrnehmen, der von seiner Haut aufstieg. Der Neumond erhellte die Sterne am Himmel und gestattete ihnen einen ungehinderten Blick auf den zarten, gewundenen Schweif der Milchstraße. Inzwischen fühlten sich die Nächte gut an, und er war zuversichtlich, dass sie sich bald noch viel besser anfühlen würden. All die Geister waren fort, entweder zu Schatten oder zu Erinnerungen verblichen oder sogar an einen Ort verschwunden, von dem sie eine Weile vergessen hatten, dass er ihr wahres Zuhause war.

Er hörte das Geräusch der Fliegentür, die geöffnet wurde und wieder zuschlug. Im nächsten Augenblick waren Schritte im feuchten Gras zu vernehmen. Dann stand Jo hinter ihm und reichte ihm ein Bier.

»Ich muss bald gehen.«

Burden stellte sein Bier ab und streckte ihr die Hand entgegen. »Nur noch eine Weile.«

Jo nahm seine Hand und setzte sich neben ihn. Sie ließ sich gegen seine Schulter sinken und schloss die Augen, während sie sich vom Geräusch der Nacht und von der Wärme seines Körpers einlullen ließ.

Sie sprachen nicht, was Burden durchaus recht war, während er die Sterne am Himmel beobachtete. Er fragte sich, weshalb er ihnen bisher so wenig Aufmerksamkeit geschenkt hatte und wie es möglich war, dass ihm ihre stille Schönheit stets entgangen war. In den Wochen nach seiner Entlassung aus dem Krankenhaus und während seiner Genesungszeit hatte ihn der nächtliche Himmel immer mehr fasziniert. Er hatte häufig dagesessen und über das Wunderwerk der Sternenkonstellationen nachgedacht, während er auf der Veranda hinter dem Haus seiner Eltern gesessen hatte. Nun, da es ihm wieder gut ging, war er dazu übergegangen, auf dem Rasen zu liegen und lange Zeit zum Himmel zu starren. *Sie sind die wahren Friedhöfe Got-*

tes, dachte er. Dort oben sind all die Seelen, ob Mütter oder Großeltern, Schwestern oder Geliebte, die von Zeit zu Zeit heruntersehen, ohne zu urteilen oder zu tadeln, ohne etwas zu erwarten oder zu trauern. Sie sehen sich alles nur an und erinnern sich an das, was ihnen einmal gehört hat, oder werfen vielleicht einen kurzen Blick auf das, was kommen wird. Eines Abends würde Burden einschlafen und auf genau diesem Friedhof wieder aufwachen. Er würde so lange nach Peedie suchen, bis er ihn gefunden hätte, und dann würden sie gemeinsam loslaufen. In irgendeiner Nacht würde genau das passieren. Nur nicht heute Nacht.

DANKSAGUNGEN

Kein Buch springt geradewegs vom Kopf eines Autors in die Druckerpresse. Dazwischen gibt es viele Menschen, die helfen, die Worte in die richtige Form zu bringen und eine Veröffentlichung überhaupt erst ermöglichen. Einige davon haben mir dabei ganz besonders zur Seite gestanden, wie zum Beispiel meine guten Freunde Caroline, die gleich zu Beginn einen Blick auf das Manuskript geworfen hat, und Steve, der mir viele gute Ratschläge für die Endversion gegeben hat. Außerdem möchte ich auch den Mitgliedern des Titusville Writers' Roundtable danken: Ruth, Leslie, Irene, Kim und Mr. Richardson. Ganz besonderer Dank gilt Valta – aus dem einfachen Grund, weil sie hier nicht namentlich erwähnt werden wollte.

Darüber hinaus will ich mich bei den Menschen bedanken, die *Burden* bis zur Veröffentlichung begleitet haben: Leonora Hart, Lauri Jon Caravella, Andrea Greenbaum, bei meinem Agenten John Talbot (danke für das Vertrauen, das du in mich hattest, Teil eins), meiner Lektorin bei St. Martin's Press (danke für das Vertrauen, das du in mich hattest, Teil zwei) sowie dem Lektoratsassistenten Michael Connor. Außerdem will ich der richtigen Reihenfolge der Planeten Anerkennung zollen und danke den Illuminati (ihr habt dafür gesorgt, dass alles pünktlich über die Bühne ging. Dafür danke ich euch, Leute), Lady Luck (unsere Nacht in Milwaukee werde ich nie vergessen) und natürlich dem kleinen grünen Kerlchen auf Antares.

Als Letztes möchte ich meiner Frau Mary danken, die mir geholfen hat, den richtigen Weg zu finden.

MORD AUF ITALIENISCH

45332

45320

54150

44404

GOLDMANN